GLINT

Ce livre est une fiction.
Toute référence à des événements historiques, des personnages ou des lieux réels serait utilisée de façon fictive. Les autres noms, personnages, lieux et événements sont issus de l'imagination de l'auteure, et toute ressemblance avec des personnages vivants ou ayant existé serait totalement fortuite.

Collection Romantasy dirigée par Arthur de Saint Vincent
Ouvrage dirigé par Bénita Rolland et Luce Valli
Couverture créée par Maria Spada
Carte créée par Fictive Designs

Département de Hugo Publishing
34-36, rue La Pérouse
75116 - Paris
www.hugopublishing.fr

ISBN : 9782755664379
Dépôt légal : avril 2023
Imprimé en France par CPI Bussière

GLINT

Traduit de l'anglais (États-Unis)
par Caroline de Hugo

LA SAGA D'AUREN TOME 2

RAVEN KENNEDY

Hugo Roman

Romantasy

Orea
DEUXIÈME ROYAUME
WALLMONT
GALLENREEF
ELLIMERY
PREMIER ROYAUME
HIGHBELL
SIXIÈME ROYAUME
SEPTIÈM
ROYAUM

BRACKHILL
SIÈME
AUME
QUATRIÈME
ROYAUME
CLIFFHELM
CINQUIÈME
ROYAUME
RANHOLD
ES
RENS

À PROPOS DU LIVRE

Veuillez noter que ce livre contient des éléments explicites et sombres qui sont susceptibles de heurter la sensibilité d'un public non averti.

Je dédie ce livre à celles qui, sans voir les barreaux,
se sentent quand même en cage.
Envolez-vous.

CHAPITRE 1
REINE MALINA

De l'or. Tout est en or, aussi loin que mon regard se pose.

Le moindre recoin du château de Highbell porte la trace de ce métal flamboyant. Au cours des dix dernières années, d'innombrables voyageurs ont traversé Orea pour pouvoir l'admirer. Sa magnificence est célèbre ; pourtant, les gens sont toujours impressionnés par sa splendeur écrasante.

Mais moi, je me souviens de comment c'était avant. Je me souviens de l'ardoise des parapets et des portes en fer. Je me souviens de l'époque où mes robes étaient de toutes les couleurs de l'arc-en-ciel, où la vaisselle sur les tables était blanche, assortie à la teinte des cheveux de la famille Colier. Je me souviens que la cloche de la tour était en cuivre, je me rappelle le son clair et pur de son carillon.

À présent, il faut plusieurs hommes pour parvenir à soulever des objets jadis légers comme des plumes. Les pièces, qui toutes portaient les traces du passé et de notre histoire, étincellent maintenant comme si elles étaient neuves. Même les roses de l'atrium ont été changées en or. Plus jamais elles ne produiront de bourgeons ni n'embaumeront l'air de leur parfum.

J'ai grandi au château de Highbell. J'en connaissais chaque pierre, chaque volée d'escalier aux marches mouchetées. Je connaissais les veines du bois sombre des encadrements des fenêtres. Je me souviens encore de la sensation que j'éprouvais en effleurant le trône de mon père, ce mélange de pierre et de diamants des montagnes de l'Est.

Parfois, lorsque je me réveille au milieu de la nuit, empêtrée dans mes draps dorés, je ne sais plus où je suis. Je ne reconnais plus les lieux, plus du tout.

La plupart du temps, je ne me reconnais même pas moi-même.

Les dignitaires en visite se délectent de tant d'éclat et de faste. La moindre surface en or les impressionne, ils louent la puissance de Midas.

Mais moi, je regrette l'ancien aspect de Highbell.

Chaque recoin sombre, chaque chaise en bois brut, même les affreuses tapisseries bleues qui étaient accrochées dans mon ancienne chambre. C'est étonnant comme les choses vous manquent une fois qu'elles vous ont été enlevées.

Je savais que j'allais souffrir d'être dépossédée du Sixième Royaume quand j'ai accepté de me marier. Je savais que j'allais pleurer mon père à sa mort. Je savais même que j'allais regretter de ne plus être appelée par mes anciens nom et titre, princesse Malina Colier.

Mais je ne savais pas que j'allais souffrir de la perte du palais lui-même. Jamais je n'aurais pu le prédire. Pourtant, pièce par pièce, objet après objet, tout a changé devant mes yeux, jusqu'au dernier oreiller, jusqu'au dernier verre à vin.

Au début, c'était excitant, je ne peux pas le nier. Un château en or au cœur des montagnes gelées, ça sortait tout droit d'un conte de fées et j'avais un roi pour faire de moi une reine. J'avais fait un mariage qui me permettait de rester ici, chez moi, pour perpétuer ma lignée royale.

Mais à présent, je suis assise dans mon salon doré et j'ai perdu ma naïveté depuis bien longtemps. Je n'ai pas d'héritiers, pas de famille, pas de pouvoir magique, pas de relations avec mon mari et je ne reconnais même plus l'endroit où j'ai grandi.

Je suis entourée de richesses qui n'ont aucune valeur pour moi.

Ce château, l'endroit où ma mère m'a mise au monde, où mon père et mon grand-père ont régné, où résident tous mes plus beaux souvenirs, m'est devenu étranger. Il ne m'offre aucun réconfort, aucune satisfaction, c'est tout sauf un conte de fées.

Il fascine les gens, mais moi je repère chaque rayure sur les surfaces dorées des sols et des murs. Je remarque les endroits où le métal tendre s'est usé, s'est déformé, les recoins que les serviteurs n'ont pas astiqués, chaque centimètre carré qui s'est terni.

L'or est étincelant, mais il ne résiste pas à l'épreuve du temps. Il s'use, perd de son éclat et se transforme en surface malléable inapte à durer.

Je déteste tout ça. Tout comme j'en suis venue à *le* détester.

Mon célèbre mari. Le peuple se prosterne devant lui, pas devant moi. Je ne possède peut-être pas de pouvoir magique, mais le ressentiment est un moteur puissant.

Tyndall va le regretter. Pour toutes les fois où il m'a repoussée, pour m'avoir toujours sous-estimée, pour m'avoir pris mon royaume.

Je vais le faire payer pour tout ça, mais pas avec de l'or.

– Désirez-vous que je chante pour vous, Votre Majesté ?

Mon regard se pose sur le courtisan assis en face de moi. Il est jeune, probablement dans la vingtaine, et il est aussi beau à regarder qu'agréable à écouter. C'est ce qui caractérise *tous* mes courtisans.

Eux aussi, je les déteste.

Ils bourdonnent comme des insectes nuisibles tout en se remplissant la panse et en se donnant de grands airs avec leurs bavardages stupides. J'ai beau passer mon temps à essayer de les chasser, ils me tournent sans cesse autour.

– Est-ce que toi, tu veux chanter ? je réplique, bien qu'honnêtement ça n'ait pas la moindre importance, parce que…

Son sourire s'élargit.

–Tout ce qui plaira à ma reine.

C'est la fausse réponse d'un faux compagnon.

Voilà ce que sont ces courtisans. Des menteurs. Des commères. Qu'on m'a envoyés pour me distraire. Comme si j'étais une fille capricieuse et écervelée, ayant besoin en permanence de loisirs abêtissants.

Mais Tyndall a disparu, envolé pour le Cinquième Royaume où le peuple se prosternera sans nul doute aux pieds du Roi d'Or. Midas adorera ça, ce qui me convient parfaitement.

Parce que pendant qu'il est là-bas, moi je suis *ici*. Pour la première fois, je suis délivrée de sa présence tapageuse à Highbell.

C'est comme si le Grand Divin m'envoyait un signe. Plus de mari à qui me soumettre. Plus de roi devant qui m'incliner. Plus de marionnette dorée à ses côtés, cette cupidité faite femme qui escamote la laideur des mensonges.

C'est ma chance.

En l'absence de Tyndall, trop occupé à mettre le Cinquième Royaume sous sa coupe, une opportunité s'offre à moi. Je ne vais pas la laisser passer.

Je ne reconnais peut-être plus les murs de ce château, mais il est toujours à moi.

J'ai toujours la même ambition que lorsque j'étais une petite fille, avant qu'il soit devenu évident pour tous que je ne possédais pas de pouvoir magique, avant que mon père m'offre à Tyndall, aveuglé qu'il était par l'éclat de son or.

Cet or ne m'éblouit pas. Plus maintenant.

Parce que mon rêve, mon rôle, mon *devoir* a toujours été de régner sur Highbell.

Pas d'être soumise à un mari, pas d'être tenue à l'écart ou traitée comme une enfant gâtée. Tyndall Midas a fait main basse sur tout, sans le moindre égard pour moi.

Et je l'ai laissé faire. Mon père l'a laissé faire. Tout ce foutu royaume l'a laissé faire.

Mais j'en ai assez.

GLINT

J'en ai plus qu'assez d'être assise dans un fauteuil rembourré à broder des mouchoirs ridicules, de me bourrer de confiseries écœurantes pendant que les courtisans pérorent à propos de la robe que portait unetelle ou unetelle, uniquement parce qu'ils aiment s'écouter parler.

J'en ai assez d'être cette reine silencieuse, froide et figée.

Tyndall est parti, et pour la première fois depuis que je suis devenue reine, je peux vraiment me comporter comme telle.

Et j'en ai bien l'intention.

J'ai porté une couronne toute ma vie, mais je vais enfin pouvoir m'en servir.

CHAPITRE 2

AUREN

Les roues en bois du carrosse remuent tellement que j'en ai l'estomac retourné. Chaque rotation fait remonter un nouveau souvenir, c'est un cycle sans fin qui tourne, tourne, tourne comme des vautours tournent au-dessus de leur proie avant de fondre sur elle.

La mort s'accroche à moi.

Je désirais tellement sortir de ma cage. Je voulais pouvoir me promener librement dans le château de Midas. Mon désarroi, ma solitude s'étaient mués en un ennui mortel que je ne parvenais pas à dissiper, à digérer, à évacuer. J'éprouvais en permanence l'envie de bâiller. J'essayais d'inspirer profondément, dans l'espoir de me libérer de cette sensation d'étouffement qui m'envahissait peu à peu derrière mes barreaux.

Mais maintenant…

J'ai du sang sur les mains, sans qu'aucune trace rouge ne colore ma peau. Mais je le sens chaque fois que j'effleure mes paumes du bout des doigts, comme si la vérité était écrite sur ma ligne de chance.

C'est ma faute. La mort de Sail, la douleur de Rissa, l'absence de Digby, tout est ma faute.

Je jette un coup d'œil au ciel rempli de nuages sans vraiment regarder les nuées blanches et grises. À la place, mes souvenirs tournent sans relâche dans ma tête, comme gravés au fond de mes yeux.

Je revois Digby qui s'éloigne, sa silhouette écrasée entre le noir du ciel et le blanc de la neige. Je revois les flammes rouges qui crépitent sur les pattes des Griffes de feu, la poudreuse immaculée fendue en deux par les navires des pirates comme les vagues d'une mer gelée. Je revois Rissa qui pleure quand le capitaine Fane se penche sur elle, une ceinture à la main.

Mais surtout, je revois Sail. Je le vois se faire poignarder en plein cœur par la dague du capitaine, je vois son sang qui s'écoule en filets rouges pour former une flaque sur le sol.

J'entends encore le cri que j'ai poussé quand son corps s'est affaissé entre mes mains, lorsque les bras glacés de la mort l'ont étreint.

En revivant cette nuit qui semblait ne jamais devoir prendre fin, j'ai mal à la gorge. Cette gorge qui a d'abord hurlé mon chagrin avant de se bloquer jusqu'à m'empêcher presque de respirer.

Cette gorge qui s'est nouée lorsque les Red Raids ont ligoté le cadavre de Sail[1] au mât de leur bateau pour rire de lui.

Je n'oublierai jamais comment son corps rigide est resté accroché là, avec le vent et la neige qui cinglaient ses yeux bleus devenus aveugles.

Tout comme je n'oublierai jamais la façon dont j'ai mobilisé toutes mes forces pour parvenir à jeter son corps par-dessus bord afin que les pirates arrêtent de le violenter, de lui manquer de respect.

Lorsque je me rappelle comment j'ai réussi à trancher les cordages qui le retenaient, puis à traîner son cadavre sur les

1. *Sail* signifie « voile » en anglais. (NdT, ainsi que pour les notes suivantes)

planches de bois mal équarries, mes rubans douloureux se mettent à palpiter.

Il était le seul ami que j'aie eu en dix ans et je ne l'ai connu que très peu de temps avant de le voir se faire lâchement assassiner sous mes yeux.

Il ne méritait pas cette fin. Il ne méritait pas cette tombe anonyme dans le vide des Barrens, enseveli dans un océan de neige.

Ça va aller, ça va aller.

Je ferme les yeux, sa voix résonne dans mes oreilles, elle me transperce le cœur. Il a essayé de me rassurer, de me soutenir, de me redonner courage, pourtant nous connaissions tous les deux la vérité. Dès l'instant où mon carrosse s'est renversé et où les Red Raids nous ont capturés, plus rien n'allait bien.

Il le savait, mais il a tout de même tenté de me défendre, de me protéger jusqu'à son dernier souffle.

Un sanglot déchirant s'échappe de ma gorge. C'est une douleur lancinante, comme une plaie qui ne se referme pas. Mes yeux dorés me brûlent, une autre larme glisse sur ma joue tuméfiée.

Peut-être suis-je punie par le Grand Divin, cette entité qui rassemble tous les dieux et les déesses du monde. Peut-être que ce qui s'est passé était un avertissement destiné à me montrer que j'étais allée trop loin, que je devais me souvenir des terreurs du monde extérieur.

J'étais en sécurité. Au sommet d'une montagne gelée, tout en haut d'un château en or, j'étais en sécurité dans ma cage dorée. Mais je me suis rebellée. Je suis devenue exigeante. Ingrate.

Voilà le résultat. C'est ma faute. Pour avoir eu ces pensées présomptueuses, pour avoir désiré plus que ce que j'avais déjà.

Je sens mes rubans flétris qui frémissent, comme s'ils voulaient se redresser pour caresser ma joue enflée, comme s'ils voulaient me réconforter.

Je ne le mérite pas. Sail, lui, ne connaîtra jamais plus de réconfort auprès de sa mère. Rissa ne connaîtra plus de réconfort dans les bras d'hommes qui payent pour ses faveurs. Midas ne connaîtra pas de réconfort face à cette armée qui marche sur lui.

Dehors, dans la neige, les soldats du Quatrième Royaume avancent. C'est une force obscure qui trace sa route à travers un paysage désolé. Un fleuve de cuir noir et de chevaux d'obsidienne qui déferle sur la terre du froid perpétuel.

Je comprends pourquoi tout Orea craint l'armée du roi Ravinger, qui est surnommé le Roi Putride. Sa magie mise à part, ses soldats, même quand ils ne portent pas leur armure de combat, offrent un spectacle très impressionnant.

Pas autant, toutefois, que le commandant qui les dirige.

De temps en temps, je l'aperçois au loin sur son cheval. La ligne de vilains piquants qui court le long de sa colonne vertébrale se recourbe, comme des sourcils ombrageux. Ses yeux noirs sont comme des puits sans fond, prêts à piéger celui qui les regarde.

C'est un fae.

Un fae de sang pur, ici même. À la tête d'une armée au service d'un roi cruel.

Le souvenir de notre dernière conversation me fait frémir.

Je sais parfaitement ce que tu es.

C'est drôle, j'étais sur le point de te dire la même chose.

Quand il a prononcé ces mots, je suis restée bouche bée. Lui s'est contenté de sourire en me laissant entrevoir ses crocs maléfiques avant de me désigner ce carrosse et de m'y enfermer.

Mais j'ai l'habitude d'être enfermée.

Je suis confinée là-dedans depuis des heures. Je réfléchis, je m'inquiète, je laisse couler mes larmes et mes sanglots emplir l'espace. Dans ma tête, je revis tout ce qui s'est passé.

Je me permets de réagir ainsi parce que personne ne peut me voir. Je sais que je ne dois pas montrer ma faiblesse aux soldats, et encore moins à leur commandant.

Je me laisse donc aller entre ces quatre cloisons de bois. Je laisse mes émotions me submerger, je laisse mes « et maintenant ? » anxieux me traverser l'esprit.

Je sais que je ne pourrai pas me permettre de montrer ma vulnérabilité aux autres quand mon attelage s'arrêtera pour la nuit.

Alors je reste assise.

Je reste assise, je regarde par la fenêtre, mes pensées tourbillonnent, mon corps souffre, mes larmes coulent et je tente de défaire les nœuds de mes pauvres rubans maltraités.

Les rubans dorés et satinés qui poussent le long de mon dos sont meurtris. Ils souffrent, ils me font mal là où le capitaine Fane les a si violemment noués. Chaque fois que je les touche, ils tressaillent et me font grincer des dents.

Après des heures passées à transpirer et à trembler en grimaçant de douleur, je parviens à défaire tous les nœuds.

– Enfin ! je murmure en lâchant le dernier.

Je fais rouler mes épaules en arrière. Ma peau se tend à la base de chacun des rubans. J'en ai douze de chaque côté, depuis mes omoplates jusqu'à ma chute de reins.

J'étale les vingt-quatre du mieux que je peux dans cet espace exigu, en les lissant doucement dans l'espoir de parvenir à me soulager.

Ils ont l'air froissés, tout mous, ainsi étalés sur le plancher et la banquette du carrosse. Même leur couleur est légèrement altérée, comme de l'or terni qui aurait besoin d'être lustré.

Je pousse un pauvre soupir tremblotant. Mes doigts sont endoloris. Mes rubans ne m'ont jamais fait aussi mal. J'ai tellement l'habitude de les dissimuler que jamais je ne les avais utilisés comme je l'ai fait sur ce bateau pirate, et ça se voit.

Pendant que je les laisse reposer, je profite des dernières lueurs du jour pour examiner le reste de mon corps. J'ai mal à l'épaule et à la tête à cause des tonneaux qu'a faits mon carrosse et de la façon dont les Red Raids m'en ont extirpée.

J'ai également une petite coupure à la lèvre inférieure, mais je la remarque à peine. C'est ma joue et mes côtes qui me font le plus souffrir, à l'endroit où le capitaine Fane m'a frappée et où il m'a donné un coup de pied. Je ne pense pas avoir quelque chose de cassé, mais le moindre mouvement est douloureux.

Mon ventre se rappelle à mon souvenir, il a faim, ma bouche, elle, est desséchée par la soif. Mais ce que je ressens par-dessus tout, c'est une immense fatigue.

L'épuisement pèse sur mes chevilles, mes poignets, mes épaules. Toute ma force et mon énergie ont disparu, comme si quelqu'un avait ouvert une vanne dans mon dos et avait laissé s'écouler ma force vitale.

Le bon côté des choses ? Au moins, je suis en vie. J'ai échappé aux Red Raids. Je n'ai pas eu à subir les sévices que Quarter voulait m'infliger lorsqu'il a découvert la disparition de son capitaine. Quarter n'est pas le genre de type que vous aimeriez avoir comme ravisseur.

Mes nouveaux *accompagnateurs* sont loin d'être idéals, mais au moins je me dirige vers Midas, même si j'ignore ce qui va se passer une fois que nous serons arrivés.

En jetant un coup d'œil par la fenêtre, je remarque le contraste que forment les sabots sombres des chevaux avec la neige immaculée. Leurs cavaliers avancent au pas, fièrement assis sur leur selle.

Il faut que je sois forte.

Je suis prisonnière de l'armée du Quatrième Royaume. Il n'y aura aucune place pour la moindre faiblesse. J'ignore si mes os sont en or comme le reste de mon corps, mais mieux vaudrait qu'ils le soient. J'espère que ma colonne vertébrale l'est, car je vais avoir besoin qu'elle soit solide si je veux survivre.

En fermant les yeux, j'appuie mes doigts sur mes paupières pour tenter d'atténuer la tension. Malgré ma fatigue, impossible de dormir. Je ne me détends pas. Je n'y arrive pas. Pas avec l'ennemi qui avance dehors ni ces terribles souvenirs qui me hantent.

Était-ce hier matin que Sail était encore en vie ? Que Digby aboyait des ordres à ses hommes ? Il me semble que c'était il y a des semaines, des mois, des années.

Le temps évolue avec les tourments. Il se dilate, allonge les secondes, prolonge les minutes. J'ai appris que la douleur et la peur peuvent perdurer. Et comme si ce n'était pas assez cruel, notre esprit s'arrange pour nous faire revivre ces moments, encore, et encore, et encore, longtemps après qu'ils sont passés.

Le temps est un vrai bâtard.

Je sais que j'ai laissé une partie de moi sur ce bateau pirate. J'ai vécu suffisamment de moments tragiques pour reconnaître cette impression cruelle laissée par la douleur.

Chaque chagrin que j'ai enduré dans ma vie, chaque douleur violente a emporté une partie de moi. J'ai senti chaque morceau qui m'était arraché, je les ai tous vus tomber comme des miettes de pain derrière moi, pour être dévorés par de monstrueux oiseaux de proie.

Les gens voyageaient parfois pendant des semaines pour venir à Highbell me contempler. Midas m'installait à ses côtés dans la salle du trône pendant que les visiteurs défilaient, muets d'admiration.

Mais peu importait le temps que je passais sur ce piédestal, personne ne me voyait vraiment. S'ils m'avaient regardée, ils auraient su que je ne suis qu'une fille déchirée, blessée, dont la peau dorée cache un cœur brisé.

Mes yeux me piquent, je pleurerais à nouveau s'il me restait encore des larmes. Je suppose que je n'en ai plus.

Je n'ai pas la moindre idée de l'endroit où sont retenus les autres pouliches et les gardes. J'ignore également ce que le commandant a l'intention de faire de moi, mais je ne suis pas idiote. Le Roi Putride a envoyé sa puissante armée au Cinquième Royaume pour affronter Midas, et je m'inquiète pour mon roi autant que pour moi-même.

Le dernier rayon de soleil qui descend derrière l'horizon me fait frissonner. Le jour est officiellement terminé, et je vais devoir m'efforcer de cacher mes émotions pendant cette longue nuit qui s'annonce.

Mon carrosse s'arrête brusquement. De ce côté-ci du monde d'Orea, la nuit tombe rapidement, d'un seul coup. Pas étonnant que l'armée du Quatrième Royaume dresse déjà son camp.

Toujours enfermée, j'écoute les bruits que font les soldats. Je distingue leurs silhouettes qui se meuvent dans la pénombre pour effectuer diverses tâches.

Cela fait presque une demi-heure que j'attends. Je me tortille, j'ai un besoin urgent de me soulager. Mon corps fait des siennes, la soif et la faim me tenaillent, l'épuisement envahit mes membres comme une marée irrésistible.

Je veux juste dormir. M'endormir et ne pas me réveiller avant de ne plus avoir mal, physiquement et émotionnellement.

Pas encore.

Je ne peux pas encore me reposer.

Je me pince le bras pour rester éveillée. Je tente de déchiffrer les sons qui me parviennent de l'extérieur tandis que les dernières lueurs du jour s'estompent et que la nuit m'enveloppe comme une couverture glacée.

Les paupières closes, j'appuie ma tête contre la paroi. Juste un instant, le temps de soulager cette brûlure au fond de mes yeux gonflés, le temps de calmer mes nombreuses douleurs.

Juste un instant…

Je sursaute en ouvrant les yeux quand j'entends une clé tourner dans la serrure.

La porte du carrosse s'ouvre et le voilà. Debout, il apparaît d'autant plus menaçant sous le couvert de l'obscurité. Ses yeux sombres me fixent.

Le commandant Rip.

Chapitre 3
Auren

Je retiens ma respiration en dévisageant le commandant. Tout mon corps est tendu, en alerte. Voici le moment de découvrir ce que ça signifie réellement d'être sa prisonnière.

Les pensées s'entrechoquent dans ma tête. Des possibilités infinies défilent tandis que j'essaie de me préparer à chacune d'elles.

Va-t-il m'attraper par les cheveux et me traîner dehors ? Va-t-il me menacer, me malmener ? Va-t-il me forcer à me déshabiller pour détailler chaque centimètre de ma peau dorée ? Va-t-il me livrer à ses soldats ? Va-t-il me forcer à porter des chaînes ?

Je ne laisse pas ces craintes transparaître sur mon visage. Je ne dois lui donner aucune indication sur tous les « et si » qui me martèlent le crâne.

Tout mon chagrin, toute mon inquiétude, je les enroule comme du vieux fil autour d'une bobine. Parce que si je lui montre que j'ai peur, il agrippera ces fils et tirera dessus pour me débobiner.

Repousse la faiblesse, et la force s'élèvera…

Ces mots anciens, presque oubliés, surgissent de nulle part comme si mon esprit les avait gardés en mémoire pour pouvoir les ressortir quand j'en aurais vraiment besoin.

Je me souviens soudain de la façon dont on les a fredonnés à mon oreille, dont on me les a murmurés, non sans une pointe de férocité.

Ils résonnent en moi et m'aident à me redresser, à relever la tête pour faire face au commandant.

Il tient son casque sous son bras. Ses cheveux noirs sont légèrement emmêlés à cause des longues heures pendant lesquelles il l'a porté. J'observe son visage pâle, la rangée de petites pointes émoussées au-dessus de ses sourcils.

Son aura sature l'atmosphère, il irradie de puissance.

Je me demande comment les gens réagiraient s'ils connaissaient sa vraie nature. Pas celle d'un homme qui conserve un vieux reste de magie hérité de lointains ancêtres. Pas quelqu'un dont le corps a été infecté et transformé par le Roi Putride. Pas uniquement un général sanguinaire qui aime arracher les têtes de ses ennemis.

Non, quelque chose de bien plus létal. De plus effrayant. C'est un fae qui se cache à la vue de tous.

S'ils connaissaient la vérité, est-ce qu'ils s'enfuiraient, terrorisés ? Ou est-ce qu'ils se soulèveraient contre lui comme le firent les Oréens il y a des centaines d'années, pour l'éliminer comme ils ont éliminé tous les autres ?

Certains faes se sont défendus durant cette sombre période, mais ils étaient en infériorité numérique et leur magie n'a pas suffi. D'autres n'ont tout simplement pas voulu se battre. Ils se sont refusés à tuer des gens qu'ils considéraient comme leurs amis, leurs amours, leur famille.

Mais un seul regard me suffit pour comprendre que le commandant Rip, lui, se battra. Et s'il se bat, Orea sera vaincu.

Cela fait peut-être des centaines d'années qu'Orea et Annwyn – le royaume des faes – ont été séparés, mais je suis tout de même choquée que personne ne sache, que personne ne voie ce qu'il est vraiment, alors que c'est d'une évidence absolue pour moi.

Devant l'intensité du regard de Rip, je sais que je ne suis pas la seule à être plongée dans mes réflexions pendant que nous nous étudions en silence.

Je me demande comment il est arrivé jusqu'ici, et quel est son but. Est-il simplement le chien de garde que le roi Ravinger tient en laisse pour le faire grogner et mordre ses ennemis ? Ou a-t-il d'autres ambitions ?

Il détaille mon corps pendant que je reste assise, prisonnière entre les quatre parois de ce carrosse. Je me rends bien compte qu'il prend mentalement des notes. Je fais tout ce que je peux pour rester calme, pour ne pas baisser les yeux.

Son regard s'arrête sur ma joue tuméfiée et ma lèvre fendue, puis sur mes rubans froissés éparpillés autour de moi. Je n'apprécie pas l'intérêt qu'il leur porte. Je ressens le besoin de les cacher. Je les aurais volontiers enroulés autour de mon buste pour les ôter à sa vue s'ils n'étaient pas si douloureux.

Il termine enfin son examen, lève ses yeux noirs et les plonge dans les miens. Je me crispe, prête à ce qu'il se jette sur moi, qu'il aboie des ordres ou profère des menaces, mais il se contente de me regarder comme s'il attendait quelque chose.

S'il veut que je m'effondre, que je pleure ou que je supplie, il peut toujours attendre. Je ne plierai pas sous la pression, je ne craquerai pas devant son silence assourdissant. Je resterai là toute la nuit s'il le faut.

Malheureusement, mon estomac ne semble pas avoir autant de volonté, il émet un affreux gargouillis.

Le commandant plisse les yeux comme s'il s'agissait d'une offense personnelle.

–Tu as faim.

Si je n'étais pas aussi terrifiée, je lèverais les yeux au ciel.

–Bien sûr que j'ai faim. J'ai passé toute la journée dans ce carrosse, et on ne peut pas dire que les Red Raids nous aient offert un banquet après nous avoir capturés.

Si mon manque de respect le surprend, il ne le montre pas.

–Le bec du chardonneret[2] est acéré, murmure-t-il, et son regard glisse sur les plumes de la manche de mon manteau.

En l'entendant m'affubler de ce nouveau surnom, je serre les dents.

Il dégage quelque chose de particulier. Ou peut-être est-ce quelque chose *en moi*, après l'enfer que je viens de vivre. Quelles qu'en soient la raison, les circonstances ou nos natures respectives, ma colère commence à prendre le dessus. J'essaie de la contenir comme on retient le ressort d'une souricière, mais elle ne veut pas se calmer.

Je dois rester impassible, inaccessible. Tel un rocher au milieu du courant impétueux. Je suis au cœur de ce courant, plus vulnérable que jamais, mais je ne peux pas me permettre d'être emportée.

Le commandant hoche la tête.

–Tu vas aller t'installer dans cette tente, juste là, me dit-il en faisant un geste vers sa gauche. On t'apportera à manger et à boire. Les latrines sont à l'extrémité du camp, à l'ouest.

J'attends d'autres instructions, des menaces, de la violence, mais rien ne vient.

–C'est tout? je lui demande avec méfiance.

Il baisse la tête. J'entrevois le haut du piquant entre ses omoplates.

–À quoi t'attendais-tu?

Je plisse les yeux.

–Vous êtes le chef militaire le plus redouté de tout Orea. Je ne m'attends pas à ce que vous vous comportiez autrement que selon votre réputation.

Dès que ces mots sortent de ma bouche, il se penche en prenant appui contre le châssis du carrosse, ce qui met bien

2. Le chardonneret est un petit oiseau célébré pour la beauté de son chant et son plumage coloré. Son nom anglais est *Goldfinch* (pinson doré), en référence à la couleur jaune de ses ailes.

en évidence les vilains piquants le long de ses avant-bras. Sur ses pommettes, ses écailles argentées ont l'éclat d'une lame, à elles seules, elles représentent un avertissement.

Ma respiration se bloque, l'air reste englué dans ma poitrine, comme si du sirop obstruait ma gorge.

– Puisque tu sembles déjà connaître le caractère de ton ravisseur, je ne vais pas te faire perdre ton temps en t'expliquant comment ça se passe ici, gronde Rip à voix basse, tout en détachant chaque mot, glacial. Tu sembles être une femme intelligente, je ne devrais donc pas avoir besoin de te dire que tu ne peux pas t'enfuir. Tu mourrais de froid toute seule et, de toute façon, je te retrouverais.

Mon cœur s'emballe dans ma poitrine, sa promesse ressemble à une menace.

Je te retrouverais.

Ce ne sont pas ses soldats qui me trouveraient, mais lui personnellement. Je ne doute pas qu'il me chercherait partout dans les Barrens, qu'il me traquerait et me débusquerait à coup sûr. C'est bien ma chance.

– Le roi Midas vous tuera pour m'avoir enlevée.

À cet instant, tout mon corps voudrait pouvoir reculer pour échapper à son aura écrasante qui remplit l'habitacle.

La commissure de ses lèvres se tord, exactement comme les pointes sur son dos.

– J'attends ça avec impatience.

Son arrogance me retourne l'estomac, pourtant je sais qu'elle est justifiée. Même sans la puissante et ancienne magie fae que je sens en lui, c'est un guerrier. Avec sa force musculaire et son comportement qui respire la dangerosité, je n'ai aucune envie de le voir s'approcher de Midas.

Certaines de mes pensées doivent parvenir à fissurer mon attitude stoïque, parce qu'il se redresse un peu plus et que tout dans sa posture me témoigne de la condescendance.

– Ah, je vois maintenant.

– Qu'est-ce que vous voyez ?

– Tu tiens à ton Roi Geôlier.

Il a pratiquement craché cette accusation, aussi tranchante que ses crocs.

Je cligne des yeux devant la haine qui coule lentement de ses lèvres comme une petite pluie froide. Si je confirme, comment va-t-il utiliser cette information contre moi ? Et si je nie, va-t-il me croire ?

Il laisse échapper un petit rire sarcastique.

– Le chardonneret aime sa cage. Quel dommage !

Je serre les poings. Je n'ai aucun besoin de son jugement, de son mépris, de l'impression qu'il a de connaître ma situation et d'avoir le droit de critiquer ma relation avec Midas.

– Vous ne me connaissez pas.

– Ah bon ? À Orea, tout le monde connaît aussi bien la favorite de Midas que son pouvoir de tout transformer en or, réplique-t-il d'une voix grinçante.

– Tout comme chacun sait que le Roi Putride envoie le monstre qu'il tient en laisse pour faire le sale boulot, je réplique en fixant les pointes de son avant-bras qui se dressent comme des piques.

Une aura sombre se répand dans l'air autour de lui, j'en ai la chair de poule.

– Oh, Chardonneret. Tu penses que je suis un monstre, mais tu n'as encore rien vu.

La menace implicite souffle comme un vent aride qui m'assèche la bouche.

Il faut que je reste très prudente avec cet homme. Je dois l'éviter à tout prix pour détourner sa violence et m'en sortir indemne. Mais je ne peux rien planifier si je ne sais pas à quoi m'attendre.

– Qu'allez-vous faire de moi ? je demande dans l'espoir d'obtenir un indice sur la suite des événements, quitte à lui paraître vulnérable.

Un rictus se dessine sur ses lèvres.

– Ne te l'ai-je pas déjà dit ? Je te ramène au geôlier qui te manque tellement. Quelles retrouvailles ça va être !

Puis, sans ajouter un mot, le commandant tourne les talons et me laisse plantée là. Je le suis du regard, mon pouls battant au rythme de ses pas.

J'ignore quels sont ses plans concernant mon roi, mais je sais que ça n'augure rien de bon. Midas s'attend à l'arrivée de ses pouliches, pas à celle d'une armée ennemie.

Je m'extirpe du carrosse avec mes rubans qui traînent derrière moi. Je suis résignée. Je sais ce que je dois faire. Je dois trouver un moyen d'avertir mon roi.

J'espère juste que ça ne me coûtera pas la vie.

Chapitre 4

Auren

On pourrait penser qu'après des semaines de voyage, je suis habituée à utiliser des latrines creusées à même le sol. Mais non. Soulever ses jupes pour s'accroupir dans la neige est toujours aussi pénible.

Je fais mes besoins aussi vite que possible. Le bon côté des choses, c'est que j'y parviens sans éclabousser mes bottes ni tomber assise les fesses dans la neige. Ce sont des petites victoires qui comptent en ce moment.

Heureusement, j'ai terminé avant que quelqu'un d'autre arrive. Je n'ai donc pas à craindre de regards intrusifs. Je ramasse un peu de poudreuse et je m'en sers pour me rincer les mains avant de me redresser et d'essuyer mes paumes sur mes jupes froissées.

À présent que mon besoin le plus pressant est satisfait, je croise les bras sur ma poitrine pour repousser le froid qui transperce facilement ma robe de laine et le manteau en plumes du capitaine.

Je prends le temps de regarder autour de moi pour me repérer, mais cela fait des jours et des jours que je distingue le même paysage. De la neige, de la glace et rien d'autre.

La plaine des Barrens semble s'étendre à l'infini, les contours sombres des montagnes se découpent très, très loin à l'horizon, les légères pentes enneigées semblent sans fin.

Le commandant Rip a raison. Je pourrais m'enfuir, peut-être même leur échapper un moment, à lui et à ses soldats, mais ensuite ? Je n'ai pas de provisions, pas d'abri, pas de réel sens de l'orientation. Je finirais par mourir de froid.

Pourtant, l'horizon me nargue, cette voie libre et ouverte aux quatre vents me tente. Je sais que c'est un leurre, un mensonge glacé qui me saisirait et briserait mon corps fragile comme du verre.

En serrant les dents, je fais demi-tour pour rentrer au camp. Les soldats l'ont monté très rapidement. Il n'a rien d'extraordinaire, ce sont de simples tentes en cuir, assez rudimentaires, disposées à quelques mètres d'intervalle avec des feux de camp disséminés un peu partout, mais cette armée ne semble pas chercher à se soustraire au froid, elle paraît capable de résister aux conditions les plus extrêmes.

Je jette un œil méfiant dans la première tente. Je m'attends à voir le commandant ou l'un de ses soldats surgir de l'ombre pour me malmener ou me molester.

Mais personne n'apparaît.

Je ne me fie pourtant pas à cette apparente liberté, pas le moins du monde.

Toute seule, j'arpente le terrain, les sens aux aguets. Je ne croise aucune des pouliches, aucun des gardes de Midas, mais ce n'est pas évident de les repérer, vu la taille immense de cette armée.

Je suis fatiguée, j'ai mal partout, mais je me force à passer outre encore un peu, à profiter de ce moment de solitude, car une telle opportunité ne se représentera peut-être pas de sitôt.

Je me rappelle que sur le bateau pirate, le capitaine Fane avait reçu un faucon messager pour l'avertir de l'arrivée imminente du commandant Rip. Cela signifie que le commandant en possède au moins un, voire plusieurs. Il faut absolument que je les trouve.

Tête baissée, je contourne discrètement les tentes et les groupes de soldats qui mangent autour des feux de camp. Mes rubans traînent derrière moi en laissant des traces aussi légères que des plumes dans la neige.

L'odeur de la nourriture me provoque des crampes d'estomac, mais il ne faut pas que je cède à la faim ni à la fatigue. *Pas encore.*

Je ne crois pas qu'ils gardent leurs faucons voyageurs dans une tente. Je pense plutôt qu'ils les transportent dans des chariots couverts, c'est donc ça que je cherche, tout en faisant semblant d'errer sans but. Ce n'est pas bien difficile, étant donné que je n'en ai pas. J'avance au hasard.

Les différents bruits de l'armée résonnent autour de moi. Des soldats discutent, des feux de camp crépitent, des chevaux hennissent. Chaque rire, chaque crépitement des bûches humides me fait sursauter. Tout mon corps est sur le qui-vive, à tout moment je m'attends à ce que quelqu'un m'alpague.

Les soldats m'observent d'un air méfiant, mais personne ne m'approche. C'est aussi déconcertant qu'inattendu. Je ne sais pas trop quoi en penser.

À quoi joue le commandant Rip ?

Mes bottes sont trempées et je grelotte de froid lorsque j'aperçois enfin plusieurs chariots en bois recouverts de bâches en cuir, à la périphérie du camp. Mon sang ne fait qu'un tour, toutefois je n'ose pas me précipiter droit dessus. Je tourne autour en me forçant à prendre mon temps, tout en gardant un visage impassible et un regard vague.

En faisant preuve d'une extrême prudence, je me décide enfin à avancer jusqu'aux chariots en profitant de la pénombre.

À environ dix mètres de là, quatre hommes sont assis autour d'un feu de camp. Ils sont en pleine discussion, mais je ne parviens pas à entendre ce qu'ils disent.

Je longe prudemment la file des chariots en jetant au fur et à mesure un coup d'œil rapide sous les bâches.

Les quatre premiers ne sont pas couverts, ils sont vides et sentent le cuir. C'est probablement là qu'étaient entreposées les tentes. Les suivants contiennent du foin et des sacs d'avoine pour les chevaux; ensuite, je tombe sur des chariots remplis de provisions pour les soldats. Je commence à perdre espoir.

En arrivant au dernier, je remarque de drôles de caisses en forme de cube. *Des caisses pour animaux?*

Je me glisse derrière en priant les divinités que ce soit le bon. Je prends une profonde inspiration et jette un coup d'œil autour de moi avant de soulever la bâche pour vérifier, mais tous mes espoirs s'évanouissent. Ce ne sont pas des caisses. Ce sont des piles de fourrures.

Je fixe le chariot d'un air désespéré, bien que je tente de contrôler mes émotions. Je sais que je suis épuisée, mais face à cet échec, mes épaules s'affaissent et la panique me gagne.

Mais où sont-ils, bon sang!? Si je ne parviens pas à prévenir Midas…

–Tu es perdue?

Je sursaute en lâchant la bâche et je me retourne. Je dois lever les yeux, encore et encore, pour découvrir un homme de la taille d'un grizzly.

Je le reconnais immédiatement à sa stature. À son retour sur le bateau pirate, Rip était flanqué de deux soldats. Même s'ils portaient un casque à ce moment-là, je sais que cet homme gigantesque était l'un eux, que c'est lui qui nous a fait descendre du bateau, Rissa et moi.

Débarrassé de son armure et de son casque, je découvre un visage rond dont la lèvre inférieure est percée d'un petit morceau de bois tordu qui ressemble à un arbre noueux. C'est l'emblème du Quatrième Royaume. Des lanières de cuir brun enserrent ses biceps épais, le reste de son corps est revêtu de cuir noir.

D'une certaine manière, il me paraît encore plus grand qu'auparavant; il fait bien trois têtes de plus que moi, il a des cuisses épaisses comme des troncs d'arbres et des poings aussi gros que mon visage.

Super. Il fallait vraiment que je sois découverte par ce soldat aux allures de géant ?

Honnêtement, je ne sais pas ce que j'ai fait pour agacer les déesses à ce point.

Je lève la tête vers le colosse aux cheveux bruns, soudain très contente d'être allée aux latrines, parce qu'il est suffisamment effrayant pour vous faire faire pipi dans votre culotte.

Je m'éclaircis la voix.

– Non.

Il hausse un sourcil broussailleux, ses yeux marron sont sévères et suspicieux. De longs cheveux encadrent son visage, aplatis sur le sommet de son crâne par le port du casque.

– Non ? Alors que fais-tu ici, si loin de ta tente ?

Il sait où se trouve ma tente ? C'est embêtant…

J'attrape une fourrure dans le chariot derrière moi et la drape sur mes épaules.

– J'avais froid.

Il me lance un regard qui me fait bien comprendre qu'il n'en croit pas un mot.

– Tu avais froid ? Alors peut-être que le toutou en or de Midas aurait mieux fait d'aller dans sa tente.

Je resserre la fourrure noire autour de mes épaules. J'ai connu des hommes dans son genre, ce sont des brutes. La pire des choses à faire serait de le laisser me marcher dessus et de devenir une cible encore plus évidente.

Je redresse la tête.

– Je n'ai pas le droit de me promener ? Est-ce qu'on va me forcer à rester enfermée contre ma volonté ?

Je le défie, parce que c'est ce à quoi je dois m'attendre de sa part et que je veux le devancer.

Il se renfrogne encore un peu plus. Mon cœur bat à tout rompre dans ma poitrine comme s'il voulait s'en échapper pour aller se cacher. Je ne peux m'en empêcher. Si cet homme le voulait, il serait parfaitement capable de m'attraper par le cou et de le briser entre ses mains.

Il se contente de croiser les bras et de me dévisager dans cette pose intimidante.

– La rumeur dit que c'est précisément ça que tu aimes, *toutou.*

Ma colère monte. C'est la deuxième fois qu'on me traite de si vilaine façon ce soir, qu'on me juge pour la cage dans laquelle je vis. J'éructe :

– Il vaut mieux vivre en sécurité avec le Roi d'Or que servir dans l'armée de ton monarque putride qui n'est rien d'autre qu'un fléau pour la terre !

Il se fige en entendant ma diatribe.

Je sais que je viens de commettre une erreur. Je suis allée trop loin. Je l'ai laissé m'atteindre, j'ai laissé ma bouche cracher ma colère et ma peur, au lieu de rester le roc inébranlable que je me dois d'être.

Au lieu de résister à sa manœuvre d'intimidation, je lui ai répondu sur le même ton. Étant donné sa carrure, ce n'était pas la meilleure des réactions à avoir.

Je n'avais pas prêté attention aux murmures autour du feu de camp, mais je m'aperçois soudain que les soldats se sont tus. Je perçois un soupçon d'excitation et de tension dans l'air, comme s'ils avaient hâte de voir comment il va réagir.

Mon cœur bat à tout rompre.

Avec une haine flagrante, l'homme se penche jusqu'à frôler mon visage. Ses yeux furieux brillent tellement fort qu'ils semblent brûler tout l'oxygène que je pourrais respirer.

Sa voix, aussi grave que le grognement d'un loup, me glace le sang :

– Je me fous de la couleur de ta peau ! Insulte encore une fois mon roi, et je te fouetterai jusqu'à ce que tu craches des excuses !

Je déglutis violemment.

Il pense chacun de ses mots, je n'ai aucun doute là-dessus, je le lis sur son visage. Il va me balancer dans la neige, ici même, et me faire mal.

Il hoche la tête en me regardant dans les yeux.

– Bien. Je vois que tu prends les choses plus au sérieux à présent.

Il se tient toujours trop près de moi. Il empiète sur mon espace vital, mon oxygène personnel, cette bulle invisible qui éclate à cause de sa présence envahissante.

– Tu n'es plus avec ce connard doré de Midas. Maintenant, tu es ici avec nous, alors si j'étais toi, je ferais preuve de plus de respect et je me rendrais réellement utile.

J'ouvre de grands yeux en imaginant les horreurs que sous-entendent ses paroles, mais il interrompt le cours de mes pensées.

– Pas comme ça. Aucun d'entre nous n'a envie de goûter aux restes plaqués or de Midas, ricane-t-il.

Je pousse un soupir de soulagement, mais je ne le devrais pas.

– Tu veux te faciliter la vie ? Alors comporte-toi comme l'oiseau en cage que tu es et gazouille.

Je commence à comprendre.

– Tu crois que je vais te livrer des informations ? Que je vais trahir mon roi ?

Il hausse une épaule.

– Si tu es maligne.

Le dégoût me saisit, il me fait hoqueter. Le cruel géant s'en rend compte, il recule un peu, puis se redresse de toute sa hauteur en soupirant.

– Hmm. Tu ne l'es peut-être pas. C'est dommage.

Je serre les poings.

– Je ne trahirai jamais le roi Midas !

Un sourire mauvais lui fend la bouche.

– Nous verrons bien.

Ces maudites crampes me tordent l'estomac. J'ignore si je dois être offensée parce qu'il pense que je suis faible ou parce que je crains de l'être.

Pour reprendre le contrôle de la conversation, je lui demande :

– Où sont les autres pouliches ? Et les gardes ?

Il ne me répond pas et se contente de me lancer un regard plein d'arrogance.

Je me braque.

– Si l'un d'entre vous leur fait du mal…

Il lève la main pour m'interrompre et je remarque une vieille cicatrice, une entaille qui fait toute la largeur de sa paume.

– Prends garde, grogne-t-il. Les soldats du Quatrième Royaume n'apprécient pas les menaces.

Je jette un coup d'œil vers la gauche. Les soldats qui sont à portée de voix, toujours assis autour du feu de camp, m'observent tranquillement, les coudes appuyés sur les genoux. Le regard fixe, ils font craquer leurs articulations. En plus des flammes orangées, c'est de la haine qui brille dans leurs pupilles.

Tout ce que je m'apprêtais à dire au nom de mon groupe de voyageurs meurt face à cette menace à peine voilée. Peut-être que c'est le jeu. Peut-être que le commandant Rip m'a laissée m'aventurer toute seule pour que ses soldats puissent me punir comme ils le souhaitent.

L'homme qui me fait face émet un petit ricanement amusé et je reporte mon attention sur lui.

– Va-t'en. Ta tente est de ce côté. Je suppose que le toutou préféré de Midas sait comment regagner sa niche ?

Je lui jette un regard cinglant, mais il se retourne et part rejoindre le feu de camp et les soldats furibonds en tapant des pieds.

Je m'éloigne en serrant bien fort la fourrure contre moi. Je sens leurs regards aiguisés comme des lames de couteaux dans mon dos. J'accélère le pas. Leurs rires moqueurs me font monter le rouge de la honte aux joues.

Je marche sur les traces de pas laissées dans la neige en essayant de ne pas trop m'y enfoncer. J'emprunte un chemin plus direct vers mon attelage et ma tente, *ma niche* semble-t-il.

Est-ce le fruit de mon imagination, mais chaque soldat que je croise me lance un regard qui me paraît plus lourd, plus malveillant. Sans prononcer un mot, par la seule force de l'énergie qu'ils dégagent, tous me remettent à ma place.

Je suis l'ennemie, celle qu'ils espèrent briser. Je n'ai peut-être pas de gardes sur les talons, mais ils me surveillent. Prêts à bondir. Pourtant, aucun ne le fait.

Je les ignore, je ne regarde personne, je ne ralentis pas lorsque leurs conversations s'interrompent sur mon passage. Je garde les yeux rivés au sol, mais mon corps tout entier tremble et mon cœur bat la chamade.

Je me fiche de ce qu'ils pensent, je ne trahirai pas Midas. *Je ne le ferai pas.*

À chaque pas, je me maudis intérieurement. Je n'ai pas trouvé les faucons messagers et j'ai été tellement peu discrète qu'un soldat m'a débusquée. Si je veux survivre à l'armée du Quatrième Royaume, je dois être plus efficace, plus maligne, plus discrète.

Et plus forte. Je dois être forte à l'avenir.

La colère, mâtinée d'une détermination nouvelle, m'envahit. Je serre les poings dans les poches de mon manteau. Demain. Je réessaierai demain. Et après-demain. Et le jour suivant. Et encore le suivant.

Je n'abandonnerai pas tant que je n'aurai pas fouillé chaque recoin de ce campement maudit, pas avant d'avoir trouvé un moyen de prévenir Midas. Et je ne leur donnerai rien qu'ils pourraient utiliser contre mon roi.

Le commandant m'a en si faible estime qu'il ne me surveille même pas. Je vais le prendre à son propre jeu. J'utiliserai son arrogance pour leur ôter l'élément de surprise, et je le ferai avec un sourire sur mes lèvres dorées.

Ils pensent que je vais craquer, mais ils vont vite comprendre que je ne suis pas ce genre de prisonnière.

CHAPITRE 5

AUREN

Sur le chemin du retour, je me perds en essayant de retrouver ma tente. À un moment donné, je pars du mauvais côté et je me mets à tourner en rond en passant deux fois devant le même groupe de soldats. Ils ricanent, échangent des regards complices, sans qu'aucun ne se propose de m'indiquer la bonne direction.

Je refuse de leur demander de m'aider. De toute façon, ils ne le feraient pas.

Quand je parviens enfin à repérer le carrosse noir dans lequel j'ai voyagé toute la journée, je pousse un soupir de soulagement. Cela fait déjà un bon moment que je claque des dents et que j'ai très froid au visage, malgré ma capuche.

En me dirigeant vers mon attelage, je remarque que la tente que m'avait indiquée le commandant Rip est à l'écart. Elle a été montée en périphérie du camp, loin des autres.

Je m'arrête devant pour examiner les alentours. La tente la plus proche est à plusieurs mètres de la mienne. Ce devrait être une bonne chose d'avoir une plus grande intimité, mais une sourde angoisse s'insinue en moi.

Il ne peut y avoir qu'une seule raison pour laquelle ma tente est si isolée. Cela offre plus de chances à une personne malintentionnée de s'y faufiler, de me faire du mal sans que personne n'entende ou ne voie quoi que ce soit. Et il devient également plus simple pour tous de fermer les yeux et de prétendre qu'ils ne sont au courant de rien.

La boule au ventre, je fais un pas en avant, mais je m'arrête aussitôt pour fixer le sol, les sourcils froncés. Quelqu'un a creusé un chemin jusqu'à l'entrée de la tente, et a ainsi dégagé le passage pour m'éviter de m'enfoncer dans la neige profonde.

J'observe à nouveau les alentours, mais personne ne fait attention à moi. Le feu de camp le plus proche est à bonne distance et les soldats plongés dans la pénombre ne me regardent pas.

Pourquoi quelqu'un dégagerait-il le chemin pour permettre à une prisonnière de se rendre plus facilement dans sa prison ? Un rapide coup d'œil me suffit pour me rendre compte que les autres tentes n'ont pas bénéficié du même traitement de faveur. Seules les bottes des soldats y ont tracé des chemins d'accès dans l'épaisse couche de neige.

Incapable de me débarrasser de cette sensation de malaise, je me retourne et me glisse entre les pans de cuir noir. Je suis accueillie par une douce lueur et une impression de chaleur qui me soulagent immédiatement.

J'enlève mes bottes à l'entrée, afin d'en ôter le plus de neige possible avant de me redresser.

Non loin de moi une lanterne est posée sur un seau renversé, mais la délicieuse tiédeur et la plus grande partie de la lumière rougeoyante proviennent d'un tas de charbons ardents soigneusement disposés par terre au centre de la tente. Entourés de pierres noircies, ils dégagent une chaleur qui suffit à me faire gémir de plaisir.

Il y a une pile de fourrures noires dans un coin et une palette en bois qui fait office de lit de l'autre côté. Comme me l'avait promis le commandant, un plateau contenant mon dîner m'attend, et il y a même un pichet d'eau posé à côté d'un bol, un morceau de savon et un linge de toilette.

Je vérifie les rabats de la tente, mais je ne trouve aucun moyen de les fermer. Honnêtement, à quoi pourrait bien servir une lanière de cuir de toute façon ? Si quelqu'un voulait entrer, il pourrait le faire sans problème.

Je me mords la lèvre en réfléchissant, mais je ne peux pas rester sans réagir, trop terrorisée pour bouger. J'ôte donc la fourrure de mes épaules et la pose sur le sol, bien qu'il y en ait déjà d'autres qui ont été étalées pour empêcher la neige d'entrer. Je m'assois dessus en repliant mes jambes sous moi et je pose le plateau sur mes genoux.

Il y a un morceau de pain et de la viande séchée, ainsi qu'un bol de ce qui ressemble à un bouillon. Bien que ce ne soit qu'une modeste ration de soldat, j'en ai l'eau à la bouche et mon ventre gargouille comme si j'étais face au repas le plus délicieux qui soit.

Je me jette dessus, je dévore chaque morceau, j'avale le bouillon tiède sans reprendre mon souffle. La nourriture me rassasie. Je me sens instantanément mieux.

Quand j'ai terminé, je me lèche les doigts et les lèvres en regrettant de ne pas en avoir plus, même si je sais que je suis déjà chanceuse d'en avoir autant. Tous les hommes de ce régiment vont devoir se rationner au fur et à mesure de leur avancée. Je doute qu'ils verraient d'un très bon œil leur prisonnière réclamer plus de nourriture.

J'avale d'un trait l'eau glacée, c'est sans doute de la neige fondue. Peu m'importe qu'elle soit assez froide pour me faire crisser les dents si elle me permet d'étancher ma soif.

À présent que je suis nourrie et désaltérée, je n'ai qu'une envie, me lover dans les fourrures, mais je sais que je dois d'abord me laver. Peut-être est-ce seulement dans ma tête, mais je sens encore sur moi l'odeur du capitaine Fane et je veux m'en débarrasser, comme si je pouvais par la même occasion effacer le souvenir de ses mains sur mon corps, du moment passé avec lui sur son vaisseau.

Le fait que je porte le manteau que je lui ai volé dans sa chambre n'arrange rien, mais je ne peux pas l'abandonner. Je n'ai rien d'autre à me mettre, j'ai donné le mien à Polly.

En prenant soin de ne pas abîmer les plumes brunes, je pose le manteau par terre, puis je quitte rapidement ma lourde robe de laine. Me déshabiller sans l'aide de mes rubans me donne l'impression qu'il me manque un membre… ou plutôt vingt-quatre.

Je laisse ma robe tomber à mes pieds, je l'enjambe et je fais rouler mes collants épais. N'ayant plus que ma chemise dorée sur le dos, je grelotte malgré la chaleur que dégagent les charbons ardents. Je dois faire vite, je ne me sens pas du tout tranquille. Mes mains tremblent de froid et de peur.

Une fois nue, j'examine mes blessures pour la première fois. Comme je le supposais, j'ai un gros hématome sur les côtes, là où le capitaine Fane m'a donné un coup de pied.

Je passe mes doigts dessus et ce léger contact suffit à me faire siffler de douleur. C'est pire que ce que j'avais imaginé, tout mon côté gauche est noir et tacheté, comme si on avait frotté de la suie sur ma peau.

Je saisis la cruche et verse de l'eau dans le bol peu profond, afin d'y tremper le linge de toilette. Je m'attends à ce que l'eau soit glacée mais je suis agréablement surprise, les charbons l'ont presque fait tiédir.

Toutes ces fourrures, cette tente privée, ces charbons ardents, ces rations de nourriture, de l'eau qui n'est pas glacée, aucun garde à l'horizon, pas de chaînes pour m'attacher… Ça ressemble à un pot-de-vin, on dirait que le commandant joue avec moi.

Cet homme ne fait rien qui ne soit pas calculé. Peut-être qu'il cherche à me donner un faux sentiment de sécurité, qu'il m'incite à me détendre, qu'il tente de m'amadouer, mais je ne tomberai pas dans son piège. Je vais en profiter, voilà tout.

Les sourcils froncés, j'humidifie rapidement ma peau, passant de l'eau savonneuse sur tout mon corps. Puis j'en essuie chaque parcelle, y compris mes rubans.

Je passe le chiffon sur mon bras, mais je m'interromps en découvrant une trace rouge sur le tissu. Je la regarde fixement, c'est du sang, celui de Sail.

Je ne sais pas pourquoi je suis autant choquée. Je me suis débarbouillée sur le bateau, mais je devais forcément encore avoir du sang sur moi. Je l'ai pris dans mes bras, je l'ai serré contre moi pendant qu'il rendait son dernier souffle.

En découvrant cette tache, les larmes me montent aux yeux. C'est tout ce qui me reste de lui. La seule chose. Ça peut paraître étrange, mais c'est *sa vie.* Et je viens de l'effacer, de l'effacer complètement.

Ma lèvre inférieure se met à trembler, je la mords violemment pour ne pas éclater en sanglots. Il n'est plus là. Plus jamais je ne verrai cette lumière dans ses yeux bleus, mais j'entendrai toujours le dernier « *Ça va aller* » qu'il a prononcé.

C'est ma faute.

Je continue à me laver dans un brouillard douloureux. Ma vision s'est troublée comme si j'avançais dans la brume. J'aimerais tant savoir où est Digby. C'était plus facile de dormir quand je savais qu'il était près de moi, qu'il veillait sur moi.

Je me sens si seule.

Je termine ma toilette, mais je ne touche pas à mes cheveux. M'attaquer à mes longues mèches dorées et à leurs nœuds innombrables sans l'aide de mes rubans me paraît trop compliqué dans l'état où je suis. Demain. Je m'en occuperai demain.

Le temps de me sécher, j'ai la chair de poule. Je m'approche le plus possible des charbons.

Je me penche pour ramasser ma chemise, mais à cet instant précis, un pan de la tente s'ouvre.

Une bouffée d'air froid s'engouffre à l'intérieur et tout mon corps frissonne, mais je me glace d'une tout autre manière, pour une tout autre raison, lorsque le commandant Rip pénètre dans la tente.

CHAPITRE 6

AUREN

Je ne devrais pas être surprise par son intrusion, pourtant la peur me scie les jambes et me bloque la respiration. L'espace d'un instant, je ne peux plus bouger.

Le commandant s'arrête net à l'entrée de ma tente, ses yeux noirs écarquillés face au spectacle de ma nudité.

Je finis par réagir. J'attrape ma chemise et la plaque devant moi.

– Qu'est-ce que vous voulez ?!

Je pose cette question d'une voix stridente, mais je le sais. Bien sûr que je le sais, parce que c'est ce que tous les hommes veulent, pourquoi serait-il différent, sous prétexte que c'est un fae ?

Le commandant lève les yeux sur mon visage. Son irritation est visible, un tic fait tressauter le muscle de sa mâchoire. Sans dire un mot, il se retourne et sort. Au passage, le piquant recourbé qui pointe entre ses omoplates manque accrocher les pans de la tente.

En état de choc, je reste immobile, les émotions se bousculent dans ma tête les unes après les autres comme le parfum des fleurs dans un jardin. Je suis gênée, déconcertée, en colère et sans défense. Bien trop vulnérable.

Pourquoi est-il parti comme ça ?

Les doigts tremblants, je m'empresse d'enfiler ma chemise. Il est parti, mais il pourrait revenir.

J'entends des pas à l'extérieur. Je jure en ramassant une fourrure par terre et en la serrant contre ma poitrine. Même avec ma chemise je me sens exposée, alors je cherche une arme autour de moi, complètement paniquée.

– J'entre.

En entendant la voix, je fronce les sourcils parce que je suis certaine qu'il ne s'agit pas du commandant. Cette voix est trop aiguë, trop... amicale.

Un homme que je ne connais pas entre et se redresse dès que le pan retombe derrière lui. La première chose que je remarque, c'est son extrême minceur.

La deuxième, c'est que le côté gauche de son visage semble déformé comme s'il avait été brûlé il y a longtemps et qu'il avait mal cicatrisé, avec des replis de peau et des marques de flétrissure. Il n'a plus de sourcil de ce côté-là, sa paupière tombe et le coin de sa bouche ne s'ouvre pas correctement.

Il a probablement la quarantaine, de fins cheveux bruns et le teint mat, et au lieu d'être revêtu de cuir comme tous les soldats, il porte un épais manteau noir qui lui descend jusqu'aux genoux, retenu à la taille par une ceinture.

– Je m'appelle Hojat, me dit-il avec un accent du sud d'Orea que je n'ai plus entendu depuis des années. Je suis venu pour vous examiner.

Mes sourcils se froncent, une pensée déplaisante me traverse l'esprit. L'homme me regarde toujours. Le commandant m'a aperçue nue, maintenant il envoie ses hommes se rincer l'œil, eux aussi ?

Mes traits se tendent, mes doigts se crispent sur la fourrure, ma gorge se serre. Alors, je lui hurle :

– Sortez !

Hojat recule devant la violence de mon cri.

– Pardon ? Le commandant m'a donné l'autorisation de vous examiner.

Sa réponse me met hors de moi.

– Vraiment ? Eh bien, moi *je* ne vous donne pas l'autorisation de m'examiner, quoi qu'en dise le commandant ! Alors vous pouvez vous retourner et sortir. Maintenant.

Hojat cligne des yeux.

– Mais je… Non. Ma Dame, je suis un *soigneur*.

C'est à mon tour d'être confuse. En le détaillant, je remarque pour la première fois qu'il porte une sacoche et que des bandes rouges sont cousues sur ses deux manches. C'est le signe distinctif des médecins qui officient dans les armées d'Orea.

Ma colère retombe immédiatement.

– Oh ! Je suis désolée. Je pensais que… Ce n'est pas grave. Pourquoi le commandant vous a-t-il envoyé ?

Il hoche la tête devant ma lèvre fendue et ce que j'imagine être une joue très meurtrie.

– Je pense que je vois pourquoi, Ma Dame.

Je suis surprise par son ton formel. Je pensais qu'un médecin militaire serait plus bourru, surtout au sein de l'armée dans laquelle il sert.

– Je vais bien. Ça va cicatriser.

Il ne se laisse pas impressionner par mon ton dédaigneux.

– Tout de même, il faut que je vous examine.

Je pince les lèvres.

– Laissez-moi deviner. C'est parce que le commandant vous l'a ordonné.

Un côté de sa bouche s'incurve dans un sourire, le côté brûlé, lui, ne bouge pas.

– Vous comprenez vite, Ma Dame.

– Ce sont surtout des douleurs et des courbatures, et vous pouvez m'appeler Auren.

Il hoche la tête et pose sa sacoche.

– Jetons-y quand même un coup d'œil, Dame Auren.

Je pousse un soupir, à moitié amusée par le titre dont il persiste à m'affubler, et à moitié exaspérée.

– Honnêtement, j'ai connu pire.

– Je ne pense pas que c'est quelque chose qu'un soigneur aime entendre, murmure Hojat en avançant vers moi.

Il me scrute intensément, mais heureusement son regard purement professionnel n'a rien d'inquiétant ni d'intimidant.

– Comment vous êtes-vous fait ça ? me demande-t-il en désignant ma joue.

Je détourne le regard.

– J'ai été frappée.

– Hmm. Et vous avez mal quand vous parlez ou que vous mâchez ?

– Non.

– Bien.

Ses yeux bruns s'arrêtent sur ma lèvre gonflée. Je sens que la fente est recouverte de croûtes.

– Et là, des douleurs ou des dents déchaussées ?

– Heureusement, non.

– Bien, bien, bien. D'autres blessures ?

Je m'agite un peu.

– Je suis tombée et j'ai atterri sur une pierre. Je pense que ça m'a ouvert l'épaule, mais je n'en suis pas sûre puisque je ne peux pas la voir.

Il marmonne et fait mine de passer derrière moi, mais j'hésite.

– Euh, vous regardez, c'est tout. Vous ne touchez pas.

Il s'interrompt, mais hoche la tête puis reste là où il est. Tout en gardant un œil sur lui, je baisse le col de ma chemise pour lui montrer l'arrière de mon épaule. Il se penche vers moi mais, heureusement, n'essaie pas de me toucher.

– Oui, vous avez une petite blessure. Permettez-moi de vous donner quelque chose pour la soigner.

Il se dirige vers sa sacoche, farfouille à l'intérieur et en sort une fiole. Je l'observe en verser le contenu sur un morceau de tissu, puis attraper une autre fiole et revenir vers moi.

Hojat tend la main pour appliquer le morceau de tissu sur ma peau, mais je recule instinctivement. Il interrompt son mouvement en ouvrant de grands yeux.

– Désolé, Ma Dame ! J'avais oublié.

Je m'éclaircis la gorge.

– Ce n'est pas grave. Je vais le faire.

Il me donne le morceau de tissu, que je pose sur ma blessure. Ça pique. Je siffle. Hojat me regarde faire en penchant la tête.

– Ça fait un peu mal, mais ça va désinfecter la plaie.

– Merci pour l'avertissement, je réponds sèchement.

Je continue de tapoter ma blessure, puis sur un signe de tête du soigneur, je lui rends le tissu.

– Laissez sécher un peu avant de recouvrir, me dit-il.

– D'accord.

En se tournant pour aller ranger le tissu, Hojat marche sur mes rubans. J'inspire violemment quand il tire dessus involontairement et les écrase sous son talon.

Devant ma grimace, il recule précipitamment.

– Oh, toutes mes excuses, Ma Dame, je…

Il baisse les yeux, découvre sur quoi il a marché et se met à bégayer.

– Qu'est-ce… Qu'est-ce que c'est ?

J'attrape mes rubans et les rejette derrière mon dos.

– Ce sont juste les liens de ma chemise.

Je vois bien qu'il ne me croit pas, et honnêtement, ça ne m'étonne pas car ils sont bien trop longs et épais pour ça.

Je me crispe car il vient sans doute de remarquer que les rubans sortent de *sous* ma chemise et pas de dessus. Très rapidement, je m'enveloppe dans la fourrure pour recouvrir mon dos, mais je sais que c'est trop tard.

– C'est tout ? je demande, en espérant le faire partir.

Hojat se racle la gorge en détournant le regard.

– Ah, non. Le commandant a mentionné une blessure sur vos côtes.

Je secoue la tête.

– Ce n'est rien, elles…

–J'ai bien peur de devoir insister. Ordres du commandant.

Je serre les dents.

–Moi aussi, j'ai bien peur de devoir insister. Je vous ai dit que ça allait, et il s'agit de *mon* corps !

Pour lui montrer mes côtes, il faudrait que je soulève ma chemise bien plus haut que je ne supporte de le faire ou que je l'enlève complètement, et je serais encore plus vulnérable que je ne le suis à présent. Il serait en mesure de voir mon corps et mes rubans, et je ne suis pas disposée à l'y autoriser, soigneur ou pas.

Avoir été surprise par le commandant, c'est bien suffisant.

L'expression d'Hojat se fait plus douce.

–Vous n'avez rien à craindre de moi, Dame Auren. Déshabillez-vous, allongez-vous sur le grabat, je serai rapide…

Ma poitrine se contracte.

–Non !

Allonge-toi sur le grabat, ma fille. Ce sera vite fait.

La voix qui jaillit de ma mémoire est rauque, inquiétante. Je m'en souviens très clairement, et elle me donne des sueurs froides. Je peux encore sentir l'odeur du champ de blé humide, le fumier détrempé au sol. Mon estomac se retourne.

Je me suis laissée aller trop longtemps aujourd'hui, j'ai baissé la garde. Ma mémoire me joue des tours en faisant ressurgir des souvenirs enterrés depuis longtemps.

En respirant avec peine, je repousse cette réminiscence atroce aussi fort que je peux.

–J'aimerais me reposer maintenant, Hojat.

Le soigneur aimerait visiblement discuter plus avant, mais il se contente de secouer la tête avec un soupir résigné.

Le commandant va-t-il le punir ? Est-ce qu'il va me punir, moi ?

–Très bien, dit Hojat.

Mes épaules se détendent légèrement quand il fait demi-tour. Je le regarde tripoter à nouveau sa sacoche, puis s'agenouiller devant l'entrée de la tente. Il ramasse un peu de neige à l'extérieur pour en remplir un petit chiffon, dont il noue les coins.

Je suis sur le point de lui demander ce qu'il fabrique, mais il revient vers moi et me tend le paquet ficelé ainsi qu'une autre fiole.

– Voici une compresse froide et du Ruxroot. Cela vous aidera à soulager la douleur et à dormir.

J'acquiesce en ouvrant le bouchon de la petite fiole, et j'en verse le contenu dans ma bouche. Dès qu'il atteint ma langue, je me mets à tousser, manquant m'étouffer ; la brûlure et l'amertume sont tellement fortes que j'en ai les larmes aux yeux. Je parviens à peine à avaler.

– Bonté divine, qu'est-ce que c'est ? J'ai déjà pris du Ruxroot et ça n'a jamais eu ce goût-là !

Hojat me lance un regard penaud en récupérant sa fiole vide.

– Désolé, Ma Dame, j'ai oublié de vous prévenir. Je mélange tous mes remèdes avec de l'hénade.

J'écarquille les yeux, incrédule. Ma gorge tressaute comme si elle essayait encore de se débarrasser de cette substance.

– Vous mélangez vos remèdes avec l'alcool le plus fort de tout Orea ?!

Il hausse les épaules en souriant.

– À quoi vous attendiez-vous ? Je suis un médecin militaire. Je soigne des soldats furieux sur le champ de bataille. Croyez-moi, dans ces cas-là, plus il y a d'alcool, mieux c'est. Cela permet d'atténuer la douleur, même pour les blessures les plus graves, et cela améliore un peu leur humeur, m'explique-t-il en clignant de son œil valide.

Je m'essuie la bouche sur la fourrure qui pend sur mon épaule.

– Beurk. Je préfère le vin.

Il glousse, puis désigne le paquet de neige que je tiens dans mon autre main.

– Ce soir, mettez de la glace sur votre joue et votre lèvre. L'œdème va se résorber.

Je hoche la tête.

– Merci.

– Reposez-vous bien, Ma Dame.

Hojat ramasse sa sacoche et s'en va. Je reste seule une fois de plus.

En attendant que le liniment sèche complètement sur mon épaule, je nettoie mon plateau, puis je prends le temps d'examiner ma robe et d'en ôter le plus de sang possible.

Je bois les dernières gouttes d'eau qu'il me reste pour essayer de faire disparaître le goût de l'horrible mixture, sans grand succès. J'espère que l'hénade était le seul ingrédient ajouté à cette potion.

Je n'aurais probablement pas dû faire confiance à Hojat aussi facilement, mais j'étais tellement soulagée qu'il me propose un antalgique. Le soigneur n'a pas l'air d'être un empoisonneur, pourtant mieux vaudrait ne faire confiance à *personne* dans l'armée du Quatrième Royaume.

Je suis sur le point de m'écrouler. Je replie certaines des fourrures étalées sur le grabat et je me laisse pratiquement tomber sur ce lit improvisé, en disposant soigneusement mes rubans pour qu'ils ne s'emmêlent pas dans mes jambes pendant la nuit.

Je me recouvre avec les lourdes fourrures, des joues jusqu'aux orteils. J'en roule une autre que je glisse sous ma tête. Une fois installée, j'attrape la compresse et la maintiens contre ma joue.

Mon corps se réchauffe rapidement sous les couches épaisses, je pousse un soupir en sentant que le Ruxroot commence à agir.

Mais juste au moment où je ferme mes paupières trop lourdes, les pans de la tente se soulèvent à nouveau et de la poudreuse s'engouffre en voletant. Mes yeux tombent sur le commandant qui se faufile à l'intérieur.

J'ai l'impression que cette fois, il ne fera pas demi-tour.

Chapitre 7

Auren

Tout mon corps se raidit. J'aurais dû me douter que je n'étais pas réellement tirée d'affaire. Peut-être qu'il a envoyé son médecin me requinquer afin de pouvoir faire de moi tout ce qu'il désire.

La bile remonte dans ma gorge et me brûle la langue.

– Qu'est-ce que vous faites ?

La peur acide fait trembler ma voix.

Mais le commandant ne me répond pas. Il se dirige à l'autre bout de la tente, là où un tas de fourrures est empilé.

Je retiens mon souffle, mes doigts agrippent désespérément mes couvertures. Il se penche et commence à délacer ses bottes. Je retiens ma respiration en le regardant enlever la première, puis la seconde. Elles atterrissent dans un bruit sourd qui fait écho aux battements violents de mon cœur.

Je ne peux m'empêcher de repenser à la façon dont il m'a surprise, aux parties de mon corps nu qu'il a probablement vues.

Ses doigts remontent ensuite jusqu'à son plastron de métal noir, qu'il détache en tirant violemment sur les boucles de sa ceinture. Il le met de côté puis commence à desserrer les lanières de cuir marron qui s'entrecroisent sur sa poitrine pour enlever sa cotte de mailles.

Je commence à me demander comment il va faire, quand soudain ses piquants se rétractent le long de ses bras et de sa colonne vertébrale. Lentement, ils s'enfoncent dans sa peau, puis disparaissent un à un. Il retire alors son vêtement protecteur et le suspend.

On pourrait croire que vêtu d'une simple tunique à manches longues et d'un pantalon il serait moins intimidant, mais ce n'est pas le cas. Les petits trous circulaires dans ses manches ne me permettent pas d'oublier ce qui se cache en dessous.

Mon corps tout entier se met à trembler lorsqu'il entreprend de sortir sa tunique de son pantalon.

Je me mords la lèvre inférieure si violemment que je manque en rouvrir la plaie.

Non. Ça ne peut pas arriver. Non, non, non.

Je suis tellement stupide. Pourquoi ai-je baissé ma garde ? Pourquoi ai-je imaginé que ça n'arriverait pas ?

Peut-être que la potion qu'Hojat m'a donnée était mélangée à un puissant calmant pour mieux m'assommer. Ce n'était probablement pas du Ruxroot. Car pourquoi le guérisseur de l'armée du Quatrième Royaume se soucierait-il de ma douleur ? On me garde uniquement pour que je puisse leur servir de souffre-douleur, de rançon, de menace pour Midas.

Je suis plus vulnérable que jamais. Après la nuit et la journée que je viens d'endurer, blessée, épuisée, et maintenant droguée, je suis seule à la merci du commandant de l'armée la plus redoutable au monde.

La colère me noue le ventre. Je maudis le commandant qui est un personnage ignoble. J'en veux à Hojat qui m'a fait croire que je pouvais enfin me détendre. Et surtout aux Red Raids, qui les premiers m'ont attaquée et capturée.

Mais plus que tout, je suis en colère contre moi-même, pour m'être en permanence fourrée dans ce genre de situation.

Lorsque le commandant Rip s'avance vers moi, je me redresse d'un seul coup et me recule le plus possible sans déchirer le tissu de la tente derrière moi.

– Restez où vous êtes ! N'approchez pas.

Rip s'arrête, les écailles de ses pommettes brillent dans la pénombre. En réaction à ma posture et mon expression, il se met à grimacer.

Je suis prête à hurler, bien que je doute que ça serve à grand-chose. Mais je ne me tairai pas.

Le commandant se remet à bouger, mon cri est prêt à s'envoler… mais il ne se dirige pas vers moi.

À la place, il attrape un couvercle métallique que je n'avais pas remarqué et le pose sur les charbons ardents.

En retenant ma respiration, je le regarde ramasser ses bottes et son armure puis les placer soigneusement à côté des pierres. Il se dirige vers la lanterne, baisse la flamme jusqu'à ce qu'elle s'éteigne et nous plonge dans une obscurité vacillante. La seule lumière provient des fentes du couvercle, les charbons ardents se consumant toujours en dessous.

Je serre si fort les dents que ma mâchoire me fait mal. Je suis prête à me lever à tout instant, mais il ne s'approche pas de moi.

Je plisse les yeux dans l'obscurité, mon corps tremble comme une feuille, mais il se retourne et se dirige vers l'autre pile de fourrures dans le coin opposé de la tente.

Il les repousse et se glisse dessous. J'ai l'impression qu'il s'étire en s'allongeant, et je réalise alors qu'il ne s'agit pas d'un simple tas de fourrures supplémentaire, mais d'une autre couchette.

Mon esprit bute sur ce que je vois.

Quoi ? *Quoi ?*

Je cligne des yeux en fixant sa silhouette dans l'ombre. Il ne s'impose pas à moi. Il ne m'approche pas.

Il est simplement… allongé sur la deuxième couchette. Une couchette qui, je le remarque, est extra-longue pour pouvoir s'adapter à sa taille.

– C'est un piège ?

Je me surprends à poser la question, d'une voix tremblante.

Rip ne répond pas, il se contente de replacer les fourrures à sa convenance et je réalise enfin ce que j'aurais dû comprendre bien avant.

Pourquoi cette tente est si confortable, pourquoi elle est séparée des autres, pourquoi il y a tant de fourrures qui tapissent le sol. Personne n'aménagerait ainsi la foutue tente d'une prisonnière ! À moins que cette prisonnière ne doive la partager avec le commandant.

J'en ai le souffle coupé.

– C'est votre tente.

Il est allongé sur le dos, ce qui me laisse à penser que ses piquants sont toujours rétractés.

– Bien sûr que c'est ma tente.

– Pourquoi ? Pourquoi m'avez-vous installée dans votre tente ? je lui demande, toujours assise, les genoux repliés devant moi sous mes fourrures.

Ses yeux noirs me dévisagent.

– Tu préfères dormir dans la neige ?

– Je ne devrais pas être avec les autres prisonniers ? Les autres pouliches et les gardes ?

– Je préfère te garder à l'œil.

La méfiance me gagne.

– Pourquoi ?

Comme il ne répond pas, je plisse les yeux pour pouvoir mieux le distinguer dans la pénombre.

– Est-ce que vous me retenez ici pour éviter que vos soldats dégoûtants me violent en plein milieu de la nuit, sans votre permission ?

Je me rends compte qu'il se crispe. Je le vois, mais je le *sens* plus encore. Son irritation traverse l'espace et menace de m'atteindre.

Rip se redresse lentement sur un coude, il me fixe avec une fureur dans le regard qui me terrorise.

– J'ai une confiance aveugle en mes hommes, aboie-t-il. Jamais ils ne te toucheraient. C'est en *toi* que je n'ai pas confiance.

Voilà pourquoi tu dors ici, dans ma tente. Ta loyauté envers le Roi d'Or est suffisamment éloquente, et je ne laisserai pas mes soldats faire les frais de tes complots.

J'en reste bouche bée. Il me garde ici pour que je ne leur fasse pas de mal ? L'idée est si saugrenue qu'elle en est presque risible. Pourtant, la façon dont il a critiqué mon caractère…

Je ne devrais pas m'en soucier, pas le moins du monde. Mais je le fais. Cet homme, qui ment sur ce qu'il est, qui commande une armée vicieuse et barbare, se permet de me regarder de haut ? Il est connu sous le nom de commandant Rip[3], pour l'amour du ciel ! Il décapite ses ennemis et les laisse se vider de leur sang pendant que son roi, lui, abandonne dans son sillage les cadavres en putréfaction des soldats tombés au combat.

– Je n'ai aucune envie de rester ici avec vous.

Il se rallonge sans paraître se soucier le moins du monde de ce que je dis.

– Les captifs n'ont pas le droit de choisir l'endroit où ils dorment. Sois reconnaissante d'être aussi bien lotie.

Je me hérisse, tentant de déchiffrer le message sous-jacent.

– Qu'est-ce que c'est censé vouloir dire ? Où sont les autres pouliches ? Les gardes ?

Il ne me répond pas. Ce sale type se contente de poser son bras sur ses yeux, comme s'il voulait s'endormir.

– Je vous ai posé une question, Commandant.

– Et j'ai décidé de ne pas répondre, rétorque-t-il sans bouger son bras. Maintenant, reste tranquille et repose-toi. À moins que tu n'aies besoin d'un bâillon pour te taire ?

Je serre les dents. Il est suffisamment horrible pour mettre sa menace à exécution, alors pour ne pas être contrainte de dormir avec un bâillon toute la nuit, je me rallonge.

Malgré la potion qui m'endort, je reste éveillée pendant plus d'une heure, juste au cas où ce ne serait qu'une ruse, juste au cas où il attendrait le moment opportun, pendant mon sommeil, pour me sauter dessus.

---

3. En anglais, *to rip out* signifie « arracher ».

Mais plus j'essaie de rester éveillée, plus mes paupières deviennent lourdes.

Chaque clignement me fait mal, on dirait qu'elles essaient de se coller l'une à l'autre, elles irritent mes yeux quand je les force à s'ouvrir, encore et encore.

Je finis par perdre la bataille. Le sommeil me gagne, avec l'aide des remèdes et de l'alcool. Succombant à l'épuisement, je m'endors et me mets à rêver dans la tente de mon ennemi.

Chapitre 8

Auren

— Viens, Auren.

Je me retourne vers Midas, vers la main qu'il me tend. Un geste si simple en apparence, mais pour moi, ça veut dire beaucoup.

Il m'a fallu un bon moment pour accepter de lui donner la main. Avant, chaque fois qu'il me tendait la sienne, je reculais.

Mais il s'est montré tellement patient avec moi, tellement gentil. Je n'avais jamais connu la gentillesse auparavant, pas depuis mon enfance, quand j'étais encore en sécurité à la maison avec mes parents.

Je glisse ma main dans la sienne avant de jeter un regard nostalgique vers le feu de camp à quelques mètres de là et le groupe de nomades assis autour, l'étang scintillant derrière eux.

Habituellement, Midas et moi voyageons seuls, mais nous allons bientôt quitter le Deuxième Royaume et il y a toujours plus de voyageurs près des frontières. Les nomades nous suivent depuis quelques jours à présent, et je suis curieuse à leur sujet.

– Ne pouvons-nous pas partager leur feu ?

La nuit est douce, il y a un soupçon de brise et un ciel d'encre parsemé d'étoiles.

–Non, Précieuse.

Chaque fois qu'il m'appelle ainsi, j'ai des papillons dans le ventre. L'idée que quelqu'un puisse me considérer comme précieuse, et plus encore quelqu'un d'aussi beau que lui, me fait bondir de joie.

Je continue à me dire que ce bonheur va m'être arraché, qu'il va disparaître, mais Midas m'assure que je n'ai pas à m'inquiéter.

Il m'entraîne vers notre propre petit feu de camp, où je m'installe près de lui. Je presse ma cuisse contre la sienne parce que j'ai envie de le toucher. Depuis que les contacts humains ne sont plus censés me faire mal, je deviens insatiable.

–Pourquoi pas ? je lui demande avec curiosité.

Midas est si amical et tellement charismatique. Je suis surprise qu'il ne veuille pas de la compagnie des autres.

Il lâche ma main pour attraper la viande qu'il a fait rôtir et en coupe le plus gros morceau pour moi. Je souris en le prenant, et je mords dans la chair tendre avec délectation.

–Parce qu'il est préférable que nous restions entre nous, m'explique patiemment Midas tout en mangeant la viande qu'il dépiaute sur l'os. On ne peut pas faire confiance aux gens, Auren.

Je le regarde dans les yeux en me demandant si lui aussi l'a appris à ses dépens. Aucun de nous n'aime évoquer son passé et je suis contente qu'il ne m'asticote pas à ce sujet. Nous sommes bien plus heureux en vivant l'instant présent.

–Je m'étais dit que ce serait bien d'avoir de la compagnie, j'admets tranquillement en léchant le jus qui coule sur mes doigts. Nous voyageons ensemble depuis deux ou trois mois à présent. Je pensais que tu pourrais commencer à te lasser de moi.

Je le taquine, bien que j'aie en permanence un soupçon de questionnement, une pointe de doute. Je ne comprends toujours pas pourquoi quelqu'un comme lui s'embête avec quelqu'un comme moi.

Midas se tourne vers moi, la lueur orangée des flammes brille dans ses yeux, elle les fait crépiter de chaleur. Il passe tendrement son pouce sur ma joue.

– Je ne me lasserai jamais de toi, Auren. Tu es parfaite.

Ma respiration se bloque dans ma gorge.

– Tu me trouves parfaite ?

Il se penche et m'embrasse, et peu m'importe que nos lèvres soient toutes graisseuses ou que l'odeur de fumée s'accroche à mes cheveux. Il pense que je suis parfaite. Il m'a sauvée, il ne se lassera jamais de moi et il me trouve suffisamment parfaite pour m'embrasser.

Je ne savais pas que le bonheur pouvait faire cet effet-là.

Quand il se recule, ses yeux pleins de flammes caressent mon visage avec adoration.

– Ne pense jamais que je vais me lasser de toi ou que tu ne m'es pas précieuse. Tu es mon amour à la peau dorée, n'est-ce pas ?

Je hoche timidement la tête, ma langue pointe pour lécher mes lèvres et goûter la douceur de son baiser. Tout ceci est encore si nouveau, si fragile. Mon cœur est sur le point d'exploser, j'ai tout le temps peur que ça lui arrive.

– Pourquoi moi, Midas ?

Ma question paraît flotter dans l'air. C'est une question qui tourne dans ma tête depuis des semaines, des mois, depuis qu'il m'a sortie de ma détresse solitaire, alors que j'étais coincée dans une ruelle, sans nulle part où aller, sans personne pour prendre soin de moi.

Peut-être que je laisse enfin sortir ces mots parce qu'il m'a insufflé un peu de son indéfectible confiance. Ou peut-être que je me sens plus audacieuse quand je suis dans l'ombre de la nuit.

Je pense que certaines questions ne peuvent pas être posées en pleine lumière. Il est plus facile d'exprimer ses doutes et ses craintes dans l'obscurité.

J'attends qu'il me réponde, mes doigts s'enfoncent dans l'herbe, j'en arrache des brins pour avoir quelque chose à faire de mes mains.

Midas me tapote le menton pour que je relève la tête.

– Qu'est-ce que tu veux dire ?

Je hausse les épaules d'un air gêné.

– Tu aurais pu choisir n'importe qui dans ce village après t'être débarrassé des pillards. Il y en avait plein d'autres qui

étaient paniqués et qui pleuraient, je dis en baissant les yeux vers l'encolure de sa tunique dorée dont les lacets défaits laissent entrevoir sa peau bronzée. Pourquoi moi ? Pourquoi es-tu entré dans cette ruelle et as-tu décidé de m'emmener avec toi ?

Midas se penche et me tire sur ses genoux. Mon estomac fait un bond à son contact, c'est une réaction automatique déclenchée par la peur que je ressens quand on me touche et la surprise que j'éprouve d'apprécier cela. Dès que cette tension initiale disparaît, je me love contre lui en posant ma tête sur sa poitrine.

– Ça a toujours été toi, dit-il doucement. Dès l'instant où j'ai vu ton visage, j'étais déjà fou de toi, Auren.

Il me prend la main et la pose sur sa poitrine. Je sens son cœur battre sous mes doigts, comme s'il chantait une chanson, juste pour moi.

– Tu entends ça ? Mon cœur t'appartient, Précieuse. Pour toujours.

Je souris et enfouis mon visage dans son cou. Je me sens si légère, si heureuse que je m'étonne de ne pas flotter dans les airs et de ne pas scintiller avec les étoiles.

Il dépose un baiser sur mes cheveux.

– Allons-nous coucher, murmure-t-il avant de me taper sur le bout du nez. On doit se lever tôt.

J'acquiesce d'un signe de tête, mais au lieu de me faire lever, il me porte jusqu'à la tente. Il se baisse pour y entrer, m'allonge doucement sur nos couvertures et je m'endors dans ses bras, blottie contre lui.

Je ne sais pas exactement ce qui me réveille.

Peut-être était-ce un bruit. Peut-être une intuition.

En m'asseyant dans l'obscurité, je remarque que la lueur orangée qui flottait dans notre tente a disparu, ce qui signifie que le feu est éteint, probablement depuis des heures.

À côté de moi, Midas dort. De légers ronflements s'échappent de sa bouche entrouverte. Ses ronflements me font fondre, c'est comme un secret que je suis la seule à connaître, une vulnérabilité innocente.

La tête inclinée, je tends l'oreille en me demandant ce qui a bien pu me tirer d'un sommeil si profond.

Mais je n'entends rien. L'aube n'est probablement plus très loin, je décide donc de me faufiler hors de la tente pour me laver avant de repartir.

Dehors, face au foyer carbonisé de notre ancien feu, je m'étire en regardant les environs éclairés par la lune. Tout est paisible, rien ne bouge, le doux chant des grillons résonne près de l'étang.

Je m'y dirige pour profiter de l'eau claire. À chaque pas, mes pieds nus s'enfoncent dans l'herbe tendre. Le terrain plat est parsemé de quelques arbres ici et là et je discerne les ombres des tentes des nomades au loin. Leur camp est parfaitement calme, tout le monde dort encore.

Quand j'arrive à l'étang, je commence à me déshabiller et plonge un orteil dans l'eau pour me faire une idée de sa température. C'est froid, mais pas trop. Je vais me contenter de prendre un bain rapide avant le lever du soleil.

J'entreprends de desserrer les liens dorés de mon col quand une main se plaque sur ma bouche.

Surprise, je pousse un cri étouffé. Un autre bras vient s'enrouler autour de moi, pour enserrer ma gorge.

– Enlève-lui ses vêtements ! aboie une voix masculine contre mon oreille.

J'écarquille les yeux. Quelqu'un tire sur ma chemise, l'étoffe me griffe douloureusement la peau.

Dans ma panique, je réalise qu'ils sont trois, deux femmes et l'homme qui me tient par-derrière.

Non, pas deux femmes. L'une d'elles n'est qu'une jeune fille, d'environ mon âge. Je la reconnais. Cette famille fait partie des voyageurs nomades.

Je me débats, j'essaie de donner un coup de pied à l'homme, mais il raffermit sa prise, ce qui rend ma respiration difficile.

– Tiens-toi tranquille, ça vaudra mieux pour toi, me dit-il à voix basse à l'oreille.

La femme qui essaie de m'arracher ma chemise regarde par-dessus son épaule.

– Passe-moi le couteau, siffle-t-elle à sa fille.

La fille joue apparemment le rôle du guetteur, mais elle accourt.

Un éclat de métal luit quand elle tend un couteau à sa mère. Je tente de croiser son regard pour la supplier, mais elle ne me regarde même pas.

J'essaie alors de repousser l'homme et d'enlever son bras. J'essaie aussi de crier en grinçant des dents, j'essaie de le mordre, mais il se contente d'enfoncer ses doigts dans ma bouche et d'appuyer sur ma langue, ce qui me donne envie de vomir.

L'instant d'après, une violente douleur me cisaille le ventre. Je hurle intérieurement pendant qu'on m'arrache ma chemise, puis ma jupe longue et mes bas.

– Vite ! Donne-moi le couteau ! siffle l'homme.

Je vais mourir. Il est sur le point de me trancher la gorge et la seule pensée qui me vient, c'est que Midas avait raison.

On ne peut pas faire confiance aux gens.

L'homme attrape alors mes cheveux en lâchant heureusement mon cou et ma bouche, mais je suis trop occupée à aspirer l'air dont j'ai tant besoin que je n'ai plus la force de crier. Ma gorge est si meurtrie que je ne suis même pas sûre d'en être capable.

Il me tord la nuque en tirant sur mes cheveux d'une manière atroce, puis un horrible bruit de sciage se fait entendre. Il se met à couper mes épaisses tresses dorées.

Je me retrouve nue, le cuir chevelu en feu, la gorge meurtrie.

Lorsque la dernière mèche de mes cheveux est coupée, il n'a plus de prise sur mon corps, donc il me jette à terre comme du linge sale. Je ne peux pas me relever, je suis en état de choc, trop concentrée à retrouver ma respiration.

S'ils m'adressent la parole, je ne les entends pas. Tout ce que je sais, c'est que le bruit de leurs pas s'éloigne en emportant avec lui leurs ombres menaçantes, et que je me retrouve seule, recroquevillée au bord de l'étang. Un de mes pieds trempe dans l'eau froide jusqu'à la cheville, le reste de mon corps est enfoncé dans l'herbe, mais je ne le sens pas.

Je ne sais pas combien de temps je reste étendue là, mais j'ai trop peur pour bouger. Trop peur de me lever et de retrouver Midas. J'ai trop peur de tout.

C'est Midas qui me trouve. Comme avant, dans cette ruelle, il me trouve brisée au sol, sous la lune.

Je l'entends qui m'appelle, je l'entends pousser un juron. Puis il me prend dans ses bras et quand il me soulève, je commence à pleurer.

Mes larmes coulent sur sa tunique dorée, elles inondent sa poitrine, cette poitrine qui bat, qui chante encore pour moi.

Je sens les pointes de mes cheveux cisaillés me gratter les joues. Je sens l'entaille sur mon ventre, là où la lame a coupé ma peau. Mais plus que tout, je sens la peur.

Midas prend soin de moi. Même si je me doute que je dois être moche et qu'il doit être en colère parce que j'ai quitté la tente sans lui, il ne dit rien. Il se contente de laver les taches vertes sur ma peau, de nettoyer la coupure sur mon ventre et d'embrasser mes joues mouillées de larmes.

Et c'est ainsi que la déclaration qu'il m'avait faite la veille devient mon mantra, un mantra qui endurcit mon cœur, qui solidifie ma peur, qui me donne envie de fuir ce monde pour toujours.

On ne peut pas faire confiance aux gens.

La seule personne en qui je puisse avoir confiance, c'est lui.

Alors, je me promets que c'est ce que je ferai dorénavant. Je lui ferai toujours confiance, en toutes choses, parce que lui, il sait. Il a toujours raison.

J'en ai terminé avec la laideur de ce monde, je veux qu'il m'en protège.

Complètement.

CHAPITRE 9

AUREN

La caresse soyeuse sur ma joue tuméfiée me réveille. En ouvrant les yeux, je vois mes rubans qui s'étirent, s'enroulent, se meuvent lentement autour de moi comme pour tester ma sensibilité. Devant leur douce lueur dorée, je souris car ils ont l'air d'aller beaucoup mieux. À présent, je peux les bouger sans grimacer.

Je m'assois en prenant soin de ne pas faire tomber les fourrures, parce que le froid de ces dernières heures nocturnes est saisissant. Les charbons se sont depuis longtemps transformés en cendre et l'obscurité règne dans la tente. Je parviens à discerner la silhouette du commandant allongé dans l'ombre sur ses fourrures. Il respire régulièrement, calmement.

Il n'est pas très surprenant qu'il dorme encore, le soleil n'est pas encore levé. Mais le voir endormi ainsi, ayant abandonné l'exigence impérieuse de son pouvoir et sa mine sévère… le fait paraître différent. Moins menaçant.

Je me surprends à l'examiner, à étudier ses traits. Je suis curieuse de savoir ce que ressentiraient ses écailles argentées, le long de ses pommettes, si je les effleurais. Je me demande si ça lui fait mal de devoir rétracter ses piquants sous sa peau ou s'il ne le sent même pas.

Mais surtout, je me demande quel genre de pouvoir coule dans ses veines. Quel qu'il soit, il doit être puissant et impitoyable. Je le sens.

C'est son pouvoir qui doit expliquer pourquoi le roi Ravinger l'a nommé chef de ses armées. Mais comment l'a-t-il trouvé ? Comment parvient-il à cacher la vérité aux masses ?

Les gens sont-ils si satisfaits de leur ignorance qu'ils acceptent de croire tous les mensonges qu'on leur sert, malgré ce qu'ils voient de leurs propres yeux ? Mais peut-être que ce n'est pas de l'ignorance. Peut-être est-ce juste… de la peur. Ils ne veulent même pas envisager d'alternative. Ça les mettrait mal à l'aise, ça les empêcherait de dormir la nuit.

Peut-être que l'ignorance n'est pas un vice, mais un sursis. Et vouloir faire de son ignorance un sursis, c'est quelque chose que j'ai moi-même pratiqué à maintes reprises.

Le commandant Rip fait du bruit dans son sommeil, c'est un grognement sourd, comme un tremblement de terre lointain, comme des plaques tectoniques qui bougent et que je peux quasiment sentir sous mes pieds chancelants.

Il ne m'a pas touchée la nuit dernière.

J'ai dormi d'un sommeil de plomb, et il n'a pas essayé d'en profiter, il n'a pas quitté sa paillasse. Je n'ai pas été enchaînée, ni surveillée, ni blessée. Il ne craignait même pas que *je* m'en prenne à lui pendant qu'il dormait.

Être sa prisonnière… n'est pas ce à quoi je m'attendais. Il s'agit davantage de jeux psychologiques que d'agression physique, avec des questions précises et de vagues menaces.

Je n'ai pas confiance.

Un de mes rubans s'enroule autour de mon visage, il semble clairement vouloir me demander de me bouger. Je m'amuse à le repousser, avant de m'extirper des fourrures avec précaution et de me lever doucement.

Mon corps est endolori, mes côtes me font mal, mais au moins mon épaule va mieux. L'onguent d'Hojat a dû faire son effet. La potion aussi, car bien que j'aie encore mal, c'est moins douloureux que la veille.

Une fois debout, je grelotte. J'aimerais pouvoir me replonger dans la chaleur de ma couche, pourtant j'attrape ma robe et je l'enfile.

Aidée de mes rubans, je m'habille rapidement, sans faire de bruit. Je suis vraiment soulagée de constater qu'ils se sentent mieux après une seule nuit de repos. En gardant un œil sur le commandant, j'enfile mes collants et mes bottes, j'attrape mes gants que je remonte presque jusqu'aux coudes, puis je ferme mon manteau.

Je tresse mes cheveux en une simple natte que je fourre dans ma capuche, avant de la remonter sur ma tête. Une fois ces préparatifs terminés, mes rubans s'enroulent autour de mon torse en boucles lâches mais sécurisées, qui ajoutent une couche d'isolation supplémentaire à ma tenue.

Je me faufile jusqu'à l'entrée de la tente, non sans avoir jeté un dernier regard au commandant. Je doute qu'il ait le sommeil très lourd et je ne veux pas qu'il me surprenne en train de sortir en douce avant l'aube.

Dehors, le froid me coupe le souffle, aussi glacial que la couche vide d'un amant absent.

Mes bottes crissent sur la neige tassée. Je me dirige vers les latrines sous le ciel gris pâle qui annonce les prémices du jour.

J'ai l'impression qu'il fait encore plus froid qu'hier soir. Lorsque je quitte les latrines, mes claquements de dents redoublent, il commence à neiger. Je retourne au camp d'un bon pas, en essayant de faire circuler le sang pour me réchauffer un peu. Je suis accueillie par les bruits de l'armée qui se réveille.

Une odeur de nourriture flotte dans l'air. Je change de route, guidée par mon odorat ; je me fraye un chemin entre les tentes et les hommes qui grommellent. Certains bâillent, d'autres crachent, d'autres encore démontent leur tente, se préparant à une nouvelle journée de marche.

J'arrive devant un petit foyer. Un homme debout derrière un trépied en bois surveille un grand chaudron en fer qui mijote. Il a la peau noire et de longs cheveux, des morceaux de bois sont accrochés aux bouts de ses mèches comme autant d'hommages au blason de son royaume.

Face à lui s'étend une file de soldats déjà habillés de pied en cap. Chacun d'entre eux a une tasse en fer à la main. L'homme leur sert, l'un après l'autre, une cuillerée de son brouet. En m'approchant, je l'entends parler avec les soldats qu'il est en train de servir.

– Ne me regarde pas comme ça, ou tu vas recevoir mon pied au cul. Je n'ai que ça à t'offrir.

Plop.

– Suivant ! Ouais, ouais, avance encore un peu plus lentement, pourquoi tu ne le fais pas ?

Plop.

– Tu en as marre du porridge ? On en a tous marre du porridge, espèce de connard aux jambes arquées, dit-il en faisant poireauter le soldat.

Le suivant inspecte la bouillie en fronçant des sourcils.

– Tu ne pourrais pas y mettre des épices, ou un autre truc, Keg ?

L'homme, Keg, penche la tête en arrière et éclate de rire. Son mouvement fait s'entrechoquer les perles de bois dans ses cheveux. Elles sonnent creux.

– Des épices ? Regarde autour de toi ! s'exclame-t-il en pointant sa cuillère vers le désert gelé. Tu crois qu'on peut dégoter des épices dans cet endroit oublié des dieux ?

Le soldat s'éloigne en soupirant, mais lorsque le suivant approche, Keg secoue la tête en tapotant sa cuillère contre la marmite.

– Ttt-ttt. Tu sais que tu as déjà eu ta ration pour la journée. Dégage de ma file d'attente, sauf si tu veux mon pied au cul !

Keg semble apprécier cette menace.

Mon estomac gargouille, mais je suis au bout de la file. Il y a une bonne cinquantaine de soldats devant moi.

Je devrais peut-être tenter de chercher à manger ailleurs. En me dépêchant, j'arriverai peut-être à rejoindre ces chariots et…

– Hé toi, là-bas !

Je tourne la tête et me rends compte que Keg me regarde, mais je jette un coup d'œil autour de moi, au cas où. Tous les autres soldats se retournent pour me regarder, eux aussi.

Je resserre ma capuche autour de mon visage et je pointe du doigt ma poitrine.

– Moi ?

– Oui, toi. Viens par ici.

Les soldats se mettent à chuchoter entre eux, ils me remarquent pour la première fois.

– C'est elle.

– C'est la femme en or de Midas ?

– On ne dirait pas.

– Eh, j'ai quelques écus qui brillent plus qu'elle !

Je baisse la tête. Leur attention soudaine me donne envie de m'enfuir. Keg doit s'en rendre compte, car il frappe sa cuillère contre le chaudron comme s'il tapait sur un gong. Le bruit est suffisamment fort pour faire grimacer plusieurs soldats.

– Allez, ma fille ! Passe devant, me lance-t-il.

En prenant sur moi, je commence à avancer. J'essaie d'ignorer les regards. Je m'arrête à quelques mètres de lui. Ses yeux marron foncé me dévisagent.

– Tu es la pouliche dorée du Sixième Roi ?

Mes rubans se resserrent autour de moi, je lui réponds par un simple « Oui ».

Il secoue la tête vigoureusement, ce qui fait retomber une de ses longues mèches de cheveux sur son œil.

– Je croyais que tu brillais davantage. Que tu étais plus solide. Je pensais que si on tapait du poing contre toi, ça sonnerait creux comme une statue.

J'écarquille les yeux.

– Quoi ?

Il déplace sa cuillère dégoulinante de haut en bas devant moi.

– Tu sais, plus métallique. Réfléchissante. Froide. Mais tu es toute en chair et en os, pas vrai ? Toute en courbes féminines et la peau douce, simplement…

Il penche la tête comme s'il cherchait le mot juste.

– Dorée.

Je rougis sous ma capuche, ne sachant pas si je dois faire demi-tour et partir ou si ça vaut la peine que je reste pour pouvoir manger. Je me rends compte que ses paroles sont exemptes de toute cruauté ou d'obscénité, mais qu'elles dénotent plutôt une vraie surprise.

– C'est pour ça qu'on la surnomme le toutou en or, imbécile ! lance l'un des soldats derrière moi. Maintenant, tu peux arrêter de jacasser et nous servir ? On a faim et ta pâtée n'est pas meilleure quand elle est froide.

Keg lève les yeux pour regarder au-dessus de ma tête, puis il pointe à nouveau sa cuillère en faisant tomber un morceau particulièrement grumeleux par terre, à quelques centimètres de mes jupes.

– Va te faire foutre et attends ton tour, ou je renverse cette bouillie sur le sol et je te plante mon pied dans le cul, qu'est-ce que tu en dis, soldat ?

Je ne peux pas m'empêcher de sourire.

Keg s'en aperçoit, son regard suffisant se tourne à nouveau vers moi, tout comme sa cuillère qu'il brandit toujours en l'air.

– Tu vois ? La dorée me comprend. Ça signifie qu'elle sera servie avant les autres, bande d'ingrats !

Les hommes se mettent à crier. Mon sourire s'évanouit et je secoue la tête d'un air catégorique.

– Oh, non. Non, c'est bon. Je vais attendre.

Je ne veux surtout pas que ces soldats le prennent mal et me le fassent payer.

– C'est quoi ce bordel, Keg ? C'est une putain de prisonnière !

L'un d'entre eux se met à protester, c'est bien la preuve que c'est une mauvaise idée.

Keg n'a pas l'air aussi inquiet que moi.

– Ouais, eh bien, pour l'instant, je l'apprécie plus que ta voix d'emmerdeur à la con, et vu que c'est *moi* le cuisinier ici, c'est moi qui décide qui je sers. Vous pouvez toujours aller traîner vos culs poilus au feu d'un autre cuisinier si vous n'êtes pas d'accord.

Keg se détourne et attrape un gobelet en fer-blanc par terre sur une pile. Il plonge sa cuillère dans le chaudron et verse une portion de porridge avant de me tendre le bol.

– Voilà, pour toi, Dorée.

J'hésite, craignant d'autres objections, mais Keg me le balance pratiquement au visage.

– Prends-le, ma fille.

En soufflant et en espérant que je ne le regretterai pas, je l'accepte en murmurant un « merci ».

Je serre le gobelet en fer entre mes mains gantées, la chaleur réchauffe mes paumes.

– Alors… tu t'appelles Keg[4].

Le cuisinier de l'armée me sourit.

– Ma famille tient une brasserie au Quatrième. Mais je m'en tire plutôt bien. Mon frère aîné, lui, s'appelle Distill. (Ses yeux bruns pétillent de malice et il secoue la tête.) Pas de chance. Mais nous sommes tous les deux un peu jaloux de notre sœur, Barley[5]. C'est elle qui a eu le meilleur nom du lot.

Je me surprends à glousser. Malgré toutes mes réserves et mes doutes, c'est facile d'apprécier Keg.

Je porte le gobelet à ma bouche, le métal rugueux cogne contre mes lèvres. J'avale le porridge sans vraiment y goûter, ce qui est probablement mieux vu la façon dont les soldats s'en sont plaints.

---

4. *Keg* signifie « barrique » en anglais.
5. *Barley* signifie « orge » en anglais.

Ce brouet a la consistance d'une bouillie aqueuse avec quelques morceaux agglutinés, mais c'est chaud et comestible, alors je m'en réjouis. Dès que j'ai terminé, je me retourne et dépose le gobelet vide sur le sol, avec les autres gobelets sales.

Keg fait tinter sa cuillère contre le chaudron en me regardant, le sourire aux lèvres.

– Ha! Vous voyez à quelle vitesse elle a mangé ça? Elle n'en avait pas assez. Vous feriez bien de prendre exemple sur elle.

– La seule chose que cette pouliche pourrait nous montrer, c'est comment elle fait pour écarter les jambes.

Je me raidis, toute mon assurance s'évanouit. Plusieurs soldats éclatent de rire.

– Je me porte volontaire! s'écrie l'un d'entre eux, ce qui déclenche encore plus de ricanements.

– Oui, moi aussi. Voyons ça!

Mon dos se contracte. Keg fronce les sourcils.

Soudain, une voix caverneuse et inquiétante s'élève.

– Qu'est-ce que tu aimerais voir, exactement?

CHAPITRE 10

AUREN

Mon cœur fait un bond dans ma poitrine. Tous les soldats s'immobilisent. En un quart de seconde, un profond malaise remplace les rires moqueurs.

Je découvre d'où vient la voix en tournant la tête vers la silhouette de l'autre côté du feu de camp. Le commandant Rip est là, les bras le long du corps, ses piquants bien visibles. Ils me font penser à des crocs dans la gueule d'un loup.

Malgré la posture décontractée qu'il fait mine d'adopter, une aura menaçante s'échappe de lui comme de la vapeur.

Il a l'air si différent de celui que j'ai quitté ce matin. Toute trace de cet air doux qu'il avait pendant qu'il dormait a disparu. Ce souvenir me semble si étrange à présent que je me mets à douter qu'il ait jamais ressemblé à ça. Comment ai-je pu penser une seule seconde que cet homme puisse être autre chose qu'inquiétant ?

Dans la froide lumière de l'aube, Rip est redoutable. Les derniers vestiges de la nuit s'accrochent à ses cheveux noir de jais, à ses yeux sans fond, aux ombres venues de l'autre monde qui s'étalent sur ses joues.

Tout chez lui est conçu pour vous glacer, pour vous effrayer. Je ne dois pas être la seule à le penser, car ses hommes sont tendus comme s'ils songeaient à fuir.

Il porte la même tenue en cuir noir, le même pommeau d'épée en forme de branche tordue est accroché à sa ceinture. Ces simples vêtements de soldat ne parviennent pas à dissimuler la menace qui se cache en dessous. Un silence de mort s'abat sur le camp, même Keg reste muet.

Je suis tellement concentrée sur Rip que je ne remarque pas le soldat qui l'accompagne, jusqu'à ce qu'ils avancent. Il fait bien trente centimètres de plus que le commandant, avec un torse imposant, des yeux méchants, un piercing à la lèvre, de longs cheveux bruns. *C'est le soldat qui m'a abordée lorsque je fouinais autour des chariots.*

Super.

Pas étonnant qu'il soit si observateur. Apparemment, c'est le bras droit de Rip.

Ils s'arrêtent devant la file de soldats et plus particulièrement devant deux d'entre eux.

– Osrik, lance brusquement le commandant, je crois que ces hommes ont dit qu'ils voulaient qu'on leur donne une leçon.

– J'ai entendu ça moi aussi, Commandant, lui répond Osrik avec un vilain sourire.

Les deux soldats tressaillent. L'un d'eux semble avoir pâli.

Rip les dévisage, sans manifester la moindre émotion. Son regard est si acéré qu'il serait capable de fendre du verre.

– Allez-y, donnez-leur une leçon, capitaine Osrik.

Le sourire d'Osrik n'a rien d'agréable.

– Avec plaisir.

Les deux soldats blêmissent, l'un d'eux déglutit suffisamment fort pour que je l'entende.

– Allons-y.

Osrik fait demi-tour, suivi par les soldats. Tout le monde les regarde partir, moi y compris.

Enfin, tout le monde sauf...

–Viens, Auren.

Je sursaute, le commandant Rip est à côté de moi.

–Où ça? je demande, méfiante.

–Au carrosse.

Je ne sais pas ce qui me surprend le plus, la destination qu'il m'indique ou le fait qu'il m'ait répondu.

–Commandant, voulez-vous un gobelet? lui demande alors Keg, rompant ainsi notre face-à-face.

Rip secoue la tête.

–Pas maintenant.

Ses yeux noirs se posent à nouveau sur moi et, d'un geste de la main, il me fait signe d'avancer.

C'est ce que je fais. Mais au lieu de me guider, Rip chemine à ma gauche à la même vitesse que moi. Nos pas sont en quelque sorte synchronisés. Je m'efforce de rester à une certaine distance afin d'éviter les pointes acérées des piquants. À chaque balancement de son bras, je serre un peu plus le mien contre moi.

Il le remarque et hausse un sourcil.

–Nerveuse?

Je le corrige en regardant bien droit devant moi.

–Prudente.

Pendant que nous avançons, je constate que le camp est réveillé. Presque toutes les tentes sont déjà démontées, les chevaux ont été nourris et harnachés, l'armée est prête à se remettre en formation pour débuter une autre longue journée de marche.

Quand ils voient arriver Rip, les soldats, quels que soient leur âge ou leur taille, semblent s'écarter. Chacun d'eux incline la tête en signe de respect.

Je lui lance un regard en coin.

–Qu'est-ce que vous et Osrik allez leur faire?

–À qui?

–À ces deux soldats.

Il hausse les épaules.

– Ne t'en fais pas pour eux, ça ne te concerne pas.

Je grince des dents.

– Leurs commentaires m'étaient destinés, donc je suis concernée. En outre, vous m'aviez affirmé que vous faisiez confiance à vos soldats.

– C'est le cas.

Je secoue la tête en soupirant.

– Vous ne pouvez pas prétendre que vous faites confiance à vos soldats et ensuite faire le contraire en les punissant ou en les tuant à cause de quelques commentaires déplacés adressés à une prisonnière.

Rip s'arrête net, ce qui entraîne chez moi un mouvement de recul. Nous nous tournons tous les deux en même temps pour nous retrouver face à face, au beau milieu du camp. Sous nos pieds, la neige s'est transformée en boue, l'air est lourd de la fumée des feux à peine éteints et du froid humide qui colle aux poumons.

Le commandant m'étudie avec une expression indéchiffrable.

– Tu les défends ?

Son ton me hérisse. Je n'aime pas son air incrédule, je n'aime pas qu'il me trouve à ce point naïve.

– Je ne défends pas leurs remarques désobligeantes. Mais c'est vous le monstre autoproclamé, pas moi. Je ne veux pas avoir leur punition sur la conscience. *(J'ai déjà assez de sang sur les mains comme ça. Inutile d'en rajouter.)* Si vous avez besoin d'asseoir votre autorité, ou de me donner raison au sujet de votre précédente déclaration de « confiance implicite », laissez-moi en dehors de ça. Vous pouvez difficilement reprocher à vos soldats de dire du mal de moi. Je suis l'ennemie. Votre prisonnière ! je lui rappelle.

Je ne sais même pas pourquoi je lui dis tout ça. Pour être honnête, ça me semble être une mauvaise idée. Et pourtant, il y a quelque chose chez cet homme qui attise ma colère.

Pendant si longtemps, j'ai tenu ma langue. J'ai refoulé la moindre de mes émotions. J'ai tout fait pour ne pas être submergée. Voilà pourquoi ces réactions, ces répliques à l'emporte-pièce me surprennent. J'ignore totalement d'où elles viennent, mais elles me laissent très désemparée.

– Permets-moi de mettre les choses au clair, me répond Rip en interrompant le cours de mes pensées. Je ne vais pas faire punir ces soldats, encore moins les tuer. Osrik va faire exactement ce qui a été dit : il va leur donner une leçon.

– Et en quoi consiste cette leçon ?

– C'est une corvée de latrines, principalement. Jusqu'à ce qu'ils se rappellent comment on doit se comporter quand on est un soldat de l'armée du roi Ravinger.

Je le regarde en clignant des yeux.

– Oh.

Je ne m'attendais pas à ça.

Notre petite conversation s'est déroulée sans la moindre interruption, mais elle a été observée. Tous les soldats que nous croisons font mine de nous ignorer, mais je sens qu'ils nous jettent des regards furtifs, sans trop approcher pour autant. Nous sommes dans un cercle intouchable, comme l'un des vieux cercles de faes qui parsemaient jadis Orea.

– Laisse-moi clarifier une dernière chose, me dit Rip en faisant un pas vers moi.

J'ai remarqué que c'est une de ses tactiques. Il cherche à me déstabiliser, à m'intimider par sa trop grande proximité. J'ai envie de reculer, mais je ne veux pas lui donner satisfaction. À la place, je me campe bien droit dans mes bottes et je relève le menton.

– Ce n'est pas parce que ces hommes ont agi de façon grossière que je ne leur fais pas confiance. Ce que je t'ai dit tout à l'heure est toujours vrai. Ils ne toucheront pas un seul cheveu de ta tête, à moins que je leur ordonne de le faire. Ici, tu es à l'abri de chaque soldat.

Et il marque une pause pour s'assurer que je comprends bien ce qu'il m'explique.

– Malheureusement, les bonnes manières ne coulent pas toujours de source. Mais rassure-toi, Osrik a l'habitude de gérer les comportements déplacés.

Je repense à son air renfrogné et à sa taille massive.

– Je veux bien le croire.

Rip me jette un regard.

– Maintenant que nous avons réglé *ce détail* et que ta bonne conscience est sauve, peux-tu m'expliquer pourquoi Osrik m'a signalé ce matin que tu avais eu un comportement suspect hier soir ?

Merde.

Je décide de nier.

– Je n'ai eu aucun comportement suspect. Je me promenais dans le camp, c'est tout. C'est vous qui m'y aviez autorisée, puisque je n'ai ni gardes ni chaînes. Je suis encerclée par ces soldats en qui vous avez tellement confiance, au beau milieu de cette plaine gelée dans laquelle vous m'avez promis de me traquer si j'étais assez stupide pour essayer de m'enfuir.

– Hmm, dit-il, sans relever mon ton narquois.

Son regard se pose sur mon manteau.

– Et tes côtes ? Mon soigneur m'a dit que tu ne lui as pas permis de t'examiner.

– Je vais bien.

– Si tu t'entêtes à mentir, au moins fais-le correctement.

Là, il se trompe. Je vais bien, et je sais très bien mentir. Ne me suis-je pas menti à moi-même pendant des années ? Les jolis mensonges cachent de vilaines vérités. Je rétorque :

– Mes côtes vont très bien, mais qu'est-ce que ça peut vous faire ?

Peut-être que je lui parle de cette façon pour avoir l'impression de détenir un certain pouvoir. Mon attitude est une façade, un mur de briques qui cache des vulnérabilités qui s'effritent comme du plâtre.

– Puisque vous n'aimez pas les mensonges, parlons honnêtement, commandant Rip, je lui lance par défi. Je sais ce que vous êtes, et je sais aussi ce que je représente pour vous : un pion pour obtenir une rançon. Une carotte à agiter sous le nez du roi Midas.

– C'est vrai, me répond-il froidement, ce qui me fait grincer des dents. Toutefois, il serait impoli de ma part de rendre à Midas sa chienne préférée en mauvais état.

Un tic nerveux fait tressauter ma mâchoire.

Chienne. Pouliche. Putain. Je n'en peux plus de toutes ces étiquettes qu'on me colle.

– Je ne suis pas sa chienne. Je suis sa favorite.

Le commandant Rip se racle la gorge en signe de dérision.

– C'est un autre mot pour désigner la même chose.

J'ouvre la bouche pour répliquer, mais il lève la main pour m'interrompre.

– Cette conversation à propos de Midas m'ennuie.

– Bien. De toute façon, je n'ai aucune envie de parler avec vous.

Et il arbore un sourire carnassier qui me laisse entrevoir ses crocs.

– J'ai l'impression que tu vas très bientôt changer d'avis, Chardonneret.

Je me raidis. C'est une menace à peine voilée, mais je n'arrive vraiment pas à deviner ce qu'il sous-entend.

– Monte dans le carrosse, m'ordonne-t-il sur un ton cassant en reprenant visiblement son rôle de commandant. Nous repartons dans dix minutes et nous ne nous arrêterons pas avant le crépuscule. Je te suggère de faire un tour aux latrines avant le départ, sinon ton voyage risque d'être très inconfortable.

Ignorant son ordre, je lui réponds :

– Je veux voir les pouliches et les gardes.

Il pose sa main sur le pommeau de son épée et se penche vers moi, ce qui me fait reculer. J'ai l'impression d'être un lapin qu'on tient par la peau du cou.

– Si tu veux quelque chose, il va falloir que tu le mérites.

Sur ce, Rip fait demi-tour. Les soldats s'écartent de son passage tandis qu'il s'éloigne, et que je reste là, immobile, à le regarder partir.

Je ne sais pas ce qu'il entend par *mériter*, mais j'ai l'impression que ça ne va pas me plaire.

CHAPITRE 11
REINE MALINA

Mes servantes sont mal à l'aise.

Je les surprends en permanence en train d'échanger des regards, mais je fais semblant de ne pas les voir, de ne pas m'en soucier. L'une d'entre elles est tellement nerveuse qu'on dirait qu'elle va s'évanouir. Si je ne m'étais pas si bien entraînée à rester de marbre en toutes circonstances, mes lèvres auraient fort bien pu esquisser un sourire narquois.

La couturière que j'ai engagée en ville est à genoux devant moi. Une profonde ride du lion se creuse entre ses sourcils, ses yeux usés fixent l'ourlet de ma robe avec une attention soutenue. La pelote à épingles qu'elle porte accrochée à sa ceinture est pleine, on dirait qu'un cactus métallique jaillit de son ventre.

– Voilà, c'est terminé, Votre Majesté.

– Bien.

Je descends de l'escabeau en bois qu'elle a apporté avec elle et je me dirige vers le miroir en pied posé contre le mur de mon dressing. Mon reflet m'offre une sorte de justification muette, du genre de celles qui frémissent à la surface des eaux calmes.

Je me tourne pour jeter un coup d'œil au dos de la nouvelle robe et mieux l'examiner avant de me retourner à nouveau en lissant ma jupe.

– Ça fera l'affaire.

Mes servantes échangent un regard inquiet.

– Tu peux te retirer, j'ajoute à l'intention de la couturière.

Elle se mord la lèvre et se lève en faisant craquer ses genoux fatigués. C'est la couturière la plus âgée de Highbell, mais en l'occurrence, c'est un avantage car elle a travaillé pour ma mère quand je n'étais encore qu'une petite fille. C'est la seule qui se souvienne des vêtements que l'on portait jadis à mon ancienne cour.

– Votre Majesté, si je peux me permettre... Le roi a décrété que tous les vêtements de sa cour devaient être en or, marmonne la vieille bique, comme si cette règle m'avait échappé.

– Je suis parfaitement consciente de tout ce que le roi a décrété, je réponds froidement en tripotant les boutons de velours sur ma poitrine.

L'ensemble est parfait. C'est exactement ainsi que je me souviens des robes de ma mère. Celle-ci est blanche et bordée de fourrure aux manches et au col, avec un liseré bleu glacier agrémenté de rosettes qui se marient parfaitement bien avec mes yeux. Elle me va beaucoup mieux que toutes les robes dorées que j'ai portées ces dix dernières années.

– Tu auras terminé le reste des robes et des manteaux d'ici une quinzaine de jours ?

– Oui, Votre Majesté, me répond-elle.

– Bien. Tu peux disposer.

La femme rassemble rapidement ses affaires, ses mains noueuses retournent l'escabeau en bois pour s'en servir comme panier, elle y jette son mètre de couture, ses aiguilles de rechange, des bandes d'étoffe et ses ciseaux, avant de s'incliner devant moi et de sortir.

– Ma reine, puis-je vous coiffer ?

Je regarde ma servante aux pommettes recouvertes d'une poudre dorée scintillante. C'est la mode chez toutes les femmes, et chez certains hommes, qui résident à Highbell. Mais le jaune de la poudre d'or lui donne un air maladif. Encore quelque chose qui va devoir changer.

Après tout, l'apparence est très importante pour se faire une opinion sur quelqu'un.

– Oui, je lui réponds avant d'aller m'asseoir devant ma coiffeuse.

En voyant la fille attraper la boîte de paillettes d'or pour en saupoudrer mes cheveux blancs, je secoue la tête.

– Non. Pas d'or. Plus maintenant.

Surprise, elle arrête son geste, mais je pense qu'à présent mes intentions sont assez claires. Elle se reprend vite, saisit le peigne puis se met à me brosser doucement les cheveux.

Je vérifie ce qu'elle fait, je dirige chacun de ses mouvements. Elle me fait une tresse qui part de ma tempe droite, pas plus large que mon doigt, et elle l'enroule autour de ma tête jusque derrière mon oreille gauche, créant ainsi un effet de cascade avec mes mèches de cheveux blancs et lisses, comme si des rapides se figeaient pendant leur chute.

Au lieu de la laisser terminer son travail en fixant des épingles ou des rubans dorés, j'ordonne :

– Juste la couronne.

Elle acquiesce, se dirige vers le coffret où je range mes bijoux royaux et mes diadèmes, mais je l'arrête.

– Rien de tout ça. Je vais porter ceci.

Elle hésite, incapable de réprimer un froncement de sourcils.

– Votre Majesté ?

J'attrape le coffret en argent que j'ai posé sur ma coiffeuse un peu plus tôt. Il est lourd, le métal est terni, mais mes doigts effleurent le filigrane délicat qui en orne la surface avec une certaine révérence.

– C'était à ma mère, je murmure en suivant du regard mon doigt qui trace le contour de la cloche, et du flocon accroché au centre.

Je parviens presque à entendre le son qu'elle pourrait émettre, un appel froid et clair qui résonnerait dans les montagnes gelées.

Ma servante s'approche pendant que j'ouvre le coffret qui renferme la couronne. Elle est entièrement taillée dans une seule opale. Cette pierre précieuse qui devait faire la taille d'au moins cinq mains a été extraite d'une mine, oubliée de nos jours.

La pâle lumière grise qui pénètre par la fenêtre ne révèle qu'une infime partie du délicat prisme de couleurs contenu dans les profondeurs de la couronne. Elle est dense, mais moins lourde que la couronne en or que Tyndall m'oblige à porter. Encore une chose qui me pèse.

Sa forme est simple, délicate, mais aussi pointue. Des glaçons se détachent de chacune de ses pointes. Je la pose sur ma tête, bien centrée, et pour la première fois depuis des années je me sens enfin moi-même.

Je suis la reine Malina Colier Midas, et je suis née pour régner.

Robe blanche, cheveux blancs, couronne blanche, sans le moindre soupçon d'or nulle part. C'est ainsi que ça aurait dû être. C'est ainsi que ça sera.

Je me lève, ma servante se précipite pour m'enfiler mes chaussures. Je jette un dernier coup d'œil à mon reflet avant de quitter la pièce. À chaque pas, je me sens plus sûre de moi.

Les gardes m'entourent comme de la fumée, ils me suivent quand je descends les escaliers. J'entre dans la salle du trône par la porte arrière. J'entends le brouhaha des conversations.

À l'instant où je pénètre dans la pièce, les nobles et les courtisans s'inclinent, comme d'habitude, ils me font la révérence par déférence envers leur reine.

Ce n'est qu'une fois qu'ils se sont redressés que je sens la vague de surprise traverser l'immense arc de cercle de cette assemblée vêtue d'or.

Je m'avance avec détermination en fixant l'estrade, dans une posture parfaite, les épaules en arrière. Face au silence pesant qui s'est abattu sur la foule, un semblant de nervosité tente de prendre racine dans mon ventre, mais je l'en arrache aussitôt comme une mauvaise herbe.

Je suis la reine Malina Colier Midas, et je suis née pour régner.

Je m'arrête devant les deux trônes installés sur l'estrade. Tous deux sont dorés, mais l'un est plus grand que l'autre. Le trône de Tyndall a un haut dossier, des flèches s'en élèvent à chaque extrémité et six diamants étincelants symbolisant le Sixième Royaume y sont sertis.

En comparaison, le trône de la reine est beaucoup plus petit et moins imposant. Un bel accompagnement, rien de plus. Le vrai pouvoir réside dans le trône du roi, et tout le monde ici le sait.

Moi y compris.

C'est pourquoi je contourne le trône de la reine pour m'asseoir sur le trône destiné au véritable souverain du royaume de Highbell.

Un murmure parfaitement perceptible parcourt l'assemblée.

Je pose les mains sur les accoudoirs et je m'installe sur le trône en enfonçant mes ongles dans une rainure dorée, celle-là même que Tyndall tapotait si souvent par ennui.

Il n'a jamais été doué pour diriger de vastes assemblées comme celle-ci. Elles n'avaient lieu qu'une fois par mois, mais cela suffisait à le mettre en colère. Il détestait rester assis à écouter les habitants de son royaume exprimer leurs préoccupations et implorer son pardon.

Il excelle dans les bals, les rencontres avec d'autres monarques, les dîners au cours desquels il charme ses invités. Pour s'épanouir, Tyndall a toujours eu besoin d'être l'unique centre d'intérêt, d'être adoré, ou d'imaginer des manipulations dans le secret d'un huis clos.

Mais lorsqu'il s'agit du train-train quotidien des affaires du royaume… ça l'ennuie.

Pourtant c'est bien ici, dans cette salle, lors de la tribune mensuelle, que l'on peut affirmer son pouvoir. Si vous êtes capable de serrer la bride aux nobles et aux courtisans rassemblés à cette occasion, vous êtes capable de diriger un royaume.

Je fixe la foule, le visage impassible, je les laisse me regarder et chuchoter. Ils observent chaque détail de ma toilette que j'ai méticuleusement préparée, remarquent l'absence totale d'or et la réapparition des anciennes couleurs royales de Highbell.

Je leur laisse le temps de bien intégrer ma déclaration silencieuse. Je leur laisse le temps de comprendre ce que j'affirme sans ouvrir la bouche. Et je m'accorde un moment pour savourer cet instant, pour garder la tête haute et devenir enfin celle que je suis censée être depuis ma naissance.

Je contrôle ma respiration, mon regard glisse sur la salle qui retient son souffle en attendant que je prenne la parole. *Moi.* Pas Tyndall.

– Peuple de Highbell, votre reine va maintenant écouter vos doléances.

Pendant un moment, toute la cour reste silencieuse, ne sachant pas si oui ou non, il faut me prendre au sérieux. Je suis certaine que la plupart s'attendaient à ce que ce soit les conseillers de Tyndall qui viennent écouter leurs doléances. Mais leurs comptes-rendus écrits se seraient entassés sous la poussière dans la salle de réunion, sans que Tyndall ne les consulte.

Finalement, un noble, Sir Dorrie, s'avance. Il s'incline en bas des marches de l'estrade.

– Votre Majesté, commence-t-il, je vous demande pardon, mais je me dois de vous faire remarquer que vous êtes assise sur le trône du roi.

Mes doigts se crispent sur les accoudoirs.

Je réalise qu'ils vont avoir besoin d'une explication plus directe.

– Au contraire, Sir Dorrie. Je suis assise sur le trône du souverain de Highbell, ce qui est exactement ma place.

Les chuchotements sifflent comme des serpents sur le marbre doré, mais je continue à le regarder droit dans les yeux.

– Ma reine… Le roi Midas…

Je le coupe.

–Est absent et ne peut donc pas gouverner. C'est moi qui suis là. Alors parlez-moi de vos problèmes, ou mes gardes vous escorteront dehors afin que quelqu'un d'autre, plus digne de mon temps, puisse se présenter.

Mon avertissement se propage dans toute la salle du trône. C'est un message qu'ils doivent entendre, haut et clair.

J'attends.

Je respire par à-coups, sans bouger, le visage impassible, avec la froide indifférence d'un monarque qui sait remettre son peuple à sa place.

Soit ils rentrent dans le rang, soit je les y forcerai.

Sir Dorrie hésite. Il jette un coup d'œil derrière lui vers l'assemblée, mais personne ne réagit. Pas un seul de ces nobles hypocrites ne se joint à lui pour défendre Tyndall face à mon évidente prise de pouvoir.

–Ah, je vous demande pardon, Votre Majesté. Je serais honoré si vous acceptiez d'entendre mes doléances, finit-il par déclarer.

Et voilà, je les ai coincés ! C'est la victoire, et non l'ennui, qui me fait tapoter du doigt l'accoudoir. À présent, je vais pouvoir agir comme je l'entends.

La foule n'émet aucune objection. Derrière moi, même les gardes restent stoïques. Parce que quand vous avez été élevée toute votre vie pour devenir reine, c'est ce que vous êtes. Peu importe que la magie ne coule pas dans mes veines, j'ai un pouvoir différent, transmis de génération en génération.

Régner sur le Sixième Royaume est inscrit dans mes gènes.

Dès demain, la nouvelle va se répandre comme une traînée de poudre. J'entends déjà les commérages et les murmures qui inonderont le royaume comme de la neige fondue.

Les commentaires compareront ma couronne d'opale à un phare au milieu de cette salle au luxe tapageur, la cloche du château annoncera le début d'un nouveau règne et le culte du Roi d'Or prendra fin.

Je vais le congeler, je vais le glacer. Je vais faire regretter à Tyndall de m'avoir épousée.

Un sourire trop rare recourbe les commissures pâles de mes lèvres.

Je suis la reine Malina Colier Midas, et je suis née pour régner.

CHAPITRE 12

AUREN

Je pourrais considérer l'obligation de voyager toute la journée seule dans un carrosse comme une sorte de punition – un rappel silencieux de mon statut de paria. Mais je suppose qu'il y a bien plus à dire sur ce sujet.

Il y a de la sécurité dans la solitude, mais également un danger qui rôde. Un danger qui ne vient que de soi.

Le danger pour moi, ce sont bien entendu mes souvenirs.

Ces heures interminables m'offrent beaucoup de temps pour réfléchir. Sans personne autour, sans la moindre distraction, sans paroles autres que ma voix intérieure. Je n'ai nulle part où repousser ces souvenirs, alors je me retrouve en tête à tête avec mes démons.

Et ainsi, je me souviens. Même si je ne le veux pas vraiment.

– Combien de pièces, ma fille ?

J'ai six ans, je cache mes mains moites derrière mon dos en serrant les poings. L'homme m'examine, impatient. Sa pipe coincée entre ses dents exhale une fumée bleue.

Il claque des doigts. Zakir n'aime pas s'attarder avec moi sous l'auvent rayé de rouge qui recouvre la place du marché. S'il est pris en flagrant délit de trafic d'enfants-mendiants, il aura de gros problèmes.

La pluie goutte de la toile de l'auvent, comme les filets de bave des babines retroussées des hordes de chiens sauvages qui sévissent en ville. Il n'a pas cessé de pleuvoir de toute la journée.

Mes cheveux sont mouillés, ce qui les fait paraître plus sombres. Ils n'ont plus aucun éclat, ils sont tout emmêlés. La toile de jute de ma robe me protège un peu de la pluie, mais je me sens toujours comme un rat noyé.

Face au regard de Zakir qui s'assombrit, je sors rapidement ma main de derrière mon dos en ouvrant mes doigts à contrecœur.

Il baisse les yeux sur l'offrande, son tuyau de pipe toujours coincé entre ses molaires.

–Deux sous ? C'est tout ce que tu as gagné en une journée, deux putains de pièces en cuivre ?! gronde-t-il.

Je me mets à trembler. Je n'aime pas le mettre en colère.

Il attrape les pièces et les fourre dans sa poche. Il ôte la pipe de sa bouche et crache à mes pieds. J'y suis suffisamment habituée à présent pour ne plus grimacer.

–Tu n'as plus qu'à rester ici, dit-il en secouant la tête d'un air déçu.

Son timbre rocailleux heurte encore mes oreilles, même après tous ces mois passés avec lui. Certains des enfants l'appellent derrière son dos « Le Crapaud », parce qu'il fait toujours un bruit de coassement pour s'éclaircir la voix quand il se lève le matin.

–Installe-toi au coin de la rue et contente-toi de sourire, ces abrutis vont te jeter de l'argent, me dit-il sur un ton accusateur, comme si je ne faisais pas tout ce qu'il me dit de faire.

Je me mords la lèvre, je baisse la tête et me pince le bras pour ne pas pleurer.

–Il pleut, Monsieur Zakir. Je n'en reçois pas autant quand il pleut, je lui explique en tremblant.

–Bah ! s'exclame-t-il en agitant une main dédaigneuse.

Il fouille dans la poche avant de sa veste à carreaux, en sort sa boîte d'allumettes et rallume le fourneau de sa pipe détrempé par la pluie.

–Retournes-y.

Ma lèvre inférieure tremble. J'ai faim, froid, je suis fatiguée. Inara bouge en dormant et j'étais à côté d'elle la nuit dernière, coincée entre ses jambes qui gigotaient et le coin de la pièce, du coup je me traîne encore plus que d'habitude. J'avais hâte d'échapper à la pluie, de pouvoir manger et me reposer.

–Mais…

–Tu as de la pluie dans les oreilles, ma fille ? Je ne t'ai pas demandé de discuter.

Zakir jette l'allumette usagée. Je la regarde atterrir dans une flaque d'eau, la flamme s'éteint en un instant.

–Il me faut encore six pièces, ou tu dormiras dehors ce soir.

Son col remonté contre son cou et son chapeau bien enfoncé sur sa tête, Zakir s'en va, probablement pour aller retrouver les autres enfants. Moi je retourne sur la place du marché, en sachant pertinemment que jamais je ne gagnerai six pièces de plus.

En général, j'arrive à émouvoir les gens suffisamment pour qu'ils s'arrêtent au lieu de passer devant moi comme si j'étais invisible, mais sous ces torrents de pluie, je ne suis plus qu'une petite mendiante trempée, totalement transparente.

Pourtant, je reste prostrée dans mon coin boueux, entre un chapelier et un marchand d'œufs, et je souris. Je fais des signes de la main. J'essaie d'établir un contact visuel avec les passants, moi qui suis perdue au beau milieu d'une ville étrangère qui sent le poisson et le fer.

Les acheteurs ne s'arrêtent pas et les marchands m'ignorent.

Personne ne peut voir la différence entre vos larmes et des gouttes de pluie sur vos joues. Personne ne regarde votre sourire larmoyant lorsque vous devez rivaliser avec les nuages. Et quand bien même ils le pourraient, les passants ne feraient rien, de toute façon.

Alors je mendie toute la journée et une bonne partie de la nuit, en tendant mes mains trempées en guise de supplique.

Si quelqu'un me regardait vraiment, il saurait que je ne mendie pas pour de l'argent. Pas vraiment.

Mais personne ne me regarde et je ne parviens pas à gagner ces six pièces.

Lorsque je me traîne enfin, bien plus tard, jusqu'à la maison de Zakir, je me mets en boule dans une flaque d'eau sur le pas de la porte, avec un autre enfant qui lui non plus n'a pas atteint son quota. Nous pourrions nous réchauffer et nous réconforter mutuellement dans cette nuit lugubre, mais même ce garçon m'évite. Il décide de grimper sur le toit délabré de l'auvent pour dormir dessus. Aucun enfant ne m'apprécie beaucoup.

Cette nuit-là, je promets aux déesses de ne plus jamais me plaindre du manque de sommeil à cause d'Inara, car ses coups de pied valent bien mieux que de dormir seule dehors.

Ma poitrine me fait mal pendant que ce souvenir s'estompe. Je renifle, comme pour me débarrasser de l'odeur du village détrempé, des poissons d'eau de mer et de la fumée de pipe de Zakir. Je suis restée avec lui longtemps. Trop longtemps. J'ai passé de nombreuses nuits durant lesquelles ma seule couverture, c'était l'obscurité.

De cinq à quinze ans, je n'ai jamais vraiment eu une vraie nuit de sommeil, jusqu'à ce que Midas vienne à mon secours.

« *Tu es en sécurité maintenant. Laisse-moi t'aider.* »

C'est si étrange de penser que je suis passée du statut de petite mendiante dans un trou paumé à celui de femme parquée dans un château doré. La vie vous mène parfois sur des chemins dont vous n'avez pas la carte.

En tournant la tête, je discerne les flocons de neige et le brouillard qui obscurcissent peu à peu la vitre de mon carrosse. Qu'est-ce que je ne donnerais pas pour que Midas apparaisse, une torche et une épée à la main, pour me sauver.

Mais il ignore où je me trouve, il ne sait même pas que je suis en danger. Voilà pourquoi il est plus important que jamais que je parvienne à lui envoyer un message. Pas seulement pour moi, mais parce que la dernière chose que je souhaite, c'est que cette armée pénètre dans le Cinquième Royaume et les massacre tous.

Si je ne fais pas tout ce qui est en mon pouvoir pour avertir Midas, j'aurai le destin funeste du Cinquième Royaume sur la conscience.

Je ne peux pas échouer.

L'avertir, c'est la seule chose que je puisse faire. Ce n'est pas grand-chose, mais j'espère que ce sera suffisant pour que Midas parvienne à contrer cette menace.

Quand il apprendra que j'ai été enlevée, je sais qu'il fera tout pour me récupérer. *Absolument tout.*

L'obscurité du crépuscule s'abat, mon carrosse s'arrête, j'entends mon cocher sauter de son siège. Je passe ma manche contre la vitre pour essuyer la buée et pouvoir regarder à l'extérieur.

Dehors le sol s'élève bizarrement. C'est une colline en pente douce qui ressemble à une dune de neige. En son centre, la surface forme un creux d'un bleu irréel, si brillant, même dans l'obscurité, que ça paraît presque artificiel comme si un géant s'était endormi par terre entièrement recouvert de neige, à l'exception de cet iris d'un bleu éblouissant.

Les soldats établissent leur camp principal au milieu de cette grotte peu profonde, mais suffisamment large. Ils allument rapidement un grand feu dans sa pupille, un clin d'œil enflammé qui nous éclaire.

Quelqu'un actionne le verrou de mon carrosse, la portière s'ouvre sur Osrik. Je descends, le sol est légèrement glissant sous mes pieds. Tout autour de moi, on a monté des tentes, rassemblé des chevaux, allumé des feux, une latrine est en cours de pelletage.

– Le commandant veut te voir.

– Pourquoi ?

Sa langue titille distraitement le bout de bois sur sa lèvre inférieure.

– On m'a chargé de venir te chercher. Pas de répondre à des questions stupides.

Je soupire.

– Super. Montre-moi le chemin.

Et il se met en route à travers le camp. Je le suis, mais ce n'est pas facile. Je dois esquiver les soldats, contourner les piquets plantés dans le sol et avancer dans une neige qui n'a pas encore été tassée.

Je manque soudain trébucher sur un tas de bûches qui a été jeté en vrac pour allumer un feu de camp, je me mets à jurer et je parviens tout juste à me rattraper avant de terminer la tête la première dans la neige. Osrik me jette un sourire en coin.

Je bouillonne.

– Tu fais exprès de prendre le chemin le plus pourri que tu puisses trouver, n'est-ce pas ?

– Tu es un peu lente, mais je suis content de voir que tu as fini par piger, me répond ce salaud.

J'enjambe le reste du tas de bois pour le rattraper.

– Tu ne m'aimes pas beaucoup, hein ?

Il grommelle, comme si ma franchise le surprenait.

– Je n'aime pas Midas, et tu es son symbole.

Je vacille à nouveau et je m'arrête un instant avant de me remettre en mouvement.

– Que veux-tu dire par là ?

Je n'ai jamais entendu quelqu'un parler de moi ainsi.

Osrik me fait passer devant un groupe de chevaux blottis autour de bottes de foin, en me faisant contourner le fumier qui recouvre le sol.

– Tu es son trophée, bien sûr, mais tu es aussi son miroir. Quand on te regarde, c'est *lui* qu'on voit. La seule chose à laquelle on pense, c'est au pouvoir qu'il a de tout transformer en or et à ce que ça ferait de posséder une telle magie, cette richesse infinie. Tu représentes son pouvoir, pas seulement sur son royaume, mais sur toute la cupidité d'Orea, et putain, il adore ça !

Je suis stupéfaite, bien trop étonnée pour pouvoir élaborer une réponse.

– Alors oui, quand je te regarde, toi, ce petit toutou en or qu'il exhibe, ça me fait chier.

– Eh bien, ne me regarde pas, je rétorque sèchement.

Osrik grogne.

– C'est ce que j'essaie de faire.

J'ignore pourquoi le rouge de la honte me monte aux joues. Je lui lance :

– Pour info, moi aussi ça me chier de te regarder.

Il laisse échapper un rire rauque, si fort et si soudain que ça me fait sursauter.

– Je suppose qu'aucun de nous ne devrait regarder l'autre, alors.

– Je suppose que non.

Nous poursuivons notre chemin en silence, mais je remarque qu'à présent, Osrik choisit le plus facile.

CHAPITRE 13

AUREN

Osrik me conduit à une grande tente, différente des autres. D'après sa taille et sa forme arrondie, il s'agit clairement d'un espace de réunion.

Je le suis à l'intérieur. Le sol est recouvert de fourrures, au centre on a dressé une table ronde. Trois soldats y discutent, assis sur des tabourets, le commandant est face à l'entrée. Lorsqu'ils nous aperçoivent, tous les regards se braquent sur moi.

Sauf Rip qui, lui, tourne la tête vers ses hommes.

– Nous poursuivrons plus tard.

Les soldats acquiescent d'un signe de tête, puis sortent en m'évaluant du regard au passage.

Il ne reste plus que nous trois. J'attends, hésitante, près de l'entrée. Le commandant Rip m'examine de cette façon déconcertante qui est lui est propre. Il n'a pas changé depuis ce matin, si ce n'est que les piques sur ses bras semblent être plus courtes que d'habitude, comme s'il les avait partiellement rétractées.

– Assieds-toi, me dit-il enfin.

Je contourne la table pour choisir la place la plus éloignée de la sienne. Il sourit, comme s'il savait que je choisirais de m'asseoir là. Je le regarde fixement. Son sourire s'élargit.

Osrik rassemble les papiers posés sur la table et je m'en veux de ne pas avoir pris le temps d'essayer de les étudier. Je discerne un semblant de carte et quelques missives avant qu'Osrik ne les enlève en les roulant, pour ensuite les poser contre une des parois de la tente.

À présent, la table est vide, à l'exception de quelques lanternes. Je jette un coup d'œil nerveux autour de moi. Pour une raison que j'ignore, l'attention du commandant devient encore plus intimidante.

Il n'y a plus rien sur quoi je puisse me concentrer, rien pour me distraire. Peut-être qu'il l'a fait exprès.

Osrik tire un tabouret à côté du commandant. Je ne suis pas certaine qu'il lui convienne, il doit sans doute être obligé de s'asseoir sur une fesse.

Je les observe tous les deux, ainsi installés en face de moi. Je me tords les mains sur mes genoux, en prenant soin de ne pas le leur montrer.

Ensemble, ils sont encore plus impressionnants. C'est un peu comme si j'étais cernée par une meute de loups affamés.

Rip semble à l'aise, il se tient le dos bien droit tout en appuyant ses avant-bras sur la table. La lumière se reflète sur ses piquants. Il me dévisage, ce qui ne manque pas de me faire frissonner.

Je fais de gros efforts pour ne pas me tortiller. Je m'efforce de rester immobile, de ne pas laisser transparaître ma nervosité.

– Donc, tu as été la favorite du roi Midas pendant dix ans.

Je réponds timidement.

– Oui…

– Est-ce que ça te plaît ?

Je cligne des yeux.

– Est-ce que ça me plaît ?

Confuse, je répète sa question en fronçant les sourcils. Quel genre de demande est-ce donc ?

Il hoche la tête et je sens mes défenses s'accumuler autour de moi, comme une muraille de protection.

– Sachez que je ne trahirai pas Midas en vous communiquant des informations.

– Oui, Osrik m'a informé que tu lui avais dit ça, répond Rip avec un petit sourire. Mais je ne te demande pas de me parler de Midas. Je t'interroge sur *toi.*

Mes poings se recroquevillent l'un contre l'autre, j'enfonce mes ongles dans le tissu de mes gants.

– Pourquoi ?

Le commandant Rip penche la tête.

– Personne n'a jamais parlé ouvertement avec toi, Auren ?

Je réponds amèrement avant de pouvoir m'en empêcher.

– Non.

Osrik jette un coup d'œil à Rip, ma réponse spontanée me fait rougir.

– Pas même Midas ? demande le commandant.

– Je croyais qu'on ne parlait pas de Midas, je réplique sur un ton sarcastique.

Rip baisse la tête.

– Tu as raison. Nous nous éloignons du sujet.

Il se met à se frotter le menton.

– La cage dorée, c'était une rumeur ? Ou étais-tu vraiment enfermée là-dedans à Highbell ?

Mes yeux dorés brillent d'un éclat qui n'a rien à voir avec la lumière de la lanterne.

– Je sais très bien ce que vous êtes en train de faire.

Les coins de sa bouche se retroussent en un sourire narquois.

– Oh, j'en doute fort.

Face à son ton condescendant, deux de mes rubans se déroulent de ma taille et se glissent entre mes mains tendues pour m'empêcher de faire quelque chose d'insensé, comme de sauter à travers la table et d'écraser une lanterne sur son visage suffisant.

– Tu es tellement méfiante, poursuit-il en faisant claquer sa langue. Je fais la conversation, tout simplement.

Il me sort ce mensonge avec une telle facilité!

–Après tout, je suis en compagnie de la célèbre favorite du roi Midas. Je suis extrêmement curieux à ton sujet.

Un peu plus, et je lève les yeux au ciel. *Allons bon!*

Je perçois un changement derrière moi. Je me crispe et tourne la tête. Un jeune garçon pénètre dans la tente. Il porte les mêmes vêtements en cuir que les autres soldats, mais au lieu d'être noirs, les siens sont bruns.

Il se précipite à l'intérieur, un plateau dans les bras. Quelques flocons de neige blanchissent ses cheveux châtains.

–Commandant, dit-il en s'inclinant respectueusement

–Merci, Twig. Tu peux laisser ça là.

–Oui, Monsieur.

Le garçon dépose le plateau avant de s'éclipser.

Je les regarde, l'un et l'autre, avant de leur demander à brûle-pourpoint:

–Votre roi force des garçons aussi jeunes à servir dans son armée?

Twig semblait avoir à peine dix ans.

Le commandant Rip attrape le contenu du plateau sans paraître gêné par ma remarque.

–Il est reconnaissant de servir le Quatrième Royaume.

–C'est un enfant!

–Surveille ta langue, toutou, grogne Osrik, mais le commandant intervient.

–C'est bon, Os. Elle a sans doute faim, voilà tout.

Je fulmine. La dernière chose que j'ai mangée, c'était la bouillie du petit déjeuner. *Bien sûr* que j'ai faim. Mais je ne suis pas prête à l'admettre, et ce n'est certainement pas pour ça que je suis énervée. On ne devrait pas forcer les enfants à travailler. Alors je mens:

–Je n'ai pas faim.

–Non? répond Rip d'un air moqueur. Dommage.

Il se met à servir trois portions. Je sens le fumet d'une soupe riche et épaisse. Des volutes de vapeur s'échappent des trois bols. Une grosse miche de pain est posée à côté, avec trois tasses en fer qui, je l'espère *vraiment*, sont pleines de vin.

J'aurais vraiment besoin de ce satané vin.

Rip et Osrik commencent à manger. Le bruit des cuillères en fer-blanc qui raclent les bols me tape sur les nerfs. Je les observe dans un silence pesant, et malgré moi, je suis du regard chaque mouvement de la cuillère, chaque mouvement de la gorge de Rip.

C'est stupide. Pourquoi a-t-il fallu que j'ouvre la bouche aussi bêtement ? Je n'aurais dû le faire que pour manger.

– Donc, la cage, c'est vrai.

Je quitte aussitôt sa bouche des yeux.

– Je me demande ce que tu y gagnes.

Rip s'exprime comme lors d'une conversation banale, mais son attention soutenue dément son ton badin.

J'ai faim, j'ai les nerfs en pelote, ma colère ne cesse de croître. Mes rubans s'enroulent autour de mes doigts et les serrent de plus en plus fort.

– Inutile de vous poser des questions à mon sujet.

– Je ne suis pas d'accord.

Chaque fois que l'un d'eux porte sa cuillère à sa bouche et avale un peu plus de soupe, ma colère augmente. Quand Osrik engloutit d'un trait le restant de son bol, elle éclate.

– C'était pour me protéger ! Voilà ce que j'y gagnais.

Rip incline la tête.

– Te protéger de qui ?

– De tout le monde.

Le silence traverse le mur qui s'était créé entre nous, il se glisse dans ses fissures. Je ne comprends pas à quoi il joue.

Rip attrape le troisième bol et le pousse lentement vers moi. Le métal racle le bois. J'en ai l'eau à la bouche.

Quand il l'arrête, juste devant moi, mon regard se tourne vers lui.

– Mange, Auren.

Je ferme les yeux.

– C'est un ordre, Commandant ?

Au lieu de mordre à l'hameçon, il secoue lentement la tête et lève sa soupe, ses yeux sombres m'observent par-dessus le bord du bol.

– Je pense que tu as reçu assez d'ordres, Chardonneret, murmure-t-il sur un ton très doux.

Sa réplique me fait baisser les yeux, j'ai soudain sur les épaules un poids incommensurable. Je ne sais pas pourquoi sa réponse me dérange autant, mais c'est le cas.

Comment se fait-il que cet homme parvienne à m'ôter mes couches de protection les plus fines, malgré l'épaisseur des murailles que j'essaie d'ériger entre nous ?

Je n'ai pas oublié à qui j'ai affaire. C'est sans doute le meilleur stratège du monde, ce qui explique pourquoi je me sens toujours déstabilisée en sa présence. Il ne se comporte jamais comme je m'y attends.

Mais je parie que ça aussi, c'est calculé.

Pour m'occuper, je porte le bol à mes lèvres et j'en bois une longue gorgée sans me servir de la cuillère. Le bouillon salé frappe mes papilles, ce liquide bien chaud est un baume réconfortant.

– Tu dînais souvent avec Midas ?

J'ôte le bol de mes lèvres pour pouvoir le regarder à travers la table.

Une autre question. Une question apparemment anodine. Une question qui semble *me* concerner, mais qui en fait a tout à voir avec mon roi.

Comme je ne réponds pas, le commandant Rip attrape la miche de pain et le couteau sur le plateau. Avec une précision méticuleuse, il commence à découper trois parts égales. Dès que la lame attaque la croûte, une bonne odeur de romarin s'en échappe.

Une fois les trois morceaux coupés, il m'en tend un. J'aimerais le repousser, mais j'ai trop faim pour refuser de la nourriture deux fois de suite. Je le lui arrache des mains.

Ses yeux noirs se posent sur les miens.

– Tu ne préfères pas enlever tes gants pour manger ?

Je me raidis.

– Non. J'ai froid.

Rip m'observe, ils m'observent tous les deux, et bien que j'aie faim, mon ventre se met à gargouiller tant je suis mal à l'aise.

Il porte la tranche de pain à sa bouche en même temps que moi. Osrik, lui, enfourne la sienne d'un seul coup et se met à la mâcher bruyamment, il époussette distraitement les miettes qui tombent sur sa tunique.

– Vas-tu continuer à éviter et détourner toutes mes questions ? me demande Rip une fois qu'il a avalé sa bouchée.

Je trempe mon pain au fond de mon bol pour lui faire absorber le plus de bouillon possible, mais surtout pour ne pas avoir à affronter son regard.

– Pourquoi tenez-vous à savoir si je dînais avec Midas ?

Il pose un bras sur la table. Son regard est indéchiffrable.

– J'ai mes raisons.

Je termine mon pain, mais je suis incapable d'en apprécier le goût.

– C'est vrai. Et je suis certaine que ces raisons visent toutes à mettre à jour des faiblesses, n'est-ce pas ? Vous essayez probablement de déterminer l'importance que j'ai pour lui. Ce que vous pourrez obtenir en m'échangeant… (Je lui lance un regard noir.) Laissez-moi vous faciliter la tâche, commandant Rip. Mon roi m'aime.

– En effet. Il t'aime tellement qu'il te garde en cage, répond-il avec une sombre dérision.

Je m'enflamme, je cogne mon bol contre la table en le reposant et je rugis :

– C'est moi qui voulais y être !

Rip se penche sur son siège comme si ma fureur l'attirait, comme si c'était son but de me mettre en colère, de me faire craquer.

– Tu veux savoir ce que je pense ?

– Non.

– Je pense que c'est un mensonge.

Mon regard est si brûlant que je suis surprise de ne pas sentir mes oreilles se mettre à fumer.

– Oh ? Ça c'est drôle, venant de vous.

Finalement, l'attitude impassible de Rip se fissure. Enfin. Ses yeux noirs se rétrécissent. Je le défie :

– Puisque vous semblez vouloir parler de mensonges, dites-moi, Commandant, votre bras droit ici présent connaît-il votre vraie nature ? Votre roi le sait-il ?

Rip et Osrik s'immobilisent.

Je fixe Rip d'un air victorieux, je suis contente d'avoir retourné la situation, de l'avoir mis sur la sellette.

Ses pointes paraissent se recourber en signe de colère ou de menace, je ne saurais dire.

Sa voix se fait plus sourde. Plus lourde.

– Si tu veux parler de *ça*, je t'en prie, dit-il en levant une main. Toi d'abord, Chardonneret.

Merde.

Je jette un coup d'œil sur Osrik, mais l'homme reste de marbre. Je n'arrive pas à lire les pensées du mastodonte. Ça ne me surprend pas.

Sur mes genoux, mes rubans s'agitent à cause de ma montée d'adrénaline. Impossible qu'il puisse les voir, pourtant les yeux de Rip s'arrêtent sur le bord de la table avant de remonter vers mon visage.

La soupe tourne dans mon estomac, j'ai des remontées acides.

– Un mensonge pour un mensonge, ou une vérité pour une vérité. Qu'est-ce que tu choisis, Auren ? me demande-t-il sur un ton mielleux, à la fois cruel et tentant.

J'en ai le souffle coupé, comme s'il était bloqué dans ma poitrine, sans nulle part où aller.

La vérité… est tellement compliquée.

Le problème avec la vérité, c'est qu'elle est comme les épices. Ajoutez-en une pincée, ça peut donner du goût, vous permettre de vivre d'autres expériences. Mais ajoutez-en trop et ça devient désagréable.

Mes vérités semblent toujours gâcher le repas.

Et pourtant, j'ai presque envie de tout déballer. De raconter ce que je n'ai jamais dit. Pour me débarrasser du poids de mes secrets. Juste pour le surprendre, le mettre en porte-à-faux, *lui*, le prendre au dépourvu.

C'est aussi tentant que l'est la lueur d'une lampe pour un papillon de nuit. La promesse de la lumière m'attire, mais je sais que si j'ouvre la bouche, la vérité me brûlera.

Je serre les dents.

Rip sourit et se penche en arrière d'un air suffisant, comme s'il était un adversaire victorieux face à moi. Je le déteste, mais je me déteste plus encore.

– Merci pour le dîner, je dis très calmement en me levant.

Je me sens soudain épuisée, écrasée. J'ai l'impression d'être un brin d'herbe piétiné sans ménagement.

Osrik, qui observe la scène en silence, fait mine de se lever, mais je lui lance un regard plein de dédain.

– Ne t'en fais pas, je retrouverai toute seule le chemin de ma niche. C'est bien ce que fait un bon toutou, non ?

Je me retourne et je sors sans attendre que le commandant réagisse, sans même lui demander sa permission. Heureusement, il ne m'interrompt pas et Osrik ne me suit pas.

Pour l'instant, mes vérités indigestes restent bien en sécurité au fond de ma gorge, je sens toujours leur morsure douce-amère.

Chapitre 14
Auren

Capuche relevée et mains dans les poches, j'observe les soldats depuis le recoin que j'ai trouvé – une faille peu profonde dans la grotte bleu glacier, juste assez grande pour que je puisse m'y asseoir.

L'endroit est idéal pour qu'on me laisse tranquille tout en étant suffisamment proche pour pouvoir admirer le feu de joie en son centre.

Sous la chaleur des flammes, des stalactites dégoulinent du plafond. Des flaques d'eau se forment sur le sol, mais personne ne paraît s'en soucier. Tout le monde est trop content de ne plus être sous la neige.

L'odeur savoureuse qui se dégage du tournebroche installé sur le feu prouve qu'ils ont réussi à trouver de la viande fraîche dans ce désert glacé. J'en ai l'eau à la bouche, mais je n'ai pas envie de me rapprocher pour autant. Je devrai me contenter de la soupe et du pain que j'ai reçus.

Le bon côté des choses, c'est qu'au moins j'ai avalé quelque chose avant de m'enfuir. La prochaine fois, je m'arrangerai pour rester jusqu'à ce que j'aie bu le vin.

Appuyée contre le mur de glace lisse, j'observe ce qui se passe autour de moi. Je ne peux pas m'empêcher d'être curieuse, de chercher leurs défauts, d'étudier leurs interactions. Malgré toutes les fanfaronnades de Rip sur la confiance qu'il a envers ses soldats, j'aime mieux le vérifier par moi-même. Mais je préfère le faire de loin.

Je suppose que c'est compréhensible, après avoir été maintenue à l'isolement pendant tant d'années. J'ai toujours envie d'interagir avec la plupart des gens malgré mon passé malheureux. Mais parfois, être entourée d'autant de personnes sans la protection de ma cage déclenche en moi une grande nervosité. On ne peut pas faire confiance aux autres.

Surtout quand ils sont en groupe et qu'ils sont nombreux. Et ceux-là ? Ils sont censés être les pires, les plus mortellement dangereux.

Or plus je les observe, plus je me rends compte qu'ils ne correspondent pas à cette description. Ce n'est pas un groupe assoiffé de sang, dévoyé, à la morale corrompue. Ce sont simplement des gens. Une armée ennemie, certes, mais elle n'est pas monstrueuse. Du moins pas ce que j'en ai vu.

Et Rip…

Je ferme les yeux, tout en serrant mes genoux contre ma poitrine. J'aimerais pouvoir dire que je le fais pour me réchauffer, mais la véritable raison, c'est que je me cramponne pour tenter de me ressaisir.

Dès l'instant où le commandant Rip est monté sur ce bateau pirate et est entré dans ma vie, mon monde a basculé sur son axe. À chacune de nos rencontres, cet axe s'incline un peu plus.

Rip est intelligent. Ces petites discussions que nous avons tous les deux sont destinées à me déstabiliser. Il me manipule, il essaie de me retourner contre Midas.

Je le sais et, pourtant, je ne parviens pas à repousser le doute qu'il sème en moi. Comme des ombres projetées sur le sol, il va se répandre et grandir, à moins que je ne le bloque.

Pour le moment, je suis perdue. Déchirée. Je suis prise dans un tourbillon de pensées et d'émotions, de doutes et de complications. C'est probablement exactement ce que veut Rip. Je fais son jeu en laissant mon esprit vagabonder de la sorte.

Je reste assise quelques minutes encore, le temps de pouvoir enfin respirer librement à nouveau. Le temps de parvenir à me remotiver, à me rappeler que je dois rester sur mes gardes et ne pas abattre mes défenses.

La neige se met à tomber plus dru, les flocons épais comme des ongles griffent un ciel sans étoiles.

Après avoir jeté un dernier regard aux soldats assemblés autour du feu, je sors de mon trou. Je serre les pans de mon manteau contre moi en glissant mes mains sous mes bras. J'ai un peu mal aux côtes et ma joue est encore légèrement enflée, mais le froid a au moins le mérite d'engourdir la douleur.

Mais encore une fois, peut-être que ça n'a rien à voir avec le froid.

Je m'éloigne du feu de camp. Je sais quelle direction prendre pour regagner mon carrosse et je sais que la tente est à côté. Je ne rêve que d'une chose, c'est de me glisser dans mon lit et de dormir, mais je ne peux pas. Pas encore.

Je dois me rappeler en permanence avec qui je suis. Je dois rester sur la bonne voie et ne pas laisser Rip m'atteindre.

Je me mets en route, mue par une détermination nouvelle. Les tentes sur mon chemin forment un véritable patchwork de cuir sur la neige, chacun de mes pas est comme un point de couture. Je passe devant des chevaux aux naseaux fumants qui plongent leur tête dans des bottes de foin. Non loin de là, des soldats lavent des vêtements sales et appliquent du cirage noir sur des bottes éraflées dans une tente-buanderie.

Personne ne me dérange, à part quelques regards insistants que j'ignore. J'ai froid au visage malgré ma capuche. La neige commence à s'accumuler sur les toiles de tentes, elle en imprègne le tissu. Une odeur de cuir mouillé flotte dans l'air.

J'ai découvert que certaines odeurs sont de vrais liens qui vous rattachent à des souvenirs. Lorsque vous sentez leur parfum, ces liens se tendent, un peu comme s'ils ramenaient de force un bateau à quai. Malheureusement pour moi, le cuir humide ne m'évoque pas un bon souvenir.

Du cuir mouillé. Pas mouillé par de la neige, mais par ma salive, qui altère ma voix et mon goût. J'avais trop peur pour le recracher.

Ce souvenir va-t-il fusionner avec ce qui se passe en ce moment ? L'odeur de cuir humide va-t-elle passer du bâillon à l'odeur prégnante des tentes du Quatrième Royaume couvertes de neige ?

Mes pensées tourbillonnent puis retombent.

Mon roi m'aime.

En effet. Il t'aime tellement qu'il te garde en cage.

Je fronce les sourcils, mais je rejette les paroles de Rip.

Il tente de creuser un fossé entre Midas et moi, je ne peux donc pas croire une seule seconde qu'il veuille simplement que nous bavardions. C'est un fin stratège. Un stratège ennemi qui essaie de me faire changer de camp, de me faire parler.

Voilà pourquoi il faut que je trouve ce faucon messager. Je dois le trouver, prévenir Midas, et alors Rip saura à quel point je suis loyale. Peu m'importe qu'il fasse semblant d'être respectueux et de simplement converser avec moi, je ne dois pas oublier la vérité.

– C'est un bâtard arrogant et sournois, je murmure dans un souffle.

– J'espère que vous ne parlez pas de moi, Ma Dame.

En tournant la tête à gauche, je découvre Hojat. Les yeux rivés sur un petit feu de camp, il touille quelque chose dans une marmite. La partie cicatrisée de son visage semble d'un rose plus profond ce soir, comme si le froid attaquait sa peau.

Personne d'autre ne partage son feu, mais lorsque je sens le fumet de ce qu'il prépare, je comprends pourquoi.

Je me dépêche de couvrir mon nez et ma bouche avant d'étouffer.

– Bon sang, mais qu'est-ce que c'est que ça ?

Il ne lève même pas les yeux de sa mixture.

– De l'absinthe, de la bétoine, du cartilage de bovin, plus quelques bricoles.

Je fronce le nez.

– Ça sent… je m'interromps quand il lève les yeux. Hmm… ça sent très fort, je termine par un euphémisme.

C'est affreux. Dégoûtant. Complètement rance.

Honnêtement, je ne sais pas comment il arrive à se pencher sur cette chose et à laisser cette vapeur nauséabonde atteindre son visage.

– Vraiment ? C'est sans doute le morceau d'intestin bouilli. Ça peut être assez fort.

Cette fois-ci, je ne peux pas arracher le bâillon qui m'écrase la langue et obstrue ma gorge. J'aspire un peu d'air en détournant la tête.

– Pourquoi faites-vous ça, exactement ?

– Je teste un nouveau mélange pour calmer les douleurs.

Il se redresse brusquement et me fait face, une lueur dans les yeux.

– Voudriez-vous être mon cobaye ?

– Vous voulez que quelqu'un boive ça ?

Je ne peux pas m'empêcher de prendre un air horrifié.

– Bien sûr que non, Ma Dame. Je vais le faire cuire afin d'obtenir un onguent topique.

Je l'imagine en train de frictionner quelqu'un avec du cartilage et des intestins bouillis. Si ma peau n'était pas dorée, je parie qu'elle aurait viré au vert, tellement ça me dégoûte.

Hojat me regarde avec impatience, et je réalise qu'en fait il attend ma réponse.

– Oh, hmm, peut-être une autre fois ?

Sa déception est visible, mais il acquiesce.

– Bien sûr, Ma Dame. Je vois que votre lèvre va mieux.

Je lève une main pour effleurer ma cicatrice. Je n'ai pas pu voir mon reflet depuis longtemps, et ça me convient très bien.

– La joue n'est pas encore parfaite, songe-t-il. Vous n'avez pas mis de glace comme je vous l'avais dit, n'est-ce pas ?

– Si… je lui réponds en essayant de ne pas prendre un air coupable.

Il soupire, secoue la tête et fait la moue.

– Les gens oublient toujours de mettre de la glace, grommelle-t-il.

– Je le ferai ce soir.

– Bien sûr, répond-il comme s'il n'y croyait pas une seconde. Si vous voulez, je peux vous préparer un autre tonique contre la douleur ? Si vous me laissez examiner vos côtes, bien entendu…

Je me crispe.

– Non merci.

Hojat soupire.

– Vous, les Midas, vous êtes une bande de sacrées méfiantes, pas vrai ?

Je m'immobilise.

Les Midas. Il a vu les autres. Je dois prendre sur moi pour ne pas lui montrer mon impatience.

– Comment nous en vouloir ? Nous sommes captives de l'armée du Quatrième Royaume.

– On est tous captifs de quelque chose, même de ce qu'on ne veut pas admettre.

Ces mots me font froncer les sourcils, mais je n'ai pas le temps de m'y attarder.

– En fait, j'allais leur rendre visite. Je pourrais vous aider à les convaincre de suivre le traitement dont elles ont besoin si vous voulez bien m'accompagner.

C'est un mensonge. Je le sais, et d'après la façon dont il me regarde, il le sait lui aussi.

– Vous avez la permission ? me demande-t-il, l'air dubitatif.

– Oui.

Apparemment, il ne me croit pas car il secoue la tête.

– Si vous voulez voir les autres, vous devez d'abord obtenir la permission du commandant.

Je laisse échapper un léger soupir de déception.

–Je vous en prie, je ne vous causerai pas de problèmes. Je veux juste m'assurer qu'elles vont bien. Je suis sûre qu'en tant que soignant, vous pouvez comprendre ça?

C'est un coup bas, mais parfois, les coups bas, ça paye.

Hojat semble hésiter, puis compatir, et l'espace d'un instant j'ai l'impression que je suis parvenue à l'attendrir. Mais il secoue la tête.

–Je ne peux pas, Ma Dame. Je suis désolé.

–Je vais m'en charger.

Nous sursautons tous les deux devant l'apparition d'un soldat qui semble sortir de l'ombre.

C'est une femme soldat. Pendant une seconde, je reste abasourdie et je me contente de la dévisager. Elle est vêtue de cuirs noirs et bruns, porte une épée à la ceinture et arbore une expression sûre d'elle.

Elle a une belle peau foncée et lisse comme de l'ambre, avec des nuances plus chaudes sur les pommettes. Ses cheveux noirs sont coupés ras, son cuir chevelu a été rasé suivant des motifs complexes. Je crois d'abord qu'il s'agit de pétales pointus, mais en y regardant de plus près, je me rends compte que ce sont des poignards, sculptés tout autour de sa tête comme une couronne aux piques pointant vers le haut.

–Qui êtes-vous? je lui demande, en fixant le petit piercing qu'elle a au-dessus de la lèvre supérieure.

L'éclat de bois, surmonté d'une minuscule pierre précieuse rouge et chatoyante, s'insère parfaitement au centre de son arc de Cupidon.

Elle ne me répond pas, son attention est fixée sur Hojat.

–Tu devrais aller chercher ton souper avant que tous ces trous du cul aient tout boulotté, Guérisseur.

Le côté gauche de la bouche d'Hojat s'affaisse brutalement pour former une moue qui ressemble plus à une grimace qu'à autre chose.

–Bientôt. Il faut que je remue encore au moins cinq minutes avant de pouvoir laisser refroidir.

Son regard passe d'elle à moi, puis revient sur elle.

– Tu es sûre que ça ira avec la Dame ?

Il parle toujours de moi comme d'une *Dame*, n'est jamais grossier, ne me fait même pas sentir que je suis une captive. Difficile de ne pas aimer Hojat lorsqu'il agit ainsi.

La femme sourit.

– Je peux parfaitement escorter notre prisonnière dorée.

Hojat hésite.

– Le commandant…

Mais elle lui tape sur l'épaule en lui coupant la parole :

– C'est bon. Bonne chance avec ta tambouille, Guérisseur.

Hojat me lance un regard indéchiffrable et retourne à sa marmite. Il remue et observe la mixture comme si c'était la chose la plus intéressante qu'il ait jamais vue. Un sentiment de malaise s'immisce en moi.

La femme me regarde de haut en bas.

– Allons voir tes pouliches, d'accord ?

Je lance un dernier regard à Hojat qui nous ignore ostensiblement, puis je m'éclaircis la voix.

– Je te suis.

Avec prudence, je lui emboîte le pas. Mon besoin de voir les autres l'emporte sur toutes mes réserves. De plus, Hojat m'aurait prévenue s'il valait mieux l'éviter…

N'est-ce pas ?

Chapitre 15

Auren

La femme à côté de moi se déplace comme un oiseau. Elle ne tape pas des pieds, ne piétine pas, elle ne fait même pas ce que j'appellerais de la marche. Elle vole en se déplaçant sur la neige tassée avec une grâce que je ne savais pas possible, tandis que moi, je parviens à peine à ne pas glisser.

Elle m'entraîne dans la direction opposée à celle que j'avais choisie. Nous nous éloignons du feu de camp et de la grotte, et bien que je ne voie pas son regard sur moi, je le sens. Ce picotement sur le côté de mon visage m'indique qu'elle me jauge.

Je me crispe face à cette observation silencieuse. Je serre les lèvres pour ne pas parler. Ce n'est qu'une fois que nous nous sommes éloignées d'Hojat qu'elle m'adresse la parole.

–Alors, c'est toi la fameuse femme dorée dont tout le monde parle.

–À moins que vous n'en ayez planqué une autre quelque part.

Elle renifle, mais je ne saurais dire si c'est un signe d'irritation ou d'amusement. J'espère que c'est de l'amusement.

Nous approchons d'un feu de camp plus petit avec un groupe d'une trentaine de soldats réunis autour, mais elle bifurque tout à coup sur la gauche, derrière un tas de bois. Je manque trébucher à cause de ce brusque changement de direction.

Dans l'allée suivante, il y a quelques soldats qui se promènent. Une fois encore, elle change de direction et nous fait passer entre des tentes serrées les unes contre les autres.

Devant cette allée entièrement vide, j'ai un pressentiment.

– Tu m'emmènes voir les pouliches… c'est bien ça ?

– C'est ce que j'ai dit, non ?

Eh bien, ce n'est pas une réponse.

Chaque fois que nous voyons un soldat, elle change de direction, jusqu'à ce que je sois tellement perdue et inquiète que je ne sais même plus ce qui déclenche ma nausée. Ou bien le commandant n'a vraiment pas voulu me donner la permission de voir les pouliches et elle passe outre, ou…

Oh, bon sang. Elle va me tuer.

Chaque virage serré et chaque manœuvre qu'elle effectue pour éviter les soldats me confortent un peu plus dans cette idée.

Merci bien, Hojat. J'avais pourtant vraiment commencé à apprécier ce médecin militaire touilleur de boyaux.

Mes rubans tressautent nerveusement sous mon manteau, mais au moment où je m'apprête à faire demi-tour pour tenter de m'enfuir, la femme frappe dans ses mains.

– Ouais !

Je m'arrête dans mon élan en voyant qu'elle se précipite vers une des tentes et s'accroupit à côté d'un grand tonneau posé devant.

Elle se rend compte que je suis un peu en retrait et me lance un regard impatient.

– Qu'est-ce que tu fais ? Grouille-toi de venir m'aider !

Perplexe, je cligne des yeux avant de la rejoindre.

– Qu'est-ce que tu veux que je fasse ?

Elle lève les yeux au ciel.

– Qu'est-ce que tu crois ? Attrape ce côté.

Sans me prévenir, elle pousse le tonneau vers moi en me laissant à peine le temps de l'agripper. Devant son poids, je pousse un cri de surprise. Je manque le lâcher, mais elle attrape l'autre extrémité et soulève le tonneau en me forçant à faire comme elle.

Je me redresse et nous le portons à deux. Il est rempli d'un liquide qui clapote à l'intérieur.

– Allez, Boucles d'Or. Lève les pieds !

Et nous reprenons notre marche, lestées par un tonneau très lourd.

– Qu'est-ce qu'il y a dans ce foutu machin ? je lui demande en serrant les dents, tout en essayant de ne pas tomber.

– C'est à moi, me répond-elle d'un air hautain.

– *Okay*… et pourquoi est-ce qu'on le trimballe ?

– Parce que ces salauds du flanc gauche l'ont piqué au flanc droit. Donc, moi je le leur vole.

À l'intérieur, le liquide clapote contre mon oreille, le bois rugueux accroche les doigts de mes gants.

– Et tu es du flanc droit ?

– Ouaip. Soulève un peu de ton côté. Ne me laisse pas faire tout le boulot.

J'essaie de la regarder par-dessus le tonneau, mais je risque de tomber ; mieux vaut donc regarder où je mets les pieds ! Mon escorte est en train de faire de moi une voleuse. Ce n'est probablement pas la meilleure chose à faire, vu que je suis déjà leur prisonnière.

Le bon côté des choses ? Au moins, elle ne va pas m'assassiner. Je suis juste complice d'un crime.

La femme ajuste sa prise.

– Alors, c'était douloureux ?

Sourcils froncés, je lui lance un regard confus tout en m'efforçant de ne pas haleter.

– Qu'est-ce qui était douloureux ?

Elle tourne sur le côté et m'entraîne entre deux tentes, dans un espace ridiculement étroit.

–Tout le monde à Orea a entendu parler de toi. Mais maintenant que je m'aperçois que tu es réelle et pas seulement peinte, que tu n'es pas juste une rumeur de merde, j'aimerais bien savoir si ça t'a fait mal quand le roi Midas t'a touchée et t'a transformée en… *ça*, dit-elle, en parcourant mon corps de ses yeux bruns.

Face à cette question, la stupéfaction me fait presque oublier que je porte un tonneau de cinquante kilos. Elle veut savoir si le fait d'être transformée en or m'a fait mal ?

Personne ne m'a jamais demandé ça avant.

Bien sûr, les gens m'ont posé d'autres questions. Des questions grossières. Ils ont employé des mots qui n'auraient jamais franchi leurs lèvres s'ils m'avaient considérée comme une personne normale, qui méritait d'être traitée décemment.

Mais parce que Midas a fait de moi un symbole, ils peuvent dire ce qu'ils veulent pour assouvir leur curiosité. Ils croient que ma notoriété leur donne le droit de poser n'importe quelle question odieuse.

Là, c'est différent. Il ne s'agit pas de ce que mon corps en or signifie pour *elle*, mais de ce qu'il signifie pour *moi*. Je réalise alors qu'elle attend toujours une réponse et qu'un long silence s'est installé entre nous.

Je m'éclaircis la voix.

–Non. Non, ça ne m'a pas fait mal.

Elle se plonge dans ses pensées. À chacun de ses pas, le pommeau de son épée tape légèrement contre le bois.

–Est-ce que tu détestes ça ? D'être tout le temps dévisagée ?

Encore une chose qu'on ne m'a jamais demandée. Mais cette fois, je n'ai pas à réfléchir avant de répondre.

–Oui.

La réponse est sortie d'un seul coup.

Chaque fois que Midas me mettait en présence d'autres personnes, que ce soit dans la salle du trône pleine de fêtards ou lors d'un petit déjeuner intime destiné à impressionner, le résultat était toujours le même. Les gens me fixaient. Ils parlaient. Ils me jugeaient.

Voilà pourquoi me lier d'amitié avec Sail a été pour moi une telle bouffée d'air frais. Il ne m'a pas posé de questions sur mon statut de femme en or. Il ne m'a pas dévisagée ni considérée comme une anomalie.

Il m'a juste… considérée comme une personne et traitée en amie. Quelque chose de très simple, mais pour moi, c'était énorme.

Mais Sail est parti, et moi je suis ici. En compagnie d'une femme dont je ne sais rien, si ce n'est qu'Hojat semblait avoir un peu peur d'elle et qu'elle aime voler des tonneaux pendant son temps libre.

Je remarque ses muscles sous les manches noires de son cuir et l'assurance avec laquelle elle touche son pommeau. Selon moi, c'est une vraie guerrière.

Je l'observe avec curiosité, mais mes mains sont crispées, mes bras me brûlent et se mettent à trembler.

– Je ne vais pas pouvoir porter ce truc plus longtemps, je la préviens.

Un claquement de langue.

– Il faut que tu te muscles un peu les bras, Dorette, me lance-t-elle avant de désigner un cercle de tentes du menton. C'est juste là.

Elle me conduit à l'une des tentes, nous posons soigneusement le tonneau devant. Elle se fend d'un sourire moqueur alors que je grimace en secouant mes mains et mes bras endoloris.

Elle disparaît à l'intérieur de la tente, puis en ressort avec un tas de fourrures qu'elle jette vaguement sur le tonneau.

– Voilà.

– Ce n'est pas vraiment bien caché.

Elle hausse les épaules sous sa veste de cuir.

– Ben, c'est suffisant.

Elle retourne dans la tente et en sort, cette fois avec un gobelet métallique. Elle s'agenouille dans la neige, glisse sa main sous les fourrures et, aussitôt, j'entends le liquide glouglouter.

Elle se relève, avale d'un coup la moitié du gobelet avant de me le tendre.

Je fixe le liquide rouge, les yeux écarquillés.

– Est-ce que c'est…

– Du vin. Il provient des vignobles du Quatrième Royaume.

Je lui arrache la tasse des mains avant même qu'elle ait fini ses explications et je la vide en quelques lampées. Le breuvage est doux, mais épicé, épais et riche; c'est rafraîchissant. Peut-être est-ce à cause du manque, mais c'est sans doute le meilleur vin auquel j'aie jamais goûté.

Je pousse un gémissement de plaisir en m'essuyant les lèvres avec ma manche.

– Bonté divine, c'est délicieux.

Elle sourit.

– Je sais.

J'essaie de ne pas faire la moue quand elle me reprend la tasse et qu'elle la jette dans sa tente. Le vin me manquait si cruellement.

– Très bien, maintenant je vais te conduire à tes pouliches. Mais cette histoire de tonneau de vin ? Ça n'est jamais arrivé, m'explique-t-elle sévèrement en pointant un doigt vers moi. Je ne plaisante pas.

– Je ne plaisante jamais avec le vin.

– Bien. Allons-y.

C'est peut-être grâce à la sensation que me procure l'alcool sur la langue, mais je me sens beaucoup plus calme face à cette femme étrange.

– Alors… tu es un soldat.

– Qu'est-ce qui m'a trahie ? me demande-t-elle sèchement.

– Le roi Ravinger a-t-il toujours autorisé les femmes à servir dans son armée ?

Elle tourne la tête et me jette un regard furieux. Ses pupilles étincellent dans l'obscurité.

–*Autorisé?* Comme s'il nous faisait une faveur à nous les femmes?

–Non, je voulais juste…

–Il a de la chance d'avoir des femmes dans son armée, m'interrompt-elle. Tous les royaumes d'Orea seraient bien inspirés d'enrôler leurs femmes, mais ils ne le font pas. Voilà pourquoi la Quatrième sera toujours la meilleure.

D'après sa véhémence et son ton passionné, je dirais qu'elle a déjà eu cette discussion avec d'autres. Je m'excuse promptement:

–Désolée. Je suis surprise, c'est tout. Je n'avais jamais entendu dire que les femmes étaient acceptées dans l'armée d'autres royaumes.

Elle me fait un signe de tête laconique tandis que nous évitons une rangée de seaux posés au sol.

–Comme je te l'ai déjà dit, l'armée du Quatrième Royaume est supérieure aux autres.

Je glisse mes mains dans les poches de mon manteau.

–Est-ce que les hommes… sont cruels avec toi et les autres femmes du régiment?

–Tu veux savoir s'ils nous sautent?

–Oui.

Elle hausse les épaules.

–Il y a toujours quelques connards qui aiment croire qu'ils sont plus forts que nous. Mais ce n'est pas ce que tu penses. Dans cette armée, aucun soldat n'abuserait d'une des femmes.

–Vraiment? je demande, dubitative.

–Bien sûr que non, poursuit-elle avec une confiance inégalée. D'abord, le commandant leur arracherait la tête s'ils faisaient un truc aussi honteux. Mais ensuite, cette armée est un clan. On s'est peut-être fait chier à l'entraînement, mais ici chacun a gagné sa place, qu'il ait une bite ou une chatte. Être soldat dans l'armée du Quatrième Royaume sous les ordres du commandant est un honneur qu'aucun de nous ne prend à la légère.

Elle parle de Rip comme si servir sous ses ordres était un immense honneur, elle semble faire preuve d'un respect quasi fanatique envers lui.

Je n'aurais jamais imaginé que Rip et le roi Ravinger soient si attachés à l'égalité des sexes. Midas, lui, n'aurait jamais autorisé des femmes à servir dans son armée.

Comme si elle lisait dans mes pensées, elle me lance un regard entendu en passant sa main sur son crâne rasé pour en ôter la neige.

– Je ne suis pas surprise que cette idée te soit si étrangère. Votre Roi d'Or veut que les femmes soient des pouliches, certainement pas qu'elles les montent pour aller au combat.

Je ne réponds pas, car il n'y a pas de défense possible. Elle a raison. À la place, je lui demande :

– Quel est ton nom ? Je voudrais le connaître, maintenant qu'on a volé un tonneau de vin ensemble.

– Lu, répond-elle.

– Juste Lu ?

– Talula Gallerin, mais si tu m'appelles Talula, je te botte ton petit cul doré, Boucles d'Or !

Je fais la moue.

– Merci pour l'avertissement. Moi, c'est Auren.

– *Juste* Auren ? rétorque-t-elle avec un regard ironique. Pas de nom de famille ?

Je hausse les épaules.

– Pas de famille.

En entendant ça, Lu se tait. La famille qui fut jadis la mienne a disparu pour toujours. J'aurais aimé savoir cette nuit-là que c'était la dernière fois que je les voyais. J'aurais serré mon père un peu plus fort dans mes bras. J'aurais enfoui mon nez dans les cheveux de ma mère et j'aurais essayé de mémoriser son parfum.

C'est drôle, j'ai oublié cette odeur, mais je me souviens très bien du goût du bonbon au miel qu'elle m'a glissé dans la main ce soir-là, parce que c'étaient mes préférés et qu'elle achetait ainsi mon courage.

Je me rappelle la sensation qu'il m'a procurée quand, au fond de la poche de ma chemise de nuit, il s'est ramolli dans ma main tremblante et moite. Je me souviens aussi de son goût, cette explosion de chaleur moelleuse qui fondait sur ma langue, et de sa saveur qui se mêlait au sel de mes larmes.

Un petit bonbon au goût de miel pour une nuit sombre et amère.

Je repousse ce souvenir, je le froisse comme j'ai froissé l'emballage en papier que j'avais enfoui tout au fond de ma poche cette nuit-là.

Lu m'amène jusqu'à une grande tente, devant laquelle deux soldats sont assis sur des tabourets, à côté d'un petit feu de camp. Les flammes projettent une lueur orange sur leurs visages. Ils jouent à un genre de jeu, avec des dés en bois aux bords usés qu'ils font rouler dans leurs mains.

Ils se retournent en nous entendant arriver et écarquillent les yeux en me voyant.

– Que…

L'homme s'interrompt quand il remarque la présence de Lu. L'autre lâche un juron et tous deux se lèvent brusquement pour se mettre au garde-à-vous.

– Capitaine, commence l'homme de gauche avec un hochement de tête méfiant.

Celui de droite jette à terre la cigarette roulée qu'il avait dans la bouche en la laissant siffler dans la neige comme un serpent en colère.

– Bonsoir, Messieurs, dit-elle joyeusement. Boucles d'Or aimerait voir les pouliches.

Les soldats se lancent un regard.

– Euhhh…

Comme avec Hojat, Lu sourit et leur donne une tape dans le dos, mettant fin à toute hésitation.

– Ça ne prendra que cinq minutes.

Puis elle s'assoit sur l'un des tabourets qu'ils viennent d'abandonner et ramasse la cigarette qui était tombée par terre. Celle-ci fume encore un peu, elle la tend dans le feu pour la rallumer. Elle la glisse entre ses lèvres et lève enfin les yeux vers eux en fronçant les sourcils.

– Alors, bande d'enfoirés, vous allez rester plantés là ou vous allez m'apprendre à jouer à ce jeu de dés ?

Les hommes marquent une pause, s'agitent un peu, hésitent, mais elle claque des doigts et ils se précipitent pour lui obéir.

Hojat m'avait paru un peu nerveux face à elle, et voici qu'à présent ces soldats lui donnent du « Capitaine ». Il est clair qu'elle n'est pas un simple soldat, elle possède aussi un certain statut.

Intéressant.

Lu sourit et me fait un clin d'œil complice.

– Cinq minutes, Dorette. Et ne songe même pas à tenter quelque chose de stupide. Sinon, tu ne seras pas la seule à avoir des problèmes, compris ?

Je hoche lentement la tête.

– Je comprends.

– Bien. Parce que si tu tentes quoi que ce soit qui pourrait compromettre leur capture, il y aura un prix à payer.

Je n'en doute pas. Tout comme je ne doute pas un instant que je n'aimerais pas avoir à le payer.

CHAPITRE 16
AUREN

Je n'hésite pas trop devant la tente, de peur de reculer, de faire demi-tour pour expliquer à Lu que, tout compte fait, je préfère jouer aux dés avec eux plutôt qu'affronter les pouliches.

Le problème, c'est que je ne sais vraiment pas à quoi m'attendre, mais je ne prends pas trop de risques en supposant qu'elles ne m'apprécient pas plus qu'avant.

J'attrape le coin du rabat en cuir, je le soulève et je me baisse pour entrer.

Dès que mes yeux se sont adaptés à la pénombre, je me mets à les compter à voix basse. Elles sont bien là, toutes les douze. Je laisse échapper un soupir de soulagement.

Je reste plantée à l'entrée de la tente avec le froid de la nuit dans le dos, pourtant aucune pouliche ne me remarque. Elles sont bien trop occupées à se chamailler.

Il y a des tas de fourrures partout, des lanternes sont accrochées aux poteaux qui soutiennent la toile et des plateaux de nourriture sont abandonnés par terre. La tente est de belle taille, pourtant elle paraît minuscule avec toutes ces femmes qui se disputent dans une ambiance pesante, désagréable.

Mon regard se pose sur celle qui parle le plus fort. Je découvre que c'est Mist et ses cheveux d'ébène qui cherche des noises à Gia, une petite femme à l'allure de lutin. Elles se font face, bras croisés, le regard plein de colère.

– Tu as déchiré ma putain de belle robe ! grogne Gia.

La manche de son corsage pendouille légèrement, effectivement elle est déchirée. Mist hausse les épaules.

– Je t'avais prévenue de ne pas me balancer tes saletés de jambes dessus.

– Je m'étire où bon me semble, Mist. Ce n'est pas toi qui commandes et cette tente est tout juste assez grande pour nous toutes, au cas où tu ne l'aurais pas remarqué. Et tu n'es pas un cadeau, tu fais deux fois mon poids !

Mist montre les dents comme si elle voulait mordre cette fille à la gorge, mais une pouliche aux longs cheveux roux l'interrompt.

– Tu crois que tu es la seule à en chier, Gia ? Isis pue tellement que même les déesses se pincent le nez dans les cieux.

À l'autre bout de la tente, Isis, une pouliche sculpturale, tourne la tête vers la rousse.

– Pardon ? Parce que tu crois que tu sens la rose, salope ? fulmine-t-elle, tandis que des plaques rouges apparaissent sur ses joues. Tu te laves avec des chiffons vaguement imbibés de neige fondue et tu chies dans des trous, comme nous autres, alors n'essaie pas de jouer les princesses ! se met-elle à hurler.

– Je me fous de savoir qui pue, lui rétorque Mist en fixant toujours Gia d'un regard noir. Si tu me touches encore une seule fois pendant que j'essaie de dormir, ce ne sera pas ta robe mais tes cheveux de merde que je vais arracher.

Gia serre les poings.

– Essaie un peu, sale pute !

Plusieurs pouliches se jettent à l'eau pour défendre leur camp, en se lançant des insultes si violentes que j'ai peur qu'elles en viennent aux mains.

Okay, donc ça ne va pas fort chez les pouliches.

Le bon côté des choses ? Elles sont bien vivantes.

Je m'éclaircis la voix pour tenter de couvrir le brouhaha des prises de bec :

– Hmm… salut !

Je n'ai pas trouvé de meilleure entrée en matière, mais le résultat est là, tout le monde arrête immédiatement de se hurler dessus.

Au son de ma voix, les deux blondes qui me tournaient le dos se retournent.

– Qu'est-ce que tu fais ici ? dit Polly en me dévisageant.

Elle porte toujours mon vieux manteau doré, ce qui ne l'empêche pas de continuer à s'adresser à moi en ricanant.

Mist aussi se tourne vers moi et son courroux change de cible. Tout le vitriol qu'elle déversait sur Gia est maintenant dirigé contre moi :

– Oh, voyez-vous ça, voilà *la favorite*, éructe-t-elle.

Je l'ignore, et en jetant un coup d'œil autour de moi, je lance :

– Je suis juste venue m'assurer que vous alliez bien.

Mist laisse échapper un petit rire mauvais en s'asseyant sur une pile de fourrures. Elle en attrape une pour s'en draper.

– Vous entendez ça ? La favorite est descendue de son piédestal pour s'occuper de nous autres, modestes pouliches. Comme c'est gentil de sa part !

Mes rubans me tiraillent la peau, on dirait qu'ils meurent d'envie de se jeter sur elle et de la bousculer, comme sur le bateau pirate.

Je l'ignore ostensiblement pour me tourner vers Rissa.

– Tout le monde va bien ?

Elle n'a pas prononcé un mot depuis que je suis entrée. C'est elle, plus que les autres, qui me rend nerveuse. Bien sûr, je voulais m'assurer que les pouliches allaient bien, mais je me mentirais en refusant d'admettre que je suis venue tout spécialement pour la voir.

Ma vie dépend d'elle.

Rissa hausse une épaule, elle se fait des petites tresses tout en m'observant de ses yeux bleus perspicaces.

– Aussi bien qu'on pouvait s'y attendre.

Je hoche la tête.

– J'ai vu le médecin militaire. Il m'a dit que certaines parmi vous refusaient son aide ?

Une autre fille, Noel, lève les yeux au ciel.

– Tu voudrais qu'on fasse confiance à l'un d'entre eux ? Tu es vraiment aussi stupide ?

– Il ne vous fera aucun mal.

Plusieurs pouliches se mettent à rire en secouant la tête.

– Je suppose qu'elle est réellement aussi bête que ça, murmure Noel.

– Ça ne devrait pas nous étonner. Tout le monde sait que le roi Midas ne la gardait pas pour son esprit, mais pour sa chatte dorée, persifle une autre.

Le rouge me monte aux joues. Une fois de plus, on me remet à ma place. Comme toujours, je suis une paria. Elles se disputaient quand je suis entrée, mais apparemment là, elles tombent toutes d'accord : elles me détestent.

En prenant une profonde inspiration pour me calmer, je m'efforce de laisser glisser leur méchanceté sur moi, comme la pluie sur les plumes d'un canard.

– Si l'une d'entre vous est blessée ou se sent malade, elle devrait laisser le médecin prendre soin d'elle. Il ne m'a fait aucun mal et je ne crois pas qu'il nous en veuille.

– À quoi bon ? demande Mist.

Je me tourne vers elle.

– Qu'est-ce que tu veux dire ?

Derrière la haine affichée sur son visage, je discerne de la fatigue, de l'inquiétude. Ses cheveux sont emmêlés, de gros cernes noirs ombrent ses yeux.

– Les soldats vont rapidement se lasser et ils vont commencer à vouloir abuser de nous. Même si ce soigneur fait vraiment son boulot, de toute façon notre situation va empirer.

Tout à coup, la crainte me saisit.

– Tu as entendu des soldats dire ça ?

– Pas besoin de les entendre, intervient Polly en s'appuyant contre l'épaule de Rosh. Regarde autour de toi, Auren. Nous sommes retenues prisonnières au beau milieu d'une armée pleine de soldats solitaires. Tôt ou tard, ils vont en profiter. Les hommes sont tous pareils.

Puis elle lève les yeux sur Rosh, lui donne une petite tape sur la joue et ajoute :

– Sauf toi, Roshy.

Il grogne et secoue la tête, mais même lui ne semble pas dans son assiette. Je discerne une forme de résignation mâtinée d'angoisse sur tous les visages.

Toutes pensent que ce sursis va bientôt prendre fin, que les soldats vont vouloir abuser d'elles comme bon leur semble. Et en fait, pourquoi pas ? Il serait naïf de croire le contraire.

Il est de notoriété publique qu'on me considère comme une statue sur un piédestal qu'on peut contempler, alors qu'elles ne sont perçues que comme de simples pouliches, tout juste bonnes à être montées.

Un sentiment de malaise m'envahit. Et si elles avaient raison ? Que faire si les soldats du Quatrième Royaume se mettent à abuser d'elles ? Ce n'est un secret pour personne qu'il y a ici des pouliches, et qui sait depuis combien de temps les soldats sont en campagne ?

Rip prétend qu'il a confiance en son armée et Lu m'a dit que personne ne toucherait à ses camarades soldates, mais des pouliches ? Après tout, elles appartiennent à l'ennemi.

– Redescends sur terre, Auren, rétorque Polly sur un ton hautain. Nous ne sommes pas *la favorite* de Midas. Nous ne sommes pas protégées par ce titre, contrairement à toi. C'est pour ça que nous sommes ici, et pas toi.

Les pouliches hochent toutes la tête en me fixant. Chacun de ces regards envieux, haineux, est un nouveau coup de couteau qui me cloue sur place.

J'aimerais pouvoir leur prouver qu'elles ont tort, que personne ne leur fera de mal. Mais le fait est que je n'en sais rien. Je ne peux pas leur faire de promesses en espérant qu'elles tiendront la route.

–Vous savez où ils ont enfermé notre escorte? je leur demande alors d'une petite voix.

Le peu de confiance que j'avais avant de pénétrer dans cette tente a vite disparu.

–Aucune idée, répond Gia, les jambes recroquevillées sous son corps de sylphide. (Elle s'est assise et tire sur l'ourlet déchiré de sa robe sale.) Ils nous ont séparés, probablement pour nous empêcher de tenter quelque chose de suicidaire comme une évasion.

Je hoche distraitement la tête tout en détaillant leurs visages fatigués, leurs traits marqués et inquiets. Pas étonnant qu'elles soient à couteaux tirés. On ne peut pas leur en vouloir de se défouler les unes sur les autres.

Elles ont peur, elles sont serrées comme des sardines, au risque de s'écraser. Elles ont été capturées par l'armée la plus redoutable d'Orea et vivent dans la peur qu'à tout moment on puisse s'en prendre à elles. À leur place, moi aussi je me battrais pour pouvoir étendre mes jambes et contre les odeurs corporelles.

Mon regard se pose à nouveau sur Rissa. Le poids des non-dits entre nous me met mal à l'aise.

–Rissa, je peux te parler un moment?

Elle me regarde fixement. Une lueur brille dans ses yeux bleus. Mes paumes de main commencent à transpirer à l'intérieur de mes gants et une question me martèle le crâne.

Nous portons toujours les mêmes robes que lorsque nous étions avec le capitaine. Je me demande si elle a la chair de poule à la pensée que le tissu garde la trace de son étreinte? Je me demande si, comme moi, elle l'a frotté comme une folle, si elle y a trouvé des traces de sang.

Nous nous dévisageons. Les autres pouliches nous observent et perçoivent la tension qui existe entre nous. Je me tords les mains, mon ventre aussi se tord.

Une question me hante.

A-t-elle parlé?

CHAPITRE 17

AUREN

Ses yeux bleus me dévisagent, son joli visage reste parfaitement impassible. Ça ne me surprend pas. Rissa n'est pas du genre à changer d'attitude ni à laisser transparaître ses émotions.

Je ne suis pas certaine non plus de ce que ressentent les autres pouliches. Elles sont beaucoup trop douées pour faire semblant, bien trop habituées aux échanges courtois pleins d'énigmes et de sous-entendus.

– Puis-je te parler, s'il te plaît ?

Je réitère ma demande quand le silence devient trop pesant. Chaque seconde qui passe me met un peu plus au supplice.

Rissa baisse légèrement la tête et me surprend en train de me mordiller compulsivement la lèvre inférieure. Elle connaît mon secret le plus important, le mieux gardé, et j'ignore si elle en a parlé à quelqu'un. Je n'ai aucune idée de ce qu'elle pense et ça m'inquiète.

Elle se lève enfin.

– Bien sûr qu'on peut parler.

Mon soupir de soulagement est audible, mais en regardant autour de moi, je recommence à angoisser. Ici, il n'y a aucun endroit où discuter discrètement. Mais Rissa prend les choses en main.

– Viens. Les gardes nous autorisent à sortir plusieurs fois par jour pour nous dégourdir les jambes.

Je la suis dehors. Dès que j'apparais, Lu tourne la tête vers moi. Rissa s'adresse aux soldats :

– Je vais me dégourdir les jambes, les gars, lance-t-elle, sûre d'elle, de son sourire et de ses jolies tresses blondes.

Elle porte la même robe depuis des jours et des jours, elle n'a pas pu se brosser les cheveux, pourtant elle est toujours aussi belle.

Le garde le plus proche nous jette un regard.

– Tu connais les règles. Une seule à la fois.

– C'est bon, intervient Lu en me regardant fixement. Boucles d'Or ne va pas s'éloigner. N'est-ce pas ?

– Non.

Le soldat grimace, mais finit par céder.

– Contentez-vous de faire le tour de la tente.

– Bien sûr, ronronne Rissa avant de se retourner.

Je la suis. Nous entamons lentement le tour de la tente des pouliches, l'obscurité nous offre un semblant d'intimité.

Je suis folle d'inquiétude. J'en tremble presque, tandis que nous cheminons côte à côte dans la neige. Elle laisse nonchalamment courir un doigt sur la toile. Je distingue les voix étouffées des pouliches à l'intérieur, elles se sont déjà lancées dans une autre dispute.

Je romps le silence :

– Tu sais ce que je vais te demander.

– Ah bon ? répond-elle d'un air étonné.

Je laisse échapper un soupir de frustration. Elle ne va pas me faciliter la tâche. Je l'ai compris dès qu'elle s'est mise à me faire poireauter. Nous avons vécu ensemble une expérience traumatisante avec le capitaine Fane, mais ça ne veut pas dire qu'elle soit devenue mon alliée pour autant.

– Tu l'as dit à quelqu'un ? j'ajoute en baissant la voix.

Seule une lune laiteuse cernée par des nuages de cendre nous éclaire vaguement, on dirait une crème renversée sur de l'ardoise.

– J'ai dit quoi à qui ? demande-t-elle sur un ton désinvolte.

Je serre les dents.

– Tu as raconté à quelqu'un ce que j'ai fait au capitaine des pirates ?

Je formule lentement ma question, comme les flocons de neige qui tourbillonnent autour de nous. Là encore, elle reste silencieuse, elle continue à me mettre sous pression. Ses cheveux blonds virent au roux quand nous passons devant une lanterne accrochée à une tente voisine.

Elle finit quand même par me répondre.

– Je ne l'ai dit à personne.

– Que les dieux soient loués !

Je souffle, une main posée sur ma poitrine haletante. De la buée s'échappe de mes lèvres comme de la fumée. Mais Rissa se tourne aussitôt vers moi et s'arrête, me coupant dans mon élan.

– Pour le moment.

Mon soulagement s'estompe. Je fixe son visage, ses yeux d'un bleu étincelant lui permettent de détourner l'attention de ses interlocuteurs de cette noirceur qu'elle porte en elle.

– Tu as promis de ne rien dire, je lui rappelle.

– Je dois faire beaucoup de promesses. Ça ne veut pas dire que je les tiens.

Son ton est cinglant, c'est un sérieux avertissement.

– Comment ça marche, au fait ?

Je fronce les sourcils, incrédule.

– Tu crois que je vais t'en dire plus alors que tu viens d'admettre que tu pourrais revenir sur ta promesse ?

Avec un haussement d'épaules délicat, elle balaie la neige de ses cheveux.

– Je veux savoir comment ça marche.

– Comment marche quoi ?

Rissa sourit, comme si le fait que je réagisse comme elle, que je joue les dures à cuire, l'amusait.

– Peu importe. C'est évident, le roi Midas t'a transféré certains de ses pouvoirs lorsqu'il t'a touchée pour te transformer en or et il ne veut pas que ça se sache, murmure-t-elle.

En entendant ça, mon cœur a des ratés. Elle scrute mon visage, je ne sais pas ce qu'elle y décèle, mais elle arbore un sourire victorieux.

– Voilà pourquoi il refuse de transformer quelqu'un d'autre en or. Pas parce que tu es sa seule et unique favorite, mais parce qu'il ne veut pas partager sa magie.

Elle s'adresse plus à elle qu'à moi, et cherche une confirmation sur mon visage.

Je jette un coup d'œil alentour pour m'assurer que personne ne nous suit ; je suis terrifiée, bien qu'elle prenne soin de parler tout doucement. J'ai une boule dans la gorge, un caillou qui ne veut pas bouger.

Si jamais Midas avait vent de cette conversation…

– Combien de fois peux-tu utiliser son pouvoir ?

Je lui réponds dans un murmure désespéré, mes yeux papillonnent dans tous les sens :

– Il faut que tu arrêtes de poser ce genre de questions, Rissa. Tu ne dois raconter à personne ce qui s'est passé avec le capitaine Fane. Ça doit rester un secret.

Elle incline la tête, pensive.

– Tu veux que je me taise ?

– Oui !

Quelque chose clignote dans ses yeux, on dirait le reflet de l'appât que le poisson découvre juste avant d'avaler l'hameçon.

– Bien. Mais moi, je veux de l'or.

Mon cœur se serre parce que je savais que ça allait arriver, même si j'espérais le contraire.

– Rissa…

Elle revient sur sa parole donnée sans le moindre remords.

– Les secrets ont un prix dans ce monde et tout le monde doit payer. Même la fille en or.

J'ai envie de rire, pas parce qu'elle a tort, mais parce que je sais à quel point elle a raison. Les secrets m'ont absolument tout pris. L'argent. Le temps. L'amour. Les moments précieux. J'ai dû renoncer à mon enfance, à ma liberté, à la moindre parcelle de bonheur que j'ai pu avoir un jour.

Les secrets, je l'ai appris à mes dépens, coûtent beaucoup trop cher.

– Je dois survivre tout comme toi, me dit froidement Rissa. Tu as besoin de mon silence ? Moi, j'ai besoin d'or. C'est le prix à payer.

Les secondes s'écoulent, inexorablement. Elle se tient bien droite, le menton relevé, mais je sais que dans son dos, là où le capitaine Fane l'a frappée avec sa ceinture, la cicatrice sera toujours là, tout comme le coup de pied qu'il m'a lancé dans les côtes est toujours douloureux.

Pourtant, ce sont les blessures qui ne laissent pas de marques qui m'inquiètent le plus. Je m'affaisse légèrement en poussant un soupir découragé.

– Je suis navrée que le capitaine Fane t'ait fait du mal, je lui dis doucement. Je suis désolée d'avoir laissé les choses aller aussi loin.

– Je ne demande pas ça parce qu'il a posé ses sales pattes sur moi et je n'ai pas besoin de ta pitié, se moque-t-elle. J'ai vécu bien pire pendant bien plus longtemps. De plus, c'est mon rôle de pouliche d'être montée.

– Ne fais pas ça. Tu n'as pas à faire comme si ça n'avait pas d'importance. Pas avec moi, je réponds en secouant la tête. Tu es peut-être une pouliche, mais tu es une pouliche royale, uniquement destinée à être montée par le roi. Et, bien plus encore, tu es une femme qui mérite d'être traitée avec amour et respect.

Cette fois, elle se fiche carrément de moi. La tête rejetée en arrière, elle plisse les yeux vers les flocons qui tombent du ciel et rit aux éclats en leur offrant son visage, bouche ouverte. Ils recouvrent doucement ses cheveux blonds.

Je croise les bras en serrant bien fort mes doigts gantés, comme si ça suffisait à contenir mes émotions.

– Qu'est-ce qu'il y a de si drôle ?

Rissa secoue la tête, puis se remet à marcher en me forçant à la suivre.

– Après tout ce temps, tu crois toujours à tout ça ?

Nous passons devant les gardes et Lu, ce qui m'offre une excuse pour ne pas lui répondre du tac au tac.

Est-ce que j'y crois ?

Si Rissa m'avait posé la question il y a quelques mois, je lui aurais immédiatement répondu que Midas m'aimait. Il m'a toujours aimée, depuis l'instant même où il m'a sauvée.

Et pourtant…

Mon roi m'aime.

En effet. Il t'aime tellement qu'il te garde en cage.

La fissure dans le verre réapparaît, celle qui s'est formée quand j'ai cru que Midas me livrait au roi Fulke.

La fissure s'étale comme une toile d'araignée aux fils fins et soyeux qui s'étendent, comme autant d'imperfections dans l'amour pur que j'ai toujours éprouvé pour lui. Il devient difficile de voir à travers. Mais est-ce ma faute ? Suis-je en train de laisser le commandant Rip m'atteindre ?

– L'amour et le respect, ça existe, je déclare au moment où nous passons de nouveau sur le côté de la tente.

Je suis peut-être un peu perdue en ce moment à propos de Midas, mais mes parents s'aimaient. Je ne me souviens pas de grand-chose, mais ça, je le sais.

– Peut-être est-ce vrai pour certains, concède-t-elle d'une voix plus douce à présent, plus triste. Mais ça n'existe pas pour les femmes comme nous.

Elle adresse cette confession aux nuages qui peuvent boire ses paroles pour ensuite les faire pleuvoir.

– Nous sommes belles et agréables à regarder, destinées à satisfaire le désir, à jouer la comédie. Mais nous ne jouissons pas du véritable amour, Auren. Les seules femmes qu'on respecte à Orea sont celles qui sont assises sur un trône. Et même ainsi, elles seront toujours inférieures à leurs homologues masculins. Tu devrais le savoir à présent.

– Le roi Midas…

Rissa me coupe.

– Le roi Midas n'est qu'un roi, voilà tout. Et les rois n'aiment qu'une seule chose, par-dessus tout. Le pouvoir.

Son pessimisme est un poison puissant, sans antidote.

– De l'or, Auren, répète-t-elle doucement, tout en esquissant un pas en avant. Si tu veux que je garde ton secret, je veux de l'or.

– Je ne peux pas te fabriquer de l'or maintenant.

Je me frotte les paupières tout en fixant les ourlets de nos jupes qui frôlent la neige épaisse. Elle ne me quitte pas du regard.

– Donc tu peux utiliser son pouvoir, mais pas trop souvent ? C'est logique. Tu étais clairement épuisée la dernière fois. J'ai bien cru que tu allais t'évanouir après avoir transformé le capitaine en or, avec son pantalon sur les chevilles.

– J'ai vraiment failli tomber dans les pommes, en effet.

Ce n'est qu'à cause du shoot d'adrénaline pure et de la panique que j'ai pu tenir le coup.

Elle continue à réfléchir tranquillement pendant que nous entamons un nouveau tour en passant devant Lu et les gardes. Celle-ci me lance un regard perçant pour m'indiquer que mon temps est compté.

– Est-ce que le roi Midas s'en rend compte, lorsque tu utilises son pouvoir ? me demande Rissa.

– Chut !

Je jette un coup d'œil derrière moi pour m'assurer qu'ils n'ont rien entendu. Heureusement, ils ne regardent pas dans notre direction. Lu est trop occupée à jubiler, elle a remporté la partie. Les deux autres pérorent sur sa veine de débutante.

Je me détends légèrement quand nous nous retrouvons cachées par la tente, mais son manque de discrétion me met mal à l'aise. Je murmure :

– Tu aurais dû arracher un petit morceau du château de Highbell, si tu avais tellement envie d'avoir de l'or.

– As-tu idée du nombre de fois où les gardes inspectaient le moindre recoin ? se gausse Rissa en me regardant de haut.

Je ne suis pas idiote. Les quelques pouliches qui ont osé en prendre ne serait-ce qu'un minuscule morceau se sont toujours fait attraper. Toujours. Et crois-moi, leur sort n'en valait pas la peine.

Je déglutis violemment en imaginant toutes sortes de punitions. Je n'avais jamais pensé aux contrôles que Midas avait dû mettre en place pour s'assurer que personne ne vole d'objets à l'intérieur du château ou ne subtilise des parcelles de sa structure.

– L'or que tu m'apportes doit être neuf, il ne doit pas appartenir au roi. Tu peux par exemple transformer des satanées cuillères en or, je m'en fiche. Procure-m'en suffisamment, voilà tout.

L'idée de lui faire passer de l'or en douce me donne des crampes d'estomac.

– Suffisamment pour quoi ? Que vas-tu en faire ?

– Racheter ma liberté.

Elle m'a répondu si vite qu'il est clair qu'elle y songeait depuis un bon moment.

– Mais… un contrat de pouliche royale coûte une véritable fortune. Tu auras besoin…

– De beaucoup d'or, termine-t-elle pour moi en hochant la tête. Je suis au courant. C'est là que tu interviens.

Je secoue la tête avec véhémence.

– C'est impossible que tu aies autant d'or sans éveiller les soupçons. Le roi s'en rendrait compte.

– Il ne le saura pas si je fais correctement les choses. Crois-moi, je n'ai pas l'intention de me faire prendre ni que ma tête se retrouve au bout d'une pique en or.

– C'est ridicule, Rissa.

– Il est de notoriété publique que certaines pouliches reçoivent des cadeaux si elles ont suffisamment satisfait leur partenaire. Et j'ai déjà reçu des pourboires.

– Mais…

Elle me coupe la parole.

– C'est simple. L'or que tu me donneras, je l'échangerai contre des écus. Je rachèterai mon contrat quand j'en aurai assez.

Si le roi se renseigne, je lui expliquerai que j'ai économisé chaque sou que j'ai gagné au cours des sept dernières années. Je lui raconterai même que le capitaine Fane était si satisfait de ma performance qu'il m'a offert une grosse somme, m'explique-t-elle en souriant. Le roi me croira. Je suis sa meilleure pouliche.

Je ne peux pas la contredire parce que c'est la vérité. Elle est avec Midas depuis des années et c'est la femme la plus gracieuse, la plus séduisante que j'aie jamais vue.

– Je vais enfin être mon propre maître, murmure-t-elle en s'arrêtant derrière la tente.

Le ton de sa voix exprime clairement un désir profondément enfoui. Je comprends immédiatement que je n'ai pas la moindre chance de la dissuader.

Les yeux de Rissa étincellent.

– La liberté, Auren. Je vais enfin être libre et tu vas m'aider.

Elle prend une profonde inspiration, comme si elle s'y voyait déjà.

– Tu vas m'aider à racheter le contrat royal et à avoir assez d'argent pour recommencer à zéro quelque part, et moi je garderai ton secret. Pour toujours.

– C'est un prix très élevé.

– C'est un prix juste, me rétorque-t-elle.

– Certains diraient que tu devrais garder mon secret par loyauté.

– Je ne suis loyale qu'envers moi-même.

Elle n'éprouve aucune culpabilité, aucune honte. Mais puis-je vraiment lui en vouloir ? Dans ce monde, faire preuve de loyauté envers quelqu'un d'autre que soi est dangereux.

– Je ne tiens pas à révéler ton secret, Auren. Mais je ferai tout ce qu'il faut pour gagner ma liberté.

Devant la détermination qu'exprime son visage, je n'ai plus de doute sur sa sincérité. Elle fera tout ce qu'il faut et bien que ça me mette dans une position très délicate, je n'éprouve pas de colère envers elle. Je veux l'aider. J'espère simplement que ça ne va pas me retomber dessus.

Je finis par céder :

– Bien. (Le soupir que pousse Rissa me prouve qu'elle était suspendue à ma réponse.) Tu ne dis pas un mot de tout ça, et je te donnerai ton or. Je te paierai. Suffisamment pour acheter ta liberté et prendre un nouveau départ. Rien de plus.

– Quand ? me demande-t-elle, les yeux brillants d'impatience.

J'essaie de réfléchir à toute vitesse à ce que je peux faire et à comment le faire. Personne ne doit savoir. Surtout pas Midas.

– Je ne peux rien transformer en or pour l'instant. Je pourrai le faire quand nous serons de retour chez le roi Midas.

– Pourquoi ? Il faut que tu le touches pour te recharger ? me questionne-t-elle, en tentant d'en savoir plus.

Je lui lance un regard noir.

– Lorsque nous serons au Cinquième Royaume, Rissa. Je ne peux pas faire mieux. C'est à prendre ou à laisser.

Deux secondes passent avant qu'elle acquiesce.

– Marché conclu.

Nous retournons devant la tente en silence, en passant une dernière fois devant les gardes.

– Le temps est écoulé, me dit Lu.

– On a fini, répond Rissa avec un sourire amical.

Mais ce sourire disparaît d'un seul coup quand elle s'arrête brusquement devant l'entrée. Je manque tomber sur elle. Je m'immobilise et la regarde avec surprise.

En me lançant un regard féroce, elle baisse à nouveau la voix.

– Dès qu'on arrive au Cinquième Royaume…

J'acquiesce prudemment.

Je me rends bien compte qu'elle cherche à déchiffrer mon expression, mon langage corporel, qu'elle soupèse mes mots, qu'elle vérifie que je suis sincère. Elle est suffisamment proche de moi pour que je puisse sentir son souffle sur ma joue. Son visage est éclairé par le feu de camp qui brûle à côté.

– Ne reviens pas sur ta parole, Auren, murmure-t-elle avec une violence inquiétante dans la voix, une violence que j'ai contribué à déclencher. Sinon, je passerai un marché plus intéressant avec quelqu'un d'autre.

Puis elle se retourne et pénètre dans la tente sans ajouter un mot, me laissant tremblante dans la neige, seule face à ses menaces. Je me demande laquelle de nous deux finira par se brûler les ailes.

Chapitre 18

Reine Malina

De tout le château, l'atrium est la pièce que j'apprécie le moins.

Je l'aimais bien autrefois. Quand il était rempli des plantes que ma mère cultivait, quand l'air embaumait l'humus, les fleurs et la vie.

À présent, c'est une tombe.

Des centaines de plantes, toutes mortes, reposent dans leurs cercueils dorés. Le plafond du dôme entièrement vitré m'empêche d'ignorer leur éclat dans la lumière grise du jour.

Chaque plante devant laquelle je passe m'évoque un souvenir.

Les ongles de ma mère couverts de terre, son sourire quand elle me tendait le sécateur. Cette façon qu'elle avait de fredonner en avançant pour arroser chaque rosier, chaque pousse, allée après allée.

J'aimais ça à l'époque. Maintenant, ça me donne la chair de poule.

Évidemment, en tant que souveraine, je suis obligée de venir ici souvent. Comme par hasard, c'est cette salle que tous les nobles en visite désirent voir.

Lady Helayna s'arrête, ses jupes frôlent les tulipes parfaitement disposées. Certaines ploient encore légèrement sous le poids de leurs pétales.

Cette comtesse bien conservée, aux cheveux aile de corbeau relevés en chignon lâche, appartient à l'une des familles les plus riches du Sixième Royaume. Elle en est même la cheffe à présent. Une position de pouvoir rare pour une femme, au sein d'une famille puissante.

– C'est extraordinaire, s'émerveille-t-elle en admirant la fontaine en or massif.

J'essaie d'adopter son point de vue. Du bout des doigts, elle effleure les ondulations immobiles. La cascade est figée à jamais, son bouillonnement n'est plus qu'une surface en or.

Au fond de la fontaine, les éclaboussures ne retomberont plus jamais, l'eau ne sera plus jamais claire et fraîche, plus assez pure pour pouvoir y plonger les doigts et la boire. L'eau qui jaillissait autrefois forme maintenant un arc gracieux, avec des coulures en or massif aussi épaisses que mon bras.

– C'est tellement parfait, Reine Malina. Absolument captivant.

– Je suis contente que ça vous plaise, Lady Helayna. J'aurais dû vous inviter à Highbell depuis bien longtemps.

– Oui, eh bien, je suis très heureuse d'avoir le temps de venir à présent.

Je l'observe en train de lisser le devant de sa robe noire.

– Comment vous en sortez-vous ? je demande, tout en commençant à la guider discrètement vers la sortie.

Dehors, le vent s'est mis à hurler et la neige à cogner contre les vitres comme des poings fantomatiques furieux. Une preuve supplémentaire que cette pièce me hante.

Lady Helayna tripote l'étoffe légère qu'elle a fait glisser dans le col montant de sa robe. Elle doit porter ce voile en signe de deuil pendant un mois, elle ne peut l'enlever qu'à l'intérieur de sa maison ou en présence de la famille royale.

– Oh, je me débrouille, Votre Majesté.

Nos pas résonnent dans ce grand espace, et bien que je ne désire que m'enfuir, je parviens à garder un rythme respectable. Mais quand elle s'arrête devant les vignes qui s'étalent le long du mur, je ne peux m'empêcher de serrer les dents.

– J'imagine que ça a dû être très difficile depuis le décès de votre époux, je lui dis gentiment.

Je lui tapote le coude en signe de compassion alors qu'en réalité, je cherche à la pousser pour qu'elle continue à avancer. Les vignes en or peuvent sembler très attirantes, mais j'ai appris à mes dépens que tout, dans ce château, se révèle insidieux. Chaque sentier tortueux et chaque volute fleurie ne sont rien d'autre qu'un nouvel appât pour vous piéger.

Lady Helayna fouille dans sa poche, en sort un mouchoir et tamponne ses yeux pleins de larmes pendant que nous nous dirigeons vers la sortie.

– Oui, mon Ike me manque. C'était un homme bon.

C'était un tricheur comme tous les autres, mais je me garde d'exprimer cette pensée à haute voix. Je penche la tête :

– Je suis vraiment désolée d'avoir manqué ses funérailles.

– Oh, je ne m'attendais pas à votre présence, Votre Majesté. Vous êtes tellement occupée à gérer le royaume, m'assure-t-elle, tout en repliant son mouchoir.

Elle s'arrête avant que nous ayons pu atteindre la porte, quand elle remarque la cage à l'autre extrémité de la pièce et les barreaux qui se poursuivent jusqu'au couloir dissimulé à l'arrière.

– Étrange, murmure-t-elle en fixant la pile de coussins en soie qui gisent encore sur le sol, comme si l'animal de compagnie de Tyndall était encore là, à se prélasser jour et nuit.

Lorsque mon mari m'avait annoncé qu'il allait agrandir les cages d'Auren pour lui permettre d'entrer dans l'atrium, j'étais devenue livide. Cette pièce, même si je la déteste à cause de ce qu'il en a fait, est toujours à moi.

Ma mère prenait soin de ces plantes qui ont été massacrées sans le moindre égard, étouffées dans des gangues de métal. C'est dans cette pièce qu'elle est décédée. On y avait dressé son lit pour qu'elle puisse reposer parmi toute cette verdure luxuriante, pour qu'elle puisse respirer son parfum jusqu'à son dernier souffle.

Tyndall m'a jeté tout ça au visage en l'amenant, *elle,* ici. En lui permettant de regarder les fenêtres sous lesquelles ma mère avait vécu et était morte.

C'est peut-être à ce moment-là que je me suis mise à le haïr.

– Votre Majesté ?

Surprise, je cligne des yeux vers Lady Helayna. Je n'avais pas réalisé que j'étais restée immobile, à regarder fixement la cage.

En secouant la tête, je lui souris machinalement et je mens en détournant volontairement le regard vers les fenêtres :

– Je vous demande pardon. Je regardais l'orage qui s'annonce.

Elle hoche la tête en signe de connivence, les yeux vers le plafond, observant la neige épaisse qui commence à s'accumuler sur le dôme pour nous envelopper de teintes grisâtres, sous un ciel qui s'assombrit.

– Je ferais mieux d'y aller avant que la tempête n'empire.

– Laissez-moi vous raccompagner.

Nous passons devant quatre de mes gardes postés de part et d'autre de la porte de l'atrium. Ils nous emboîtent le pas et nous entamons notre longue descente des escaliers.

– Merci de m'avoir invitée à prendre le thé et de m'avoir fait visiter votre atrium, Votre Majesté.

– Je vous en prie. J'espère que vous reviendrez.

J'attends qu'elle aborde le sujet que nous avons esquivé tout l'après-midi, mais elle ne dit rien. Je recommence à serrer les dents.

Nous atteignons le premier étage. Les servantes de Lady Helayna sont déjà là, qui l'attendent avec son manteau et son chapeau. Elle relève son voile de deuil, l'accroche au chapeau que sa dame de compagnie lui pose sur la tête. Ses traits disparaissent derrière l'étoffe noire transparente qui lui drape le visage.

Une fois que ses servantes l'ont aidée à passer son manteau, elle se tourne vers moi. Bien que furieuse, j'arbore un sourire agréable en repensant à tout ce que j'aurais pu faire ou dire différemment. Est-ce qu'une autre tactique aurait mieux fonctionné ? Je me demande bien quels nobles je pourrais encore parvenir à influencer sans son aide.

Lady Helayna me fait la révérence, sa robe balaie le sol doré usé.

– Ma reine.

Je lui tends la main, mais mon sourire est crispé. Une journée entière. J'ai perdu une journée entière avec elle et…

Elle me serre la main amicalement, mais son regard s'obscurcit légèrement et elle se penche vers moi avec un air conspirateur.

– Vous avez mon soutien total pour gouverner le Sixième Royaume à la place de votre mari.

Je marque une pause. Un sentiment de victoire, frais et doux, m'envahit. Cette victoire me permet de prendre encore un peu plus le contrôle.

Je ne suis peut-être pas née avec des pouvoirs magiques, mais je vais prouver à Tyndall, à ma cour, à mon royaume tout entier, que je possède mon propre pouvoir. Grâce à lui, le Sixième Royaume deviendra plus fort que jamais. *Je* deviendrai plus forte que jamais.

– Le fait que les autres maisons nobles hésitent encore me dépasse, poursuit-elle, et je la sens presque lever les yeux au ciel. Cela fait des générations qu'un Colier règne sur le Sixième Royaume, et cela va continuer. Vous pouvez parfaitement régner pendant que le roi continue à aider le Cinquième Royaume et à assurer la sécurité de nos frontières.

Cette fois, le sourire qui naît sur mes lèvres est sincère. Il est rare de voir une femme diriger une maison, mais je savais que c'était l'occasion parfaite pour moi de m'imposer dans les cercles aristocratiques. Il a suffi d'un après-midi de flatterie pour obtenir son soutien.

Avoir la comtesse dans mon camp va m'aider à obtenir la confiance des autres femmes de la noblesse. Je sais pertinemment qu'elles se parlent et qu'elles considèrent Lady Helayna comme leur modèle. Si je parviens à avoir toutes les femmes de mon côté, ce sera une grande victoire.

Toutes ne sont peut-être pas à la tête de leur maison, mais elles murmurent à l'oreille des hommes qui, eux, y sont. Bien amenés, ces encouragements à voix basse peuvent devenir les pensées subconscientes de ces hommes ignares.

– Recevez mes remerciements, Lady Helayna. La Couronne vous est reconnaissante pour votre soutien.

– Nous autres femmes devons nous serrer les coudes, me répond-elle avec un petit sourire à peine visible derrière son voile. Passez une bonne journée, Votre Majesté.

– Vous aussi !

Je la salue en inclinant la tête comme une véritable comploteuse.

Dès qu'elle est partie, mes conseillers se ruent sur moi comme des oiseaux de proie.

– Votre Majesté.

Je leur annonce avec suffisance :

– J'ai obtenu le soutien de Lady Helayna.

Barthal, Wilcox et Uwen sont les trois conseillers que mon mari a laissés derrière lui pour diriger Highbell. À présent, ils sont sous mes ordres.

– Vous l'avez ? demande Wilcox, incrédule.

J'acquiesce.

– Comme je vous l'ai déjà dit, il n'y a aucun problème à ce que je gouverne en l'absence de mon mari.

– Bien sûr, ma reine, répond Uwen en serrant sa ceinture d'une main pour retenir son gros ventre. Nous étions préoccupés parce que le roi Midas nous avait donné des instructions très claires. Nous devions poursuivre notre tâche comme à l'accoutumée et lui envoyer un faucon pour toute question, ainsi que des comptes-rendus réguliers. C'est lui qui devait prendre les décisions, et…

– C'est moi qui prendrai les décisions.

J'ai œuvré sans relâche pour renforcer mon emprise sur le royaume, mais ces trois-là sont affreusement sceptiques. Voilà pourquoi j'ai fait tout ce qui était en mon pouvoir pour leur prouver qu'ils avaient tort et pour les remettre à leur place.

– Comme je vous l'ai déjà dit, nous n'avons pas besoin de faucons. Toutes les mises à jour et les décisions viendront de moi.

Je me retourne et commence à monter les escaliers. J'éprouve un immense plaisir à les voir se précipiter pour me suivre comme des chiens dressés qui courent derrière leur maître.

– Mais les nobles… commence Barthal.

– Les nobles, comme je vous l'ai démontré durant toute cette semaine, sont fidèles à la famille Colier, je réplique d'un ton ferme en foulant silencieusement le tapis doré.

– Vous avez rencontré beaucoup de nobles cette semaine, c'est vrai, admet Barthal.

– Oui, et pas un seul parmi eux ne doute que le Sixième Royaume soit entre de bonnes mains.

– Pourtant, je crains que le changement de pouvoir que vous mettez en place dans le royaume n'inquiète certaines de ces familles nobles, et nous ne pouvons nous permettre aucune dissidence, ajoute Uwen.

Arrivée au palier du deuxième étage, je m'arrête net et me retourne vers les trois conseillers. Mes gardes restent un pas derrière eux.

– Regardez autour de vous. Highbell peut tout se permettre ! S'il y a la moindre dissidence à l'avenir, je m'en occuperai, mais pour l'instant, continuez à organiser des réunions. Je veux rencontrer un représentant de chaque famille noble.

Ils se jettent un regard, hésitant à me poser la question qui leur brûle les lèvres. Ils savent qu'il vaut mieux ne pas me demander dans quel but je souhaite obtenir personnellement le soutien des nobles.

Mais ils connaissent déjà la réponse. Du moins soupçonnent-ils que j'ai l'intention de donner un caractère permanent à ces changements. Pour que le peuple m'obéisse à moi, plutôt qu'à lui.

Mon mari peut bien avoir le pouvoir de tout transformer en or et être un beau parleur, j'ai pour moi l'hérédité et l'histoire. Ce sont mes ancêtres qui ont régné sur ce royaume.

Je suis une Colier, je sais tout ce qu'il y a à savoir sur cette terre et sur les familles de Highbell, et sur la façon d'utiliser leur loyauté.

– Bien, Votre Majesté, répond Uwen en s'inclinant.

Je leur jette un regard hautain.

– À présent, à moins que vous ne prévoyiez de me suivre dans mes appartements privés, je pense que nous en avons terminé pour aujourd'hui. Je suis fatiguée, et vous devez encore répondre aux questions que je vous ai posées. J'attends ces réponses.

Wilcox se gratte le menton.

– À ce propos, Votre Majesté. Les questions sur nos forces…

– Je veux des réponses à toutes mes questions, Wilcox.

– Oui, mais…

Il hésite, cherche un soutien du regard, mais les deux autres l'évitent. Uwen semble soudain fasciné par le sol, Barthal est très occupé à rajuster le revers de sa veste.

Wilcox soupire et se tourne vers moi.

– Pardonnez-moi si je suis indiscret, mais ces renseignements… on pourrait penser que vous avez l'intention de vous préparer à la guerre.

Je lui adresse un sourire condescendant et je descends une première marche d'un pas décidé, puis deux, jusqu'à me retrouver directement en face de lui. Il se fige, ses yeux bleus s'écarquillent. Je lève la main pour rajuster l'insigne du Sixième Royaume qu'il arbore sur sa tunique – cette broche métallique qui ferme son col –, assez violemment pour qu'il tressaille. Je réprime un sourire en rectifiant la position de la cloche en or sur sa gorge.

– Vous rappelez-vous ce que disait feu mon père, le roi Colier ?

Wilcox déglutit bruyamment. Sa pomme d'Adam tressaute quand il secoue la tête.

– Il disait : « Fou est le roi qui ne se prépare pas à contrer une attaque. De l'extérieur, comme de l'intérieur. »

Je le lâche en continuant à le dévisager. Il se met à blêmir.

– Ne pensez-vous pas que c'est un bon conseil, Wilcox ?

Il expire en tremblant, mais parvient tout de même à hocher la tête.

– Si, Votre Majesté.

Je jette un coup d'œil aux deux autres, ils sont choqués : la sueur perle sur les sourcils broussailleux d'Uwen et Barthal est blême.

C'est une déclaration soigneusement formulée. Je les ai avertis. Je considère chaque allié comme une menace potentielle, et je n'hésiterai donc pas à détruire quiconque s'opposera à moi.

– J'attends une réponse rapide à mes demandes de renseignements. Ce sera tout, Messieurs, je lance pour les congédier, en jubilant de les sentir aussi mal à l'aise.

Mes gardes me suivent en passant devant les conseillers stupéfaits. Je me penche à la balustrade du deuxième étage, je pose une main sur la rampe pour pouvoir mieux les regarder de haut.

– Oh, et toute utilisation des faucons est suspendue jusqu'à nouvel ordre. Aucun message ne sera autorisé à entrer ni à sortir sans mon accord !

Le spectacle de leur sidération me ferait presque sourire. Je me retourne, de plus en plus satisfaite, pour me diriger vers mes appartements. Je sais qu'à chaque jour qui passe, avec chaque manœuvre que j'entreprends, j'augmente un peu plus mon emprise sur Highbell.

Lorsque Tyndall tentera de rentrer au Sixième Royaume, il sera bien trop tard.

CHAPITRE 19

AUREN

Je suis malade.

Je ne sais pas si c'est la horde des soldats qui m'a contaminée, si c'est le stress ou simplement mon corps qui ne supporte plus d'être dehors dans le froid permanent. Quoi qu'il en soit, j'ai l'impression que mon crâne est devenu trop étroit pour mon cerveau.

Je ne me suis pas sentie malade comme ça depuis longtemps, mais ça me rappelle de mauvais souvenirs avec Zakir. J'étais souvent souffrante à l'époque, comme tous les enfants.

C'était rentable de nous forcer à mendier, mais apparemment pas assez pour qu'il prenne correctement soin de nous. Nous devions nous contenter d'accepter notre sort parce qu'il ne nous accordait pas le moindre jour de congé. Il affirmait que, de toute façon, les gens avaient tendance à avoir plus pitié d'enfants malades.

Nous étions nombreux, blottis les uns contre les autres, dans des dortoirs glacés et parfois même humides, sans jamais assez à manger et avec une hygiène très médiocre.

Je n'aime pas me souvenir de toutes les fois où j'ai dû fouiller par terre pour dénicher des restes. Des ordures. Parfois, je mangeais des ordures.

Et même ça, les autres enfants vous le volaient si vous essayiez de les mettre de côté ; peu importaient les saletés collées dessus. Pas étonnant que les maladies se soient développées si facilement.

J'ai horreur de me sentir plus faible que je le suis déjà. La seule chose à faire, c'est de dormir et d'espérer que personne ne remarquera que je suis encore plus vulnérable.

Je grommelle. S'il est une chose dont le commandant est parfaitement conscient, c'est ma vulnérabilité. Les pouliches aussi, d'ailleurs.

Cela fait trois jours que Rissa a fixé le prix de son silence. Pendant ces trois jours, je n'ai pas vu le commandant Rip, si ce n'est sa silhouette assoupie lorsque, chaque matin, avant l'aube, je me suis glissée hors de la tente.

J'ai essayé d'aller rendre visite aux pouliches tous les soirs. Par deux fois, j'ai été refoulée. La nuit dernière, c'étaient les gardes qui m'avaient vue en compagnie de Lu qui étaient de service, ils m'ont donc autorisée à leur faire une courte visite, mais ce fut presque pire.

Les filles ne m'ont même pas regardée, sauf pour me cracher au visage leurs frustrations concernant ma liberté de mouvements alors qu'elles sont contraintes de rester cloîtrées dans une tente bondée.

Au moins, j'ai pu m'assurer qu'aucun soldat n'avait tenté d'abuser d'elles.

Je voudrais leur faire comprendre que je ne suis pas leur ennemie, mais je suis un peu découragée par mes efforts qui ne mènent à rien. En réalité, elles se sont mises à me détester encore plus. Mais ce n'est pas uniquement pour les voir que j'ai pris l'habitude de leur rendre visite. C'est aussi pour poursuivre ma traque des faucons messagers.

Je fais en sorte d'emprunter chaque fois un chemin différent et de continuer à cartographier le camp. Ils l'installent presque toujours de la même façon. Ma tâche serait facile si cette armée n'était pas aussi nombreuse.

Mais pour l'instant, l'idée de marcher dans la neige et de m'occuper des pouliches suffit à me faire gémir d'épuisement. Je vais m'accorder une nuit de repos et recommencer demain, quand je n'aurai plus l'impression que les piquants du commandant me transpercent la tête.

En parlant du loup…

La porte du carrosse s'ouvre. La silhouette de Rip apparaît, nimbée de la lumière du crépuscule.

Il ne porte pas d'armure, son manteau de cuir est givré sur les bords, ses cheveux noirs sont balayés par le vent et ses piquants sont invisibles. Je ne peux m'empêcher de lui demander :

– Ça vous fait mal quand vous les rentrez ?

Rip jette un coup d'œil à son bras. Il semble surpris de ne pas y voir de piquants, ou peut-être est-ce parce que je lui pose une question à leur sujet.

– Non.

– Hmm.

J'humecte mes lèvres sèches et je déglutis avec difficulté avant de me rappeler ce dont je voulais vraiment lui parler. Je redresse la tête quand je me rends compte que je me suis légèrement affalée.

– Je veux savoir où sont les gardes de Midas.

– Tu veux ? me demande-t-il d'une voix rocailleuse en s'appuyant contre l'encadrement de la portière. Eh bien moi, j'aimerais savoir qui étaient tes plus proches amis au Sixième Royaume.

Je cligne des yeux, je mets un peu plus de temps que d'habitude à réagir. Et lorsque j'y parviens, je suis un peu confuse.

– Pourquoi posez-vous toujours les questions les plus étranges me concernant ? Pourquoi voulez-vous savoir ça ?

Je suis à la fois déconcertée et sur la défensive.

– Ce sont les pouliches à qui tu as rendu visite ?

Il sait donc que je les ai vues. Je suppose que ça ne devrait pas me surprendre, pourtant je suis étonnée qu'il m'ait autorisée à continuer à le faire.

Un petit gloussement m'échappe, je baisse la tête pour me frotter les yeux, tant ils me brûlent.

– Oh, oui. Elles *m'adorent*. On se tresse les cheveux en échangeant nos histoires de coucheries avec Midas.

Bonté divine, c'est moi qui viens de dire ça ? Je dois être plus malade que je le pensais. J'entends un léger ricanement.

– Intéressant.

Ma main retombe, la violence de ma migraine rend mes yeux hypersensibles, même dans la pénombre.

– Qu'est-ce qui est intéressant ?

– Intéressant que tu essaies de leur rendre visite chaque soir alors que tu ne les considères pas comme tes amies. Je me demande bien pourquoi.

Je me hérisse. J'aurais tant souhaité ne pas le croiser pendant un jour de plus ! Mais je suppose que je ne suis pas chanceuse.

– Vous allez me bloquer dans ce carrosse toute la nuit ou je peux en sortir ? Je suis fatiguée.

Rip penche la tête de côté ; sur son front, les courtes pointes sont soudain plus prononcées.

– Fatiguée ? D'habitude, tu as hâte d'aller manger et de rendre visite aux pouliches.

– Ouais, eh bien, comme vous me l'avez fait remarquer, ce ne sont pas mes amies, alors je vais m'épargner le trajet.

La présence de cet homme ne fait qu'empirer mon mal de tête. Il plisse ses yeux noirs pour m'étudier de près.

– Tu es malade ?

– Je vais très bien. Maintenant, si ça ne vous dérange pas…

Je lui indique du doigt qu'il me bloque toujours le passage.

À mon grand étonnement, il s'écarte pour me laisser sortir. La nuit n'a pas encore complètement gagné sur le crépuscule, mais les dernières lueurs du jour s'estompent rapidement.

J'inspire un grand coup, l'air frais me fait du bien après une journée entière passée dans le carrosse.

Je me mets à claquer des dents. Je me protège en serrant mes bras autour de moi et j'essaie de ne pas frissonner, afin de me créer une carapace contre Rip. Il a une façon bien à lui de me donner l'impression qu'il m'ôte mes couches protectrices, qu'il voit tout ce que je veux cacher. Et en cet instant, je ne me sens pas suffisamment en forme pour le tenir à distance, pour contrer ses tactiques.

Heureusement, la tente est déjà montée, elle a été dressée non loin du carrosse. Je rêve de m'effondrer sur mon grabat, sous une couche de fourrures, et de ne plus en sortir jusqu'à ce que ma tête ait cessé de me lancer.

Je fais un pas en avant, mais soudain ma vision se trouble, une douleur me vrille le front. Je ferme les yeux et je trébuche, mes jambes sont toutes molles.

Rip tend la main, et en un éclair, ses doigts ont agrippé mon bras. Il me stabilise, me retient. Mon malaise disparaît, comme si son contact était une chaîne reliée à une ancre que je pensais avoir rompue. J'oscille comme un bateau sur l'eau, mais cet ancrage me maintient en place, me permet de rester debout.

Une fraction de seconde plus tard, je réalise mon erreur. Je suis totalement dépendante de lui. J'ouvre les yeux, je me retourne et j'arrache mon bras.

–Ne me touchez pas !

Mon cœur bat à tout rompre, je lève les yeux vers le ciel. La sensation de vertige m'envahit à nouveau, mais je tends les mains devant moi pour la repousser.

Le regard de Rip se fait dur comme de l'acier, ses piquants surgissent de ses manches et de son dos. On dirait qu'ils respirent, leurs courbures acérées ressemblent à des côtes.

Il me regarde fixement.

–Tu peux à peine tenir debout. Tu es malade.

–Je vous ai dit que j'allais bien.

Il fait un pas en avant pour pénétrer dans mon espace, ce qui me force à reculer la tête.

– Et *moi*, je t'ai déjà dit de ne pas mentir avant d'apprendre à mieux le faire, me répond-il doucement.

Sa voix est un grondement régulier, on dirait une scie qui pénètre dans du bois.

– Rentre dans la tente. Je vais faire venir le soigneur.

Je serre les dents puisque c'est évidemment ce que j'allais faire. Ma tête me fait bien trop mal pour songer à répliquer et je suis incapable de respirer normalement en sa présence.

En le maudissant à mi-voix, je m'éloigne en faisant attention où je mets les pieds. Je sens qu'il me suit du regard jusqu'à ce que je me réfugie dans la tente.

Il y fait encore froid, les charbons ardents n'ont pas eu le temps de réchauffer l'atmosphère, mais j'enlève mes bottes pleines de neige et je me débarrasse de mon manteau avant de m'effondrer sur la couchette de droite, en m'enfouissant sous d'épaisses couches de fourrure bienvenues.

J'ai l'impression d'avoir à peine fermé les yeux quand je sens une main se poser sur mon front. La tête me tourne et, l'espace d'un instant, je crois que c'est celle si réconfortante de ma mère, qu'elle est venue me dire bonne nuit.

Mais ensuite, je remarque les callosités sur la paume, le grain rugueux qui frotte contre mon front comme du papier de verre sur du bois.

Ça ne peut pas être elle, ses mains étaient douces et délicates. Elle avait le toucher caressant d'une mère, pas cette palpation clinique et inconnue.

Je me réveille en sursaut et cligne des yeux en découvrant Hojat penché sur moi. Il me faut une seconde, mais lorsque je prends conscience que c'est sa main qui touche mon front, une peur panique m'envahit.

Mue par un sentiment d'urgence absolue, je me redresse brusquement et mes rubans suivent le mouvement, par pur instinct. Ils le repoussent violemment, leurs bouts recourbés en satin le frappent à la poitrine. Sous l'effet cumulé de la surprise et de la violence de ma réaction, le corps d'Hojat est projeté en arrière. Ça se passe presque au ralenti sous mon regard horrifié. Un glapissement étranglé s'échappe de ma gorge en voyant son corps manquer de peu les charbons ardents. Heureusement, l'impulsion que j'ai donnée est trop forte. Je pousse un soupir de soulagement mais sa trajectoire se poursuit en direction des poteaux de la tente.

Une seconde avant qu'il s'écrase contre eux, Rip intervient.

Le commandant parvient à le rattraper par les épaules. Hojat se relève au lieu de percuter la tente et de tout faire tomber en s'ouvrant probablement le crâne.

Je pousse un énorme soupir.

Pendant un moment, personne ne bouge, personne n'ouvre la bouche.

Mes rubans sont déployés autour de moi, le seul bruit que l'on entend, c'est celui de ma respiration.

Lorsque je parviens à me calmer assez pour pouvoir respirer normalement, je tourne la tête vers les tentures de l'entrée qui laissent entrevoir la noirceur de la nuit. Je n'ai dû m'assoupir qu'un court instant.

Mais avec ma réaction excessive et paniquée, je viens de leur dévoiler mes cartes – ou plus précisément mes rubans. Hojat s'écarte du commandant.

– Eh bien, vous êtes sacrément forte, plaisante-t-il avec un rire nerveux qui fait grimacer le côté gauche de sa bouche.

Mes rubans retombent, je me rallonge sur le grabat d'un air absent en repliant mes jambes tremblantes sous moi.

– Je suis désolée. Je ne voulais pas, je bafouille en écartant de mon visage des mèches de cheveux trempées de sueur. C'est juste que… je n'aime pas qu'on me touche. Personne n'a le droit de me toucher.

Il y a de la pitié dans son regard.

– Je ne voulais pas vous faire peur.

Je trouve le courage de jeter un coup d'œil à Rip. Je ne sais pas ce qu'il pense. Son expression est bien trop indéchiffrable, son regard bien trop fixe. Mon cœur se met à battre encore plus fort.

La sueur s'accumule sur mon front et dans mon dos, je regrette soudain de m'être endormie sous toutes ces fourrures, car je n'ai plus froid. *J'étouffe.*

Et c'est en lien direct avec la brûlure que déclenche en moi le regard de Rip.

CHAPITRE 20
AUREN

Rip et Hojat restent là à me fixer. J'ai l'impression d'être une petite fille prise en flagrant délit de chapardage.

Hojat semble nerveux et embarrassé, mais je discerne une pointe de curiosité dans ses yeux bruns pendant qu'il observe les rubans satinés qui viennent de lui faire traverser toute la pièce.

–Alors comme ça, tu peux les bouger, constate Rip.

Son ton est pensif, comme s'il se parlait surtout à lui-même. Il se frotte le menton en regardant la grande longueur de rubans qui gît à présent immobile sur le sol.

Je ne sais pas quoi dire. Je suis coincée entre le mensonge et la vérité. Pressée des deux côtés, coincée de toutes parts. Aucun choix n'est le bon. Aucun ne me protégera.

C'est la raison pour laquelle j'ai toujours choisi de me taire autant que possible. Le silence est parfois la meilleure des défenses. Comme pour les Déifiés, ce peuple pieux qui vit dans le Sahara Miroir du Deuxième Royaume. Une fois qu'ils franchissent ces portes pour faire vœu de silence, il n'y a pas de retour en arrière pour eux. Leur langue est coupée, ainsi ils n'ont plus jamais à choisir entre la vérité et le mensonge.

Je les envie parfois, eux qui ont appris à tromper ces murailles écrasantes.

Les yeux baissés, j'enfonce mes doigts tremblants dans mes jupes à présent délavées, froissées, légèrement humides, amples et usées. Le moindre centimètre de tissu me paraît aussi lourd que le regard de Rip.

– Je t'ai vue les utiliser pour amortir ta chute quand tu es tombée du vaisseau des Red Raids.

Je garde le silence. Je ne peux pas le nier. Mais je n'ai pas à l'admettre pour autant.

– Pourquoi les caches-tu ? me demande-t-il curieusement, sans mentionner le fait que quelques minutes plus tôt, j'ai failli tuer ce pauvre Hojat.

Je suppose que pour Rip, même avec mes rubans, je ne suis pas une menace. Pas comparée à lui, en tout cas.

Je passe ma main sur les rubans pour les inciter à se glisser derrière moi sur la couchette. Ils s'y enroulent en boucles serrées.

– Pourquoi *croyez-vous* que je les cache ? je lui demande d'une voix brisée. Vous pensez que je devrais les montrer tout le temps comme vous, vous exhibez vos piquants ?

Il réagit par un haussement d'épaules arrogant.

– Précisément, c'est ce que tu devrais faire.

Je me moque.

– Facile à dire pour vous, Commandant. Personne n'oserait s'en prendre à vous. Mais ça ? je dis, en attrapant une touffe de rubans dans ma paume moite. Je n'ai nul besoin d'une autre raison pour que les gens me dévisagent et s'en prennent à moi. Les cacher, voilà la seule solution.

– C'est pour ça que tu n'aimes pas qu'on te touche ?

Je sens mon visage se vider de son sang.

– Est-ce que des gens… s'en sont pris à toi à cause de ça ? insiste Rip en faisant un geste en direction de mes rubans.

Je serre les dents, mais je n'ai pas le temps de lui répondre, une toux sèche et rauque s'échappe de ma gorge.

Hojat, toujours immobile à l'autre bout de la tente, s'anime soudain.

– Pardon, Commandant, marmonne-t-il avant de s'approcher de moi.

Il s'agenouille devant ma paillasse, ouvre sa sacoche et se met à farfouiller dedans.

– Je sais que vous avez de la fièvre et que vous toussez. Est-ce tout ce qui vous afflige, Ma Dame ? Est-ce que vous avez mal aux côtes ?

Je laisse échapper un soupir et presse mon pouce contre ma tempe douloureuse.

– Ma gorge est un peu irritée et j'ai mal à la tête, mais mes côtes semblent guéries.

Ses yeux parcourent rapidement mon visage.

– Votre joue et votre lèvre, elles aussi, sont guéries.

J'effleure les zones concernées.

– Oui, tout ça va mieux.

– Bien, faisons en sorte que le reste de votre corps soit comme neuf.

Il sort trois fioles et un morceau de tissu dans lequel sont enveloppées des herbes. Il place délicatement le tout sur les fourrures à côté de moi, en prenant bien soin de ne pas me toucher.

J'observe les fioles en verre.

– Aucune ne contient d'intestins bouillis, n'est-ce pas ?

Hojat secoue la tête, il semble soudain un peu soulagé.

– Pas d'intestins cette fois-ci, Ma Dame.

– C'est le bon côté des choses, je marmonne avant de me remettre à tousser.

Il tapote la fiole la plus proche de moi. Le liquide est vert et huileux.

– Buvez la moitié de ceci dès maintenant pour calmer cette toux. Nous ne voulons pas qu'elle s'installe dans votre poitrine.

Je prends sagement la fiole, fais sauter le bouchon et j'en avale la moitié en faisant la grimace. Je m'attendais à ce que le goût soit horrible, or c'est étonnamment doux.

– Ce n'était pas aussi mauvais que je le pensais, j'admets en rebouchant la fiole avant de la lui rendre.

– Il y a un peu de miel dedans pour couvrir le goût du...

Je lève rapidement la main.

– Ne dites rien.

Il se tait, mais ses yeux bruns pétillent. C'est un soulagement de voir qu'il ne me considère plus d'un air inquiet.

– Vous pouvez vous passer ce baume sur la poitrine si votre toux s'aggrave, me dit-il en tapotant la deuxième fiole. Et le contenu de la troisième fiole peut être dilué avec un peu de neige sur un tissu, que vous poserez sur vos yeux et votre front pour chasser le mal de tête. La neige aidera également à faire tomber la fièvre.

Je hoche la tête en jetant un coup d'œil aux herbes séchées enveloppées dans le tissu.

– Et ça ?

– Il faut les mettre sous votre oreiller.

Je fronce les sourcils.

– Pourquoi ?

Il déballe le paquet. Le tissu ne renferme pas des herbes comme je le pensais, mais des fleurs séchées.

– D'où je viens, ça porte bonheur de placer des pivoines sous son oreiller quand on est malade, Ma Dame. Cependant, vous devrez vous contenter de les glisser sous vos fourrures, ajoute-t-il en me faisant un clin d'œil.

– Vous me les donnez ? je murmure, surprise et émue.

Le haut de ses pommettes rougit légèrement, son accent s'épaissit avec sa timidité soudaine.

– Tenez.

Il me les tend. Elles sont délicates, ces trois fleurs aux tiges séchées. Certaines parties de leurs feuilles sont craquelées et émiettées. Je les fais tourner dans ma main, la couleur rose des fleurs est devenue poussiéreuse, les bords de leurs pétales ont bruni comme de la croûte de pain.

Je murmure un « merci ». Les larmes me montent aux yeux.

Des pivoines pour la santé. Une branche de saule pour la chance. Des tiges de coton pour la prospérité. La feuille charnue d'un jade pour apporter l'harmonie.

Hojat hésite, il remarque peut-être l'effet qu'ont les fleurs sur moi. Je prends une profonde inspiration et je les mets de côté en clignant des yeux pour chasser les larmes qui s'y accumulent.

– Mettez de la neige sur votre front, et envoyez-moi chercher si vous vous sentez moins bien.

– Vous êtes un médecin militaire fort bien préparé, je le félicite en souriant.

Je continue à ignorer Rip, souhaitant qu'il parte ou qu'il n'ait pas assisté à ce qui vient de se passer. Ce n'est qu'une question de temps avant qu'il recommence à me poser des questions et à exiger des réponses.

– Il le faut bien, répond Hojat en haussant les épaules, tout en rangeant soigneusement ses remèdes dans sa sacoche. Oh, je voulais aussi vous remercier, Ma Dame.

– Pourquoi ?

– Pour avoir parlé aux pouliches. Grâce à vous, quelques-unes m'ont autorisé à les soigner, dit-il joyeusement.

– Vraiment ? je réponds, surprise.

Je ne pensais pas que les filles m'écouteraient, mais je suis heureuse d'entendre que c'est le cas. Qui sait le genre de blessures qu'elles ont subies lorsque nous avons été capturées par les Red Raids ?

– Oui. Et c'est une bonne chose, vu l'état de cette femme, poursuit-il en rangeant pour moi les autres fioles sur le sol, à côté de ma couchette. Elle devra être prudente, surtout si l'on considère l'endroit où nous nous trouvons actuellement. Il ne faut pas qu'elle ait trop froid, et les rations de voyage ne lui conviennent pas vraiment.

Je le regarde se diriger vers l'entrée de la tente, ramasser de la neige et en remplir le morceau de tissu. Il y verse ensuite un peu du liquide de la troisième fiole avant de le replier.

– Est-ce qu'elle va s'en sortir ?

– Oui, répond-il en me tendant le sac de neige. Ça progresse bien. Aucun risque de fausse couche.

Mon cœur s'arrête de battre.

– Attendez. *Quoi ?*

Hojat se retourne, son expression change quand il découvre celle de mon visage. Il regarde Rip qui se tient toujours en face de nous, aussi silencieux qu'une gargouille de pierre, sans piquants apparents, les bras croisés.

– Toutes mes excuses, marmonne Hojat. Je supposais… Eh bien, comme vous leur avez rendu visite… Ça ne fait rien.

– Laquelle est-ce ?

Je fixe les cicatrices de son visage, je me rends bien compte que sa peau brûlée se plisse sous l'effet de la contrition.

Hojat jette un autre regard à Rip, le commandant lui fait un petit signe de tête, sans toutefois me quitter des yeux. Le médecin se dandine, il hésite à me dire la vérité.

– Elle a des cheveux noirs et raides. Je crois que son nom commence par un M…

Un claquement retentit dans ma poitrine, comme une aiguille de pin gelée qu'on écrase sous sa botte.

– Mist.

Il hoche lentement la tête.

– C'est ça.

Le peu d'air que j'avais dans les poumons s'échappe, mon esprit se met à s'agiter, mes pensées s'affolent comme un tourbillon dans une rivière, la tête me tourne, je suis happée vers le bas.

– Enceinte, je murmure en regardant au loin sans rien voir. Elle est enceinte, je répète d'une voix rauque.

C'est le bébé de Midas. C'est forcément le sien.

Un craquement me fait baisser la tête, mon regard tombe sur les tiges des pivoines que j'ai écrasées sans m'en rendre compte. Je ne m'étais même pas aperçue que je les avais attrapées. Je les lâche rapidement, mais des morceaux restent collés à mon gant, les tiges sont cassées en deux.

Mist est enceinte du bébé de Midas.

Mist, qui a été la plus violente, la plus véhémente dans l'expression de sa haine envers moi. Elle est enceinte de l'héritier illégitime de Midas.

Des larmes coulent, mais je ne sens pas leur chaleur sur mes joues enfiévrées.

Un bébé. *Le bébé de Midas.*

Il m'avait prévenue, encore et encore, que je ne pourrais jamais avoir d'enfant. Il ne pouvait pas se permettre d'avoir un bâtard avec moi. Pas alors que la reine Malina n'était jamais tombée enceinte. Je suis sa Précieuse, pas sa poulinière. Il m'avait dit que ce ne serait pas correct vis-à-vis de sa femme.

Un sanglot me déchire la gorge, on dirait que les bords déchiquetés d'un roc gelé me font saigner. Je veux me cacher sous les fourrures, fuir toute lumière révélatrice, tout frisson glacial. Je voudrais qu'Hojat retire ce qu'il vient de dire, que ce soit un mensonge.

Mais je sais que ce n'est pas le cas. Je peux lire la vérité sur le visage abîmé du soigneur.

Quand nous faisions l'amour, Midas n'éjaculait jamais en moi. Il n'a jamais voulu prendre ce risque. Avec ses pouliches, il était beaucoup plus négligent. J'essayais de ne pas y penser car je savais qu'elles prenaient toutes quelque chose pour éviter de tomber enceintes. Mais à moi, il n'a jamais voulu me donner cette herbe, il disait qu'il ne voulait pas que je prenne de risques, après qu'une de ses pouliches était tombée très malade et en était morte.

Du coin de l'œil, j'aperçois Hojat qui échange un regard avec le commandant et lui dit quelque chose à voix basse, mais je suis trop dévastée pour l'écouter.

Il passe la bandoulière de sa sacoche sur son épaule et sort de la tente. Quand les tentures s'entrouvrent pour laisser entrer l'air de la nuit, j'enfouis mon visage dans mes mains. Je presse mes paumes sur mes yeux où les larmes s'accumulent.

Des fissures. Il y a tellement de fissures dans le verre.

Comment est-ce arrivé ? Comment en suis-je arrivée là, alors que je pensais ne plus jamais avoir à me regarder dans des miroirs brisés ? Tant que je voyais mon reflet aux côtés de Midas, je pensais qu'il resterait toujours entier, clair et net.

Et pourtant, ces fissures continuent d'apparaître, de se propager.

Je sais bien que Midas fait l'amour avec toutes ses pouliches. Bon sang, j'en ai été témoin. Il me fait regarder, il me fait assister à ses ébats en spectatrice muette derrière mes barreaux dorés. Peut-être pensait-il que c'était une façon de m'inclure, aussi pervers que cela puisse sembler.

J'ai réussi à étouffer cette douleur au fil des ans, mais là… Le ventre de Mist va se gonfler d'un enfant qu'elle a conçu avec l'homme que j'aime. Comment puis-je étouffer *ça* ?

La vérité s'enfonce de plus en plus profondément en moi, comme du gravier au fond d'un étang qui coupe les pieds nus et brouille la clarté de l'eau.

J'ai toujours préféré l'ignorer. Repousser le mal et me focaliser sur le bien. Mais Mist enceinte, ça change tout. Des liaisons lascives et insignifiantes deviennent soudain autre chose. Quelque chose de plus.

La haine dont Mist fait preuve à mon égard prend soudain tout son sens.

À ses yeux, je suis la femme qu'il met sur un piédestal. Elle ne doit pas seulement craindre la reine, mais moi également. Et voilà qu'elle porte son enfant.

Grand Divin, quel gâchis.

Je relève la tête, j'ai les cils collés par les larmes et la gorge nouée. Rip est assis sur son grabat, le faible éclairage que procurent les morceaux de charbon et la lanterne le plonge entre ombre et lumière. Il a fallu que ce soit lui qui assiste au spectacle de ma chute.

Le contenu de cette fiole a peut-être soulagé ma gorge irritée, mais ça ne peut pas faire disparaître l'oppression de ma poitrine et cette sensation que la tente se referme sur moi.

– Allez-y, je lance, tout engourdie, le regard vague. Allez-y, jubilez. Creusez un fossé entre Midas et moi. Poussez-moi à tout remettre en question. Faites-moi douter, enrager et me débattre.

J'ai envie de le gifler. Je voudrais que mes rubans l'envoient s'écraser au loin. J'ai envie de me battre, de l'attaquer, uniquement pour ne plus sentir le poids écrasant de mon chagrin.

Les angles des pommettes de Rip me paraissent encore plus aigus, les extrémités pointues de ses oreilles me rappellent brutalement qui il est. Mon adversaire. Mon ennemi. Un fae célèbre pour sa cruauté. Et là, tout de suite, c'est exactement ce que je veux.

– Fais-le ! je hurle.

Quelque chose vacille dans son regard, quelque chose que je n'arrive pas à reconnaître.

– Je n'éprouve pas le besoin de faire quoi que ce soit pour le moment, Chardonneret, dit-il doucement.

Ma fureur grimpe en flèche.

– Va te faire foutre ! je crache.

L'acide qui s'échappe de ma bouche est suffisamment caustique pour brûler mon âme glacée.

– Tu as tout planifié, n'est-ce pas ? Tu me manipules, à chaque étape, pour me faire tout remettre en question !

Mes paroles furieuses sont stoppées par une quinte de toux, mais celle-ci ne suffit pas à étouffer ma colère.

Rip ne montre aucun signe de remords, je ne vois pas le moindre changement dans le vide noir de ses yeux.

– Je trouve amusant que tu m'accuses si facilement de te manipuler, alors qu'apparemment, tu as fermé les yeux sur le fait que *ton roi bien-aimé* le faisait depuis des années.

Avant de savoir ce que je fais, je ramasse la fiole à mes pieds et la jette sur lui. Il lève une main et l'attrape au vol.

Je me mets à hurler :

– Ce n'est pas vrai !

Mes mains se glissent dans mes cheveux et les tirent, comme si je pouvais arracher ses mots vicieux de mon crâne.

– Arrête de te mentir à toi-même, réplique-t-il avec un calme exaspérant.

À cet instant, je le déteste plus que jamais.

– Je parie que ce n'est même pas vrai. Tu t'es arrangé pour que ce soit Hojat qui me l'annonce, n'est-ce pas ?

– Aussi puissant que je sois, je n'ai pas le pouvoir de faire mentir Hojat. Mon médecin militaire est d'une honnêteté parfois exaspérante.

Le feu brûle dans ma poitrine.

– Je te déteste.

Rip incline la tête.

– Ta colère est mal placée, mais j'aime ça, dit-il avec un sourire féroce. Chaque fois que tu la laisses un peu plus s'exprimer, je vois mieux en toi, Chardonneret.

Le muscle de ma mâchoire tressaute.

– Tu ne vois rien du tout.

– Oh que si ! réplique-t-il d'une voix basse, rauque, comme deux silex qui s'entrechoquent et tentent de produire une flamme. J'ai vraiment hâte de voir le reste. Quand tu vas lâcher prise et que tu laisseras enfin tout ça *sortir*, ta fureur va allumer l'esprit que tu as assombri.

On dirait quelqu'un qui a gagné, qui se vante de sa supériorité.

– J'espère que tu brûleras tellement fort que tu réduiras ton Roi d'Or en cendres.

Mes yeux lancent des éclairs.

– Sors !

Il me sourit d'un air narquois, le salaud.

Il se lève lentement, ses piquants se déploient le long de sa colonne vertébrale et de ses bras, on dirait un dragon qui étire ses ailes.

Il me regarde, mais mes larmes brouillent ma vision. Pendant une fraction de seconde, il semble s'adoucir, ses prunelles impitoyables reflètent autre chose que de l'arrogance.

– Tu veux savoir ce que je pense ? me demande-t-il doucement.

– Non.

– Eh bien, je vais te le dire quand même.

Je ricane.

– Vas-y.

Ses lèvres frémissent comme si je l'amusais.

– Tu n'es peut-être plus derrière les barreaux, mais tu es toujours dans cette cage. Et je pense qu'une partie de toi veut y rester, parce que tu as peur.

Ma bouche se durcit, mes rubans se resserrent comme des poings.

– Mais… continue-t-il, en faisant un seul pas en avant pour envahir mon espace, et son aura invisible semble me lécher la peau. Je pense qu'une autre partie de toi, celle que tu refoules, est prête à se libérer.

Dans mes veines, mon pouls bat comme le tonnerre, chaque pulsation ressemble à un éclair.

– Tu aimerais ça, n'est-ce pas ? Me détruire ?

Il me regarde avec une expression qui ressemble à de la pitié.

– Pas te détruire. Tu oublies que je sais ce que tu es. Tu es bien plus que ce que tu t'autorises à être.

J'essaie de ne pas tressaillir pour ne pas lui montrer combien ses paroles m'affectent, à quel point elles me touchent.

Je redresse le menton pour tenter de lui faire croire que j'ai confiance en moi.

– Je ne changerai pas de camp. C'est lui que je choisirai, toujours.

Rip me répond par un « tss-tss-tss » en faisant claquer sa langue venimeuse.

– Oh, Chardonneret. Pour ton bien, j'espère que ce n'est pas vrai.

Il sort de la tente et, soudain, toute mon adrénaline s'effondre. Je suis faible, épuisée.

Pendant un moment, je me contente de regarder dans le vague, droit devant moi.

Puis je ramasse le sac de neige sur le sol où je l'ai laissé tomber, j'enlève ma robe, mes chaussettes et mes gants. Je rassemble les pivoines cassées et je les glisse dans les fourrures, puis je m'allonge.

Les paroles de Rip tournent cruellement dans ma tête pendant que je songe au ventre de Mist qui grossit, au reflet craquelé de Midas, à mes rubans qui s'en prennent à Hojat.

Je presse le tissu glacé sur mes paupières et je me dis que son humidité provient de la fonte des neiges, que ma migraine est bien pire que la douleur que je ressens dans mon cœur.

Mais je suppose que le commandant a raison. Je devrais apprendre à mieux mentir, car je n'y crois pas moi-même.

CHAPITRE 21

AUREN

Je contemple la salle à manger d'apparat, les tapisseries qui s'étendent du sol au plafond, les murs lambrissés ornés de panneaux sculptés. Au-dessus de nous, un lustre ressemble à des stalactites, ses cristaux scintillent autant que des étincelles dans des yeux amoureux.

Même après avoir passé des mois ici, je ne suis toujours pas habituée à la somptuosité ni à la taille du palais. Tout ici est incroyablement raffiné, je ne m'y sens pas à ma place, je m'y sens si petite.

La splendeur du château de Highbell a suffi à me faire tourner la tête, avant même que Midas décide qu'il voulait tout changer en or.

– Ça va, Précieuse ?

Face à la question de Midas, je jette un coup d'œil circulaire en arborant un sourire.

– Oui. Ça rend bien comme ça, tu ne trouves pas ?

Nous sommes tous les deux seuls dans la pièce, et c'est étrange de penser que nous vivons ici à présent. Je ne m'y suis pas encore faite. Je ne me suis pas habituée à « nous deux » non plus. Avant, Midas avait l'habitude de porter des pantalons bon marché et des bottes éraflées. À présent, il porte des tuniques en soie et des pantalons parfaitement ajustés. Le plus étrange, c'est quand il arbore une couronne sur ses cheveux blond cuivré.

Même ça, ça lui va bien. C'est comme s'il était fait pour ça. Tous ces atours ne le gênent pas, ne le font pas paraître déplacé. En réalité, il s'est épanoui à Highbell malgré la rapidité avec laquelle il a dû endosser le rôle de roi.

Je suis fière de lui. Fière qu'il n'ait pas tremblé, qu'il n'ait pas reculé. Pour un homme qui a été élevé dans une ferme, sans famille, il a assumé son statut de monarque avec une étonnante facilité.

Ses yeux, dont la couleur me rappelle une cosse de caroube, détaillent la pièce avec soin.

Nous avons parcouru le palais aujourd'hui, pendant que certaines de ses parties se transformaient sous nos yeux. Un rebord de fenêtre par ici, un tapis par là, des tasses à thé et des coussins de chaise, des appliques murales et des poignées de porte.

La nuit est tombée depuis quelques minutes, emportant les dernières lueurs du jour.

Les serviteurs sont déjà venus attiser le feu de cheminée, ses flammes grondent et crépitent comme une bête affamée et plongent la pièce dans une lueur orangée.

Des dizaines de candélabres ornent la table à manger, les couverts sont impeccablement dressés sur sa surface chatoyante. Je parviens encore à deviner les veines du bois qui est maintenant doré, assorti au tapis, aux rideaux et à la vaisselle.

– Ça me paraît bien, murmure Midas.

Son regard s'attarde sur les endroits qui n'ont pas encore été transformés : les sols en marbre blanc, les murs lambrissés, le plafond et le dossier des chaises.

– Mais ce sera encore mieux quand tout sera doré, termine-t-il en m'adressant un sourire. Tu dois avoir faim. Passons à table.

Il glisse sa main dans mon dos et me conduit vers la table où deux serviteurs nous attendent derrière nos chaises. Avant même de m'être assise, je dresse les oreilles en entendant une porte qui s'ouvre et des talons qui claquent sur le sol.

Je me fige, incapable d'aider le domestique à avancer mon siège. Je lance à Midas un regard éberlué, mais lui se contente de fixer l'embrasure de la porte dans laquelle elle vient d'apparaître. Sa femme, sa reine.

J'entends ses jupes qui frottent contre le sol au fur et à mesure qu'elle s'approche. Elle fait le tour de la table et s'assoit à la droite de Midas, juste en face de moi.

L'atmosphère de la salle à manger se tend et la reine Malina en est parfaitement consciente. Un léger coup de coude dans mon dos met fin à mon hésitation, et je murmure un remerciement au serviteur qui vient de pousser ma chaise.

–Mon épouse, vous vous êtes jointe à moi pour le dîner, lance Midas avec une froideur qui recouvre toutes les émotions qu'il pourrait ressentir.

La reine ne dîne jamais avec lui, sauf quand ils reçoivent des invités. Ils partagent le petit déjeuner ou parfois le thé, mais pas le dîner.

Le dîner est censé me revenir.

Les serviteurs arrivent, ils placent une assiette et un bol devant chacun de nous, puis versent du vin dans nos verres. S'ils ont perçu le malaise, ils ne le montrent pas.

–J'ai passé l'après-midi en ville et je viens de rentrer. Comme j'ai sauté le déjeuner, j'ai pensé que je pourrais dîner avec vous ce soir, explique Malina avec une aisance déconcertante.

Ses cheveux blancs comme neige sont séparés sur le côté, les mèches de devant sont lâches et rassemblées par un nœud sur la nuque. Elle porte une robe dorée, comme moi, mais la sienne est beaucoup plus élaborée, ses jupes sont amples, son corsage est orné de dentelle, de volants et de différentes couches de tissu.

Comparée à la sienne, j'ai l'impression que ma robe en satin est à peine plus épaisse qu'une chemise de nuit. Ses seules fioritures sont les anneaux d'or qui maintiennent le tissu en place sur mes épaules.

–Je suis heureux de pouvoir jouir de votre compagnie, lui répond Midas.

Je plonge le regard dans le bol de soupe en face de moi. J'aimerais être n'importe où sauf ici. Je suis en colère qu'elle soit venue me priver de mon seul repas avec lui. C'est l'unique chose qui m'appartienne désormais, et parfois, je n'ai même pas ça.

Je sens que la reine me dévisage, mon cuir chevelu me picote comme si son regard d'un bleu hivernal portait en lui toute la froidure de l'hiver.

Midas commence à manger, je lève ma cuillère en bois en me forçant à l'imiter. Je ne peux pas me permettre de le regarder, cela la mettrait en colère. Je ne veux surtout pas attirer son attention. Je n'ose pas aspirer ni faire du bruit avec ma cuillère en mangeant. En fait, j'essaie de ne pas faire de bruit du tout.

Pendant quelques minutes, nous dînons tous les trois dans un silence inconfortable. Nous avalons le bouillon. Je suis certaine que c'est délicieux – tout l'est toujours ici –, mais je n'arrive pas à m'en délecter à cause de l'amertume que je ressens.

Malina est assise en face de moi, droite et fière. Chaque cheveu, chaque fil est parfaitement à sa place, son essence même est royale et écrasante.

– Hmm, murmure-t-elle en remuant sa soupe avant de lever son regard vers moi, apparemment votre orpheline dorée a appris à mieux se tenir à table depuis la dernière fois.

Je me tétanise, ma cuillère reste en suspens à mi-chemin de ma bouche.

Midas pousse un soupir silencieux.

– Malina, ne commencez pas.

Elle parvient à hausser les épaules avec élégance et indifférence, mais je vois très bien que son regard devient glacial.

– C'était un compliment, Tyndall. La dernière fois que je l'ai vue manger, j'ai cru que nous allions devoir éponger le ragoût sur ses genoux.

Mes doigts se crispent, je baisse la cuillère et je lève les yeux vers elle. Nos regards se heurtent, bleu et or, glace et métal. Je peux lire dans ses yeux toute sa jalousie et sa colère.

Et elle peut voir la même chose dans les miens.

Sous la table, le pied de Midas effleure ma jambe. C'est un petit contact secret qui me réconforte et qui m'aide à relâcher la pression, mais c'est également un rappel à l'ordre. Malina peut me provoquer autant qu'elle veut, son statut le lui permet. Mais moi, je ne suis que la pouliche favorite du roi, qu'elle tolère. Je suis « l'autre », et je ne peux absolument pas lui manquer de respect ouvertement.

Ainsi subtilement remise à ma place, le feu qui bouillonne en moi s'éteint. Mes yeux quittent les siens.

– Comment trouvez-vous la pièce ? demande Midas à Malina, afin de détourner son attention en changeant de sujet.

Je lui suis reconnaissante d'essayer de détourner la conversation pour lui faire oublier ses critiques verbales à mon égard, mais pour une fois, j'aimerais qu'il prenne ma défense.

Il ne peut pas, cependant. Il porte sa bague au doigt. C'est elle qui est assise à ses côtés sur un trône, elle qui est à son bras quand ils visitent la ville. Je ne peux pas me comporter ainsi avec lui.

C'est un roi, et je ne suis pas une reine.

Malina regarde autour d'elle, elle note tous les changements effectués dans la salle à manger, tous les nouveaux endroits qui ont été dorés. Je me demande ce qu'elle pense de toutes ces choses teintées de nouveauté.

Depuis la mort de son père, Midas a été surnommé le Roi d'Or. Il faut dire qu'il est littéralement à la hauteur de ce titre. Pièce après pièce, le château est en cours de transformation. Chaque jour, il y a un peu plus d'or qui y brille.

Parfois, Midas veut que les objets soient solidifiés parce qu'il aime leur aspect, comme pour les plantes de l'atrium, désormais sans âge et immuables. Une déclaration audacieuse de richesse qui ne nécessite pas de mots.

Mais ça ne conviendrait pas pour tout. Ce ne serait évidemment pas confortable de dormir sur des lits en or massif. Du coup, le plus souvent, c'est le matériau lui-même qui est transformé, les coupes de verre sont teintées, le fil devient un fil d'or, les cadres en bois sont dorés, tout cela par un simple contact.

– Ça me semble bien, répond finalement Malina d'une voix sèche.

– Bien ? répète Midas, et son beau visage bronzé se renfrogne. Highbell n'a jamais été aussi beau. Quand j'aurai terminé, ce sera si resplendissant que personne ne se souviendra de ce que c'était auparavant.

Si je n'étais pas en train de la regarder à cet instant précis, j'aurais manqué le tressaillement douloureux qui fait frémir le visage de la reine. Cela ne dure qu'une fraction de seconde, mais c'est assez pour que je m'en aperçoive. Cette réaction me surprend car la reine hautaine domine toujours parfaitement ses émotions.

Malina déglutit, sa gorge délicate remue, elle repose sa cuillère sur la serviette devant elle.

– La soupe ne passe pas, dit-elle. Je pense que je vais monter dans mes appartements, finalement.

– Voulez-vous que je vous accompagne ? lui demande Midas.

– Non merci.

Je ne peux pas m'empêcher de pousser un soupir de soulagement. Mon regard s'éclaire avec le poids de sa présence en moins.

Mais j'aurais dû le cacher, ne pas réagir, car elle le remarque. Elle plisse les paupières, son regard acrimonieux est destiné à me glacer les sangs.

Je recouvre immédiatement mon expression cordiale et attentive, mais c'est trop tard. Le mal est fait.

Un serviteur se précipite pour tirer sa chaise quand Malina se lève. Elle s'arrête à côté de Midas, sa main pâle et fantomatique vient se poser sur son épaule. Je peux voir les veines bleues sous la blancheur de sa peau de porcelaine, pendant que ses doigts jouent avec les pointes courtes des cheveux de mon roi.

– Vous venez ce soir ? lui demande-t-elle à voix basse.

La jambe de Midas s'éloigne de la mienne, il acquiesce avec un signe de tête.

– Oui, bien sûr.

Elle rayonne, et en prenant bien soin de m'observer, elle me vole chaque parcelle du soulagement que j'avais ressenti pour le remplacer par quelque chose qui me donne mal au ventre.

–Merveilleux, ronronne Malina, avant de se pencher en avant pour déposer un baiser sur sa joue. Passez un bon dîner avec votre bestiole, Midas. À tout à l'heure, dans mon lit.

La glace de son regard me transperce le cœur.

Je ne sais pas ce qu'elle décèle dans mon expression, mais cela suffit à déclencher chez elle un sourire plein de suffisance. Satisfaite, Malina se redresse et se détourne en claquant des talons, tandis que moi je reste empêtrée dans une jalousie noire que je ne peux pas montrer.

Ne pleure pas. Ne t'avise pas de pleurer.

Dès que la porte de la salle à manger se referme, Midas se penche vers moi et se met à me tapoter le menton du bout du doigt.

–Auren.

Je lève les yeux vers lui, il a un air désolé mais sévère. Ses lèvres si douces sont légèrement pincées.

–Tu ne dois pas réagir, me dit-il.

Dans mes yeux, un puits se remplit, comme l'eau dans un seau qui menace de déborder.

–Je sais.

–Oh, Précieuse, murmure-t-il en caressant mon visage du regard. Tu sais que mon cœur t'appartient. J'ai besoin d'un héritier, voilà tout.

Je ne suis peut-être pas une reine, je ne suis peut-être pas sa femme, mais son cœur m'appartient.

C'est suffisant. Il faut que ça le soit. Et pourtant il continue de m'envahir, ce sentiment d'impuissance, encore et encore.

Je préférais quand Malina m'ignorait. Je pense qu'au début elle croyait qu'il se lasserait de moi. Peut-être qu'à présent elle a compris que ça n'arrivera jamais.

Une larme coule sur ma joue, Midas l'essuie avec son pouce et je me penche vers lui.

–Viens ici.

Il se recule, et je n'ai pas besoin d'une autre invitation. Je me glisse sur ses genoux pour qu'il me serre dans ses bras, tandis que les domestiques s'éloignent rapidement.

– Tu cherches encore tes marques, me dit-il en caressant mes cheveux tressés sur mon épaule.

– Je suppose que oui.

– Ça deviendra plus facile avec le temps, m'assure-t-il.

Je renifle en me ressaisissant.

– Oui.

Son menton repose sur le sommet de ma tête, il me rassure.

– Nous savions tous les deux ce qui allait se passer quand nous avons décidé de venir ici, à Highbell.

– C'est juste que… je ne savais pas que ce serait aussi difficile, j'admets d'une voix douce. Je ne savais pas que ça allait faire aussi mal.

Une caresse réconfortante effleure mon dos.

– Épouser Malina était nécessaire. Non seulement parce que ce mariage assurait l'avenir du Sixième Royaume mais aussi parce qu'il t'assurait un avenir, m'explique-t-il, et sa voix ronronne à mon oreille collée contre sa poitrine.

Il a raison, bien sûr.

Sa main me tapote à nouveau le menton pour que je le regarde.

– Tu es en sécurité, tu es protégée ici, Auren, et c'est ce qui compte le plus pour moi. Tu le sais, n'est-ce pas ? Je ne laisserai plus jamais le monde te faire du mal.

J'acquiesce, mon regard se pose sur ses lèvres. J'ai envie d'embrasser sa joue pour effacer le baiser que sa femme y a laissé, mais ça me paraît puéril, donc je m'en abstiens.

– Je suis en sécurité grâce à toi, j'acquiesce avec un petit sourire.

Les coins de ses paupières se plissent quand il me rend mon sourire. J'aime ce sourire. Il fait se serrer mon cœur dans ma poitrine, c'est comme si quelqu'un me prenait par la main.

– Et tu le seras toujours, ici avec moi, me promet-il. Tu as encore faim ?

Je secoue la tête. Le peu que j'ai réussi à avaler a tourné dans mon estomac.

– Bon, et si je te raccompagnais à l'étage et que je te faisais monter de la nourriture un peu plus tard ?

– Oui, s'il te plaît.

Il dépose un baiser sur mon front et m'aide à me lever. Puis sa main se pose à nouveau sur mes reins tandis qu'il m'accompagne hors de la salle à manger.

Je reste silencieuse pendant qu'il me conduit à travers les différents étages du château. J'ai pris l'habitude de ce chemin maintenant, mes jambes ne souffrent plus autant de grimper toutes ces marches, mais c'est mon esprit qui semble traîner des pieds.

Lorsque nous arrivons au niveau supérieur, Midas fait un signe de tête aux gardes qui surveillent le hall. Nous passons la porte ensemble, avant de nous arrêter au milieu de la pièce. Pas n'importe quelle pièce, ma chambre. Avec un dressing et une salle de bains attenants.

– Prête ? me demande-t-il.

J'acquiesce, bien qu'un petit soupir s'échappe de mes lèvres à la vue des barreaux dorés.

Midas a fait venir un forgeron renommé au château pour me construire ça. Cela a pris des semaines, mais maintenant il y a une élégante cage à oiseaux dans la pièce, assez grande pour abriter une personne. Sa taille lui permet de contenir aisément tous les meubles.

Sa structure en forme de dôme est très élaborée, des volutes métalliques s'enroulent en bas et en haut, il y a de jolies vignes gravées dans la bande de métal doré qui entoure le toit.

C'est complexe, beau et solide. Aucun homme ne peut briser ces barreaux, aucun corps ne peut se faufiler entre eux. Quand Midas m'a promis de me protéger, je lui ai demandé de le prouver.

Voilà comment il me le prouve.

Il se dirige vers la porte de la cage, la charnière ne grince pas du tout quand il l'ouvre. Midas m'accompagne à l'intérieur, nous passons tous les deux devant le lit et le fauteuil, je me dirige vers la fenêtre. Les vitres sont bordées de neige, comme si leurs bords étaient garnis de sucre en poudre. Je n'ai pas la meilleure vue qui soit, mais j'aime toujours regarder dehors.

Ses mains remontent dans mon dos pour jouer avec mes rubans. Je sais qu'il fait ça pour que je me sente mieux. Pas uniquement à cause de ma confrontation avec Malina, mais parce que même si la sécurité de ma cage me réconforte, je me sens toujours seule à l'intérieur. Je m'y ennuie. Parfois, quand je dors, je me réveille, paniquée à l'idée d'être prise au piège.

–Mange un peu plus ce soir, me dit-il.

–Je le ferai.

–Et joue de ta harpe. Tu es tellement douée pour ça.

Je ris, en me détournant de la fenêtre pour regarder la harpe dorée dont il m'a fait cadeau il y a quelques mois.

–C'est ce que tu dis. Je ne suis vraiment pas douée.

Ses lèvres se contractent.

–Tu t'amélioreras avec la pratique.

–C'est vrai que j'ai beaucoup de temps pour ça, je le taquine.

Bien que je préfère m'ennuyer parfois que de retourner dans la rue avec quelqu'un comme Zakir. Si la seule chose dont j'aie à me plaindre, c'est d'éprouver un peu d'ennui de temps en temps, alors j'ai une vie vraiment agréable. Il faut absolument que je m'en souvienne.

–J'ai une surprise pour toi, dit soudain Midas.

Je hausse les sourcils et je sautille, tout excitée.

–Qu'est-ce que c'est?

Mes lèvres se retroussent de joie. Je ne peux m'en empêcher, j'adore les cadeaux.

–Je vais faire agrandir ta cage.

Mes yeux s'écarquillent.

–Quoi...?

–Ça va demander un peu de travail, et ça ne se fera pas du jour au lendemain, m'explique-t-il rapidement. Les charpentiers devront découper plusieurs murs et construire un couloir privé pour ta cage, mais quand ils auront terminé, tu pourras te rendre dans la bibliothèque et dans l'atrium quand tu le voudras, tout en étant en sécurité dans ton propre espace.

Je reste bouche bée, en état de choc. La seule chose dont je suis capable, c'est de le regarder fixement un moment, comme pour vérifier qu'il est réellement sérieux.

–Vraiment? je hoquète.

Son sourire m'éblouit.

–Vraiment.

Avant qu'il ait fini de répondre, je me jette à son cou et je le couvre de baisers.

–Merci, merci, merci!

Il rit, son rire insouciant me réchauffe de l'intérieur, mon cœur se gonfle de joie.

–Je sais que tu aimes l'atrium et la lecture, lance-t-il en se penchant en arrière afin de pouvoir mieux m'observer. Et tu sais que j'aime te rendre heureuse.

–Merci, je répète avec un immense sourire.

Lorsque je pourrai me rendre dans l'atrium quand je le voudrai, je ne me sentirai plus piégée en permanence. Je jouirai de la plus belle vue du château.

–Heureuse?

Je hoche la tête en souriant.

–Heureuse.

–Bien.

Midas me tape sur le nez.

La cloche géante de la tour se met à sonner pour annoncer la nuit. Elle sonne suffisamment fort pour qu'on l'entende jusqu'en bas de la montagne, depuis la ville de Highbell. Le son résonne comme une ondulation dans l'air.

Lorsque le tintement s'arrête, Midas passe sa main sur ma joue.

–Je te verrai demain matin. Assure-toi de bien te reposer cette nuit. Nous aurons beaucoup à faire.

–Je le ferai.

Je l'accompagne jusqu'à la porte de ma cage et il sort, puis se retourne pour la fermer derrière lui en la verrouillant solidement. Il glisse la clé dans sa poche, qu'il tapote légèrement. Il me rappelle ainsi que personne ne peut m'atteindre, que lui et lui seul peut ouvrir ma cage.

–Bonne nuit, Précieuse.

Mes mains agrippent les barreaux.

–Bonne nuit.

Sur un signe de tête, Midas s'en va et la porte de la chambre se referme derrière lui.

Dès qu'il est parti, mon sourire radieux fond comme neige au soleil. Je m'efforce de ne pas penser à l'endroit où il va, à ce qu'il va faire. C'est sa femme, et moi je ne suis qu'un animal de compagnie doré dont elle tolère la présence.

Je me retourne en appuyant mon dos contre les barreaux. J'effleure du regard la chaise, la table, les oreillers empilés sur mon lit à baldaquin, les couvertures duveteuses. J'ai tout ce dont je peux avoir besoin, tout le confort que je n'aurais jamais imaginé posséder.

Midas ne m'a jamais laissée tomber. Je ne suis plus en danger. Je n'ai plus à m'inquiéter, à chaque instant de chaque journée. Il a tenu sa promesse, il l'a tenue, dès l'instant où il m'a trouvée.

Alors pourquoi, chaque fois que la porte de la cage se referme, je me sens perdue ?

Chapitre 22
Auren

— Hé là, Dorée, c’est toi ?

En entendant la voix puissante de Keg, je m’arrête dans mon élan et je me raidis. Tous les soldats qui font la queue pour leur ration du soir me dévisagent.

Je suis surprise que Keg m’ait repérée dans la foule. Je pensais m’être suffisamment bien camouflée. Mais je suppose que même la nuit, je brille comme un phare. J’étincelle à la lumière des feux de camp alors que tous les autres sont enveloppés de noir.

– Je sais que tu m’entends, ma fille. Ramène tes fesses par ici !

Avec un soupir de défaite, je me dirige vers le feu. Au fur et à mesure que j’avance, les soldats s’écartent sur mon passage pour me laisser passer. Peut-être que tout le camp a appris qu’Osrik a donné une leçon à ces deux soldats.

Keg distribue de grosses louches de nourriture aux soldats qui font la queue. Comme pour le petit déjeuner, il remue quelque chose dans une énorme marmite. C'est de la soupe, pas du porridge.

– Où étais-tu passée ? Je ne t'ai pas vue depuis deux jours, me demande-t-il en fronçant les sourcils.

– J'étais un peu patraque.

Bien que j'aie envoyé balader Hojat comme un vieux tas de papier, le soigneur a été très attentif, il s'est assuré que j'aie assez de médicaments, de nourriture et des fourrures supplémentaires.

Keg claque des doigts avec impatience pour qu'un autre soldat lui tende son bol, afin qu'il puisse lui distribuer sa portion.

– Désolé d'entendre ça, me dit-il. Tu sais ce qu'il faut faire quand on est patraque ?

– Quoi ?

Ses yeux bruns se tournent vers moi.

– Manger mes repas chauds, ceux que je sers à mon feu.

Un grognement m'échappe.

– Désolée. Je m'en souviendrai la prochaine fois.

– Veilles-y, dit-il avec un hochement de tête impérieux. Tu te sens mieux à présent ?

– Beaucoup mieux.

Et c'est vrai. Mon mal de tête est parti, ma gorge n'est plus douloureuse. Je ne tousse même plus. Même mes côtes, mon épaule et mon visage sont guéris.

– Très bien, alors tu n'as plus aucune raison de ne pas manger.

Il lève une main vers les soldats dans la file pour les empêcher de s'avancer, puis prend une tasse en fer dans la pile avant de la pousser vers moi.

– Ce soir, tu auras droit à une portion supplémentaire puisque tu as sauté le petit déjeuner.

– Hé, ton petit déjeuner m'a donné la courante. Est-ce que je peux avoir une portion supplémentaire, moi aussi ? plaisante un des hommes.

– Non ! Si tu as la diarrhée c'est parce que ton uniforme serre ton gros ventre toute la journée, espèce de nase, lui rétorque Keg, ce qui fait hurler de rire certains soldats. Tiens, ajoute-t-il à mon intention, en frappant sa cuillère contre ma tasse et en la remplissant à ras bord. Ça va te tenir au corps.

– Merci, Keg.

J'avale d'un trait la bouillie qui ressemble vaguement à une sorte de soupe de poisson épaisse. Keg a raison, j'ai vraiment l'impression que ça me colmate l'estomac, mais pas dans le bon sens. Pourtant, j'en bois chaque goutte, car j'ai beau avoir vécu dans un palais ces dix dernières années, je ne fais pas de chichis concernant la nourriture. J'ai eu des années de formation pour ça, pendant lesquelles j'étais toujours affamée car je n'avais jamais assez à manger.

Dès que j'ai terminé, je lui rends la tasse.

– Merci. C'était… bon.

Relativement. C'était *relativement* bon.

Keg se rengorge en signe de fierté. J'ignore pourquoi, mais il aime vraiment bien me nourrir.

– Tu es toujours ma mangeuse la plus rapide, Boucles d'Or.

Je m'interromps en plissant les paupières.

– Tu as parlé à Lu, n'est-ce pas ?

Keg sourit.

– Je trouve que le surnom qu'elle t'a donné te va bien.

– Super, je réponds sèchement, tout en me retenant de rire.

C'est tellement étrange d'avoir ce sentiment de camaraderie avec lui. Pas une seule fois, Keg ne m'a fait ressentir que j'étais son ennemie. C'est plutôt le contraire, en fait.

Peut-être est-ce pour cela que je l'ai évité. Chaque fois que je parle à Lu, à Keg ou à Hojat, j'ai un peu l'impression d'être une traîtresse.

– Hé connard, je dois attendre combien de temps pour dîner ? glapit soudain un soldat.

Keg lève les yeux au ciel.

– C'est rien qu'un tas de pleurnichards dans cette armée.

Je souris.

– À plus tard, Keg.

–À demain, réplique-t-il, pour le petit déjeuner.

–À demain, je promets, avant de m'éloigner.

Je me dégourdis les jambes en me promenant dans le camp. Il ne neige pas ce soir, l'air est vif et pur, comme seules les températures hivernales le permettent. Je devrais prendre le temps d'aller rendre visite aux pouliches puisque je ne suis plus malade, mais…

L'idée d'affronter Mist me donne la nausée.

De plus, Rissa me regarde maintenant avec une expression presque affamée, comme si j'étais la réponse à ses prières. Mais je suppose que ça vaut mieux que les regards haineux des autres.

Non, ce soir je n'ai vraiment pas envie d'aller voir les pouliches.

À la place, j'erre sans but, en cherchant vaguement des indices sur l'endroit où le commandant garde ses faucons, tout en me sentant coupable.

Malgré mes réserves et mes préjugés, j'apprécie Keg, Lu, et Hojat. Et ça… ça complique les choses. Tout n'est pas aussi clair et net.

Ce serait tellement plus facile pour ma conscience s'ils faisaient preuve de cruauté envers moi, si toute cette foutue armée était cruelle et ignoble. Je m'y attendais, je m'attendais à ployer sous le poids de leur méchanceté, à subir des coups.

Mais ça ne s'est pas du tout passé comme ça. La Quatrième Armée n'est plus un ennemi sans visage que je peux haïr tout mon saoul.

Mais alors où est ma place, si ce n'est en sécurité dans le camp adverse ?

Mon trouble se dissipe lorsqu'un cri se fait entendre au loin.

Avec un froncement de sourcils, je change de direction et je me hâte vers l'endroit d'où provenait le bruit. Une acclamation collective s'élève juste au moment où j'atteins une petite butte. En levant bien haut les jambes, j'escalade la neige épaisse jusqu'au sommet du talus.

En bas, il y a peut-être deux cents soldats qui sont rassemblés sur un terre-plein, éclairé par un immense feu de camp. On a tracé un grand cercle grossier dans la neige, et à l'intérieur des hommes se battent.

Quatre contre quatre, ils s'affrontent, torse nu, avec une brutalité à couper le souffle. Certains sont couverts d'ecchymoses, du sang éclabousse la neige à leurs pieds. Ils se tournent autour, s'attaquent avec des mouvements bien rodés en frappant où et quand ils le peuvent.

Certains se battent avec des épées, d'autres avec les poings, mais à chaque coup, manqué ou frappé, les spectateurs poussent des acclamations ou des jurons et les visages s'illuminent d'une passion ardente. Chaque fois qu'un coup est porté, ils tapent du pied dans la neige, c'est un tambour sanguinaire qui résonne dans le sol et remonte le long de ma colonne vertébrale.

L'un des combattants parvient à faire une estafilade sur le ventre de son adversaire et le jet de sang me fait tressaillir.

Une seconde plus tard, quelqu'un d'autre est projeté sur le dos et il s'enfonce dans la neige. Son adversaire l'enjambe, lui donne un coup de poing au visage, puis un autre. Encore un autre. Même d'ici, je jure que je peux entendre ses os craquer. Je peux sentir le goût métallique du sang qui jaillit de sa joue et éclabousse la neige.

Jusqu'à présent, les soldats m'avaient semblé relativement dociles, eux qui marchent jour après jour en formation parfaite et montent le camp chaque nuit.

Mais là, c'est comme si je jetais un coup d'œil derrière le rideau, comme si je découvrais la violence qui s'y cache. Ces hommes sont des combattants parfaitement entraînés, et l'excitation de la foule montre à quel point leur soif de sang et leur penchant pour la violence sont forts.

Un sifflement aigu perce le vacarme et met immédiatement fin au combat. Je cherche du regard la source de ce bruit. C'est Osrik.

Il se tient face à la foule, juste à l'extérieur du cercle de combat. Les jambes écartées, les bras massifs croisés devant lui, le visage dur et autoritaire. Je comprends immédiatement que c'est lui qui orchestre ce spectacle.

Il dit quelque chose et les huit combattants sortent du cercle, certains boitent, d'autres saignent. Leurs poitrines nues sont couvertes d'hématomes, leurs joues sont rosies par le froid, leurs lèvres gonflées par les coups de poing. Mais ils sourient. Comme s'ils trouvaient amusant de s'entre-déchirer.

Je me dis que cette armée aurait bien besoin d'un nouveau hobby. Osrik applique des onguents et des bandages sur les blessures pendant que les hommes se tapent dans le dos, échangeant des insultes, et que la foule applaudit.

Je suis sur le point de faire demi-tour, parce que je n'ai aucune envie de voir des gens se faire blesser pour le plaisir, mais au moment où je lève le pied, Osrik désigne de nouveaux combattants dans la foule.

Je reste sidérée quand c'est Twig, le jeune garçon qui faisait le service, qui est choisi. Avec ses cheveux bruns flottants, son cuir trop grand pour lui, il a l'air malingre et minuscule, une brindille perdue au milieu de tous ces hommes rudes et costauds. C'est probablement pour ça qu'il a gagné ce surnom[6].

Twig entre dans le cercle de combat et enlève son manteau de cuir et sa chemise, qu'il jette dans la neige. Son torse nu fait ressortir sa maigreur. Il serre les poings, la foule applaudit et il se met à sautiller nerveusement.

Osrik semble hésiter un moment puis choisit un autre combattant dans la foule. L'homme aux cheveux blonds, ou plutôt jaune moutarde, se démarque du reste des soldats. Rien d'aussi vif, d'aussi coloré, n'a sa place dans ce spectacle barbare.

Son corps est grand et souple, mais sa minceur n'a pas d'importance. C'est quand même un homme adulte avec des

6. *Twig* signifie « brindille » en anglais.

muscles, de l'âge et de l'expérience. Il n'a rien à faire contre un enfant.

Sans même m'en rendre compte, mes jambes me portent jusqu'en bas de la pente enneigée. Puis je me fraye un chemin entre tous ces corps serrés les uns contre les autres, je pousse, j'esquive, je me sers de ma petite taille pour me faufiler à travers la foule.

J'arrive devant juste à temps pour voir l'homme aux cheveux jaunes donner un coup de coude dans le ventre du garçon. La violence du choc coupe le souffle de Twig, il se plie en deux comme… eh bien, comme une brindille cassée.

La colère monte en moi, me submerge, je vois littéralement rouge.

Twig lève ses bras pour se protéger la tête en essayant de bloquer une série de frappes rapides et tranchantes. L'homme aux cheveux moutarde sourit comme si cela l'amusait. L'air est saturé par les cris de la foule, dont les voix sont indiscernables.

Chaque cri d'encouragement me brûle les oreilles.

Avant que Moutarde puisse porter un autre coup, je m'avance et j'entre dans le cercle de combat. Sans hésiter, je me plante devant Twig et je fais face au soldat, le regard furibond.

CHAPITRE 23

AUREN

L'homme aux cheveux moutarde retient son coup juste avant de m'atteindre. Il écarquille les yeux, desserre les poings et cherche autour de lui la raison de ma soudaine apparition.

La foule pousse des cris d'étonnement et de colère, des voix rauques m'atteignent comme des gifles dans le dos.

De près, je m'aperçois que Moutarde est plus âgé que je ne le pensais. Son menton imberbe lui donne un air juvénile, mais son regard est celui d'un véritable guerrier. Je lui ordonne :

– Laisse ce garçon tranquille !

Je suis impressionnée par la puissance de ma voix, qui ne se brise pas malgré la tension.

– Quoi ? s'écrie Moutarde, sidéré.

Un sifflement aigu retentit, Osrik s'avance à grands pas. Son corps est tellement massif que je sens pratiquement le sol trembler à chacun de ses pas. Ou peut-être est-ce moi qui tremble dans mes bottes.

– Putain, qu'est-ce que tu fais ? demande-t-il en s'arrêtant en face de moi.

Je relève le menton.

– J'arrête ça. Je ne vais pas te laisser maltraiter un garçon pour divertir tes soldats.

Osrik ouvre la bouche, le piercing en bois de sa lèvre inférieure remue, la veine de sa tempe palpite.

– Pardon ? Mais pour qui tu te prends, bordel ?

Derrière moi, Twig dit d'une petite voix :

– Mademoiselle, vous n'auriez pas dû entrer dans le cercle.

Je lui jette un regard par-dessus mon épaule.

– Ne t'inquiète pas, Twig. Je peux gérer ça toute seule.

Osrik éclate d'un rire cruel.

– Non, tu ne peux vraiment pas. Et le gamin a raison. Tu n'aurais pas dû pénétrer dans le cercle de combat.

– Non, confirme Moutarde d'un air amusé en se balançant de gauche à droite, les bras croisés sur sa large poitrine bronzée. Explique-lui les règles, Os.

Osrik me regarde fixement.

– Si quelqu'un entre dans le cercle de combat, il doit se battre.

– Et tomber la chemise. N'oublie pas ce point important, se moque Moutarde. Il ne faudrait pas qu'on ait du sang sur nos vêtements, ajoute-t-il avec un clin d'œil.

J'ai soudain l'estomac tout retourné.

– Tais-toi, Judd, grogne Osrik.

Twig tente à nouveau d'intervenir.

– Mademoiselle, tout va bien, *vraiment.*

J'ai de la peine en me rendant compte que c'est lui qui essaie de me protéger.

Je reste sur mes positions, même si la foule se fait plus bruyante. Personne n'entre dans le cercle, mais on dirait qu'ils se sont serrés les uns contre les autres comme s'ils voulaient se rapprocher de moi. La tension est palpable, l'atmosphère pesante gêne ma respiration et me colle à la peau.

Osrik regarde derrière moi.

–Remets-toi en position, petit.

Twig essaie de me passer devant, mais j'avance en même temps que lui en secouant la tête.

–Non.

Je me fiche de la taille d'Osrik, de sa force, de sa violence. Certaines causes vous donnent le courage d'affronter un géant.

Osrik penche la tête en arrière et laisse échapper un soupir comme s'il essayait de puiser un peu de patience dans l'air enfumé. Visiblement ça ne fonctionne pas, car il fait un pas vers moi. S'il fait ça pour m'intimider, eh bien ça marche. Il pourrait nous couper en deux, Brindille et moi, sans le moindre effort.

Malgré tout, je ne recule pas. Parce qu'à une époque, *moi aussi,* j'ai été forcée de me battre dans les rues contre d'autres enfants pendant que Zakir, mon propriétaire, lançait des paris avec d'autres hommes. Personne n'est jamais intervenu en ma faveur, même si je souhaitais ardemment que quelqu'un le fasse.

Je bloque mes genoux.

–Cogne-moi si tu veux, mais je ne vais pas rester les bras ballants et laisser Twig se faire rouer de coups.

À côté de moi, Judd siffle à voix basse.

Osrik roule ses yeux bruns, sa barbe me paraît encore plus en bataille que d'habitude.

–Ça va peut-être te surprendre, toi qui as eu l'habitude d'être dorlotée dans ton château, commence-t-il, mais devine quoi ? Le dorlotage, ça n'existe pas dans le monde réel, et certainement pas non plus au sein de l'armée du Quatrième Royaume. Tout le monde doit gagner sa place ici. Y compris Twig.

Je serre les poings.

–C'est un enfant.

–Ouais, et il doit apprendre à se défendre. Pour qu'il puisse devenir un bon soldat, qu'il puisse avoir un avenir. Gagner de l'argent. Avoir de l'honneur. C'est lui qui a choisi d'être des nôtres.

Osrik fait le tour du cercle d'un geste de la main.

–Il ne s'agit pas d'un divertissement et je ne vais pas le faire dérouiller. C'est un putain d'entraînement.

Mes lèvres s'entrouvrent en signe de surprise, toute ma légitime indignation se volatilise. Je dévisage Twig qui me regarde d'un air penaud, visiblement gêné.

–Tu… tu veux faire ça?

Twig hoche lentement la tête comme s'il avait peur de me blesser.

–Oui, Mademoiselle. Sir Os et Sir Judd me laissent toujours m'entraîner un peu pendant les cercles de combat.

Grand Divin, où trouver un trou dans le sol lorsqu'on a besoin de se cacher?

–Oh. Eh bien… je m'éclaircis la voix pour tenter de retrouver un peu de dignité. Continuez alors. Je vais… y aller.

Osrik se glisse devant moi, les yeux brillants, un sourire carnassier sur son visage bestial.

–Pas si vite. Tu as entendu la règle. Si tu entres dans le cercle de combat, tu dois te battre.

Je le regarde fixement.

–Je vais te filer un coup de genou dans les parties si tu ne bouges pas!

Judd éclate de rire.

–Alors *ça*, ce serait marrant.

Osrik se contente de sourire en coin.

–Vas-y. J'aimerais beaucoup te voir essayer.

La foule devient dingue, ils se mettent tous à rugir comme des bêtes furieuses. Visiblement, Osrik semble prendre plaisir à me coincer devant tout le monde.

–Tu n'es plus au Sixième Royaume, petit animal. Si tu tiens à balancer des accusations et donner des ordres, tu ferais bien de faire gaffe à ta petite gueule. Et les règles sont les règles. Tu es entrée dans le cercle.

Je secoue la tête, des mèches de cheveux se détachent de ma tresse, la sueur commence à perler dans ma nuque.

Il se penche sur mon visage, ce qui me fait reculer.

–Allez, montre-moi tes griffes dorées, mon chou. Voyons ce que tu as dans le ventre.

La foule me crie de me battre. Le son se transforme en pure énergie qui vient cogner ma peau, entamer ma détermination. Je suis tiraillée en tous sens. Je reçois sa violence à chaque expiration, jusqu'au moment où j'ai l'impression que je vais exploser.

Je suis cernée par le vacarme et la pression, la pression et le vacarme, et je voudrais juste que ça s'arrête.

–Arrêtez!

Mais devant ces hommes assoiffés de sang, j'ai les mains qui tremblent et la bouche sèche.

–Tu es entrée, qu'est-ce que tu croyais qu'il allait se passer? me demande Osrik.

–Je n'ai pas réfléchi aussi loin, pour être honnête, je marmonne.

Judd se met à rire.

Osrik *adorerait* que j'essaie de l'attaquer parce que nous savons tous les deux que je n'aurais pas la moindre chance. Et si je commence, il aura alors tout le loisir de s'en prendre à moi. Non merci.

–Allez, toutou de Midas. Viens te battre!

Osrik me provoque, il tente de m'atteindre avec ses railleries.

Tout mon corps est tendu, autour de moi tout est tellement bruyant que je n'arrive plus à distinguer mon pouls des piétinements de la foule.

Je recule d'un pas, de deux, de trois.

En une seule foulée, il avale l'espace qui nous sépare.

–Qu'est-ce qui ne va pas? Tu n'as pas peur, n'est-ce pas?

Bien sûr que si, j'ai peur. Mais pas uniquement de lui. Non, pas vraiment. Je suis ici, mais je suis aussi là-bas. Coincée contre ce mur en brique, tandis que des hommes s'en prennent à moi, déchirent mes rubans, m'arrachent les cheveux, tirent sur ma robe.

Même s'ils n'étaient qu'une demi-douzaine à l'époque, ils faisaient le même bruit. Je suis prise au piège, engloutie par le fracas de cette clameur familière.

Je ne veux pas que ça recommence.

– Assez, Os.

Je ne sais comment, mais à elle seule, cette voix parvient à dominer le vacarme. Elle fait taire tout le monde et la bulle de tension éclate soudain.

Je me retourne pour découvrir Rip, et le choc de sa présence est comme un seau d'eau froide qu'on me verse sur la tête.

Ce bâtard d'Osrik a l'audace de ricaner.

– Waouh, mais ça commençait juste à devenir intéressant. Je crois que j'avais presque réussi à la convaincre.

Rip reste impassible, ses yeux noirs fixent les soldats qui m'entourent.

– Retournez tous au camp.

Son ordre s'abat comme l'éclair, tout le monde se disperse pour essayer d'échapper à la tempête. C'est impressionnant de voir à quelle vitesse ils lui obéissent. Pas le moindre grognement, pas la moindre hésitation. En une fraction de seconde, la horde enragée se mue en régiment docile, d'une obéissance absolue à son commandant.

Osrik lance alors à Twig :

– Tu peux y aller, mon garçon. On s'entraînera demain.

Twig hoche la tête et ramasse ses vêtements. Il hésite, puis se tourne vers moi.

– Euh… Mademoiselle ?

– Oui ?

– Merci d'avoir cru me protéger… mais s'il vous plaît, vous voulez bien ne pas recommencer ? Ils vont me faire chier pendant des semaines à cause de ça.

– Hmm, d'accord. Désolée.

Osrik et Judd ricanent.

– Surveille ton langage, Twig.

Le garçon se tourne vers Rip qui a réussi à arriver jusqu'à nous sans que je ne le voie bouger.

– Désolé, Monsieur, répond-il d'un air contrit.

Rip lui fait un signe de tête.

– Vas-y.

Twig n'a pas besoin qu'on le lui dise deux fois. Il se retourne et sprinte comme s'il voulait s'éloigner le plus rapidement possible.

Je commence à m'éloigner moi aussi, mais bien entendu, je ne fais pas trois pas.

– Pas toi.

Je me retourne en soupirant, mais je refuse obstinément de regarder Rip. À la place, je choisis d'observer les soldats qui se retirent pour rentrer au camp.

Bientôt, les seules personnes qui restent, ce sont Rip, Osrik, Judd et moi.

Leur regard inquisiteur me donne la chair de poule. C'était stupide de ma part d'intervenir et de faire des suppositions, mais le fait que Rip en ait été témoin ne fait qu'empirer les choses.

Je me sens vulnérable. Vaincue. C'est comme si j'étais un de ces soldats qui s'était mis à verser son sang sur la neige. Mes yeux se posent finalement sur le commandant.

– D'accord, crache le morceau.

Rip hausse un sourcil noir et ses minuscules piquants avec lui.

– Cracher quel morceau ?

J'agite une main devant les trois hommes.

– Moquez-vous de mon intervention. Mettez-vous en rogne à cause de mes suppositions. Fichez-vous de moi. Mais quoi que vous fassiez, finissons-en.

Là, ma voix se brise et je me déteste pour ça.

– Peut-être plus tard, me répond-il avec une pointe d'ironie. Pour l'instant, nous allons être occupés à autre chose.

La sonnette d'alarme résonne en moi.

– À quoi ?

Je ne parviens pas à interpréter l'expression de Rip, mais je suis sûre qu'elle ne présage rien de bon.

– Tu as entendu Os. Tu es entrée dans le cercle de combat. Tu vas devoir te battre avant de pouvoir en sortir.

J'en reste bouche bée.

– Tu n'es pas sérieux.

– Le commandant est toujours sérieux, chérie, coupe Judd. C'est une de ses pires qualités.

Rip pousse un long soupir :

– Os.

Sans hésiter, Osrik se penche et frappe Judd sur la nuque. L'homme aux cheveux moutarde se contente de rire.

Je secoue la tête, déconcertée par ce que je vois et je réalise soudain.

Ils sont… amis.

Je savais qu'Osrik était en quelque sorte le bras droit de Rip, mais voilà que je discerne une sorte de camaraderie entre eux, de la confiance. Le fait que ce tueur notoire soit *ami* avec ces deux hommes change un peu la donne. Ça bouscule mes certitudes, comme si mon esprit essayait d'envisager chacune de leurs interactions et de l'analyser à nouveau.

– Tu n'as rien à ajouter ? me demande Rip en capturant à nouveau mon attention avec sa question.

Je secoue la tête.

– Bon, je peux y aller ? J'ai froid.

– Bien sûr que tu peux. Dès que tu te seras battue, me répond-il avec un sourire en coin qui déclenche l'hilarité des deux autres.

Ma colère augmente.

– Je ne sais pas me battre.

– Il n'y a pas de meilleur endroit pour apprendre, rétorque Rip.

Mes yeux papillonnent entre eux trois, j'attends la suite, mais je réalise qu'il est tout à fait sérieux et qu'en plus, cette idée semble l'exciter. Pas étonnant que ses soldats soient aussi assoiffés de sang. Ils tiennent ça de lui.

Je croise les bras.

– Je ne me battrai pas.

– Eh bien, alors tu vas être très mal parce que tu vas devoir rester dans le cercle toute la nuit.

Ma mâchoire tressaute. Je sais qu'il ne me laissera pas sortir si je refuse. C'est un tel salaud.

–Ouais, et ses pieds vont probablement s'engourdir à un moment ou à un autre, Commandant, ajoute Judd tout à fait inutilement.

–Y'a pas de chouette couche pleine de fourrures pour dormir, poursuit Osrik en hochant la tête.

Mes mains se transforment en poings. Je suppose qu'ils veulent me punir pour avoir interrompu leur stupide cercle de combat, ou peut-être pour avoir été loyale à Midas. Je leur lance un regard furieux.

–Je vous déteste.

–La haine peut être une alliée très puissante lors d'un combat. Assure-toi juste de l'utiliser à ton avantage, me répond Rip.

Quelle espèce de sale arrogant !

–Bon sang, je ne me battrai pas !

Je suis furieuse, gelée et franchement intimidée. Il me toise, impitoyable, sans bouger d'un pouce.

–Tu resteras dans ce cercle jusqu'à ce que tu te battes.

Je pousse un grognement digne d'une déesse.

–Pourquoi es-tu un tel connard ?

–Ha ! Ça fait des années que je lui pose la question.

C'est Lu qui vole vers nous en ne laissant presque pas de traces dans la neige. La main sur le pommeau de son épée, elle nous observe tous les quatre, les yeux brillants.

–Qu'est-ce que j'ai manqué ? demande-t-elle en s'arrêtant à la hauteur de Rip et de Judd.

Une autre pièce du petit cercle d'amis se met en place.

Judd, toujours torse nu, ce qui visiblement ne le dérange pas malgré la température bien en dessous de zéro, jette un bras autour de son épaule.

–Boucles d'Or pensait que nous donnions une espèce de spectacle qui consistait à dérouiller Twig, du coup elle est intervenue.

Je dévisage Lu en laissant échapper un petit sifflement.

–Tu m'as affublée de ce surnom devant tout le monde ?

Elle sourit, son piercing rouge se met à scintiller sur son arc de Cupidon.

– Il s'est répandu très vite, me répond-elle gaiement. Mais revenons à notre sujet. Tu es entrée dans le cercle de combat ?

S'ils mentionnent cette règle stupide encore une fois…

– Et contre qui va-t-elle se battre ? poursuit-elle, en sautillant sur place.

Je réponds :

– Personne.

Rip répond :

– Moi.

Je tourne la tête vers lui et mon cœur a un raté.

Le combattre, lui ? Il est dingue ? Osrik, c'était déjà assez difficile. Jamais je ne pourrai me battre contre ce foutu commandant et survivre pour en parler.

– Absolument pas, je déclare en reculant d'un pas, comme si la distance allait me venir en aide.

Un soupçon de crocs apparaît dans son sourire en coin.

– Tu as peur ? lance-t-il d'une voix grave qui me tape sur les nerfs.

– Bien sûr que j'ai peur. Tu es le commandant en chef de l'armée du Quatrième Royaume. Ton putain de surnom, c'est *Rip*, tu arraches la tête de tes adversaires !

Tous les quatre se figent. Et puis, comme un barrage qui se rompt, ils se lâchent et éclatent d'un rire irrépressible.

Je suis stupéfaite et très mal à l'aise.

– Qu'est-ce qu'il y a de si drôle ?

La poitrine d'Osrik est secouée de spasmes, Judd est plié en deux et se tient le ventre, Lu doit essuyer ses larmes.

– Ouais, *Rip*, hoquète-t-elle entre deux éclats de rire. Pourquoi tu ne dis pas à Boucles d'Or ce qu'il y a de si drôle ?

Il s'arrête de rire en premier, mais continue à sourire.

– Lequel d'entre vous a lancé cette rumeur ? demande-t-il.

– Moi, dit fièrement Judd en passant une main dans ses cheveux moutarde. C'est chouette de savoir qu'elle s'est répandue jusqu'au Sixième Royaume.

Je fais la moue en essayant de suivre :

–Attendez… quoi?

Cette fois, c'est Osrik qui me répond.

–C'est nous qui lui avons donné ce surnom, m'explique-t-il avec un sourire en coin.

Un Osrik qui sourit, ça fait un peu peur.

–Mais ce n'est pas parce qu'il arrache la tête des gens. Bien joué, cependant, Judd.

Moutarde a l'air très content de lui.

–Je sais.

Je suis interloquée et je répète bêtement:

–Alors Rip, ce n'est pas parce qu'il… décapite les gens?

Lu secoue la tête.

–Non, mais c'est hyper-drôle. Tout le monde croit ça au Sixième Royaume?

–Je ne sais pas. J'ai simplement entendu dire ça quelque part.

–Bonté divine, pas étonnant que les gardes de Midas se pissent dessus chaque fois que tu te ramènes, lance-t-elle à Rip en riant.

–Les gardes? *Mes* gardes?

Ses yeux noirs se tournent vers moi.

–Les gardes de Midas, oui.

J'ignore cette précision.

–Je veux les voir, je dis en m'avançant, à nouveau envahie par un sentiment de désespoir.

Rip ne cille même pas.

–Non.

Mes rubans se tendent.

–Pourquoi pas? Tu m'as bien laissée voir les pouliches.

–C'est différent.

–Pourquoi? j'insiste.

–Parce que ces soldats étaient censés te protéger et qu'ils ont échoué, affirme-t-il d'un ton calme. Ils ne méritent pas que tu leur rendes visite.

Toute gaieté a disparu de son visage dont les ombres me paraissent soudain plus sombres. Je recule d'un seul coup et je le défie du regard.

– Ne parle pas d'eux ainsi. Ils n'auraient *rien* pu faire contre les Red Raids. Je veux les voir !

Les trois autres se taisent, je peux presque sentir leurs regards faire des allers-retours entre Rip et moi.

Le commandant fait un pas en avant, moi je recule. Je me dis que c'est une réaction automatique puisqu'il a sorti tous ses piquants acérés, mais en réalité, il est hyper-intimidant, même sans eux.

– Très bien ! s'exclame-t-il, me prenant de court.

Je suis estomaquée, pourtant j'aurais dû m'en douter. J'aurais dû comprendre où il voulait en venir rien qu'en voyant son air arrogant.

Il se penche vers moi dangereusement. Ses yeux noirs étincellent.

– Si tu tiens tellement à les voir, tu ferais mieux de t'y mettre. Parce que, comme je te l'ai déjà dit, tu ne quitteras pas ce cercle sans t'être battue.

CHAPITRE 24

AUREN

Rip me tourne autour.

Le premier de ses piquants se dresse entre ses omoplates comme un aileron de requin à la surface de l'eau.

Les trois autres s'affrontent l'un après l'autre, chacun pour soi, en s'insultant et se provoquant mutuellement comme si c'était leur jeu favori.

Mais je ne peux leur prêter attention que du coin de l'œil et pendant de brefs instants, parce que je sais que je ne dois pas lâcher du regard l'homme qui me traque. Le feu de camp à ma gauche colore en orange le sol enneigé, en projetant une lumière ardente autour de lui.

– Tu as toujours l'air effrayée, me lance Rip en s'arrêtant devant moi.

– Ce serait stupide de ma part de ne pas l'être.

Peu importe qu'il n'arrache pas vraiment la tête des gens. C'est un tueur. Il est tout de même capable de massacrer des armées entières et d'anéantir des royaumes. Tout chez lui exprime la force. Je peux quasiment entendre le vibrato de la violence gronder dans ses veines.

–Tu as raison.

Il enlève son manteau en cuir et le laisse tomber par terre. Mon cœur se met à battre la chamade.

Il me reluque de haut en bas, probablement pour me mettre encore plus sur les nerfs.

–Tu veux enlever tes plumes, Chardonneret ?

Je serre mon manteau contre ma poitrine.

–Non, merci.

Ses lèvres remuent, ses mains se lèvent, ses doigts agiles dénouent les sangles brunes de son pourpoint. Le long de ses avant-bras et de son dos, ses piquants disparaissent sous sa peau avant qu'il n'ait totalement enlevé ce vêtement en cuir.

Il me regarde, passe une main derrière sa tête, enlève sa tunique en coton noir et la jette sur le tas. Puis il se dresse devant moi, torse nu, et le temps s'arrête comme le sable d'un sablier stoppé dans sa chute.

Je suis intimidée parce qu'il est *vraiment* intimidant. Mais il est aussi très beau. Rip possède une allure d'un autre monde et un magnétisme indéniable. Je comprends soudain pourquoi les insectes volent volontiers vers les plantes carnivores. L'attraction est trop forte, le charme trop envoûtant, ils oublient le danger jusqu'à ce qu'ils soient piégés à l'intérieur. Comment peut-il parvenir à se déshabiller et me faire quand même me sentir à ce point exposée ?

Le bon côté des choses ? Au moins, la vue est belle.

Mon regard dérive tout seul lorsque je réalise à quel point Rip est musclé. Son corps est un vaisseau conçu pour la bataille. Chaque muscle a été ciselé à la perfection. Devant ce spectacle, j'ai la gorge sèche.

Sa peau pâle n'a rien de fantomatique ou de maladif comme celle de Malina. Elle est sculpturale, avec une légère couche de poils sur le torse, mais mes yeux se dirigent vers la rangée de points noirs qui remonte le long de ses avant-bras. Cela devrait me sembler étrange, bizarre ou effrayant, mais il n'en est rien.

Il est tellement, entièrement, *fae.*

Il se tient devant moi sans se cacher, mais au contraire en me laissant le voir, en me laissant l'évaluer, et d'après sa position je me rends compte qu'il est fier de qui il est. De ce qu'il est.

Ce spectacle fait douloureusement réagir quelque chose en moi. Je ne parviens pas à détourner le regard de son raffinement féroce, de sa grâce prédatrice. Mon cœur bat la chamade, mes lèvres s'entrouvrent, j'ai du mal à respirer.

Avant même d'y penser, je m'avance si près que mes jupes frôlent son pantalon. Rip reste immobile. Je n'ai pas l'impression qu'il respire, lui non plus.

Je fixe les quatre points, de son poignet à son coude où ses piquants se sont enfoncés. On les distingue à peine sous son épiderme, c'est comme une entaille dans son bras. Il n'y a pas de bosses étranges ou d'angles bizarres quand ils sont rétractés. C'est comme s'ils s'étaient fondus en lui.

– Incroyable…

Mon murmure passe inaperçu.

Incapable de me retenir, je lève la main et le bout de mes doigts effleure les petites efflorescences noires de sa peau laiteuse, mais je pousse un léger cri de surprise en sentant la pointe s'accrocher au tissu de mon gant, comme l'extrémité aiguisée d'une griffe prête à transpercer.

Rip se racle la gorge, ce qui me tire de ma rêverie. Mortifiée d'avoir osé le toucher ainsi, je retire aussitôt ma main.

– Désolée. Je ne sais pas ce qui m'a pris.

– *Toi,* tu n'aimes pas qu'on te touche. Moi, ça n'a pas l'air de me déranger tant que ça.

Le rouge me monte aux joues. Il y a quelque chose dans sa voix. Une douceur qui efface son côté cassant et se fait caressante. Ça me fait peur, et ça m'attire aussi.

Mon visage me brûle encore plus, mais je ne détourne pas le regard, je ne recule pas. Je suis comme cet insecte hypnotisé, pris dans ses griffes carnivores, prêt à être dévoré.

J'ai constamment fait preuve de prudence avec lui à cause des rumeurs sur sa brutalité, à cause du danger qu'il représente pour mes secrets et de la menace qu'il représente pour Midas.

Mais maintenant, je réalise que j'ai une tout autre raison de me méfier de lui. Et cela a tout à voir avec la chaleur qui se répand dans ma poitrine et la façon dont les frissons parcourent ma peau au ronronnement de sa voix.

Les signaux d'alerte retentissent dans ma tête, mais ils sonnent très agréablement.

–Tu savais que la couleur de tes joues s'assombrit quand tu rougis ? On dirait de l'ambre, dit Rip d'une voix sourde qui semble se glisser sous ma peau pour s'enfoncer au plus profond de mon être.

Je frissonne, comme si un fantôme faisait lentement glisser son doigt le long de ma colonne vertébrale. Je n'entends même plus les autres se battre. Il n'y a plus que lui et moi, moi et lui.

–Pourquoi on t'appelle Rip, alors ?

Je reconnais à peine ma voix qui pose cette question dans un murmure.

Il secoue la tête.

–Tu te souviens des règles, Auren. Un mensonge contre un mensonge, ou une vérité pour une vérité. C'est la seule façon de jouer.

Je déglutis bruyamment.

–Dans ce cas, je ne veux pas connaître la réponse.

–Tu vas la connaître.

Il m'adresse un sourire désinvolte et fait un pas en arrière, en laissant retomber librement ses bras sur les côtés.

–Mais pour l'instant, on se bat.

D'un seul coup, ce moment torride que nous venons de vivre est éteint comme sous un jet d'eau. Je cligne des yeux à plusieurs reprises, en secouant la tête comme si je me réveillais d'un rêve.

–Si tu veux voir tes gardes, c'est le seul moyen, me rappelle-t-il.

Toutes les émotions confuses qui me traversent sont refoulées devant le masque de son arrogance. Je ne suis qu'une marionnette qu'on fait sauter à travers des cerceaux. J'ai juste besoin d'en finir.

– Très bien, qu'est-ce que je dois faire ?

– Tout d'abord, commençons par ta position. Tu as tout faux.

– Qu'est-ce qui ne va pas ?

– Tu es trop tendue. Si j'attaquais maintenant, tu serais trop crispée pour pouvoir réagir en souplesse, m'explique-t-il en me tournant autour. Tu dois être prête à bouger, ne pas bloquer tes muscles.

Je me force à respirer très lentement, deux ou trois fois, pour que mon corps se détende un peu.

– C'est mieux.

Et soudain, il m'attaque.

Sans avertissement, sans le moindre changement d'expression, *rien.*

Il avance en un éclair avant même que je puisse cligner des yeux et je me retrouve étendue sur le dos, en état de choc. Je suis face au ciel, l'air violemment expulsé par mes poumons se transforme en un nuage qui plane au-dessus de mes lèvres.

Rip se tient debout au-dessus de moi, bras croisés, l'air très content de lui.

Je parviens à me relever en suffoquant, j'époussette la neige qui me colle aux fesses.

– Sale con !

Il sourit. Il me sourit vraiment, de toutes ses dents. J'oublie complètement sa beauté surnaturelle et le moment étrange que nous venons de passer. À présent, j'ai juste envie de le gifler.

– C'était quoi ce truc, bordel ?

Je m'enflamme, ma colère me brûle comme un incendie.

– On se bat, me rappelle-t-il, toujours aussi amusé.

– Je n'étais pas prête !

– Ton adversaire ne fera pas de compte à rebours, Auren, m'explique-t-il comme si j'étais idiote.

– Je ne peux pas me battre contre toi.

Il est trop fort, trop expérimenté, et je n'ai aucune envie de redevenir cette petite fille qui se débat dans la rue et qui se fait botter le cul chaque fois qu'on la pousse en avant.

–Ah non ? C'est bien dommage pour toi, répond Rip.

Il fait une pirouette –je ne sais même pas comment il fait pour aller si vite– et soudain le voilà derrière moi. Il passe un bras sous les miens et les tire contre mon dos en m'arrachant un grognement de douleur. Son autre main appuie entre mes omoplates tandis qu'il me fait basculer en avant, complètement à sa merci, avec sa cuisse qui s'enfonce entre mes fesses.

–Essaie de te dégager, me dit-il calmement comme s'il ne me pliait pas à sa volonté, enragée et crachant comme un chat qui siffle.

Je me débats, mais je comprends très vite que je ne peux pas me redresser. Il est trop fort, il me tient trop fermement. Je ne peux pas non plus me pencher en avant, sinon je tomberais la tête la première. Je n'arrive même pas à dégager mes bras, vu la façon dont il me tient. Mes rubans se tendent comme des serpents énervés. Ils voudraient se redresser et mordre. Je serre les dents pour les retenir, je les garde bien enroulés autour de moi.

–Je ne peux pas.

Rip fait claquer sa langue en signe de désapprobation.

Une seconde plus tard, il me libère. Je trébuche, j'ai du mal à me tenir debout. Quand je lève les yeux, il est à nouveau face à moi, prêt au combat, tellement arrogant. Je lui lance un regard furieux en écartant mes cheveux de mon visage pendant qu'il reste immobile, avec cette suffisance insupportable. Les extrémités de mes rubans se mettent à vibrer.

–Essaie de me frapper.

Il n'a nul besoin de me convaincre.

Je me précipite en avant, les poings serrés. Je ne sais même pas où je vais essayer de le frapper, mais je suppose qu'il faudrait commencer par lui ôter son air suffisant.

Avant même que j'aie pu lever la main, il me fait basculer, mes jambes se dérobent sous moi, et me voilà joue contre le sol.

– Tu sais que tu ne pourras pas me frapper comme ça? s'esclaffe-t-il.

Crachant de colère, j'essaie de rouler sur moi-même, mais son genou atterrit contre mon dos et me cloue sur place. J'écume de rage, car non seulement c'est humiliant mais, en plus, ça fait mal, bon sang!

– Lâche-moi!

– Force-moi à le faire, réplique-t-il.

Je l'avais trouvé beau un jour? Je retire tout ce que j'ai dit. C'est un sale bâtard.

Je lui donne des coups de pied, je remue des hanches, mais rien n'y fait. À chacune de mes tentatives pour le repousser, son genou appuie plus fort contre ma colonne vertébrale. Je suis de plus en plus en colère, mon corps refuse de demander grâce, mais il est bien trop faible pour pouvoir se libérer.

– Arrête de te retenir, m'ordonne Rip, soudain sévère. Tu sais ce que tu dois faire. Si tu veux sortir du cercle, tu dois te battre.

Là où elle est pressée contre la neige, ma joue me brûle, mais ma colère brûle encore plus fort.

– J'essaie!

– Non, tu n'essaies pas, grogne-t-il au-dessus de moi. Écoute ton instinct et *arrête de te retenir!*

Je me fige en comprenant soudain ce qu'il veut.

– Je ne peux pas utiliser mes rubans.

– Et pourquoi pas?

Pourquoi? Parce que Midas ne le voudrait pas. Parce que je dois les cacher. Je dois *tout* cacher.

Comme s'il m'avait entendue, Rip fait un petit bruit méprisant. Il me relâche, le genou qui me faisait mal quitte comme par miracle ma colonne vertébrale. Je parviens à me redresser sur mes mains et mes genoux, puis à me mettre debout. J'ai de la neige sur le visage et les cheveux, ma robe est mouillée, je suis hors de moi.

Il me regarde fixement. Je me sens tellement plus petite, faible et insignifiante. Il respire calmement, régulièrement, comme s'il n'avait eu aucun effort à faire pour me jeter par terre.

– Pourquoi continues-tu à cacher ce que tu es? me demande-t-il, les traits durcis par une colère qui assombrit les écailles grises qu'il a sur les joues.

Amère, je lui réponds:

– Tu sais très bien pourquoi.

Lui plus que quiconque devrait comprendre. C'est peut-être pour ça qu'il m'énerve tant. Une partie de moi pense qu'il devrait être mon allié.

– Non, je ne sais pas, rétorque-t-il. Éclaire-moi.

Je fulmine silencieusement et nous nous poignardons du regard. Mes rubans commencent à me tirer la peau, de simples petits pincements qui me préviennent qu'ils n'apprécient pas d'être retenus quand Rip me provoque aussi ouvertement. Je finis par répondre:

– C'est un secret, c'est *mon* secret.

Mais il secoue la tête.

– C'est beaucoup plus que ça. Je suis déjà au courant pour tes rubans, je sais qu'ils peuvent bouger. Tu te retiens parce que tu as honte d'eux.

Mon regard s'enflamme, ma colonne vertébrale se tend. Il a touché la corde sensible. Une note aigrelette résonne dans mes oreilles et dans ma cage thoracique.

– Tais-toi!

Mais il ne se tait pas, ne recule pas, n'abandonne pas. Bien sûr que non, parce que c'est Rip et que, pour une raison que j'ignore, il s'est donné pour mission de me percer à jour.

En commençant par mes rubans.

Rip fait un pas en avant, en s'emparant ainsi de l'espace entre nous et en le déchirant en lambeaux.

– Tu les vois comme une faiblesse, mais ils sont une force, Auren. Sers-t'en.

La panique subite qui s'empare de moi me fait frissonner. J'ai appris à les dissimuler depuis si longtemps, à les garder plaqués contre moi, à ne laisser personne les voir.

Rip me fait face, il efface le reste du monde, sa présence consume tout.

– Arrête de réfléchir, me lance-t-il. Arrête de penser aux autres. À *lui*. À te cacher.

Mes pensées tourbillonnent et ma colère avec elles.

– Facile à dire pour toi. Tu n'as aucune idée de comment c'était pour moi, de comment c'est encore.

Un éclair traverse son regard, quelque chose d'effrayant qui me donne l'impression d'être allée trop loin.

– Non ? rétorque-t-il d'un ton sec. Je n'en ai *aucune* idée ?

La peur me noue la gorge, je n'arrive même plus à déglutir. Il me pousse dans mes retranchements, un doigt posé sur ma poitrine. Il est prêt à me pousser à bout.

– Qu'est-ce que tu es, Auren ?

Ce n'est pas une question. C'est un ordre. C'est un test auquel je suis sûre d'échouer parce qu'il n'y a pas de victoire possible, pas pour moi.

Je secoue la tête en fermant les yeux.

– Arrête !

Mais il refuse de me laisser lui échapper. Son aura s'intensifie, toujours aussi exigeante, toujours aussi implacable. Rip essaie de tirer sur les rubans dans lesquels je me suis enveloppée, et mes doigts glissent autour des nœuds.

– Dis-moi ce que tu es.

Mon esprit est en feu. Mes rubans se tordent. J'ouvre les yeux pour le regarder en face.

– Non !

Il est l'encre dans l'eau. Un nuage noir dans le ciel. Un abîme dans lequel je vais tomber pour toujours. Je le déteste pour ça. Je le déteste pour chaque remise en question qu'il n'a pas le droit d'exiger de moi.

Je lis de la fureur dans son regard. Sa mâchoire se crispe.

– Dis-le, Auren.

J'essaie de m'enfuir, mais il me rattrape.

Il me coupe la route, s'immisce dans mon espace vital pour me bloquer. Il m'impose sa volonté, jusqu'à ce que mon corps entier se mette à trembler dans un mélange de colère et d'intimidation. Mon pouls bat contre mes tempes, Rip me domine comme la foudre avant de frapper.

– Putain, dis-le ! me hurle-t-il au visage, pour me déstabiliser totalement.

Et je craque.

– JE SUIS UNE FAE !

La fureur m'inonde alors, si violente que je la sens couler le long de mes rubans qui se tordent et se dénouent. Ils se mettent à vriller comme les spirales dorées d'un cyclone, leurs extrémités se replient comme des mâchoires prêtes à mordre, puis en un clin d'œil ils se déchaînent.

La force avec laquelle ils se jettent en avant arrache mon manteau. Ils s'enroulent autour de ses jambes, le soulèvent et le projettent en l'air à travers le cercle en sifflant.

Rip atterrit dans une gerbe de neige, si violemment que je sens sa chute résonner jusque dans mes dents. Mais je m'en moque, car il a détruit quelque chose d'essentiel en moi, et je ne suis pas sûre de pouvoir jamais le récupérer.

Je m'avance vers lui en jubilant. En moi, quelque chose de féroce prend le dessus. Quelque chose qui est fou de joie que ce soit *lui* que j'aie jeté dans la neige, que ce soit lui qui soit allongé sur le dos et pas moi.

Je dresse un seul de mes rubans à l'extrémité complètement rigide et aux bords très tranchants, et je le lance en direction de son corps étendu par terre, prêt à le taillader, prêt à lui faire mal.

Mais dans un mouvement qui m'impressionne encore, il se redresse d'un bond et se plante sur ses deux pieds, face à moi. Il est fin prêt, comme s'il m'avait attendu depuis le début.

Rip lève son bras droit pour contrer la violence de mon attaque. Ruban et piquant s'entrechoquent comme deux épées. Le choc se répercute le long de la soie jusqu'à ma colonne vertébrale et fait vibrer mes os.

Rip est si rapide. Avant que je puisse le retirer, il replie son bras et enroule mon ruban autour de ses pointes acérées. En le piégeant, il tire très fort sur sa base dans mon dos, et m'attire vers lui comme un chien au bout d'une laisse.

En poussant un cri de frustration, je lui envoie quatre autres rubans, mais ce salaud les attrape tous. Il les écrase dans son poing. Mes rubans s'agitent sous ses doigts comme des poissons pris au piège dans un filet. Il serre tellement fort que je ne parviens pas à les arracher, ce qui me donne un aperçu de sa force de fae.

Il me fait tourner sur moi-même comme une toupie. Je manque basculer. Je suis attirée jusqu'à lui, mes pieds glissent sur la neige, mes talons s'enfoncent, mon dos heurte son torse.

– Ça suffit ! m'ordonne-t-il.

Je lui donne un coup de coude dans le ventre. Cet enfoiré ne gémit même pas, ça m'énerve. Il se saisit du reste de mes rubans avec sa main gauche, au niveau de ma colonne vertébrale, et les empêche ainsi de l'attaquer en les coinçant entre nous.

Son menton griffe mon oreille et, d'un seul coup, je me rends compte que nos corps sont serrés l'un contre l'autre. Je sens la chaleur qui émane de lui.

– Ça suffit, Auren !

Il me lance cet ordre d'une voix profonde, assez calmement pour parvenir à atteindre le fond de ma rage et me ramener à la surface.

Encore haletante, je cligne des yeux pour tenter d'oublier cette fureur qui m'a entièrement consumée. Je jette un coup d'œil à son bras, qui à présent m'enserre la taille. Ses piquants ont disparu, il a posé sa main sur ma hanche. Je sens qu'il serre mes rubans, mais sans les écraser. Mon cœur bat comme un tambour de guerre dans mes oreilles et dans mes veines. Mes tempes palpitent à l'unisson.

Je ne sais pas combien de temps nous restons ainsi, ni exactement quand j'abandonne le combat. Dans sa main, mes rubans se détendent. Il les lâche aussitôt, ôte son bras et recule. Cette perte de contact me fait frissonner.

Soudain, je me sens épuisée.

Il se déplace lentement pour me faire face pendant que mes rubans se recroquevillent et s'enroulent autour de moi en signe de retraite. Je lève les yeux vers lui et je me prépare.

Je m'attends à ce qu'il jubile. Ou à ce qu'il se moque de moi.

Mais pas du tout. Le sourire qui vient éclairer son visage me désarçonne. Il n'est ni narquois ni condescendant. Ce sourire est doux. Il est rempli de *fierté.*

– Et voilà, Chardonneret, susurre-t-il, et cette sombre tendresse est de retour dans sa voix. Tu as enfin trouvé ton combat.

Chapitre 25

Auren

Le feu s'est éteint.

Apparemment, les flammes sont mortes au même moment que ma colère, juste à la fin de ma démonstration de force.

J'ai l'impression de ressembler à ces bûches calcinées, qui souffrent et fument encore à cause de la chaleur intense des braises.

En levant les yeux vers les volutes grises qui s'élèvent dans les airs, je distingue une étoile isolée dans le ciel qui sort des nuages comme si elle me regardait, comme si le Grand Divin ouvrait un œil. Je baisse les miens.

– Pourquoi as-tu fait ça ?

Depuis quelques minutes, Rip n'a pas prononcé un seul mot, peut-être parce qu'il a remarqué que j'avais besoin de temps pour réfléchir. Ou peut-être parce qu'il jubile en silence, maintenant qu'il a obtenu ce qu'il voulait.

Nous sommes toujours dans le cercle de combat, mais Osrik, Judd, et Lu sont partis. Je ne sais pas quand. Je ne sais même pas s'ils ont vu, s'ils ont entendu.

Mes rubans frissonnent comme si je les sentais encore dans sa main. Il ramasse mon manteau de plumes déchiré et me le tend. Peut-être se rend-il compte que j'ai besoin de me raccrocher à quelque chose. Je m'en saisis et je le replie sur mes bras.

– Tu te demandes pourquoi je t'ai poussée dans tes retranchements, devine-t-il.

– Oui.

Je fixe les plumes du manteau que j'ai dérobé et mes rubans bien enroulés autour de moi, qui me permettent de tenir le coup.

– Parce que tu en avais besoin.

Je me hérisse devant tant de vanité, comme s'il me connaissait si bien. Je lui lance froidement, en le dévisageant :

– Tu n'as pas la moindre idée de ce dont j'ai besoin, tu fais ça pour toi. Je n'arrive pas à comprendre pourquoi.

– J'admets que j'en tire une certaine satisfaction personnelle, avoue Rip sans la moindre trace de remords.

– C'est encore à cause de Midas ?

Je veux comprendre. J'ai besoin de comprendre Rip, de comprendre ses motivations.

Il lève les yeux au ciel.

– On doit vraiment parler de lui ?

– Pourquoi tu le détestes autant ?

Son regard devient glacial.

– La vraie question est : pourquoi toi, tu ne le détestes pas ?

Je refuse de me laisser prendre à son petit jeu.

– Est-ce simplement parce que ton roi est son ennemi, ou est-ce quelque chose de plus personnel ?

– Le roi Ravinger a tous les droits de faire la guerre à Midas. Mais c'est avec plaisir que je mènerai le combat, affirme Rip en ramassant sa tunique dans la neige et en la passant.

– Pourquoi ? Qu'est-ce que Midas t'a fait ? C'est un bon roi.

Rip ricane en enfilant son pourpoint noir et en nouant les lanières de cuir sur sa poitrine.

– Oh oui, le roi Midas avec son fameux toucher d'or, aimé de tous, se moque-t-il, alors que son regard se fait plus dur. C'est bizarre que son royaume soit en proie à une extrême pauvreté, alors qu'il lui suffirait de toucher un caillou pour sauver son peuple du froid et de la famine. Quel grand roi il est !

Mon ventre se tord, une remontée acide me brûle la gorge. J'ouvre la bouche pour défendre Midas, pour argumenter, mais aucun mot ne sort.

Parce que… Rip a raison.

Je l'ai vu de mes propres yeux lorsque j'ai quitté Highbell. Les bicoques délabrées qui s'effondraient dans l'ombre du château, et son peuple aussi misérable que les guenilles qu'il porte.

Rip doit probablement lire sur mon visage que je n'ai rien à lui opposer, mais étonnamment, il n'insiste pas.

– Tu comprends pourquoi j'aimerais le remettre à sa place. Bien que je soupçonne mon roi d'avoir d'autres plans.

Je dresse l'oreille.

– Qu'est-ce que tu veux dire ?

Il se contente de secouer la tête.

– Rien que tu doives savoir.

La frustration me fait plisser les yeux.

– Je croyais qu'on devait répondre à une vérité par une autre vérité ?

– Je t'en ai dit une, qui me concerne. Les vérités au sujet du roi Ravinger ne font pas partie du jeu.

– Comme c'est pratique pour toi !

Je détourne le regard vers la fumée légère qui s'échappe des bûches encore fumantes dans la neige.

– Osrik et les autres, ils ont vu ? Ils ont entendu ce que j'ai dit ? je lui demande sans oser le regarder.

– Oui.

Je ferme les yeux en serrant mes rubans, aussi fort que mes paupières.

– Tu es en train de me détruire, je murmure.

L'air froid effleure mon visage comme un baiser douloureux.

Je ne l'entends pas approcher, mais je le sens. Comment pourrais-je ne pas le sentir ? Il y a quelque chose en lui qui n'a de cesse de se presser contre ma peau, de demander à tous mes sens de s'éveiller.

– Parfois, les choses doivent d'abord être détruites pour pouvoir ensuite renaître.

Un battement de cœur palpite dans cette étoile furtive.

J'ai besoin d'un long moment avant d'ouvrir les yeux pour pouvoir me calmer.

– Je veux voir les gardes.

Comme je m'en doutais, il est soudain si près de moi que si je me penchais de quelques centimètres, je pourrais coller mon oreille contre sa poitrine.

– D'accord, Chardonneret. Je vais t'emmener voir les gardes.

Il m'entraîne hors du cercle dans lequel nos empreintes ont tassé la neige.

J'enfile mon manteau déchiré, heureusement que les dégâts sont à l'arrière et que je peux encore le porter, car je suis gelée. La colère vous tient chaud, mais lorsqu'elle retombe, vous êtes soudain transi.

Rip nous entraîne à la lisière du camp, à bonne distance des tentes.

Dans l'obscurité, seule la lumière des feux dispersés nous éclaire par moments, et je me sens moins intimidée par lui. Nos ombres se déplacent ensemble, se croisent et se fondent l'une dans l'autre, comme si elles se reconnaissaient.

– Depuis combien de temps combats-tu pour le roi Ravinger ? je lui demande sur un ton calme, même si je sais qu'il entend la moindre de mes inspirations.

Peut-être même entend-il les pulsations de mon rythme cardiaque.

– J'ai l'impression que ça fait une éternité.

Je connais ce sentiment.

– Et il sait que tu me retiens ?

Rip acquiesce.

– Il est au courant.

L'effroi me saisit comme si un bloc de glace me tombait dessus. Je ne sais pas vraiment pourquoi, puisque je suis la captive de la Quatrième Armée depuis un bon moment à présent. Mais être capturée par Rip ou par le Roi Putride sont deux choses très différentes. Si le roi est au courant à mon sujet, ce n'est plus qu'une question de temps avant qu'il trouve le moyen de se servir de moi.

J'ai appris que c'est ça que font les hommes. Ils se servent.

– S'il t'ordonne de me tuer, tu le feras ?

Il s'arrête, comme pris au dépourvu par ma question.

– Ça n'arrivera pas.

Je suis surprise par sa naïveté.

– Tu n'en sais rien. Je suis la favorite de Midas, et ils sont ennemis.

Je baisse la voix, au cas où il y aurait des oreilles indiscrètes.

– Et si cela ne suffisait pas à me condamner, je viens d'avouer que je suis une fae de sang pur. Or, à Orea, les faes sont considérés comme les pires des traîtres, ils sont détestés. Trois de tes soldats m'ont entendue, ils pourraient très facilement le lui répéter.

– Jamais ils ne souffleraient un mot à quiconque, à moins que je ne le leur ordonne. Ils sont mon Courroux.

Je fronce les sourcils.

– Ton quoi ?

Il me jette un regard en coin.

– C'est Lu qui a trouvé ce nom, il y a des années. Mais tous les trois forment ma garde rapprochée. Ils me prodiguent des conseils, chacun d'eux commande son régiment au sein de mon armée, et quand j'ai une mission délicate, ce sont eux qui l'exécutent quand je ne peux pas le faire moi-même.

Je suis légèrement troublée par la confiance aveugle dont il fait preuve. Il a vraiment foi en eux trois, je m'en rends compte à son timbre de voix.

Mais ça ne signifie pas que je puisse en faire autant.

– Ils viennent de m'entendre confesser que je suis une fae. Tu penses vraiment qu'ils ne le répéteront à personne ? Même pas à votre roi ?

– Je ne pense pas. Je le sais.

Il a l'air si sûr de lui qu'un doute surgit, qui me pousse à lui poser la question suivante :

– Ils savent que tu es aussi un fae, n'est-ce pas ?

Il acquiesce d'un simple hochement de tête dans l'obscurité.

– En effet.

Si nous n'étions pas en train de marcher, je me serais assise un moment pour digérer ça. Ma tête me tourne, mes lèvres s'entrouvrent pour poser une foule de questions.

– Mais c'est… c'est… *comment ?*

– Comme je te l'ai dit, ils sont mon Courroux, et ils travaillent à mes côtés depuis très longtemps. J'ai plus confiance en eux qu'en moi-même, parfois. Jamais ils ne me trahiraient.

– Mais tu es un fae. Les Oréens nous détestent. Même si ton Courroux a gardé le secret, comment se fait-il que personne n'ait deviné ta vraie nature ? Comment se fait-il que la vérité n'ait pas été révélée ?

Ses yeux brillent dans l'obscurité.

– Je pourrais te poser la même question.

– Je me cache. Ou du moins je le faisais avant de quitter Highbell. Mais toi, tu es célèbre depuis que le roi Ravinger a fait de toi son commandant en chef. Comment se fait-il que personne ne s'en rende compte ?

Il hausse une épaule.

– Les gens acceptent ce qu'ils entendent si cela correspond à leurs idées préconçues. Ils croient que je suis le monstre fabriqué par le Roi Putride, et je les laisse dire parce que ça me convient.

– Ton roi le sait ?

Les commissures de ses lèvres remontent légèrement.

– C'est une question qui concerne le roi, et comme je te l'ai dit, on ne joue pas à ça.

–J'espère que tu as raison à propos de ton Courroux. Sinon, je suis fichue.

–J'ai raison. Mais maintenant, tu dois répondre à une de mes questions.

Ma nervosité se réveille.

–Que veux-tu savoir ?

–Qui est ta famille ?

Les os de ma poitrine semblent fusionner, mon souffle se fige, ma surprise est palpable. Je ne m'attendais pas à ce qu'il me demande ça. Je m'étrangle :

–Ma famille est morte.

Il fait une pause.

–Son nom, Chardonneret.

Sa question est pressante, intraitable. Je n'aurais jamais dû échanger des vérités avec lui. J'aurais dû savoir que le prix serait trop élevé.

–Je ne me souviens pas du nom de ma famille.

Ma confession me fait mal. Elle me griffe les entrailles, les met à vif.

Il me laisse me réfugier dans le silence, peut-être est-ce pour me faire croire qu'il ne va pas creuser davantage, pourtant je sais qu'il va le faire. Il ne fait que ça, défier, pousser et sonder. C'est peut-être pour ça qu'on l'appelle Rip, parce qu'il déchire les gens, il leur arrache leurs vérités.

–D'où viens-tu ?

–Pourquoi veux-tu le savoir ? Comment vas-tu utiliser cette information contre Midas ?

Je vois le contour sombre de sa main se resserrer en poing.

–Comme je te l'ai déjà dit, nous ne parlons pas de lui.

Tout le calme paisible qui régnait entre nous disparaît soudain sans laisser de trace. Mais j'essaie de me persuader que c'est mieux ainsi. C'est mieux pour nous d'être en désaccord, de rester à notre place.

–Osrik m'a dit, quand je suis arrivée ici, que vous attendiez de moi que je chante, que je dévoile tous les secrets de Midas, je lui fais remarquer. La moindre des choses, ce serait de ne pas le nier, de ne pas me prendre pour une idiote. N'essaie pas de me piéger.

Il ricane, son rire est dur et retors.

– La seule personne qui te trompe, c'est ton Roi d'Or. Dis-moi, quand as-tu décidé d'échanger ta ruine contre la sienne ? me demande-t-il cruellement.

Je serre les dents, mais sa hargne me rappelle que c'est un vrai salaud, me rappelle ce qu'il est pour moi. Sa colère me ramène sur un terrain plus familier que tous les faux pas déconcertants que nous avons pu faire ce soir. Nous ne sommes pas amis. Nous ne sommes pas alliés. Nous sommes dans des camps adverses.

– Je le choisirai toujours, je lance, en lui faisant face dans l'obscurité.

– Tu l'as déjà dit, réplique-t-il d'une voix cinglante. Mais si les rôles étaient inversés, je me demande s'il livrerait aussi facilement ses vérités contre les tiennes. Quels sacrifices ton roi a-t-il faits pour toi ?

– Il en a fait beaucoup.

Son expression se fait glaciale, aussi glaciale que l'air de la nuit.

– En effet. Comme de t'avoir appris à avoir honte de tout ce que tu es.

Ma colonne vertébrale se rigidifie et irradie de douleur. Je sens des larmes brûler le fond de mes yeux. Je les ravale avant qu'elles ne jaillissent. Je suis furieuse contre moi-même. Pourquoi est-ce que j'accorde la moindre importance à ce qu'il dit ? Comment se fait-il qu'il puisse m'atteindre autant avec de simples mots ?

Rip se retourne et me montre quelque chose du doigt. À quelques pas de là, il y a une sorte de grand chariot entouré de palissades – le genre d'endroit où l'on garde les prisonniers. À côté, plusieurs soldats du Quatrième Royaume font le guet autour d'un petit feu de camp. Certains jettent un coup d'œil dans notre direction et échangent des regards nerveux.

– Tes gardes sont là. Je suis sûr que tu apprécieras leur compagnie. Cours échanger des histoires sur la grandeur de Midas avec eux. Moi, j'ai mieux à faire.

Ma gorge se noue lorsqu'il s'éloigne en aboyant l'ordre aux soldats de me laisser entrer, mais de me surveiller. Puis il disparaît dans le camp sans me jeter un regard, sans voir la larme qui se fige sur ma joue.

La douleur qui m'enserre la poitrine ne disparaît pas quand je peux enfin jeter un œil sur les gardes et me rendre compte qu'ils vont bien. Parce que, même si je suis heureuse de les voir, de savoir qu'ils n'ont été ni blessés ni tués, je suis déçue et dévastée.

Dévastée parce que la seule personne que je cherchais vraiment, que je voulais vraiment voir, n'est pas là. La seule personne qui me donne le sentiment d'être chez moi quand je suis auprès d'elle manque à l'appel.

La douleur que je ressens quand je ne trouve pas Digby dans le groupe est comme un coup de poing reçu en plein ventre. Ça fait mal. Mon dernier espoir est brisé, et ça fait *mal.*

Les gardes de Midas vont bien, mais pas les miens. Sail repose dans une tombe de neige et Digby est perdu à jamais. Et moi, je dois affronter cette réalité, en plus des paroles de Rip qui me fouaillent la poitrine.

Des larmes de cristal coulent sur mes joues quand je retourne toute seule à ma tente. Au-dessus de moi, cette étoile borgne me fait un clin d'œil, puis se cache derrière les nuages.

CHAPITRE 26

REINE MALINA

— Bon sang!

En m'entendant jurer à voix basse, Jeo, le bel étalon alangui sur mon divan, se retourne.

– Qu'est-ce qui ne va pas ?

Je quitte des yeux la lettre que je jette sur mon bureau en soupirant.

– Franca Tullidge ne peut pas me rencontrer, elle n'est pas à Highbell. Elle est partie en voyage pour six mois, je lui explique d'un ton irrité.

– Et c'est grave ? me demande Jeo.

Je me masse les tempes un moment, avant de me rallonger sur mon divan afin de lui accorder toute mon attention.

– Oui, c'est grave. La famille Tullidge possède une armée privée forte de sept cents hommes. Des hommes dont je pourrais avoir besoin. Il est important que je m'assure de sa loyauté.

Jeo se lève d'un bond, ce qui ne manque pas de me distraire. Il est torse nu, sa peau est constellée de taches de rousseur qui ressemblent à des grains de cannelle dont on aurait saupoudré son superbe corps musclé.

Il attrape l'aiguière en cristal sur la table, remplit deux verres de vin miellé. Je prends tout mon temps pour apprécier son physique pendant qu'il approche, les verres à la main. Sa démarche de panthère est tout aussi puissante que gracieuse. Son épaisse chevelure rousse me rappelle la couleur de la chair fraîche.

Il me tend un verre, puis s'appuie sur le rebord de mon bureau. Son genou frôle ma cuisse, je sens la chaleur de son corps, même à travers ma jupe et son pantalon.

– Si on en arrive là et que vous avez besoin que les maisons nobles se liguent avec vous, elles le feront, m'affirme-t-il, très sûr de lui, tout en avalant la moitié de son verre de vin d'un trait.

Amusée, j'en bois une gorgée.

– Vraiment ?

Il hoche la tête.

– C'est ainsi, ma reine.

– Tu as l'air terriblement confiant.

Jeo vide son verre.

– Je le suis, répond-il en haussant les épaules. Vous êtes une Colier. Orea est peut-être éblouie par tout l'or de Midas, mais c'est à votre lignée, à votre nom, que le Sixième Royaume est fidèle. Si vous lancez l'appel aux armes, ils répondront.

Je tapote mon verre du bout des doigts.

– Nous verrons.

J'espère que ça n'arrivera pas, que je pourrai avancer mes pions pour forcer la main de Midas, mais je dois prévoir toutes les éventualités. Tyndall était déficient en tant que mari, mais il excellait comme dirigeant. Pas parce qu'il a été formé à cette fonction comme je l'ai été, mais parce que, comme l'a dit Jeo, il sait comment éblouir.

Cet homme sait comment impressionner, comment créer un récit, comment gagner l'admiration du peuple. Il a fait ruisseler son or sur bien des nobles, des nobles que je n'arriverai jamais à convaincre.

Mais il s'est également fait beaucoup d'ennemis. Il a laissé beaucoup de gens dans le besoin. Lorsque le roi Midas a transformé le château de Highbell en or, il n'a pas vraiment réalisé quel genre d'ombre cela projetait.

Les roturiers, les paysans, les ouvriers, voilà ceux qu'il a négligés, ceux qu'il a jugés indignes de lui.

Une fois que j'en aurai fini avec la liste des nobles que je pense pouvoir influencer, je m'attaquerai à ces masses de laissés-pour-compte. Ceux qu'on a abandonnés à leur envie face à la richesse incommensurable du château.

Oui, beaucoup de gens détestent le roi. Il se trouve qu'on compte sa femme parmi eux.

Un sourire se dessine lentement sur mes lèvres gorgées de vin. Je vais prendre un malin plaisir à détruire son récit, anéantir son image publique, démolir sa façade brillante. Quand j'en aurai terminé avec lui, le Roi d'Or sera devenu un objet de mépris. Et moi, la reine bien-aimée.

Un sourire complice éclaire le visage de Jeo.

– Je connais ce regard, murmure-t-il. Vous êtes en train de comploter.

Je laisse échapper un petit rire.

– Bien sûr que je complote !

Comploter, c'est ce que je fais de mieux. C'est une bonne chose puisque je ne possède aucune des deux caractéristiques que ce monde respecte : la puissance et le pénis.

Dommage que je n'aie pas la première, mais le second ? J'ai découvert que la plupart de ceux qui en sont dotés étaient tout à fait décevants.

Mon regard se dirige vers l'entrejambe de Jeo. Enfin, sauf ceux qu'on peut acheter.

On frappe à la porte, je laisse échapper un petit soupir. Cette interruption ne devrait pourtant pas me surprendre. C'est difficile de passer ne serait-ce que quelques heures sans que quelqu'un ait besoin de quelque chose. Mais c'est un désagrément que j'accepte, car c'est enfin *moi* qu'ils viennent voir. Ce sont *mes* ordres qu'ils attendent. Comme il se doit.

– Entrez.

Mon conseiller, Wilcox, entre à grands pas. Ses yeux bleus se posent immédiatement sur Jeo. Ses lèvres minces se pincent, c'est le seul signe extérieur d'aversion qu'il laisse transparaître en ma présence. Je sais pertinemment qu'il fulmine, comme la première fois que je suis venue dîner avec Jeo à mon bras.

Wilcox pense qu'il est de mauvais goût que je m'affiche en compagnie de mon amant, et il a exprimé publiquement cette opinion à la table du dîner. C'est drôle, mais je doute qu'il ait jamais dit cela à mon mari qui avait en permanence un harem de pouliches à ses côtés. Sans parler de cette chienne en or.

Jeo se redresse et se retourne en souriant. Il adore énerver Wilcox, maintenant qu'il sait que le vieil homme désapprouve sa présence.

Mon conseiller s'arrête devant mon bureau et s'incline.

– Votre Majesté, j'espère que je ne vous ai pas interrompue.

– Pas encore, répond Jeo avec un clin d'œil salace.

Les lèvres de Wilcox se pincent encore un peu plus. Sans doute croit-il que ses moustaches grises dissimulent sa réaction.

Il ignore Jeo. Mon étalon fait le tour du divan pour se placer derrière moi. Ses grandes mains puissantes massent mes épaules. C'est une provocation – toucher la reine aussi librement est une preuve de pouvoir – et je l'y autorise.

– Hmm, vous êtes tellement tendue, ma reine, roucoule Jeo.

Le visage de mon conseiller vire au rubicond. Je m'efforce de ne pas sourire. Je n'arrive pas à savoir s'il déteste cet étalage parce que c'est une démonstration de ma déloyauté flagrante envers Tyndall, ou si c'est simplement parce que je suis une femme qui possède sa pouliche personnelle, en l'occurrence un étalon.

Peut-être est-ce un peu des deux.

– Vous désirez quelque chose, Wilcox ? je lui demande sur un ton neutre, tandis que les doigts habiles de Jeo continuent à me masser avec des mouvements délicieusement fermes.

Le regard de Wilcox, qui avait dérivé vers les mains de Jeo, revient vers moi.

– Pardon. Cette missive est arrivée pour vous, dit-il en s'avançant.

Je tends la main et je lui prends le rouleau de parchemin.

– Merci.

Lorsque mes yeux tombent sur le sceau de cire rouge, mon pouls s'emballe, mais je n'en laisse rien paraître.

– Vous pouvez disposer, Wilcox.

Mon conseiller tourne les talons et s'en va, visiblement pressé de s'éloigner de Jeo. Sitôt la porte refermée derrière lui, je relâche le soupir qui était resté coincé dans ma poitrine.

– Qu'est-ce qui ne va pas ? Vous êtes blanche comme un fantôme, même si c'est une constance chez vous, me taquine Jeo.

Cependant, ça ne me fait pas rire. Je suis trop occupée à fixer le sceau vierge enfoncé dans la cire craquelée. L'absence d'armoiries m'indique précisément qui est l'expéditeur de cette lettre.

– Ça vient des Red Raids.

Jeo s'interrompt.

– Les pirates ont répondu ?

Je me contente de grommeler avant de glisser mon index sous le rabat et de briser le sceau. Je déroule le petit bout de papier et parcours rapidement la lettre en remarquant les coulures d'encre, le gribouillis bâclé. Honnêtement, je devrais déjà être heureuse que les voleurs sachent écrire.

Je relis le message, la poitrine palpitante.

– Grands dieux…

– Qu'est-ce qu'il y a ? me demande aussitôt Jeo.

Un froncement de sourcils altère la symétrie de son beau visage.

Je lève la tête vers lui pendant que j'intègre toutes les informations.

– Ils ne l'ont pas.

Il écarquille ses yeux bleus.

– La putain en or ? Pourquoi, bordel ? Vous leur avez laissé tout le temps nécessaire pour arriver dans les Barrens au bon moment !

En secouant la tête, je laisse tomber la lettre. Je me lève et me mets à faire les cent pas.

– Malina…

Je me retourne. Il cligne des yeux, étonné de voir le sourire éclatant qui illumine mon visage. Je murmure :

– L'armée du Quatrième Royaume est montée à bord de leur navire. Ils ont embarqué les pouliches, les gardes, tout le monde.

Il hausse ses sourcils roux.

– La catin dorée ?

Je souris tellement que j'en ai mal aux joues.

– Ils l'ont, elle aussi.

Les lèvres de Jeo s'étirent, ses joues remuent pour répondre à mon sourire. Il sait quelle victoire cela représente pour moi. Je pensais que les Red Raids seraient parfaits pour elle. Mais ça ? C'est encore mieux.

– Putain, génial ! s'exclame Jeo. Ça mérite bien un verre de vin.

Il se sert, et soudain, un rire rauque jaillit de ma poitrine, un son que je n'avais pas produit depuis des années.

Elle est partie. Elle est enfin partie.

Je n'aurai plus jamais à poser les yeux sur elle. Je n'aurai plus jamais à observer la façon dont Tyndall la regarde, cette avidité avec laquelle il la reluque chaque fois qu'elle entre dans la pièce.

Sa précieuse petite protégée s'en est allée, capturée par son pire ennemi, et il ne peut absolument rien faire contre ça.

La victoire est douce.

Je secoue la tête, je n'arrive pas à croire à la tournure que les événements ont prise.

– Ils vont la mettre en pièces, je finis par dire en frissonnant de plaisir.

– C'est bien pire que les pirates des neiges, approuve Jeo qui vide la moitié d'un verre avant de me le tendre.

Je le lui prends et j'en avale une bonne rasade pendant qu'il ramasse la lettre et la parcourt d'un air amusé.

– Ha, ces bâtards pleurnichards sont furieux ! Ils ont vendu les pouliches au Quatrième Royaume *et* leur capitaine a abandonné le navire en emportant leur or. Pas de chance.

– Je vais demander à Uwen de leur en envoyer une caisse pour compenser leur perte.

Devant le regard surpris de Jeo, je hausse les épaules.

– Ce sont des mercenaires. Si je parviens à les calmer avec suffisamment d'or, je peux les garder comme alliés.

Mon étalon s'approche de moi et glisse une main autour de ma taille.

– Ma reine est machiavéliquement brillante.

Je souris avant de prendre un autre verre et de le porter à ses lèvres. Il me lance un regard lourd de sens et m'attrape par les hanches pour m'attirer à lui.

Je redresse la tête pour savourer son regard lubrique. Comme si c'était une invitation, Jeo presse sa bouche dans mon cou et se met à l'embrasser, à le mordiller.

Je ferme les yeux pendant qu'il remonte vers mon menton. Lorsque ses lèvres rencontrent les miennes, je laisse échapper un petit soupir de satisfaction. Le désir me tord soudain le ventre.

J'aime l'idée de le baiser tout en sachant que je me suis débarrassée de tous les jouets favoris de Tyndall. Son harem de pouliches préférées a disparu tandis que mon étalon m'agrippe les fesses et plonge son dard en moi.

Je glisse ma langue contre celle de Jeo, elle a un goût de vin aux épices et de victoire diabolique.

– Mmm, délicieux, murmure-t-il contre mes lèvres.

– Le vin ? je demande avec un petit sourire.

– Vous, répond-il. J'aime quand vous devenez sournoise, que vos complots réussissent et que vous avez ce regard. Ça me fait bander comme un âne.

Pour me le prouver, il frotte ses hanches contre mon ventre.

– Je vais vous prendre tout de suite, ma reine, dit-il en me mordillant l'oreille. Je vais vous baiser sur le bureau, avec ce sourire lascif et diabolique sur votre visage.

Mon bas-ventre réagit au quart de tour, je frissonne en entendant ces paroles salaces, j'éprouve un désir que je n'ai jamais connu auparavant. J'ai toujours été ignorée, rejetée.

C'est terminé.

Plus jamais.

– Fais ça bien, j'ordonne d'un ton impérieux, avant de me baisser pour toucher son membre.

Il gémit dans mon oreille, ma toute-puissance féminine me fait frissonner.

Jeo me soulève, il fait quelques pas avant de me poser sur mon bureau. Ses mains glissent sous mes jupes, il en relève les nombreuses couches jusqu'à ma taille. Puis ses doigts se mettent à effleurer les boucles humides entre mes cuisses. Il sourit et me mordille la lèvre.

– Voilà une reine très coquine.

– Tais-toi et baise-moi.

Il rit, défait son pantalon, le fait glisser sur ses chevilles.

– Pour vous servir, Votre Majesté.

Et dans la seconde qui suit, Jeo se jette sur moi si violemment que mon corps est projeté en arrière contre le bois. Mais c'est bon. C'est ça que je veux, que j'ai ordonné et que je vais obtenir.

Il se penche, ses mains bloquent mes hanches pendant qu'il me pilonne à grands coups de boutoir.

– Cela convient à ma reine ? demande-t-il, la bouche contre mon cou dont il mordille la peau si sensible.

C'est le cas, mais j'en veux plus encore. Je veux tout ce que Midas ne m'a jamais donné.

Je repousse la poitrine de Jeo.

– Couché.

Il esquisse un semblant de grimace, mais se retire consciencieusement avant de s'allonger par terre. L'excitation, le pouvoir, le plaisir chantent dans mes veines pendant que je le dévore des yeux.

Je glisse du bureau, je l'enjambe et je le fixe. Jeo se met à gémir quand mon regard s'attarde sur son sexe fièrement dressé.

– Je vous en prie, ma reine. Ne soyez pas aussi cruelle.

J'adore l'entendre me supplier.

En soulevant mes jupes, je me baisse lentement et m'empale sur lui. Je le chevauche exactement comme j'aime le faire. Comme une reine assise sur son trône.

De la sueur perle sur son front, ses mains se crispent autour de ma taille, mais je continue à remuer sans me presser, en appréciant le frottement de nos corps. Je me lève et je me baisse, la tête inclinée en arrière, je bouge avec béatitude et lascivité.

– *Putain*, Votre Majesté, grogne-t-il.

Mon corps tout entier chante, je prends ce que je veux, j'obtiens enfin ce plaisir dont j'ai été privée pendant si longtemps. Plus jamais. Plus jamais je ne resterai les bras croisés.

Je prendrai tout ce que je veux, quand je veux.

– Oui, vous le ferez, me dit Jeo, et je comprends alors que j'ai exprimé ces pensées à haute voix. Prenez tout, tant que vous prenez votre plaisir sur ma queue.

Mon rire guttural s'interrompt quand il pousse sur ses hanches, qu'il s'enfonce de plus en plus profondément, plus fort, qu'il cogne sur cette partie cachée en moi dont j'ignorais l'existence.

Je prends, encore et encore, je le laisse rassasier la faim qui m'habite, cette faim que seuls le plaisir et le pouvoir peuvent satisfaire.

En gémissant, il se met à me baiser avec acharnement. Moi, je chevauche mon bel étalon en grimpant plus haut encore, vers des sommets indicibles.

Mon plaisir se fissure enfin comme de la glace brisée et un soupir libérateur s'échappe de ma gorge. Encore trois poussées et Jeo gémit en se libérant à son tour. Sa semence coule en moi, c'est une chaleur étrangère et humide.

Je m'affaisse sur lui et j'enfonce mes ongles dans les muscles de son torse, en laissant des zébrures rouges sur sa peau parsemée de taches de rousseur.

–Eh bien? demande-t-il en respirant violemment avec un sourire satisfait tout en plaçant ses mains derrière sa tête. L'ai-je bien fait, ma reine?

Je reprends mon souffle et me relève en appréciant le gémissement qu'il émet quand son sexe glisse hors de moi.

–Tu l'as bien fait, je réponds d'un air désinvolte en me dirigeant vers la porte qui mène à ma chambre et à ma salle de bains. Mais j'exige que tu me laves et que tu nettoies tes saletés.

Une seconde plus tard, je l'entends qui se lève et qui me suit à grandes enjambées. Il m'attrape par les hanches et ses lèvres chaudes murmurent à mon oreille:

–Seulement si je peux le faire avec la langue.

Un sourire en coin se dessine sur mon visage.

–Tu feras tout ce que ta reine t'ordonne.

Je suis récompensée par son rire.

–Oui, Votre Majesté, je le ferai.

Comme tout le monde.

CHAPITRE 27

AUREN

Je passe des heures allongée sur ma paillasse, à me tourner et à me retourner, incapable de dormir.

Les morceaux de charbon changent peu à peu de couleur, ils passent du rouge fumant au gris cendre, l'air froid de la nuit avale leurs dernières chaleurs.

Au fur et à mesure que le feu diminue, je rassemble mes pensées. Depuis que le commandant Rip m'a enlevée aux Red Raids, j'ai attendu qu'il fasse quelque chose d'atroce, que ses soldats me mettent en pièces.

Mais il ne l'a pas fait, ils ne l'ont pas fait.

Au lieu de ça, j'ai été traitée correctement. Amicalement, même. On m'a accordé des libertés que même Midas aurait refusé de m'offrir.

Mais la loyauté, ce seul mot et cette morale, cette conviction à laquelle je m'accroche tellement fort, voilà ce qui est en jeu. Je suis terrifiée par ce qui se passera si jamais je vacille.

Je sais que je ne peux pas faire entièrement confiance à Rip. Je le sais, mais…

Mais.

Peut-être que je ne peux pas faire entièrement confiance à Midas non plus.

À l'instant où cette pensée surgit en traître, je prends conscience que je l'ai exprimée à haute voix. C'est une confession chuchotée, une révélation douloureuse que seule la chaleur déclinante des charbons peut entendre.

Je m'assois sur mon grabat et j'enfile ma robe qui pendouille, trop usée à présent, sale malgré le nombre de fois incalculable où j'ai essayé de la laver à la main. J'enfile mon manteau déchiré et je tire sur mes bottes. Je vais aller me promener puisque le sommeil me fuit.

Je n'ai pas revu Rip depuis notre dispute d'hier soir.

Je ne devrais pas m'en soucier. Ça ne devrait pas avoir d'importance. J'ai l'impression qu'il m'évite, qu'il me punit, et ça me chamboule.

Une fois sortie de la tente, je suis accueillie par le crissement de mes bottes sur la neige fraîche. Ce soir, nous campons à côté d'un petit lac gelé qui scintille sous un croissant de lune.

Je pars vers le côté Est du camp, là où se trouvent les pouliches, sans vraiment le vouloir.

En m'arrêtant devant la tente, je tombe sur les deux gardes qui m'ont laissée leur rendre visite lorsque Lu était là. Cette fois, ils lèvent les yeux de leur jeu de cartes.

Le plus proche de moi, celui qui a les cheveux bruns, hausse les sourcils en signe de surprise.

– Ma Dame, me salue-t-il. Je ne vous ai pas vue depuis quelques jours.

– Oui, je réponds en marmonnant sans lui donner plus d'explications. Je peux leur rendre visite ?

– Il est tard, répond l'autre. Mais vous pouvez entrer quelques minutes. J'ai entendu des chuchotements, je sais qu'elles ne dorment pas.

J'acquiesce et me dirige vers les rabats de la tente, mais avant que je puisse les soulever, quelqu'un sort et me bloque le passage. Je sursaute devant cette apparition soudaine.

– Polly.

Ses cheveux blonds, bien qu'emmêlés et gras, sont coiffés en deux tresses épaisses et elle semble plus mince que d'habitude. Elle n'a plus de maquillage doré, de robe fantaisie, de sourire timide. Elle a l'air fatiguée, mais je discerne une certaine dureté dans son regard.

– Dorée, me dit-elle en croisant les bras, qu'est-ce que tu fais ici ?

Le ton qu'elle emploie me met mal à l'aise.

– Euh, je voulais simplement vous rendre visite. Voir comment vous allez.

– On va bien, me répond-elle d'un ton sec.

Mon regard se dirige vers la tente, dont elle bloque l'entrée, puis revient sur son visage.

– Il y a quelque chose qui ne va pas ?

Elle secoue la tête.

– Les autres ont entendu ta voix et elles m'ont envoyée. Tu ne peux pas entrer.

Je fais la moue.

– Pourquoi pas ?

Ses yeux bleus me dévisagent froidement.

– Personne ne veut te voir.

Son agressivité me fait tressaillir.

Je sens les soldats à ma droite qui remuent sur leurs tabourets comme s'ils étaient gênés pour moi. J'en rougis de honte.

– Tu dois arrêter de venir, déclare-t-elle avec un air hautain. Nous ne t'aimons pas, et nous ne voulons pas que tu fourres ton nez dans nos affaires pour ensuite aller faire un rapport à tes nouveaux amis de la Quatrième Armée.

– *Quoi ?*

Polly lève les yeux au ciel.

– Oh, je t'en prie. Comme si nous ne savions pas ? Tu peux te balader librement, Auren. On sait que tu es devenue la petite pute du commandant.

Je reste bouche bée un moment, en proie au choc et à l'incompréhension.

– C'est… Je ne suis pas sa pute.

Je comprends à son air blasé qu'elle ne me croit pas le moins du monde.

– Les soldats bavardent, tu sais. Tu dors dans sa tente toutes les nuits. Nous ne sommes pas stupides, nous ne te laisserons pas te servir de nous pour trahir notre roi. Ne reviens plus, espèce de traître !

Elle me repousse.

Pas fort, mais ça me choque tellement que je recule en titubant, la bouche toujours grande ouverte. Elle ne m'aurait *jamais* touchée avant. Elle n'aurait jamais osé.

Les gardes se lèvent immédiatement et s'avancent pour intervenir. L'un d'eux lui aboie dessus :

– Ça suffit, retourne à l'intérieur !

Polly me jette un regard vindicatif, comme si leur réaction confirmait ma trahison. Avec un sourire haineux, elle se retourne et rentre dans la tente. Je reste là à fixer l'endroit qu'elle vient de quitter.

Incapable de regarder les soldats en face, je me détourne. La honte et l'embarras m'assaillent. Mes épaules s'affaissent et ma tête s'incline vers le bas. Je suis comme une fleur fanée, abandonnée, rejetée.

– Ne les écoutez pas, Ma Dame, me lance alors l'un d'eux.

Je hoche la tête et je m'éloigne avant de faire quelque chose de stupide, comme de me mettre à pleurer devant eux.

J'éprouve un sentiment amer de honte.

J'étreins les ombres en marchant et je tends l'oreille en direction de ce camp paisible et endormi, dont les soldats croient que je suis la pute de Rip.

Ne reviens plus, espèce de traître.

Mes larmes menacent de jaillir, mais je les repousse ; je les laisse plutôt remplir un puits de colère. Les paroles venimeuses de Polly correspondent à mes craintes, exprimées à voix haute, à ma loyauté qui s'effrite, à mon esprit qui est peu à peu souillé.

Je ne suis pas un traître.

Je ne le suis *pas.*

Une détermination nouvelle m'envahit, me nourrit. Comme des charbons qui soudain brûlent à nouveau.

La blancheur éclatante de la lune n'est plus qu'un mince croissant derrière un nuage, même si deux étoiles planent à ses côtés, comme des lucioles prises dans la cire de son croissant.

Elle offre juste assez de lumière pour voir, mais pas assez pour effacer les ombres. C'est parfait pour chercher sans être vue. D'un pas assuré et le regard féroce, avec les accusations de Polly qui tintent encore à mes oreilles, je suis mon instinct, comme si je savais exactement où aller. Ou peut-être que ce sont les déesses-lucioles qui me guident.

Au moment où je passe devant un important groupe de chevaux blottis les uns contre les autres, têtes penchées et paupières closes, je l'entends.

Un cri léger.

Je m'arrête net pour tendre l'oreille. Le bruit revient, plus doux cette fois, mais ça suffit pour m'indiquer la direction à suivre.

Je tourne, mes pas et mon pouls s'accélèrent. Malgré le froid mordant, une chaleur nouvelle gagne mon corps.

Juste après les chevaux, presque caché par un chariot rempli de balles de foin, je le vois. Tout de bois noir, lisse, sans le moindre ornement. J'entends un bruissement à l'intérieur, qui me donne envie de me mettre à courir. Au lieu de cela, je me force à avancer lentement jusqu'à lui.

J'atteins le carrosse. Il n'a pas de portières sur les côtés, mais une plus petite ouverture à l'arrière. Je regarde autour de moi, les seuls mouvements que je perçois sont ceux des chevaux, et leurs souffles qui s'échappent de leurs naseaux.

Je lève une main tremblante, j'attrape la poignée. La porte s'ouvre facilement, sans le moindre grincement. Il me faut un moment pour pouvoir m'acclimater à la pénombre et discerner ce qui se trouve à l'intérieur. Mais je bondis de joie. Des yeux jaunes me dévisagent, des serres agrippent des perchoirs. J'ai enfin trouvé ce que je cherchais.

Les faucons messagers de l'armée.

Chapitre 28
Auren

Il fait sombre à l'intérieur du carrosse, mais l'éclair de leurs yeux et les mouvements de leurs silhouettes me révèlent la présence de quatre faucons.

Ils sont parfaitement dressés, ils ne sursautent donc pas, ne font aucun bruit. Ils se contentent de me fixer, l'air légèrement ennuyés.

Même dans la pénombre, je me rends bien compte que ce sont des oiseaux magnifiques, grands pour leur espèce. Leurs plumes fauves luisent d'un éclat qui s'étend jusqu'à leur bec et leurs serres acérées.

Je note que leurs perchoirs ont été aménagés à l'intérieur des murs. Des os de rongeurs morts parsèment la paille qui recouvre le sol. Une ouverture a été découpée dans le toit en bois, pour permettre aux faucons de voler à leur guise et laisser passer un faible clair de lune.

En déglutissant, je jette un coup d'œil à la surface plane devant moi. Une planche en bois fait office de bureau, c'est parfait pour écrire les messages que l'on désire expédier.

Tout ce dont j'ai besoin s'y trouve, depuis les morceaux de parchemin vierges enroulés jusqu'aux bouteilles d'encre et aux plumes d'oie rangées dans des encoches au bord de la table.

Je regarde à nouveau autour de moi, mais tout est calme et silencieux.

Je me tourne vers le bureau, j'attrape un rouleau de parchemin et j'en arrache une petite bande. Je l'aplatis en utilisant une bouteille d'encre pour en maintenir le bord, puis je prends une plume d'oie que je trempe dans l'encre.

Ma main tremble tellement que je manque renverser la bouteille, mais je parviens à la rattraper avant qu'elle ne bascule.

– Reprends-toi, Auren, je me murmure à moi-même.

Pressant la plume contre le parchemin, j'écris rapidement, d'une écriture bien plus heurtée que d'habitude. Mais il faudra faire avec, je suis trop pressée, trop secouée par l'adrénaline et la peur. Mon message est excessivement simple et court, mais c'est le mieux que je puisse faire.

L'armée du Quatrième Royaume nous a capturés, moi et tous les autres. Ils marchent sur toi. Prépare-toi.
Ta Précieuse

Je repose la plume dans son support et trouve une boîte remplie de sable fin sur le bureau. Je prends un peu de poudre entre mes doigts, que je jette sur les mots mouillés pour leur faire boire le surplus d'encre.

Dès que c'est assez sec pour ne pas couler, j'enroule le papier, mais je m'interromps en entendant des soldats approcher.

– Il te reste des clopes ? demande une voix bourrue.

– Oui, dans ma poche, et tu n'en auras pas.

– Allez, putain. J'ai besoin d'une clope.

Il y a un soupir, puis les pas s'arrêtent et j'entends distinctement le bruit d'une allumette qu'on craque.

D'après le bruit ils ne sont que deux, mais ils se trouvent à quelques pas et se rapprochent. Si jamais ils vont vers les chevaux, c'est fini pour moi.

En me mordant la lèvre, je regarde le papier roulé dans ma main. Je pourrais m'enfuir en emportant la lettre et essayer de revenir.

Mais c'est peut-être ma dernière chance.

Mon cœur bat la chamade, la sueur perle dans ma nuque. Je me penche en avant pour atteindre le perchoir.

Les soldats continuent à fumer en bavardant et en toussant un peu, je m'efforce de ne pas paniquer. J'ouvre la main pour montrer le parchemin aux faucons, en priant pour qu'ils soient aussi bien entraînés qu'ils en ont l'air.

Le plus grand fait claquer son bec vers les autres comme s'il revendiquait cette mission, puis saute de son perchoir supérieur. L'oiseau se pose sur le poteau près de ma main et se tourne immédiatement pour que je puisse atteindre ses pattes.

Dieu merci.

Je saisis le petit tube métallique vide qui est attaché à sa patte droite et j'ouvre le bouchon. La gauche, c'est pour le Nord et la droite pour le Sud.

Les soldats se remettent en mouvement. L'inquiétude me fait presque lâcher cette fichue lettre. Je réussis tout de même à la glisser dans le tube, puis à renfoncer le bouchon avec mon pouce. Le faucon étire sa patte comme s'il cherchait à savoir dans quelle direction aller, puis il s'élance avec grâce et s'envole par la fenêtre découpée dans le toit.

J'entends un juron et des bruits de pas dans la neige.

– Bon sang, c'est quoi ce bordel ?

L'autre soldat ricane.

– Tu vas chier dans ton froc à cause d'un petit faucon ?

Je sors et referme la petite porte aussi silencieusement que possible, mais je suis trop nerveuse pour la verrouiller. Elle pourrait faire du bruit.

– Pourquoi est-ce que ce truc s'envole maintenant ? Il n'y a aucun message, putain.

Je me fige, les yeux écarquillés. J'ai l'impression que mon cœur va jaillir de ma poitrine.

– Cette bestiole chasse la nuit, espèce d'imbécile.

– Oh.

Avec un soupir de soulagement, je relâche la poignée et je fais prudemment le tour du carrosse, de façon à le mettre entre eux et moi. Mes bottes raclent la neige, j'ai de la chance que les chevaux soient juste derrière moi, ils couvrent le bruit de mes pas tandis que je recule lentement.

– Merde, ces putains de chevaux puent vraiment.

– T'es une vraie chochotte. Pourquoi est-ce que je patrouille tout le temps avec toi ?

– Parce que je te file des clopes, répond sèchement l'autre.

– Bon d'accord, glousse le premier.

Je m'accroupis pour jeter un coup d'œil sous le carrosse. Je vois leurs bottes noires de l'autre côté. La neige mouille mes jupes, le tissu s'emmêle autour de mes genoux tandis que je me déplace silencieusement en crabe. Je me glisse vers l'avant du carrosse, en fixant leurs bottes qui se dirigent vers l'arrière.

Mais soudain, ils s'arrêtent et se retournent.

– Hé ! Le loquet est ouvert.

Je sens mon visage se vider de son sang. *Merde.*

Paniquée, je cherche autour de moi un endroit où me cacher. Le plus proche est une tente, à trois mètres de là, et c'est en plein dans leur ligne de mire. À moins de prendre le risque de retourner vers les chevaux, mais si je les effraie ?

– Tu vas le mater toute la nuit ? Ferme ce putain de truc et rapprochons-nous du feu. Je me gèle les couilles.

Un grognement.

– Ça ne doit pas être grand-chose, alors.

– Va te faire foutre.

J'entends un clic, l'un d'eux referme le loquet et les faucons à l'intérieur poussent un petit cri, en signe de reconnaissance, ou d'irritation. Toujours accroupie, je suis du regard les soldats qui s'éloignent en direction d'un des feux de camp.

Je suis tellement soulagée que je me laisse tomber dans la neige, sans me soucier que l'humidité glacée imprègne ma robe. Je reste là un moment, une main sur le cœur pour tenter de me calmer.

Au bout d'une minute ou deux, je me relève et je me mets à marcher aussi vite que possible, encore boostée par l'adrénaline. Ce n'est que lorsque j'ai regagné ma tente vide et sombre que je réalise vraiment.

J'ai réussi.

Je l'ai vraiment fait ! J'ai envoyé un message à Midas. Il va être averti, avoir une chance de se préparer. L'avantage qu'offrait l'élément de surprise au Quatrième Royaume a disparu.

Un sourire victorieux s'épanouit sur mes lèvres qui craquent légèrement à cause du froid glacial. Ma robe est mouillée, je suis gelée et j'ai failli me faire prendre, mais j'ai réussi.

Je ne suis pas un traître. Je suis loyale à Midas et je viens de le prouver.

Mais mon sourire s'estompe lentement, comme plombé par un hameçon qui tirerait sur mes joues. Cette victoire, toute cette fierté me donnent des crampes au ventre, avant même d'avoir pu s'imposer à moi.

Un sentiment horrible prend le dessus, comme si mon acte impulsif pour prouver que Polly et les autres pouliches avaient tort était une erreur.

Du regret. C'est du regret qui s'insinue en moi.

Le souffle tremblant, je m'examine. Mon regard se pose sur mon ourlet humide. Je devrais être fière d'avoir tenu bon, de ne pas avoir vacillé dans mes convictions. De ne pas avoir laissé Rip me faire croire qu'il est mon ami.

Je devrais me réjouir que l'armée du Quatrième Royaume m'ait sous-estimée, que leurs manipulations, leur fausse camaraderie n'aient pas fonctionné. Je devrais être contente d'avoir aidé mon roi et d'avoir soutenu mon camp, parce qu'être loyale, c'est bien.

Bien ?

En l'espace d'un battement de cœur, un violent conflit intérieur éclate en moi. J'ai toujours su où je me situais, j'ai toujours été du côté de Midas. Alors pourquoi diable est-ce que je suis si troublée ?

En secouant la tête, je m'ordonne de me calmer. Ce qui est fait est fait. Je ne peux pas revenir en arrière, peu importe à quel point je regrette.

Cette seule pensée me fait me sentir coupable.

Toujours aussi perturbée, je commence à me déshabiller.

À peine éclairée par un mince rayon de lune qui entre dans la tente, j'enlève mon manteau, ma robe, mes bottes, mes collants mouillés et je les suspends pour les faire sécher. J'essaie de ranimer les charbons, mais ils sont complètement carbonisés, il n'en reste que des petits morceaux tout froids. Ils n'ont plus ni chaleur ni lumière à offrir.

Voilà pourquoi je ne l'avais pas remarqué, jusqu'à ce que sa voix traverse la tente.

– Tu as fait une bonne promenade, Auren ?

Un cri de surprise m'échappe, je me retourne, une main sur la poitrine. Les yeux écarquillés, je me mets à paniquer jusqu'à ce que je remarque la forme de ses piquants qui se détachent en ombre dans son dos.

C'est étonnant que la silhouette d'un monstre parvienne ainsi à calmer mon cœur qui s'emballe.

– Tu m'as fait peur, je dis en tremblant, tout en laissant retomber ma main.

– Vraiment ?

Il s'assoit sur sa couchette et reste immobile. Sa voix est étrange, comme s'il employait avec moi un ton différent de d'habitude.

Je suis très mal à l'aise.

Le rayon de lune qui traverse le sol trace une frontière entre nous.

Il reste assis dans l'obscurité sans dire un mot, immobile. La faible lueur fait briller les écailles de ses pommettes, seuls ses yeux noirs sont visibles grâce à leur éclat irisé. On dirait un chat sauvage prêt à bondir sur les souris sans méfiance.

– Rip ?

Je déteste le son de ma voix, si frêle, si craintif.

Il ne répond pas. Je suis complètement déconcertée, j'ai vraiment peur de lui en ce moment, ce qui est en totale contradiction avec le soulagement que j'ai ressenti quelques instants auparavant.

Je n'ai plus que ma chemise sur le dos. Mes genoux se mettent à trembler, j'ignore si c'est de froid ou de peur.

Je recule d'un pas et voilà qu'il se lève en souplesse, avec une grâce qu'un homme comme lui ne devrait pas avoir. Je sursaute comme un lapin pris au piège, qui sait que la corde autour de son cou va se resserrer de plus en plus.

Face à cette menace palpable, mon cœur bat à toute vitesse et mes rubans commencent à remuer comme s'ils anticipaient une attaque.

Il lui suffit de faire trois pas pour se retrouver face à moi, assez près pour m'obliger à lever la tête pour pouvoir le regarder dans les yeux. J'ai la langue collée au palais, elle est sèche et bien trop lourde.

Il est si proche que je peux sentir que quelque chose bouillonne sous sa peau, une sorte de violence monstrueuse, palpable dans l'air.

Peut-être que c'est ça. Peut-être que le moment est venu pour moi d'être la victime de cette cruauté diabolique qui est l'apanage de Rip.

Je vais enfin pouvoir en finir avec cet interlude et affronter sa vraie personnalité. Je vais pouvoir le détester sans hésiter.

Je bloque mes genoux, je redresse mes épaules et j'attends le coup. J'attends que le nœud se resserre, j'attends de me balancer au bout de la corde.

Mais Rip ne fait jamais ce que je crois qu'il va faire.

Sa main se lève pour saisir mon cou comme s'il allait m'étrangler sur place, dans sa tente. Je sursaute quand ses doigts se referment sur ma gorge, mais il ne serre pas. Il se contente de me toucher, de me marquer au fer rouge.

– Je n'étais pas censé tomber sur toi sur ce bateau pirate, murmure-t-il.

Je cligne des yeux dans l'obscurité, j'essaie de fixer ses pupilles de jais, de ne pas remarquer la chaleur de sa main sur ma peau.

Une fois encore, il m'a confondue et je ne sais plus quoi dire ni quoi faire. Pendant un moment, je me demande s'il ne s'apprête pas à me briser le cou. Je devrais l'arrêter, utiliser mes rubans pour le repousser, lui rappeler que je n'aime pas qu'on me touche… mais je n'en fais rien et je ne comprends pas vraiment pourquoi.

– Tu n'étais pas obligé de m'emmener avec toi, je rétorque, sur la défensive, la gorge nouée.

Il passe un doigt sur ma veine jugulaire.

– Si, je l'étais, Chardonneret.

Rip se penche en avant et ses lèvres effleurent les miennes.

Un souffle passe entre mes lèvres, mais il ne m'offre qu'un petit aperçu de Rip. L'air qu'il insuffle en moi, c'est comme si j'inhalais la crainte qu'il suscite.

Il n'insiste pas, ne demande rien de plus. Juste ce petit mouvement, lèvres contre lèvres, avant de reculer.

Je n'avais pas remarqué que j'avais fermé les paupières avant de les rouvrir. Sa main remonte le long de ma gorge jusqu'à ma pommette qu'il se contente d'effleurer.

– Tu vas être heureuse d'apprendre… commence-t-il tranquillement en détaillant mon visage.

Hébétée, je le regarde, en essayant de réaliser ce qu'il vient de faire et en essayant de ne pas toucher mes lèvres qui me picotent encore.

– Apprendre quoi ? je demande d'une voix un peu cassée.

Il laisse retomber sa main et mon corps balance vers lui sans que je puisse m'en empêcher, comme si je voulais prolonger ce contact entre nous.

– Nous allons bientôt arriver au Cinquième Royaume.

Ses paroles me heurtent. Elles ne cadrent pas avec le moment intime et déconcertant que nous venons de vivre.

Quelque chose s'effondre en moi.

– Oh.

Il lève la main pour repousser une mèche de cheveux sur mon épaule, l'air effleure ma peau comme le ferait une caresse légère. Il me regarde droit dans les yeux, mais les siens sont à nouveau durs comme du granit.

–Je suis sûr que tu seras heureuse de revoir ton roi, poursuit-il, d'un air indéchiffrable. Surtout si vite après lui avoir envoyé ton message.

Je recule, j'ai l'impression de recevoir une gifle en plein visage. Je reste bouche bée, Rip fait demi-tour et sort de la tente en me laissant dans le noir, chancelante.

Il sait.

Il m'a embrassée.

Il sait.

Il m'a embrassée.

Il sait ce que j'ai fait, et pourtant… il m'a embrassée.

CHAPITRE 29

AUREN

Dehors, le vent d'hiver se déchaîne. À travers ma fenêtre assombrie, je l'entends qui fouette les drapeaux du château, qui gémit à travers les fissures des vitres, pendant que la grêle s'abat sur les murailles de pierre.

C'est étrange de voir une tempête de neige aussi violente faire rage en pleine nuit, quand moi, je me prélasse dans un bain chaud. La vapeur monte en volutes régulières, elle remplit ma salle de bains, me brouille la vue. Ma sueur perle comme des gouttelettes pailletées sur ma peau, tous mes muscles se détendent.

Mais soudain, un cri me tire de ma somnolence.

Je lève la tête du rebord de la baignoire en fronçant les sourcils. Je regarde à travers la vapeur, mais elle est plus épaisse qu'avant et, dehors, le bruit de la tempête est de plus en plus fort.

Je discerne quelque chose, quelqu'un, peut-être une voix.

Je regarde à gauche, à droite, et j'appelle Midas.

Mais je n'obtiens pas de réponse et je ne vois rien à travers la vapeur. C'est chaud, étouffant. J'ai l'impression que l'eau dans laquelle je suis plongée se réchauffe.

Je baisse les yeux en sentant quelque chose recouvrir le bout de mes doigts sous l'eau. Ça ressemble au savon liquide que j'ai versé plus tôt pour faire de la mousse. Je sors la main de la baignoire, l'eau s'égoutte et forme des ronds autour de moi à la surface du bain.

Mais lorsque j'approche la main de mon visage pour pouvoir l'observer à travers le nuage de vapeur, je m'aperçois que ce n'est pas du savon qui adhère à ma peau.

Mes doigts sont recouverts d'or liquide.

– Non…

Mon autre main se lève rapidement pour saisir mes doigts et les presser, essayant de stopper l'écoulement métallique.

Mais elle aussi suinte de l'or.

Un éclair de lumière me fait plisser les yeux, je me retourne vers la fenêtre. Elle est éclairée par la lumière du jour, comme si la nuit avait été balayée par la puissance de la tempête.

La panique m'envahit.

Je secoue violemment les mains, projetant malgré moi des gouttelettes d'or qui atterrissent sur mon visage, comme des éclaboussures de peinture.

– Merde.

L'or commence à serpenter le long de mes poignets, sur mes coudes, mes épaules, mes seins. Je me redresse brusquement, mes pieds glissent dans la baignoire et je manque tomber, mon cœur cogne contre ma poitrine comme pour s'en libérer.

Je crie « Non ! », mais l'or ne m'écoute pas.

Il s'étale sur mon ventre, file sur mes jambes, coule dans les plis de ma peau.

– Auren.

Je lève la tête. Midas est là, mais il est en colère. Furieux. Fou de rage. Ses yeux bruns ne me sont d'aucun réconfort, et je sais que c'est ma faute.

–Aide-moi ! je l'implore.

Midas se contente de regarder l'or s'étendre, s'étendre jusqu'à envelopper complètement mon corps. Avant j'étais déjà en or, mais pas comme ça. C'est nocif, on dirait une infection qui se propage et détruit mon organisme.

Il ne restera rien de moi.

Un gémissement m'échappe quand je comprends que le liquide est en train de durcir, de me transformer en statue.

–Midas ! je hurle.

Une supplique fait trembler mes cordes vocales :

–Midas, fais quelque chose !

Mais il secoue la tête, les yeux brillants, si clairs que je peux y voir mon reflet. Il n'est plus en colère, pourtant l'expression que je lis sur son visage ne me réconforte pas. Au contraire, elle ne fait qu'augmenter ma peur.

–Continue, Précieuse. Il nous en faut plus, me dit-il calmement mais fermement.

J'essaie de lever les jambes pour sortir de la baignoire, mais l'or a déjà durci sous ma plante de pieds. Il a déjà bloqué mes chevilles et mes genoux, alourdi mes jambes. Et l'eau de la baignoire… elle aussi est devenue solide.

Je suis figée sur place.

À chacune de mes respirations frénétiques, l'or qui recouvre ma peau durcit un peu plus, devient plus épais, plus solide. Des larmes se sont mises à couler de mes yeux, mais elles aussi sont en or. Elles débordent, dégoulinent comme la cire fondue d'un chandelier, et se solidifient dans mon cou.

Mes rubans s'affolent, s'agitent derrière moi, mais ils sont lourds, trempés. Ils tentent de gratter cette couche dure sur ma peau avec leurs extrémités pointues, sans succès. Dès qu'ils effleurent ce revêtement pernicieux, ils restent englués, comme des mouches dans de la résine.

En voyant mes rubans coincés, tordus dans des angles bizarres, qui essaient de se libérer sans y parvenir, la terreur m'enserre de sa poigne impitoyable.

–Fais quelque chose !

Je supplie Midas, mais c'est une erreur. Dès que j'ouvre la bouche, de l'or glisse sur mes lèvres en recouvrant ma langue et mes dents. Un cri étranglé s'échappe de ma gorge que le liquide obstrue, le son ressemble à des bulles de lave qui éclatent.

L'or descend dans mon ventre, remonte jusqu'à mes yeux et teinte ma vision, son odeur métallique emplit mon nez. Il s'empare de mes os, enrobe mon cœur, prend le contrôle de mon esprit.

Et me voilà complètement solide de l'intérieur.

Je suis incapable de respirer, de cligner des yeux ou de penser. Je suis comme Florin, le petit piaf paralysé sur son perchoir dans l'atrium, qui ne pourra plus jamais chanter ni voler.

La main de Midas s'approche de ma joue, ses ongles tapotent le métal.

–Tu es tellement parfaite, Précieuse, dit-il avant de se pencher vers moi et de déposer un semblant de baiser sur mes lèvres, que je ne peux plus sentir.

J'ai envie de pleurer mais c'est impossible puisque mes canaux lacrymaux se sont eux aussi solidifiés.

Dans la pièce, la vapeur est à présent si épaisse que je ne peux plus rien voir. Je ne peux plus rien entendre non plus, mes oreilles sont remplies d'or.

Mais je crie. Je hurle, je hurle, je hurle, bien que personne ne puisse m'entendre, parce que ma gorge est obturée par l'or. Je vais m'étouffer, rester piégée là-dedans pour l'éternité.

Quelque chose pince ma poitrine, la douleur me fait écarquiller les yeux.

Je me réveille en sursaut, les bras ballants et la respiration haletante, comme si je venais de percer la surface de cet océan d'or massif.

La sueur a trempé ma chemise et mes collants, mes cheveux humides sont emmêlés, collés à mon cuir chevelu.

Autour de moi, mes rubans s'agitent et claquent douloureusement, certains s'enroulent autour de mon corps et me serrent trop fort.

Je me redresse d'un seul coup, pour interrompre leurs mouvements frénétiques et les forcer à se détendre. Je les arrache de mes membres et de mon buste, je les démêle, les mains tremblantes, tout en tentant d'échapper à l'emprise de ce cauchemar.

Cette façon dont Midas m'a regardée… Mes yeux me brûlent tandis que j'essaie de chasser cette vision. Ce n'est pas réel, me dis-je. *Ce n'était pas réel.*

Ce n'est qu'une fois dégagée du dernier de mes rubans que je suis enfin capable de respirer à fond.

– Mauvais rêve ?

Je sursaute sur ma paillasse. Rip est en train de s'habiller. Je me demande si c'est lui qui m'a réveillée ou si c'est parce que mes rubans me faisaient mal.

Un coup d'œil à l'entrée de la tente m'indique qu'il fait encore nuit, mon horloge interne me dit que l'aube ne se lèvera pas avant une heure ou deux.

– Hmm, mouais, je réponds avec un certain embarras, en m'efforçant toujours de chasser ce cauchemar. Tu te lèves tôt, je lui fais alors remarquer, et je me sens aussitôt stupide d'avoir sorti une telle banalité étant donné ce qui s'est passé entre nous, il y a quelques heures à peine.

Je me demande à quel moment il est revenu dormir, ou s'il a dormi tout court.

– Je veux que l'armée se mette en marche, lance-t-il en bouclant sa ceinture. Nous avons parcouru un long chemin, mais à présent, j'ai hâte d'arriver au Cinquième Royaume.

Quelque chose qui ressemble à du remords se glisse au fond de ma gorge. Je suis sur le point de m'excuser, mais je ne sais pas ce qui me retient. De la fierté ? De la gêne ? Un argument pour excuser ce que j'ai fait ? Je l'ignore.

Je m'assois et je le dévisage, toujours enfouie dans les fourrures.

Il m'a embrassée et je pense que je n'ai pas encore tout compris. Mon corps, lui, semble avoir mémorisé chaque instant de ce qui s'est passé entre nous.

Mais pourquoi l'a-t-il fait ?

Comme la nuit dernière, avant que je parvienne à trouver le sommeil, mon esprit est tourmenté par des émotions contradictoires. J'ai l'impression que chacune de mes pensées entre en conflit avec elle-même et je ne sais quel parti prendre.

Parce que ce baiser, ce baiser doux et sombre, ne ressemblait pas aux machinations d'un commandant ennemi.

C'était le signe d'un désir profondément ancré.

– Rip…

Il m'interrompt. Son ton est glacial, ses yeux ne me regardent pas.

– Je te suggère de te lever et de te préparer. Nous partons à l'aube.

Je n'ai pas le temps de répondre qu'il est déjà dehors. Avec un soupir vaincu, je me lève et m'habille. Quand je sors de la tente, deux soldats poireautent déjà pour pouvoir la démonter.

Je marmonne des excuses pour les avoir fait attendre, puis je me dirige vers les feux pour trouver quelque chose à manger, mais je m'aperçois qu'ils sont éteints. Je tombe sur Keg debout à côté d'un chariot qui distribue des rations sèches, ce qui fait râler les soldats. Son porridge n'a peut-être pas meilleur goût, mais au moins il est chaud, et cela fait des merveilles pour le moral lorsqu'on est obligé de cheminer à travers des contrées gelées.

– Salut Dorette, me lance Keg, en me tendant un petit pain dur et un morceau de viande sèche salée.

– Bonjour.

Keg écourte son badinage habituel car tous les soldats sont pressés. Les tentes sont démontées, les chevaux attelés, il y a de l'impatience dans l'air. Je m'en rends compte et je m'éloigne pour le laisser travailler, en plantant mes dents dans des morceaux de nourriture si durs que mes mâchoires me font mal.

En arrivant au carrosse, je suis surprise de trouver Lu en train d'aider mon cocher à atteler les chevaux.

Lorsqu'elle me voit, Lu me salue en fronçant les sourcils, avant de se retourner pour serrer la sangle qu'elle vient de fixer.

– Bonjour, Lu.

Je passe une main gantée sur l'encolure du cheval en admirant sa robe noire et lisse. Elle termine, tapote le dos de l'animal puis se tourne vers moi.

– Quelqu'un a vraiment mis le commandant en pétard. Tu ne serais pas au courant, par hasard ?

– Non, je mens en rougissant.

Je dois lamentablement échouer dans ma tentative de rester impassible, car elle se met à grogner.

– Hmm-hmm. C'est bien ce que je pensais.

Je suis soudain captivée par la crinière du cheval, mes yeux sont braqués dessus.

– Je peux te donner un conseil, Dorette ?

Je me dandine un peu.

– Hmm... bien sûr.

– Assume tes conneries.

– Quoi ?

Lu soupire puis jette un coup d'œil au cocher qui vient de grimper sur le siège.

– Va faire un tour, Cormac.

L'homme qui était presque assis laisse échapper un soupir, se retourne, descend et s'éloigne sans discuter. C'est vraiment impressionnant de voir qu'elle peut donner un ordre auquel les hommes obéissent.

Une fois que nous sommes seules sous un ciel qui s'éclaircit lentement, Lu s'appuie contre la paroi du carrosse pour me faire face. Elle me regarde pendant un moment comme si elle m'étudiait, tout en cherchant à lire quelque chose dans mes yeux.

– Nous sommes des femmes dans un monde d'hommes. Je suis sûre que tu sais ce que ça signifie.

– Je le sais.

– Bien, dit-elle d'un hochement de tête laconique, qui fait plonger vers le sol les motifs rasés en forme de lames sur son cuir chevelu. Alors tu sais que nous avons deux possibilités, ajoute-t-elle en levant un doigt. La première, c'est de nous conformer à ce qu'on attend de nous. Être l'objet de leur désir, tout faire pour plaire. C'est l'option la plus sûre.

Je ne peux m'empêcher de gigoter. Je suis tout ouïe, mais mon intérêt n'est pas exempt d'un certain malaise.

– Et l'option numéro deux ?

Elle lève un deuxième doigt, mais de son autre main. J'ignore ce que ça signifie, pourtant elle ne fait pas ça sans raison.

– L'option deux est plus difficile. Plus difficile pour nous, admet-elle en me regardant droit dans les yeux. Il y aura toujours quelqu'un qui tentera de te faire opter pour la première option. Mais ne le fais pas. Ne cède pas, refuse que quiconque puisse te garder sous sa coupe. Assume et choisis par toi-même.

Elle laisse retomber ses mains, et je comprends alors qu'elle sait ce que j'ai fait – que j'ai envoyé cette missive. En revanche, je me demande pourquoi je ne suis pas enchaînée et jetée dans le chariot des prisonniers avec le reste des gardes de Midas.

– Nous sommes différentes, toi et moi. Tu es une guerrière, et je suis…

Ma phrase s'arrête net parce que je ne le sais même pas.

Je ne sais pas ce que je suis à présent.

Je sais ce que *j'étais*. J'étais une petite fille fae qui a été arrachée à son monde. J'ai été vendue à des marchands d'esclaves. J'ai été utilisée comme mendiante avant d'être assez vieille pour être utilisée d'une autre manière.

Je n'avais plus aucun espoir.

Puis Midas a changé ça, et j'ai pu découvrir quelque chose d'autre, quelque chose que j'avais toujours espéré vivre.

Être en sécurité.

Mais est-ce suffisant ? Est-ce que ça me suffit à présent d'être simplement en sécurité ?

– Tu es ce que tu *choisis* d'être, me dit Lu, et je ne sais pas pourquoi, j'ai soudain envie de pleurer.

Ma gorge tremble et je tire la capuche sur ma tête, alors qu'une aube grise et couverte apparaît avec un picotement sur ma peau.

– Qu'est-ce que ça à voir avec Rip ? je demande à voix basse.

Elle hausse une épaule.

– Rien. Tout. Tu devras décider de ça aussi, Dorette.

Lu tapote à nouveau le cheval, puis glisse une main dans sa poche avant d'en sortir quelques morceaux de sucre qu'elle lui donne à manger.

– Je vais te dire encore un truc.

– Quoi ?

Elle sourit au museau câlin du cheval avant de se tourner vers moi.

– Cette femme fae que j'ai vue dans le cercle de combat ? C'était aussi une guerrière. Et d'après mon opinion toute professionnelle, elle pourrait être une grande guerrière.

Et Lu part, toujours aussi légère, comme un oiseau qui prend son envol.

Je monte dans mon carrosse en silence, et ma main descend pour se plaquer contre ma taille. Le sourire aux lèvres, je tapote mes rubans.

Une guerrière.

Oui, je crois que j'aimerais bien en être une.

CHAPITRE 30

AUREN

— Tu appelles ça un blocage ? Ma nièce de trois ans pourrait défoncer cette défense de merde !

La sueur dégouline sur mon visage. Je laisse retomber mes bras endoloris en lançant un regard furieux à Judd.

– J'essaie !

Il m'asticote depuis un bon moment en me frappant avec une épée en bois, et j'essaie de l'en empêcher sans y parvenir.

Il a tracé sur la neige autour de nous une version plus restreinte d'un cercle de combat et voilà deux heures que je me fais botter le cul à l'intérieur.

– Tu n'essaies pas assez fort, réplique-t-il en s'arrêtant devant moi. Où est passé ton instinct ? Tu l'as oublié à Highbell ?

Je serre les dents, j'ai une envie folle de lui arracher ses cheveux moutarde à la racine. Il se met à sourire, comme s'il le savait.

Lu et Osrik sont sur la touche, nous sommes là tous les quatre pour la deuxième nuit consécutive. Après ma discussion avec Lu, j'ai longuement réfléchi pendant toute la journée de voyage. Au moment où nous nous sommes arrêtés pour la nuit, j'étais sur les nerfs. Je n'étais pas sûre qu'elle serait d'accord, mais quand je lui ai demandé si elle voulait bien m'aider à m'entraîner, elle a souri et a accepté en amenant Judd et Osrik.

Nous restons prudents, nous faisons en sorte de nous entraîner à bonne distance du camp, loin des regards. Ce soir, seules quelques torches et la pâle lueur de lune nous éclairent, mais c'est suffisant.

Jusqu'à présent, c'est Judd qui est entré dans le cercle de combat avec moi. J'ai le sentiment que je ne pourrais pas faire face à Lu ni à Osrik.

Lu, parce qu'elle est sacrément agile et que même si elle est plus petite que Judd, on peut dire qu'elle est féroce. Et Osrik… ce type est une bête sauvage, et même s'il semble ne plus me détester, son air renfrogné me fait toujours peur.

En ce moment, tous les deux boivent un coup, assis sur une fourrure à l'extérieur du cercle en me donnant de temps en temps un conseil, comme : « Arrête de te faire frapper. »

Des conseils vraiment très utiles.

– Nous sommes ici à nous geler le cul pour que tu puisses utiliser tes rubans sans être vue, me fait remarquer Judd en secouant la tête. Mais, chaque fois, tu oublies de t'en servir.

Je m'arrête pour souffler en posant mes mains sur mes hanches. Je ne savais même pas qu'il était possible d'être à ce point en nage, alors que je suis entourée de glace.

– Ce n'est pas que j'oublie. C'est juste que j'ai toujours appris à les dissimuler et à les retenir depuis qu'ils se sont mis à pousser, vers mes quinze ans. C'est enraciné en moi.

– Eh bien, déracine-les ! aboie Osrik.

Vous voyez ? C'est franchement très utile.

Je lui lance un regard dur.

– Merci bien pour le conseil, je vais essayer.

Judd attire à nouveau mon attention en tapant dans ses mains. Il est encore torse nu, mais je ne vais pas me plaindre, car ce spectacle compense presque la déculottée que je viens de prendre.

– Ils sont ton plus grand atout, Dorette. Tu dois t'en servir.

Je baisse la tête en soupirant, un sentiment d'échec me gagne.

– Je sais.

J'entends des pas lourds qui avancent et Osrik se jette sur moi, la mine renfrognée.

– Elle a juste besoin d'une bonne motivation.

Sans prévenir, il ramène son poing et le projette contre mon épaule avec la violence d'une pierre lancée depuis une catapulte. Je perds l'équilibre et je tombe dans la neige, les dents serrées sous le choc.

Aïe !

Osrik me fixe sans l'ombre d'un remords, ses énormes bras croisés devant lui, comme s'il s'ennuyait.

– C'était mon demi-punch. Tu es tombée comme un sac de pierres.

– Tu as frappé comme un sac de pierres, je grommelle.

Je me relève, mais mon épaule me semble quasiment déboîtée. Doucement, je la fais rouler en arrière en grimaçant.

– Je n'ai aucune envie de sentir ton punch complet.

– Dommage, parce que c'est mon prochain coup.

Mes yeux s'écarquillent quand il lève à nouveau son poing, mais avant qu'il ne parvienne à toucher mon autre épaule, trois de mes rubans se dressent. Ils jaillissent et s'enroulent autour de son poignet et de son avant-bras. Leurs longueurs satinées sont devenues dures comme de l'acier.

Il essaie de dégager son bras, mais mes rubans ne le laissent pas remuer d'un pouce. Ses dents brillent derrière sa barbe touffue.

– Tu vois ? Motivée.

– Et voilà, Dorette ! applaudit Lu.

Je relâche Osrik et son air suffisant, mais mes lèvres frémissent de fierté, elles aussi. J'ai enfin réussi à parer un coup.

– Bon, on arrête pour ce soir, déclare Judd en ramassant sa chemise sur le sol avant de l'enfiler. Il fait un froid de canard.

Lu lève les yeux au ciel.

– Et on prétend que les femmes sont le sexe faible ! Les hommes ne valent pas mieux que ces petits machins trop sensibles qui pendent entre leurs jambes.

Je ris en me baissant pour ramasser une poignée de neige, que je fourre dans ma bouche desséchée. C'est divin de croquer dans les flocons qui fondent sur la langue en rafraîchissant mon corps en sueur.

– Intéressée par mes bijoux de famille, n'est-ce pas ? lui demande Judd avec un sourire en coin.

– Seulement par leur localisation, pour savoir où frapper quand tu m'énerves.

Judd et Osrik grimacent, comme s'ils l'imaginaient déjà en train de le faire. Elle me fait un clin d'œil.

Les gars ramassent les deux torches qu'ils ont apportées et Lu la bouteille de vin et la fourrure, puis nous nous mettons en route pour rentrer au camp.

– Tiens, tes rubans l'ont bien mérité, me dit Lu en me passant la bouteille.

– Mes rubans l'ont mérité ? Pas moi ?

– Ce sont tes rubans qui assurent quand tu es menacée ou énervée et que tu oublies de les retenir. Mais *toi*, tu dois apprendre à *les* diriger. À mieux les contrôler, apprendre à utiliser chacun d'eux à ton avantage.

En hochant la tête, je porte la bouteille à mes lèvres et je descends le reste du vin.

– Tu as, en fait, deux douzaines de membres en plus. Tu pourrais vraiment foutre la pagaille si tu apprenais à t'en servir, m'affirme Judd qui avance à ma hauteur.

Je sens mes rubans gonfler légèrement comme s'ils sentaient son admiration.

La dernière goutte de vin atterrit sur ma langue, je baisse la bouteille pour la porter à bout de bras.

– N'est-ce pas un peu contre-productif de votre part ?

–Qu'est-ce que tu veux dire ? me demande Lu.

–Eh bien, je suis techniquement votre ennemie, et vous m'entraînez à me battre.

Judd me donne un léger coup de coude qui me fait sursauter, car je suis déjà contusionnée à cause des coups que je n'ai pas réussi à parer. Il le remarque et sourit.

–Tu n'es pas notre ennemie.

... Pas encore.

Je perçois ces deux mots qu'ils taisent tous les trois. C'est un non-dit qui plane dans l'air glacial et se fige en quelque chose de solide.

–Pourquoi le faites-vous, alors ? Si vous savez que je vais y retourner ?

Vers lui. Retourner vers lui.

–Je suppose que nous attendons simplement de voir comment ça va se passer, Boucles d'Or, suggère vaguement Lu.

–De toute façon, tu n'es pas prête à nous battre, dit Osrik. Tu ne supportes même pas une pichenette sur l'épaule.

Je tourne la tête vers la gauche pour le fixer.

–Ce n'était pas une pichenette.

Il hausse les épaules.

–Tu dois t'endurcir.

Pas de discussion là-dessus.

–Alors, tous les trois, vous êtes les seuls membres du Courroux de Rip ? je leur demande ensuite, curieuse.

–D'abord tu parles comme une ennemie et, maintenant, tu essaies de découvrir nos secrets ? s'étonne Judd en haussant les sourcils.

Je secoue la tête.

–Je suis désolée. Je suis simplement curieuse. Tu n'es pas obligé de répondre.

–Nos ennemis sont généralement de bien meilleurs espions que ça, pas vrai ? lance-t-il.

Les deux autres hochent la tête en signe d'approbation. Je ralentis.

–Non, je te jure, je ne suis pas…

Les trois éclatent de rire en me coupant dans mon élan.

– On te met en boîte, c'est tout, m'explique Lu.

Je laisse échapper un soupir de soulagement.

Ils gloussent encore un peu… mais je note qu'aucun d'eux ne répond à ma question.

Nous grimpons tous les quatre sur une petite butte avant de pénétrer dans le camp, qui est toujours aussi bruyant. Les soldats qui sont rassemblés autour des feux fredonnent des chansons à boire salaces avec des voix graves.

– Ce sera bientôt la fin de ton entraînement, Dorette, me rappelle Judd.

– Ouais, applique-toi un peu plus, poursuit Osrik.

Je vois Lu lui donner un coup de coude suffisamment fort pour que ce monolithe grogne et se masse le ventre. Avec un ourire, je quitte les trois Furies. Je me sens étrangement pleine d'énergie, bien que je vienne de prendre une sacrée rouste. Soudain, une idée germe dans ma tête. Je change de direction et je pars à la recherche de Keg.

Je le trouve près de son feu, bien sûr, mais il a fini son service du soir. Il est appuyé contre une tente voisine, un harmonica à la bouche.

Il joue un air que je ne reconnais pas, un air lent, difficile à suivre, avec des respirations rapides. Il y a une douzaine de soldats autour de lui qui jouent aux dés, mais quand Keg m'aperçoit, il ôte l'instrument de sa bouche.

– Hé, Dorette !

Je m'approche de lui en souriant.

– Tu joues vraiment bien.

– Je ne me contente pas de faire de la bonne cuisine.

Quelqu'un à proximité se marre. Keg choisit de l'ignorer.

Je baisse les yeux sur la surface polie de l'harmonica.

– Tu l'as fabriqué toi-même ?

– Non, c'est mon grand-père qui l'a fait. C'est lui qui m'a appris à en jouer.

– C'est magnifique, je dis en remarquant les gravures qui ressemblent à des grains de blé.

–Tu veux essayer ? me propose-t-il en me le tendant.

–Je ne joue que de la harpe.

Il siffle entre ses dents.

–De la harpe ? Bon sang, ça c'est chic, damoiselle du château !

Je ne vais certainement pas lui raconter que ma harpe était en or massif.

–Peut-être qu'un jour je t'entendrai jouer, me dit-il en laissant retomber sa main. Mais si tu n'es pas venue pour la nourriture ni pour la musique, alors à quoi dois-je ce plaisir ?

–En fait, je me demandais si tu pouvais m'aider.

Ses yeux se font curieux.

–Je t'écoute.

–Serait-il possible de trouver une baignoire de fortune ?

Les sourcils noirs de Keg se soulèvent tandis qu'il repousse ses cheveux en arrière.

–Un bain ? Dans une armée en campagne ?

–Tu as la plus grande marmite à soupe du coin, alors je me suis dit que si quelqu'un savait comment faire, ce serait forcément toi.

Il se passe un doigt sur les lèvres en réfléchissant, avant de se lever d'un bond.

–Très bien, j'ai une idée. Viens.

Avec un sourire enthousiaste, je le suis à travers le camp. Il me conduit à la tente spécialement aménagée en buanderie. En passant sous la bâche, je remarque les bacs de trempage géants, assez profonds pour y accueillir une personne de petite taille et assez longs si on plie les genoux. Je me mets à sourire

–Keg, tu es un génie.

–Cuisinier, musicien, génie, énumère-t-il. Mes attributs ne cessent de croître.

Quelques soldats qui utilisaient les lieux nous observent, Keg claque des doigts pour les interpeller.

–Holà ! dit-il en désignant deux d'entre eux. Nous avons besoin de ce bac.

Les hommes froncent les sourcils, mais ils en sortent leurs vêtements trempés encore savonneux et les jettent dans le bac suivant.

– Bien, maintenant, nous allons avoir besoin de votre aide pour le porter.

Ils se regardent, interloqués.

– Le porter où ?

Keg se tourne vers moi.

– Oh, euh… je vais vous montrer le chemin.

Les soldats hésitent, puis sur un autre claquement de doigts de Keg, ils renversent la grande bassine d'eau en fer-blanc à l'entrée de la tente. Une fois vide, ils la soulèvent.

– Ouvre la voie, Dorette.

En souriant, j'attrape une poignée de morceaux de savon sur le sol et les glisse dans ma poche. Puis je me dépêche de sortir, avec Keg à mes côtés et les deux soldats qui nous suivent consciencieusement.

Je choisis le chemin le plus rapide, que j'ai depuis longtemps mémorisé. Keg fronce les sourcils.

– On ne va pas à ta tente ? s'étonne-t-il.

– Ce bain n'est pas pour moi.

Il me lance un regard intrigué, mais ne dit rien tandis que je traverse le camp pour ne m'arrêter que devant la tente des pouliches.

Je désigne le sol à côté du feu de camp qui crépite.

– Vous pouvez l'installer là, s'il vous plaît.

Les soldats qui gardent les pouliches lèvent les yeux, surpris.

– C'est pour quoi faire ?

Mes aides posent le bac avec un haussement d'épaules et s'éloignent. Les gardes se tournent vers Keg et moi, dans l'attente d'une explication.

– C'est pour les pouliches. Pour qu'elles puissent prendre un bon bain, laver leurs vêtements, leurs cheveux…

Les gardes secouent la tête en signe de refus.

– C'est juste un bain. Ce ne sont pas des criminelles. Leur seul tort a été d'être capturées par les Red Raids, puis par vous.

Elles ont été enfermées dans cette tente minuscule et n'ont eu que des chiffons et de la neige pour se laver, je déclare, avant de poursuivre sur un ton implacable. Vous allez donc m'aider à remplir ce bac de neige, à la faire fondre près du feu et à vous arranger pour que ces pouliches puissent se baigner en paix !

Je ne sais pas qui est le plus stupéfait en m'entendant : les gardes, Keg ou moi-même.

Les hommes me dévisagent, mais je ne fléchis pas. Je les regarde bien en face, sans reculer.

Keg se penche et ramasse une poignée de neige avant de la jeter dans la baignoire.

– Vous avez entendu la dame, leur dit-il avec un sourire en coin. Mettez-vous au travail avant que je vous botte le cul. Et l'un de vous va entretenir le feu, sinon ça va mettre toute la nuit à fondre.

La voix de Keg les incite à réagir. Nous voici bientôt en train de remplir la baignoire de neige, pelle après pelle. Keg y jette également quelques pierres chauffées par le feu, qui projettent de la vapeur dans l'air et accélèrent le processus de fonte.

Lorsque le bac est rempli, mes mains sont tout engourdies, mes gants sont trempés, mais je suis contente. Je les mets dans les poches de mon manteau pendant que nous admirons tous les quatre le résultat de notre travail.

Un mouvement attire mon attention, ce sont Polly et Rissa qui sortent de la tente et me dévisagent. Je m'avance vers elles et je fouille dans ma poche pour en sortir les morceaux de savon que je dépose dans la main de Rissa.

– Il y en a assez pour tout le monde, je leur assure.

Les filles baissent les yeux sur le savon, observent la bassine, le feu, les gardes.

Les lèvres de Polly s'amincissent.

– Si tu t'attends à ce que nous nous prosternions devant toi pour te baiser les pieds, tu es encore plus stupide que tu en as l'air.

– Je ne m'attends à rien, je réponds honnêtement.

Je n'attends aucune gratitude de leur part. Je n'attends même pas une trêve. Je voulais juste leur procurer un tout petit peu de bien-être, parce que rien de tout cela n'est leur faute. Rien de tout cela n'a été facile pour elles.

C'est le moins que je puisse faire pour tenter de les soulager, juste un peu. J'ai bénéficié de liberté et de confort, aussi étrange que cela puisse paraître. Elles méritent d'en bénéficier elles aussi.

– Profitez bien de votre bain, je lance avant de me retourner et de m'éloigner.

Keg s'approche de moi alors que je retourne à ma tente.

– C'était gentil de ta part, dit-il.

– Tu as l'air surpris.

– Cette armée est une bande de commères. On m'a raconté la façon dont ces femmes t'ont rejetée.

– Oh.

Le bout de mes oreilles me chauffe. C'était déjà assez humiliant que ces deux gardes en aient été témoins, mais c'est bien pire de savoir que c'est devenu un sujet de conversation pour toute l'armée.

– Certains diraient qu'elles ne méritent pas ta gentillesse, fait remarquer Keg.

Je secoue la tête en fixant le sol tandis que nous continuons à avancer.

– La gentillesse n'a pas à être gagnée. Elle devrait être offerte.

Il rit doucement.

– Ma mère avait l'habitude de dire un truc dans ce genre, répond-il en me regardant. Et tu sais quoi ?

– Quoi ?

– C'était une femme sacrément intelligente.

CHAPITRE 31

AUREN

Après avoir vécu ces dix dernières années au Sixième Royaume, je pensais connaître toutes les sortes de froid possibles et imaginables. Mais lorsque nous entrons dans le Cinquième Royaume, je réalise que ce n'est pas vrai.

Au Sixième Royaume, le froid, c'est un vent glacial, des blizzards auxquels se mêlent des mugissements de tempêtes et une couverture nuageuse perpétuelle.

Mais le Cinquième Royaume est différent.

Nous traversons ses terres à la mi-journée, avec une vue sur une mer Arctique à l'horizon. Des morceaux de glace transparents comme du verre y dérivent paresseusement au gré des vagues. Des oiseaux marins s'y reposent entre deux plongeons pour pêcher des poissons.

Plus loin, des icebergs d'un bleu céruléen émergent de l'eau comme des sentinelles gelées qui protègent le port, hautes et fières montagnes flottantes.

Nous installons notre camp sur le rivage. À la tombée de la nuit, le sol semble briller, tandis que l'eau bleu turquoise devient noire comme de l'encre et que ses vagues s'écrasent sur la berge dans un murmure perpétuel que fredonne la marée.

Non, je n'ai jamais connu pareil froid avant.

Cette terre hivernale du Cinquième Royaume n'a rien à voir avec Highbell. Ici, ce n'est ni tempétueux, ni bruyant, ni éprouvant.

C'est calme. Calme. Le calme glacé d'une terre en paix avec le froid au lieu d'être en guerre contre lui.

Ce n'est pas seulement le temps qui est différent. L'armée l'est aussi. Les hommes sont plus détendus ce soir, comme si le fait de traverser ce territoire, cette terre fraîche et tranquille, les avait apaisés.

Après avoir dîné toute seule dans ma tente, je pars me promener vers le rivage, parsemé de feux de camp et de soldats assemblés autour d'eux.

Après réflexion, je décide de faire demi-tour. Au lieu de continuer vers la plage bondée, je me dirige vers l'ombre des rochers, sur la droite. Des amas pierreux gris et piquetés sont entassés comme des galets usés par le temps, qu'on aurait abandonnés sur la plage gelée.

J'avance prudemment sur les rochers dans l'espoir de dénicher un endroit plus intime, qu'une nuit comme celle-ci me semble exiger.

Je progresse lentement. Les surfaces sont glissantes, mais j'y arrive tout de même en m'aidant des talons de mes bottes et grâce à l'adhérence de mes gants. Une fois atteint le sommet de l'amas rocheux, j'inspire un grand coup et profite un instant de la vue, avant de commencer la descente de l'autre côté.

Je suis presque arrivée en bas quand le bout de ma chaussure heurte une plaque de verglas qui me déstabilise. Je tombe en avant en faisant tournoyer mes bras, mais au moment où je vais me fracasser la tête sur les rochers, quelque chose m'agrippe par l'arrière de mon manteau.

Mon corps s'immobilise, comme suspendu au beau milieu de sa chute. En regardant par-dessus mon épaule, je découvre Rip. La surprise me fait ouvrir les yeux grands comme des soucoupes.

– J'ai glissé, je dis bêtement.

Je suis à la fois gênée qu'il m'ait vue tomber et soulagée qu'il m'ait rattrapée.

Dans le clair de lune, je distingue son sourcil qui s'arque.

– J'avais remarqué.

Il me fait signe d'avancer. Déstabilisée, je me redresse et reprends pied avec précaution avant de poursuivre mon chemin le long des rochers, trop consciente de sa présence, de son emprise.

Rip me tient par mon manteau jusqu'à ce que nous soyons arrivés sur le plat. Dès que mes pieds touchent la neige, il me lâche vite, comme s'il en avait hâte, comme s'il s'en voulait d'avoir dû me rattraper.

Ça ne devrait pas m'embêter, pourtant c'est le cas.

Je me tourne vers lui pour le remercier d'une petite voix.

Il me fait un signe de tête, mais son visage reste de marbre, plus froid que la glace.

– Tu aurais dû te servir de tes rubans pour amortir ta chute. Tu dois suivre ton instinct, me réprimande-t-il.

Je laisse échapper un petit soupir.

– On me l'a déjà dit.

Je brosse les plumes de mon manteau tout en regardant autour de moi. À une quarantaine de mètres, coincée derrière un autre monticule de pierres, je discerne une petite plage abandonnée qui dégage une impression d'isolement, de secret. Une côte clandestine le long d'une mer glacée.

– Que fais-tu ici ? je lui demande.

– J'attends.

Je penche la tête en signe de curiosité.

– Quoi donc ?

Rip m'observe un moment, on dirait qu'il se demande s'il doit me répondre ou non. Il reste silencieux, j'obtiens donc ma réponse.

La déception m'envahit, mais je l'ai bien mérité. Pour être honnête, je mérite bien pire. J'aurais mérité qu'il me laisse tomber sur ces rochers au lieu de me rattraper. J'aurais mérité d'être enfermée, d'être détestée.

– Je suis désolée, je chuchote.

Je ne sais pas exactement *de quoi*, mais mes paroles sont sincères.

Son expression se ferme, il ne laisse rien paraître.

Quand je comprends qu'il ne répondra pas à ça non plus, je me retourne et je décide de m'enfuir. Je décide *seulement*.

Car quelque chose me pousse à rester là, coincée à ses côtés.

Nous fixons tous les deux la grève et je pense à la façon dont ses lèvres ont effleuré les miennes. La douceur de son baiser était en totale contradiction avec sa réputation de brute et son abord implacable.

Je ne devrais pas m'en soucier, et pourtant, je ne veux pas qu'il me déteste. Je ne veux pas de sa froide indifférence.

Mon corps se souvient de cette nuit. De la chaleur de son souffle, du bout de ses doigts qui effleuraient ma joue. Chaque fois que je ferme les yeux, mon cœur se met à battre la chamade en y repensant et je me perds en conjectures. Qu'est-ce que cela signifie, pourquoi a-t-il fait ça ?

Pourquoi l'a-t-il fait ?

Depuis que je l'ai rencontré, j'ai essayé de le combattre, bec et ongles. J'ai essayé de le détester. De lui en vouloir, mais…

Mais.

Cet argument selon lequel il est mon ennemi ne me paraît plus vrai à présent.

Quelque chose a changé. Quelque chose s'est détaché et je le sens, je *me* sens dériver sans repères sur l'eau, comme un de ces blocs de glace.

Peut-être est-ce à cause de son baiser à peine effleuré. Peut-être est-ce à cause de ses encouragements, du sourire plein de fierté qu'il a eu quand j'ai libéré mes rubans et que j'ai accepté ma véritable nature.

Ou peut-être est-ce parce que dès le début, lorsqu'il m'a vue, il a su ce que j'étais et il ne m'a pas rejetée. Peut-être étais-je condamnée dès l'instant où j'ai quitté ce vaisseau.

Je croise les bras et fixe l'océan. Il m'est plus facile de m'adresser à lui sans le regarder.

– Tu ne m'as jamais traitée comme ta prisonnière, pas vraiment.

J'espère qu'il parvient à m'entendre malgré le bruit des vagues car je n'ai pas le courage de parler plus fort.

– Je pensais que c'était une tactique. Peut-être que c'était… que c'en est une. Je ne sais pas. Je ne sais jamais avec toi, parce que tu me troubles. Toute cette fichue armée m'embrouille, j'admets en secouant la tête avec une petite pointe de raillerie.

Je respire plus fort, écrasée par le poids de ma confession.

Ce pourrait être une erreur. Mais tout le monde me dit d'écouter mon instinct et mon instinct me dit *stop*. Il me dit d'arrêter de réagir sans réfléchir et de plutôt essayer d'envisager les choses sous un autre angle.

Parce que même si ce baiser était le plus léger, le plus infime des contacts, il m'a atteinte au plus profond de moi. Et *ça*, ça ne peut pas être un piège.

N'est-ce pas ?

Cette nuit paisible est parfaite pour ces timides réflexions. Parfaite pour regarder les vagues bouger et me sentir bouger avec elles. Mes joues hésitent entre le rouge et le gel, entre la chaleur et les frissons. Je poursuis avec un semblant de sourire :

– Mais je viens de me rendre compte de quelque chose.

À côté de nous, les vagues s'écrasent contre les rochers en grondant.

– Quoi donc ? me demande Rip.

Nos yeux sont toujours braqués sur cette mer d'orage.

– Que même si tu m'as piégée, je te suis quand même reconnaissante. Pour tout ça.

Rip ne répond pas, il semble tendu. Je ne l'entends pas respirer, je ne vois pas sa poitrine se soulever.

– Tu m'as sortie des griffes des Red Raids, mais je crois que tu m'as aussi libérée de moi-même. Et même si c'était de la manipulation, par pur stratagème, ça valait la peine pour ce que j'ai appris.

Un silence. Puis sa voix perce l'obscurité.

– Qu'as-tu appris ?

– Que j'étais prisonnière d'une cage que je me suis fabriquée moi-même.

Je me tourne enfin vers lui. Je détaille son profil, ses écailles suivent parfaitement la ligne de ses pommettes. Je vois la bouche dure, les sourcils froncés, les piquants dressés le long de son dos. Les vagues s'écrasent encore et une bruine saumâtre s'élève jusqu'à mon visage.

– Je suis loyale, mais… je me sens coupable pour le faucon.

Je sais que c'était un test des déesses. J'ignore si j'y ai échoué ou si j'ai réussi. Ce que je sais, c'est que depuis que j'ai envoyé ce message, je suis remuée, chamboulée.

Pendant un moment, Rip garde le silence, mais je m'aperçois qu'il baisse légèrement les épaules et que ses piquants se courbent comme s'ils poussaient un soupir.

– Ça n'a pas d'importance que tu aies envoyé cette lettre. Pas de la façon que tu penses.

Je suis prise au dépourvu.

– Que veux-tu dire ?

– Il le savait déjà. Le roi Ravinger a envoyé un message à Midas quand je t'ai trouvée.

Dans ma poitrine, mon cœur a un raté.

Il est au courant. Midas est déjà au courant.

Dans mes oreilles, le vacarme est soudain plus fort que les vagues qui s'écrasent ; je dois secouer la tête pour le faire disparaître.

– Pourquoi ton roi ferait-il ça ? Je croyais que son plan était de prendre Midas de court ? Pourquoi abandonner l'élément de surprise ?

– L'armée du Quatrième Royaume n'a aucun besoin d'élément de surprise, me répond-il et, bien que ce soit arrogant, je ne peux prétendre le contraire. Le roi Ravinger aime intimider et se vanter. Je suis persuadé qu'il a été absolument ravi d'annoncer à Midas que l'armée du Quatrième Royaume détenait son bien le plus précieux.

Je laisse cette vérité pénétrer en moi, mes pensées tourbillonnent. Toutefois, je n'ai aucune envie de participer à ces jeux de pouvoir entre rois. Pas ce soir.

Alors, à la place, je laisse échapper un long soupir et je change de sujet.

– Quand je t'ai demandé tout à l'heure ce que tu faisais ici, tu m'as répondu que tu attendais. Que voulais-tu dire ? je demande, en espérant que cette fois il me réponde.

Il lève les yeux vers le ciel et pointe un doigt devant lui.

– J'attendais ça.

En suivant la direction de son doigt, je remarque qu'il y a eu un changement dans le ciel. La lune est à présent teintée de bleu, elle est voilée par un halo mélancolique couleur saphir. Et je découvre une étoile filante qui passe à côté d'elle, avant de disparaître derrière l'horizon.

– Waouh ! Je n'ai jamais vu un ciel qui ressemble à ça.

– C'est une lune endeuillée, murmure Rip d'une voix basse, presque… triste. Ce phénomène se produit tous les deux ou trois ans. Dans ce royaume, les faes avaient pour habitude de se rassembler pour l'admirer.

Ma gorge se noue lorsque j'aperçois une autre étoile qui file et disparaît, comme si elle avait plongé dans la mer d'encre. Je comprends pourquoi on a donné un tel surnom à la lune. Elle a l'air si triste, suspendue ainsi dans un ciel si sombre. Tout autour d'elle, la nuit pleure des larmes d'étoiles.

– Les déesses créent cette nuit pour que nous puissions nous souvenir, m'explique Rip en me donnant la chair de poule. Les faes regardent pour pouvoir honorer ceux que nous pleurons. Nous souvenir d'eux.

J'ai envie de lui demander qui il honore, qui il pleure. Mais c'est trop personnel, je n'en ai pas le droit. À la place, j'observe la lueur bleue de la lune devenir plus intense et déteindre sur les nuages.

Il baisse la tête, se tourne vers moi, et nos regards se croisent. J'ai pris l'habitude de penser que ses yeux sont aussi ténébreux qu'un puits sans fond, mais j'avais tort. Ils ne sont pas étouffants, ou sans âme. Quelque chose surnage en eux quand il me regarde.

Je crains que si je le fixe trop longtemps, cette chose se mette à nager dans les miens. Je détourne à nouveau le regard en utilisant le ciel comme excuse.

Entre nous s'instaure une trêve provisoire, et le soulagement qu'elle me procure libère le poids qui pesait sur mes épaules.

Quand une autre étoile tombe, je songe à la manière dont je pourrais lui montrer ma gratitude et je décide de me contenter d'une vérité, que je vais lui avouer librement.

–Tu m'as déjà demandé d'où je venais, mais je ne t'ai pas répondu.

Je le sens me regarder, ses yeux noirs luisent comme la rosée sur une feuille desséchée.

–J'ai vécu dans beaucoup d'endroits. À Highbell bien sûr, et avant ça, dans quelques villages du Deuxième Royaume. L'un d'eux s'appelait Carnith.

À l'évocation de ce nom, ma voix manque se briser, mais je parviens à me contenir.

–Encore avant, dans un port, le long d'une des côtes du Troisième Royaume.

Cet océan était si différent. Je me souviens de l'odeur de cette plage, des marchés bigarrés, de la rive jonchée de bateaux, pleine de bruit et de gens.

–Les bateaux arrivaient toujours pleins et repartaient vides. C'était animé. Ça sentait toujours le poisson et le fer. Il pleuvait beaucoup, je poursuis sur un ton plus apaisé.

–Et avant ça ? demande Rip prudemment.

Mon cœur se met à battre très fort parce que ça me fait mal d'y penser, de m'en souvenir.

Je n'ai pas dit son nom à voix haute depuis très, très longtemps. Je n'ai osé l'évoquer dans ma tête qu'à l'aube d'un rêve.

–Annwyn, je murmure. J'étais à Annwyn.

Le royaume des faes.

Je ressens le mal du pays éclater en moi comme une coquille d'œuf qui explose.

Vingt ans. Cela fait vingt ans que je ne suis pas rentrée chez moi. Vingt ans que je n'ai pas humé son air suave, que je n'ai pas foulé son sol si doux, que je n'ai pas entendu le chant de son soleil.

Rip et moi restons un bon moment à regarder la lune endeuillée. Nous nous taisons, mais nous restons assis côte à côte sur les rochers et ce n'est ni tendu ni gênant. Peut-être que pour nous deux, c'est un réconfort. Chacun de nous représente un petit bout de chez-soi, et c'est peut-être ce que nous pleurons le plus.

Lorsque soudain je me mets à frissonner et que je serre mon manteau, son regard se tourne à nouveau vers moi. J'attrape vite ma capuche pour me couvrir la tête pendant que Rip se relève.

–Il est temps de rentrer, Chardonneret.

Je me lève, le cœur serré en entendant ce surnom. Ça va me manquer quand je serai à nouveau avec Midas. *Il* va me manquer.

Cette prise de conscience, c'est comme si le monde se mettait soudain à s'inverser sous mes pieds. Comme si, en levant les yeux, je voyais le sol, tout en marchant dans le ciel.

Ce qui est encore plus choquant, c'est que ça me paraît justifié. Il va me manquer et je ne peux plus me mentir à ce sujet.

Il m'aide à franchir l'amas de pierres et me ramène au camp. L'ombre bleue de la lune s'estompe déjà, les étoiles s'éteignent et disparaissent dans le ciel comme des larmes qui sèchent.

Il s'arrête à l'entrée de la tente.

–Nous atteindrons le château de Ranhold demain soir.

Mon pouls s'emballe.

–Déjà ?

Rip hoche la tête et me regarde fixement avec une expression indéchiffrable.

– Le roi Ravinger va arriver pour rencontrer Midas.

Je sens mes yeux qui s'écarquillent, et la peur qui m'envahit.

– Ton roi va arriver ?

– Il faut que tu te prépares.

Je voudrais lui demander de clarifier sa pensée, lui demander à quoi je dois me préparer, mais le voilà qui s'éloigne déjà.

Le Roi Putride arrive.

Et je ne sais pas quel face-à-face me rend la plus nerveuse, le sien ou celui avec Midas.

CHAPITRE 32

AUREN

Si hier l'armée était sombre, ce soir c'est la tension qui domine. C'est à cause de l'apparition du bâtiment en forme de flèche qui se profile dans le lointain.

Il y a quelques heures, nous sommes entrés dans la capitale du Cinquième Royaume et sommes tombés nez à nez avec le château de Ranhold. Juste derrière, des montagnes de glace étincelante bordent des plaines recouvertes d'une neige immaculée.

Avant la tombée de la nuit, une brume épaisse recouvrait le ciel comme si tous les nuages s'étaient réunis pour lui coudre une robe dont la traîne s'étalerait jusqu'à l'horizon.

La ville de Ranhold forme un cercle autour du château et, depuis le point de vue sur la colline qui la domine, je distingue les magasins, les immeubles, les grands domaines.

Pendant un moment, j'ai essayé de dormir, mais j'ai abandonné. Depuis, je n'ai pas cessé de regarder Ranhold. Je me tiens dos au camp, j'observe la ville. Mon regard détaille les lumières dans les maisons et les rues éclairées par des lanternes.

–Que fais-tu là toute seule, Dorette ?

Judd s'approche, avec sa fanfaronnade habituelle. Ses cheveux jaunes brillent presque.

–Je ne pouvais pas dormir, je réponds en me tournant pour faire face au palais.

Midas est quelque part dans ce château. Je me demande ce qu'il fait en ce moment, avec qui il est. Je me demande s'il sait que je suis ici.

Il pourrait fort bien être en train de regarder par la fenêtre du château, d'observer l'armée du Quatrième Royaume et l'endroit où nous avons établi notre camp, à la lisière de Ranhold. Peut-être qu'il me voit.

Judd pousse un grognement qui signifie qu'il voit parfaitement tout Ranhold et que ça ne l'impressionne pas.

–Viens. J'ai du boulot pour toi.

Il se tourne et s'éloigne à grands pas. Je dois courir pour le rattraper.

–Quel genre de boulot ?

Judd me regarde du coin de l'œil.

–Tu verras.

Il a éveillé ma curiosité et je le laisse me guider à travers le camp. Il n'engage pas la conversation, je m'efforce donc de le suivre pendant qu'il se faufile entre les tentes et longe les feux de camp.

Les soldats que nous croisons lui font signe, ils lèvent la main ou inclinent la tête pour le saluer. Apparemment, la plupart d'entre eux ont décidé de ne pas dormir non plus. L'aube approche rapidement et, avec elle, peut-être la guerre.

–Vas-tu me dire où nous allons ? je finis par lui demander.

J'ai l'impression que nous marchons depuis des lustres.

–Chut, répond-il en sifflant.

J'ouvre déjà la bouche pour lui demander ce qui se passe, mais comme s'il le sentait, il me lance un regard perçant.

Je soupire un peu, mais je me tais.

Après quelques minutes de marche, je perçois des voix féminines. Je jette un coup d'œil alentour et remarque qu'il s'agit de femmes soldats rassemblées autour d'un feu de camp. Lu est l'une d'entre elles.

Je lève un bras pour l'appeler, mais Judd me tire derrière une tente en posant son doigt sur sa bouche.

– Chut ! Tu essaies de me faire choper ?

Je lève les mains en signe de surprise tout en le questionnant silencieusement. Il ne répond pas et se remet en marche en me faisant signe de le suivre. Nous nous faufilons derrière une tente, mettant ainsi une certaine distance entre le feu et nous.

Lorsque nous passons devant un petit groupe de chevaux, Judd s'arrête si brusquement que je manque lui rentrer dedans.

– Que faites-vous ici ? demande une soldate avec une méfiance évidente.

Elle a une pipe en bois non allumée derrière l'oreille, presque cachée par les frisottis des courtes boucles brunes qui entourent son visage.

– Inga, c'est toujours un plaisir de te voir, dit Judd.

Elle plisse les yeux.

– Ah bon ? Tu ne devrais pas être avec le flanc gauche ? J'ai entendu dire que ces rois de la branlette passent leur temps à se flatter l'ego. Ils ont besoin de se remonter le moral pour ne pas se pisser dessus la veille d'une bataille ? se moque-t-elle.

Judd lève les yeux au ciel.

– Je t'en prie. Tout le monde sait que c'est le flanc droit qui mouille son froc avant le combat.

Et son regard s'attarde sur son entrejambe.

– En parlant de ça, tu as un nouveau pantalon ? raille-t-il.

Inga lui lance un regard noir.

– De toute façon, je me contente d'amener Auren à Lu. Elle est emmerdée. Elle a des problèmes de nana, si tu vois ce que je veux dire, ajoute-t-il en faisant semblant de chuchoter.

J'en reste bouche bée, une bouffée de chaleur me chauffe les joues. Inga me jette un coup d'œil.

– Oh, le drapeau rouge flotte, hmm ?

Complètement mortifiée, je commence par dire non, mais Judd m'écrase le pied. *Durement.*

–Nnn… ouaip, je grimace.

Elle hoche la tête en signe de compréhension.

–Eh bien, si vous ne trouvez pas Lu, revenez et je vous arrangerai ça.

–On s'en souviendra.

Judd sourit, puis me fait signe de le suivre. Je n'ose même pas la regarder tellement j'ai honte.

–Merci, je marmonne.

Dès que je rattrape Judd, je lui lance un regard furieux.

–C'est quoi ce bordel ?

Il se marre et me conduit entre deux tentes. Ses yeux bleus scrutent les environs, mais il trouve ce qu'il cherche car un sourire illumine son visage.

–Je le savais !

Je m'arrête alors qu'il se précipite vers ce qui ressemble à un tas de fourrures. Mais quand il se met à en arracher quelques-unes, je comprends. Mon exaspération se traduit par un énorme soupir.

–Vraiment ? je lance sèchement.

–Allez, aide-moi à soulever tout ça.

Je m'avance en grognant. Lu me l'avait déjà demandé, et me voilà qui recommence à soulever un foutu tonneau de vin. Cette fois, il me paraît plus lourd, peut-être juste à cause de mes bras endoloris par mon entraînement.

–Tu ne peux pas le soulever plus que ça ? me demande Judd en agrippant l'extrémité inférieure. Tu es moins forte que je ne le pensais.

Je le regarde fixement.

–C'est peut-être dû à tout ce sang que je perds à cause de mes *problèmes de nana*.

–J'ai dû inventer quelque chose vite fait. Sur le coup, j'ai pas trouvé mieux, m'explique-t-il en riant.

Je m'efforce de maintenir la lourde barrique en l'air tandis que Judd zigzague à travers les tentes. La nature clandestine de sa démarche devient évidente quand il nous fait subitement faire demi-tour ou nous réfugier derrière une tente dès que nous apercevons quelqu'un.

Nous trimballons ainsi le tonneau jusqu'à l'autre extrémité du camp, là où un groupe d'hommes assis autour d'un feu mâchouillent des rations de survie.

Quand Judd le pose par terre, les soldats se mettent à pousser des cris de joie. Leur humeur maussade est instantanément ragaillardie. Il ne faut pas attendre bien longtemps avant que l'un d'entre eux fasse sauter le bouchon et commence à vider le tonneau, gobelet après gobelet.

Je reste en retrait et j'observe, amusée, Judd qui donne de grandes tapes dans le dos des autres en échangeant quelques mots. Il s'aperçoit que je le regarde et s'approche en me tendant un verre.

– Alors, c'est ça le truc ? Vous vous piquez le tonneau de vin les uns aux autres ?

– Ouaip, rigole-t-il.

Je lui rends son sourire, secoue la tête en signe d'amusement et avale une bonne rasade. Le vin égaye agréablement ma langue.

– Mmm.

– Exactement, dit-il en hochant la tête. C'est le meilleur vin du camp. Les autres boissons sont essentiellement de la pisse de cheval diluée.

Cette image me fait froncer le nez.

Une fois nos gobelets vidés, Judd entreprend de me raccompagner. Je remarque que le ciel commence à s'éclaircir. L'aube est imminente. Même si j'ai des échardes dans les gants et que j'ai mal aux bras d'avoir trimballé ce tonneau à travers tout le camp, je lui suis reconnaissante parce que ça m'a distraite, au moins un moment.

– Merci de m'avoir donné du boulot, je lui dis quand nous arrivons devant ma tente.

– C'est quand tu veux. Tu avais ce regard.

– Lequel ?

Il me sourit. Pas son habituel sourire narquois, un sourire de sympathie.

– Le regard de quelqu'un qui est sur le point d'engager le combat.

Je fronce les sourcils.

– Mais ce n'est pas moi qui vais me battre.

Judd hausse un sourcil complice.

– Tu en es sûre ?

Je comprends ses sous-entendus, mais je ne sais pas quoi répondre. J'ai un peu l'impression de me préparer à *quelque chose*. Mais je ne sais pas à quoi, parce que je n'ai aucune idée de ce que je vais devoir affronter demain. Je sais seulement que je *dois* y faire face.

Je m'agite un peu.

– Penses-tu que le roi Ravinger va déclarer la guerre ? Tu crois que ce sera *toi* qui te battras demain ?

Il hausse les épaules.

– Qui sait ? C'est aux rois de décider. Moi je ne suis là que pour le pinard.

Un rire m'échappe, Judd a réussi à effacer le malaise qui avait recommencé à me donner des crampes au ventre.

Un mouvement attire soudain mon attention. Je me tourne. Rip est là, devant la tente. Son attitude est raide, son visage sévère, une ride court entre ses sourcils froncés, ses lèvres sont pressées l'une contre l'autre. Il m'observe.

Mon sourire s'évanouit.

Devant mon expression, Judd se retourne pour suivre mon regard.

Les yeux de Rip se posent sur lui une fraction de seconde.

– Laisse-nous.

Judd me lance un regard indéchiffrable avant de glisser ses mains dans ses poches et de s'en aller en emportant avec lui ma dernière chance de distraction.

Une fois seuls, Rip me désigne la tente d'un signe de tête et j'entre. La chaleur dégagée par le foyer rempli de charbon de bois m'accueille. Rip me suit, un frisson entre avec lui.

Quelque chose ne va pas. Quelque chose ne va pas.

La tension est palpable, et il est trop immobile, trop sombre. Son aura, à laquelle je suis habituée à présent, est agitée.

– Qu'est-ce qui ne va pas ? je le questionne en me tordant les mains.

Il reste à l'entrée de la tente, laissant ainsi un mètre entre nous, ce qui me semble à la fois terriblement grand et beaucoup trop étroit.

– Le roi Ravinger sera bientôt là pour rencontrer Midas.

Je ressens un petit coup dans le ventre. Je ne devrais pas avoir si peur. Je savais que ça allait arriver. Pourtant, je suis incapable d'empêcher mon cœur de s'emballer ni mon ventre de se tordre.

– Que va-t-il se passer ?

Pour moi. Pour Midas. Pour lui. Pour eux.

Rip secoue la tête.

– Ça reste à voir.

Je croise les bras comme pour chasser le malaise. Il m'observe pendant un long moment, ce qui me rend tellement nerveuse que je ne sens même plus mes rubans autour de moi.

– J'ai une question à te poser, dit-il enfin.

Quelque chose me dit que je ne veux pas l'entendre.

– Qu'est-ce que c'est ?

Ses yeux noirs sont rivés sur mon visage. Je ne sais pas ce qu'il voit, je ne sais pas à quoi il pense. C'est comme ça chaque fois que je suis près de lui, mais là, ça me donne envie de crier.

– Veux-tu rester ?

Ma bouche s'affaisse, sa question tourne dans ma tête.

– Rester ? je répète, à bout de souffle.

Rip fait un seul pas en avant. Un seul, mais il divise en deux l'espace entre nous. Il est comme cette nuit-là, après que j'avais expédié le faucon. Calme. Pensif. D'une intensité qui absorbe tout l'air, qui met tous mes sens en émoi.

Il baisse la voix.

– Tu n'es pas obligée d'y retourner. Je pourrais m'arranger pour que tu puisses rester.

Le souffle se bloque dans ma gorge quand je réalise ce qu'il dit. Je suis abasourdie, perdue, je ne sais pas quoi répondre.

– Je pourrais faire en sorte que ce soit possible. Mais tu dois me le dire maintenant, avant l'arrivée du roi Ravinger.

Je me mets à faire les cent pas dans ce petit espace.

– Pourquoi me proposer ça ? je lui demande, déconcertée. Je suis ta *prisonnière,* Rip. Ton roi veut sans doute faire de moi une sorte de rançon et tu es le commandant de son armée qui va probablement déclarer la guerre demain. Tu ne peux pas me demander si je veux rester. Tu ne peux pas.

Il se tient très droit, aussi fier et inflexible qu'un mur.

– Je le peux et je le fais. Tu as le choix, Auren.

Je suis tellement confuse, tellement choquée.

– Ton roi ne le permettra jamais. Pas s'il a déjà une rançon en tête. Il a prévu de se servir de moi, et il le fera.

– Pas si tu me le dis maintenant.

Je m'arrête pour le regarder.

– Que se passera-t-il pour toi, pour tes soldats ?

– Tu n'as pas à t'inquiéter pour ça.

Je laisse échapper un petit rire sarcastique.

– Je n'ai pas à m'inquiéter ? C'est la seule chose que j'ai à faire, m'inquiéter. Je ne peux pas rester, Rip.

Pour la première fois depuis qu'il est entré dans cette tente, un éclair d'émotion traverse son visage. Une colère, noire, subite.

– Pourquoi pas ?

J'appuie une main sur mon front, pour essayer de me calmer.

– Parce que.

Il secoue la tête en serrant les dents.

– Ce n'est pas suffisant. Donne-moi une vraie réponse.

– Je ne sais même pas ce que tu me proposes. De me cacher ? De me faire disparaître ? Je ne peux pas faire ça à Midas.

S'il était en colère avant, ce n'est rien comparé à la fureur qui couve à présent. Elle est palpable, aussi épaisse qu'une tempête sur le point de déferler.

– *Midas!*

Il a craché ce mot comme une malédiction, comme quelque chose de détestable.

– Et tout ce que tu m'as dit sur la plage ? Tu vas le laisser te garder comme un oiseau en cage ?

– Non, je réponds en secouant résolument la tête. Les choses vont être différentes à présent. Je suis différente. Je pense ce que j'ai dit.

Rip ricane. D'un rire laid, incrédule.

– Si tu crois une seconde que les choses vont être différentes, tu es une idiote.

Mes poings se crispent.

– Je ne suis pas une idiote.

– Il te garde comme un animal de compagnie. Il se sert de toi. Il te manipule. Il profite de l'amour tordu que tu penses avoir pour lui.

Il lance ses accusations comme on lancerait une dague, dans le but de me blesser.

– Il m'a offert la sécurité.

– *La sécurité*. Toujours ce même foutu argument ! Oui vraiment, quelle magnanimité de sa part de t'enfermer derrière des barreaux toute la journée et de te donner le titre de putain préférée !

Je tressaille devant la violence de ses paroles, c'est une gifle qui fait flamber ma colère et me brûle les joues.

– Tu peux penser ce que tu veux, mais *personne* n'en a jamais fait autant pour moi, je rétorque, tout en détestant ma gorge nouée par l'émotion, en détestant ne pas pouvoir rester aussi froide que lui. J'ai vécu dans la rue, affamée, abusée, haïe. Tu penses qu'il se sert de moi ? Ce n'est *rien* comparé à ce que j'ai enduré de la part des autres.

Rip se tétanise. La fureur qui émane de lui me fait dresser les poils dans la nuque. Alors j'ironise :

– Qu'est-ce qu'il y a ? Tu n'aimes pas entendre qu'une autre fae n'a pas gravi les échelons comme toi dans ce monde ? Désolée de ne pas m'être vendue au Roi Putride. Peut-être que si je l'avais fait, je commanderais cette armée et ce serait toi dans la cage de Midas, pour que les gens te reluquent et titillent tes piquants.

Ces piquants s'étirent et se resserrent comme s'ils étaient en train de l'imaginer prisonnier derrière des barreaux.

– Arrête d'être complaisante. Arrête d'accepter d'être un animal de compagnie qu'on enferme dans une cage.

Mes lèvres se retroussent et je gronde :

– Va au diable !

Il secoue la tête.

– Non, Auren. C'est toi qui as besoin de brûler. Tu as besoin de reprendre goût à la vie et de te *battre*. Arrête de le laisser t'abrutir, arrête de laisser cette saleté de monde entier te piétiner ! hurle-t-il. Si tu essayais, tu pourrais briller plus fort que le soleil. Au lieu de ça, tu as choisi de te coucher et de dépérir.

Une larme de colère jaillit, puis dégouline sur ma joue.

– Tu voudrais que je fuie comme une lâche, mais je n'ai pas peur de lui. Malgré ce que tu penses, il m'aime et il m'écoutera, je réplique en essuyant cette preuve de chagrin sur mon visage. Pourquoi me dire tout ça ? En quoi ça te concerne ?

Mais ce que je demande vraiment c'est : « *Qu'est-ce que ton baiser voulait dire ? Que signifie cette attirance-répulsion entre nous ?* »

Un tic naît dans sa mâchoire, comme s'il mâchait ses mots pour décider lesquels avaler.

– Tout le monde a le droit de faire un choix. Je t'en offre un.

– Je ne peux pas quitter *la seule personne* qui m'ait jamais protégée.

Il émet un grognement, passe une main dans son épaisse chevelure d'ébène et tire dessus, révélant ainsi sa frustration.

– Écoute, nous faisons ce que nous devons faire pour pouvoir survivre. Je ne te juge pas pour ça.

Je pars d'un petit rire triste. Le ciel s'éclaircit un peu plus, c'est une aube redoutable qui s'apprête à se lever.

–Tu n'as fait que ça depuis que je t'ai rencontré. Tu m'as jugée pour chaque décision que j'ai dû prendre pour me cacher, pour survivre. Ne prétends pas le contraire.

–Bien, dit-il en laissant retomber sa main. Mais tu n'as plus besoin de te cacher à présent.

Je me raidis. Je verrouille mes cuisses pour bloquer mes genoux qui s'entrechoquent.

–Je te l'ai dit. Je le choisirai lui, toujours.

Je vois le contour pâle de sa glotte remuer comme s'il absorbait mes paroles pour en goûter l'amertume. Son regard cependant en est plein, tout comme sa voix qui durcit en me lançant :

–Qu'il en soit donc ainsi !

CHAPITRE 33

AUREN

Le roi Ravinger arrive avec un troupeau d'Ailes-branches. Je n'avais encore jamais vu ces animaux volants. Il en existe peu, leur race a échappé de justesse à l'extinction il y a un siècle. Autrefois, ils vivaient nombreux à l'état sauvage à Orea, mais maintenant seuls les plus riches en possèdent. Les rois, par exemple.

Quelques heures après l'aube, six de ces oiseaux géants apparaissent dans le ciel. Bien que le mot *oiseau* ne leur corresponde pas vraiment.

Sur le dessus de leurs ailes, leurs plumes sont couleur d'écorce et blanches comme neige en dessous, tout comme sur le reste de leur corps. Cela leur permet de se fondre dans les nuages lorsqu'ils sont en vol. Leurs ailes ont une envergure d'au moins six mètres.

Contrairement aux oiseaux, ils n'ont pas de bec, mais un large museau avec des crocs acérés comme des rasoirs, parfaits pour attraper des proies et les transporter dans les airs sans même avoir à se poser pour les avaler.

Cette unique raison explique pourquoi je ne tiens pas à les approcher de trop près.

J'observe donc de loin les six créatures ailées et leurs cavaliers qui descendent au cœur du camp de la Quatrième Armée avant de disparaître de ma vue.

Je me promène un peu, mais le campement est sinistre. La plupart des soldats sont partis saluer leur roi et attendre les ordres. On dirait une ville fantôme. C'est trop calme, trop immobile, comme le silence qui précède un cri. Je me demande si la ville de Ranhold ressent la même chose, avec l'armée du Quatrième Royaume qui campe à ses portes.

Je ne supporte pas cette tension. Je ne supporte pas de voir les soldats aiguiser leur épée ou enfiler leur armure noire au lieu de leur simple uniforme en cuir.

Lorsque je me sens trop anxieuse pour continuer à me promener, je m'assois près d'un des feux de camp et je regarde les flammes en écoutant le crépitement des bûches.

– C'est elle ?

Je sursaute, je n'avais pas entendu le trio qui avançait derrière moi. En me levant pour me retourner, je me retrouve face à deux soldats inconnus et à Lu qui les suit.

Elle aussi a revêtu une armure complète, je me rends compte qu'elle porte une cotte de mailles.

– Oui, c'est elle, répond-elle, le visage sombre.

Perplexe, je les regarde l'un après l'autre.

– Qu'est-ce qui se passe ?

– Le roi veut que vous soyez gardée afin d'être protégée, m'explique l'un des soldats.

Je serre les dents. Je suis au beau milieu du camp de leur armée. Personne ne peut m'atteindre ici, pas même Midas.

– Vous voulez dire que votre roi veut que je sois surveillée.

Le regard que me jette Lu me le confirme.

– Très bien. Je m'assois juste ici, alors mettez-vous à l'aise, je leur propose en désignant des tabourets vides.

Mais le garde secoue la tête.

– Le roi veut que vous soyez en sécurité. Montrez-nous le chemin vers votre tente, Ma Dame.

– Sérieusement ? je m'exclame en me tournant vers Lu.

Elle hausse les épaules.

– Désolée, Dorette. Ce sont les ordres.

Je ne devrais pas être surprise, mais tout ce temps passé comme prisonnière sans être vraiment *prisonnière* m'a donné de mauvaises habitudes.

– Est-ce qu'un accord a été conclu ? Est-ce que je vais être échangée contre une rançon ?

Lu pose sa main sur le pommeau de son épée.

– Je ne sais pas encore.

Je lui fais un petit signe de tête, je déteste rester dans l'ignorance. Elle me regarde et j'ai l'impression qu'elle a envie de dire quelque chose mais que, pour une raison que j'ignore, elle se retient.

– Prête, Ma Dame ? demande le garde.

J'acquiesce parce que, pour moi, c'est une réaction naturelle d'être docile, de suivre les ordres. Ce que j'aimerais vraiment faire, en revanche, ce serait rester près de ce feu, serrer Lu dans mes bras et lui dire qu'elle va me manquer si je ne la revois plus. La remercier, elle et les autres membres du Courroux, de m'avoir aidée.

Peut-être que Lu se rend compte de mon combat intérieur parce qu'elle s'avance et dit :

– Rappelle-toi ce que j'ai dit, Dorette. Ne te laisse pas faire, d'accord ?

Je ne peux lui répondre parce que je pense que je pourrais me mettre à pleurer et Lu n'a pas l'air d'être du genre à aimer qu'on sanglote dans ses bras. Je me contente de hocher la tête.

En silence, je conduis les gardes à ma tente. Je me glisse à l'intérieur et les deux soldats restent dehors pour monter la garde. Leurs ombres se dessinent à travers la toile.

Je ne peux pas rester sans rien faire, je deviendrais folle. Alors, je m'occupe.

Je me lave, je tresse mes cheveux, je nettoie les cendres et je les remplace par du charbon de bois sous la bassine d'eau, bien que j'ignore si Rip reviendra l'utiliser. J'enroule les fourrures de mon côté de la tente. Je les déroule. Je les roule à nouveau. Je décide que je devrais peut-être essayer de faire une sieste, alors je les déroule encore. Je m'allonge. Je n'arrive pas à dormir.

Je tombe sur les trois pivoines offertes par Hojat, écrasées et presque désintégrées, mais je récupère celle qui a le mieux résisté, j'arrache la tête aplatie de la fleur avant de la glisser dans ma poche.

En regardant la tente, je me rends compte que ce petit espace m'est en quelque sorte devenu familier et que c'est le dernier jour que je le vois. C'est la fin.

Une sensation d'étouffement me noue la gorge, j'y pose une main gantée, comme si cela allait la soulager.

Mais je sens la cicatrice que m'avait faite le roi Fulke avec son poignard. Avec une peur grandissante, je me souviens que la dernière fois que j'ai été prise au piège entre deux rois, j'ai bien failli avoir la gorge tranchée.

Que va-t-il m'arriver cette fois ?

***

Je ne sais pas comment je parviens à m'endormir, mais j'y parviens.

Quelque chose me réveille cependant, comme un bruissement d'air. Je m'assois sur ma paillasse en me frottant les yeux. Je rajuste ma robe et me lève, puis je me dirige vers l'entrée de la tente où je jette un coup d'œil par l'interstice.

Mes chiens de garde sont toujours assis dehors, ils discutent à voix basse. Je mets mon manteau en prenant soin de tirer ma capuche même s'il ne neige pas, puis je vérifie mes gants, mes manches et mon col. Une fois que tout est en ordre, je me glisse à l'extérieur.

Les deux gardes se lèvent immédiatement.

– Ma Dame, vous n'êtes pas censée quitter la tente.

– Je dois utiliser les latrines.

Ils échangent un regard comme s'ils étaient sur le point de me l'interdire. L'irritation me fait pincer les lèvres.

– Votre roi a-t-il dit que je n'avais pas le droit d'aller faire pipi ? Parce que les choses pourraient devenir très vite gênantes, je dis, pince-sans-rire.

Le garde de gauche devient tout rouge, comme si ça le gênait de parler de pipi.

– Pardon, Ma Dame. Bien sûr, vous pouvez y aller. Nous allons vous escorter, dit l'autre.

D'un signe de tête, je les laisse me conduire loin du camp, derrière un talus, puis vers un affleurement d'arbres aux branches dénudées.

À mon grand désarroi, les gardes restent à quelques pas de moi pendant que je fais mon affaire. Le bon côté des choses ? Bientôt, je n'aurai plus besoin d'aller faire mes besoins dans la neige.

Quand j'ai terminé, je jette un coup d'œil autour de moi. J'aperçois le dos des gardes. Ils ont fait quelques pas de plus pour se retrouver en haut de la pente. Je pense d'abord que c'est pour me laisser un peu plus d'intimité, mais quand l'un d'eux pointe un doigt, je comprends qu'ils observent quelque chose.

Le malaise s'insinue en moi quand j'avance tant bien que mal pour les rejoindre. La neige m'arrive aux chevilles et je m'enfonce à chaque pas. Lorsque j'atteins le sommet de la butte, je ne peux m'empêcher de souffler.

La ville est encerclée.

Des formations parfaites de l'armée du Quatrième Royaume sont disposées dans la vallée gelée tout autour de Ranhold, on dirait un fer à cheval sombre, prêt à frapper le donjon du château.

D'ici, le demi-cercle de soldats vêtus de noir ressemble à une main recroquevillée, sur le point de serrer et d'étrangler la ville. Je sens cette main comme si elle était autour de mon ventre et qu'elle le broyait douloureusement.

Voir l'armée comme ça… c'est tellement différent de la façon dont j'ai appris à la connaître – les rassemblements autour des feux, les soirées pleines de camaraderie. Mais j'avais eu un aperçu des hommes prêts à combattre dans le cercle de combat. Je savais ce qui allait arriver, ça ne devrait donc pas me surprendre.

– Le Quatrième Royaume passe à l'attaque ?

– Pas encore, me répond le garde à ma gauche.

Mes yeux vont de gauche à droite pour essayer de repérer des visages familiers. Mais d'aussi loin, ils ne sont plus que des fourmis noires prêtes à essaimer, ce qui ne m'empêche pas de tenter de les reconnaître.

Je cherche une tache de cheveux moutarde, un colosse, une femme aux pieds rapides.

Des piquants sur une colonne vertébrale.

Mais je n'arrive pas à distinguer qui que ce soit, pas à cette distance.

Je ne sais pas ce que je pensais qu'il se passerait à notre arrivée. L'idée de la bataille était présente, mais ça ne me semblait pas réel.

Là… ça semble parfaitement réel.

– Votre armée va les décimer.

Les deux soldats ne me contredisent pas, et je suis pleine de tristesse pour les innocents habitants de Ranhold.

– Bien fait pour eux, me lance alors l'autre garde, sans la moindre compassion. Ils l'ont cherché. C'est le Cinquième Royaume qui a attaqué nos frontières. Ils ont tué certains de nos hommes.

Je me retourne pour le regarder.

– Comment t'appelles-tu ?

– Pierce, Ma Dame.

– Eh bien, Pierce, j'ai entendu dire que vos soldats avaient assez proprement massacré l'armée du Cinquième Royaume lors de cette bataille. N'est-ce pas suffisant ?

– Pas pour notre roi, répond-il en haussant les épaules.

Mes doigts plongent dans mes jupes et serrent fort.

Je sais que c'est Midas qui a poussé le roi Fulke à attaquer les frontières du Quatrième Royaume. Je sais que c'est essentiellement la faute de Midas. Mais faire la guerre, être prêt à décimer un royaume… j'ai l'impression d'avoir une chape de plomb qui m'écrase la poitrine.

Je déteste les jeux de pouvoir des rois.

Le château de Ranhold arbore des drapeaux violets en berne, aux armes de leur roi défunt. Les murs de la forteresse brillent de gris et de blanc comme du marbre, des tours pointues s'élèvent vers les divinités.

Ce serait joli, sans l'encerclement de la Quatrième Armée.

– Venez, Ma Dame, me dit Pierce. Il est temps de vous mettre en sécurité dans votre tente.

– Je ne veux pas retourner dans ma tente.

L'idée d'être enfermée sans savoir ce qui se passe m'angoisse. Pierce me jette un regard compatissant.

– Je suis désolé. Ce sont les ordres.

Je pince les lèvres, mais ils font demi-tour et me ramènent. Ils me laissent marcher le long du talus, comme s'ils voulaient me donner un peu plus de temps pour observer.

Le fait que le camp ne soit pas entièrement désert témoigne de l'importance de l'armée du Quatrième. Il y a encore des soldats qui gardent le périmètre, certains à cheval, d'autres à pied.

Mais personne ne plaisante, ne boit ni ne joue aux dés au coin du feu. Personne ne sourit. Les soldats sont en mode combat, les visages sont redoutables et les corps tendus. Je ne reconnais aucun d'entre eux.

Puis, juste au moment où nous sommes sur le point de descendre la pente, je la sens.

Une pulsation.

Un battement qui gronde, ondule sur le sol sur un rythme étrange. Je m'arrête dans mon élan, tous les poils de ma nuque se dressent, cette prise de conscience me paralyse.

– Qu'est-ce que c'est que ça ? je murmure, les mains subitement moites et la peur au ventre.

Les gardes me dévisagent, confus.

– Quoi donc, Ma Dame ? demande Pierce.

Écoutant mon instinct, je me tourne pour regarder, et c'est alors que je le vois.

Cette silhouette solitaire, tout en noir, debout à l'arrière de l'armée.

Même à cette distance, même si je ne l'ai jamais vu auparavant, je sais qui c'est, parce que je peux le *sentir*. Parce que la puissance irradie de lui, comme un déluge d'eau contaminée.

Le Roi Putride.

Sa silhouette menaçante se met en mouvement, il avance à grands pas et je vois les plaines d'un blanc immaculé et étincelant qui se transforment sous ses pieds.

Qui meurent.

Mes yeux s'écarquillent tandis que des vrilles brunes parcourent la neige en se formant à chacun de ses pas. Son pouvoir s'étend, comme des doigts griffus qui lacèrent le sol et laissent derrière eux des blessures suppurantes.

Des veines apparaissent dans la neige comme du sang empoisonné, de la couleur du bois mort. Ces cicatrices s'étendent comme la glace d'un lac gelé qui craque, prête à se briser.

Je le sens à chaque pas qu'il fait. Parce que cette impulsion de puissance revient, encore et encore, elle passe à travers le sol et remonte dans mes pieds.

Ça fait remonter la bile au fond de ma gorge. Cette force est maléfique, laide, comme une maladie mortelle prête à se répandre.

Plus le roi Ravinger avance, plus il détruit la terre. Les veines fissurées polluent la neige qui l'entoure en détruisant sa pureté cristalline. Le sol floconneux remue, puis s'effondre en prenant une teinte jaune-brun maladive.

La peur étend son emprise de fer sur moi, mais je suis incapable de détourner le regard et je n'arrive pas à respirer librement. Je ne sais pas pourquoi son armée ne fuit pas, ne le fuit pas, *lui*. Je ne sais pas comment ils font pour rester en formation, car même à la distance qui est la mienne, mon instinct me crie de fuir.

Il continue à avancer sur un chemin tracé entre les positions de son armée prête au combat. Pas une once de puissance ne passe sous les pieds des soldats. Pas la moindre pourriture ne les touche. Le contrôle que cela requiert me fait trembler d'intimidation.

Cet homme n'a pas le pouvoir. Il *est* le pouvoir.

Le roi Ravinger avance d'un pas régulier et assuré. Il ne s'arrête pas avant d'avoir atteint le premier rang, avec toute la force de son armée dans son dos et sa puissance qui irradie autour de lui comme un halo de pourriture.

Toutes les rumeurs à son sujet sont vraies.

Pas étonnant qu'un fae comme Rip le suive. Il est la puissance. La véritable force sans entraves.

Après cette démonstration, je n'ai plus aucun doute, on doit vraiment craindre le roi Ravinger. Il vient de prouver qu'il peut pourrir le monde entier et le faire s'effondrer sous l'arrogance de son pas.

La question est, qui va-t-il piétiner ?

CHAPITRE 34
AUREN

Assise sous la tente, je ressasse et ressasse.

Il y a un pendule qui se balance dans ma tête, dans ma poitrine. Il va et vient, à chaque battement de mon cœur, à chacune de mes pensées.

Le passé et le présent. Le bien et le mal. Les vérités et les mensonges. Le savoir et l'ignorance. Les doutes et la confiance.

C'est un tic-tac permanent sur un tempo qui n'en finit pas.

Je ne sais pas combien de temps s'est écoulé depuis que je suis là, assise sans bouger. Je sais simplement que je suis encore en train de ressasser et que le pendule continue ses va-et-vient quand j'entends des voix dehors.

Le volet de ma tente se soulève, comme si l'on ouvrait une porte. Je prends une profonde inspiration et me lève. Je vérifie que ma capuche est bien relevée sur ma tête, que j'ai mon manteau et mes gants.

Quand je sors, toute la peau de mon visage se met à me picoter. J'aurais probablement dû plisser les yeux à cause de la lumière du jour si la silhouette gigantesque d'Osrik ne s'était pas interposée entre le soleil et moi.

Il fait un signe de tête à mes gardes. Pierce et l'autre soldat s'éloignent aussitôt, nous laissant seuls.

Comme la première nuit où je l'ai rencontré, je suis face à un colosse, mais il est encore plus intimidant maintenant qu'il porte son armure complète. Je n'envie pas le forgeron qui a eu à lui fabriquer son plastron.

Aujourd'hui, ses cheveux bruns, habituellement peu soignés et longs jusqu'aux épaules, sont tirés en arrière et attachés dans la nuque. Sa barbe, elle, est toujours aussi hirsute.

Il baisse le regard sur moi. Il a une épée à chaque côté et un casque sous le bras. Il arbore son air renfrogné habituel, ses yeux marron sont intraitables. C'est l'incarnation parfaite du soldat de la Quatrième Armée, jusqu'à son piercing labial en bois et aux pommeaux noueux de ses épées.

– Que s'est-il passé ?

J'ai du mal à articuler deux mots à la suite tellement mon cœur bat fort. Je tends l'oreille, mais je n'entends aucun bruit de bataille. Tout est encore calme.

– Est-ce qu'il va y avoir la guerre ?

– Je ne sais pas encore, me répond-il. Le roi Ravinger a demandé une rencontre en face à face. Midas a envoyé un émissaire.

Mon cœur fait un bond.

– Ils vont négocier, alors ? Ils ne se battront peut-être pas ?

L'espoir renaît.

– C'est possible. Mais Midas a également formulé une autre requête.

Je marque une pause.

– Quelle requête ?

– Il veut que nous lui fassions un cadeau pour lui prouver notre *bonne foi*.

Il me crache ça comme s'il ne pensait vraiment pas que cela soit de bonne foi.

– C'est ce salaud qui devrait *nous* donner quelque chose. C'est nous qui avons le dessus, achève-t-il.

Je sais déjà ce qu'il a exigé.

– Midas me veut.

Osrik acquiesce.

– En effet. L'émissaire avait un message très spécifique de Midas. Il nous a dit, et je le cite : « Rendez-moi ma favorite en or, et j'accepterai d'accorder une audience à votre Roi Putride. » Quel salopard arrogant ! fulmine-t-il.

Je ne suis pas étonnée par le message de Midas, tout comme je ne suis pas surprise du dédain exprimé par Osrik.

– Et ton roi a accepté ? Il va me livrer, comme ça ?

– Ouaip. Comme ça.

Voilà qui me surprend, mais je suis bien incapable de deviner les pensées du roi Ravinger ou ce qu'il peut planifier, même si la situation me met mal à l'aise. Ça ne peut pas être aussi simple, n'est-ce pas ?

Je laisse échapper un long soupir.

– Eh bien, c'est bon signe, non ? Que les rois soient prêts à négocier ? Tout est bon à prendre pour empêcher qu'une guerre n'éclate.

Osrik souffle comme si je venais de le décevoir.

– Je ne comprendrai jamais comment tu peux supporter ça.

Ça. Midas. Être traitée comme un animal de compagnie.

– Je sais, je réponds.

Et je sais aussi que ma voix semble comme étouffée à cause de cet engourdissement qui me gagne.

Osrik grogne.

– Prête ?

Oui. Non.

Le pendule oscille.

Il m'entraîne loin de la tente et du camp, à si grandes enjambées qu'il me faut faire deux pas quand il en fait un. Nous grimpons jusqu'au talus sur lequel je me suis rendue plus tôt. Cinq chevaux attendent en haut, trois avec des soldats, deux sans.

– Tu sais monter ? me demande-t-il.

Je remonte mes gants, le cœur battant, les paumes soudain moites.

– Oui, je sais monter.

– Prends le pommelé, dit-il, et je souris au cheval noir en admirant les taches grises qui parsèment son poitrail.

Ma monture est beaucoup plus petite que le cheval d'Osrik. Honnêtement, je serais incapable de grimper sur la selle de son étalon sans escabeau. En m'arrêtant devant ma jument, je la flatte avant de me pencher pour m'assurer que mes collants sont bien rentrés dans mes chaussettes.

– Besoin d'un coup de main ? me propose Osrik.

– Non merci.

Il me répond par un signe de tête laconique et grimpe sur son cheval, puis attend que je fasse de même. Je mets prudemment un pied à l'étrier et je me hisse sur la selle en vérifiant que mes jupes ne sont pas trop retroussées, une fois installée.

Peut-être qu'Osrik devine à quel point je suis nerveuse à l'expression de mon visage ou à la façon dont je tiens les rênes, mais il approche son cheval du mien. Il me lance un regard farouche pendant que les autres soldats se placent derrière nous.

– Eh bien, tu avais raison. Tu n'as jamais trahi ton roi en or. Cela demande du courage, s'exclame-t-il, ce qui me surprend.

Je tords les lanières de cuir entre mes doigts.

– Ce n'est pas non plus comme si vous m'aviez torturée, je rétorque avec un petit rire. En tant que prisonnière, je pense que j'ai été la mieux traitée de tout Orea.

– Probablement. Sauf que je t'ai rudement menacée au début. Qu'est-ce que je t'ai dit, déjà ?

Je fronce le nez en réfléchissant.

– Je crois que tu m'as dit que si je disais du mal du roi Ravinger, tu me fouetterais.

Osrik sourit.

– C'est ça, dit-il, fier de lui. Est-ce que ça a marché ? Je t'ai suffisamment menacée ?

– Tu rigoles ? J'ai bien failli me faire pipi dessus. Tu es un type terriblement effrayant.

Il éclate d'un grand rire. Il n'a pas l'air si effrayant quand il fait ça. Je ne sais pas ce qui s'est passé pour qu'il ne me déteste plus, mais je lui en suis reconnaissante. Nous avons parcouru un sacré bout de chemin depuis ses menaces de fouet, quand il me traitait de symbole de Midas.

– Ça te fait toujours chier de me regarder ?

Je me rappelle qu'il me l'avait dit.

Osrik redevient sérieux et m'étudie un moment en inclinant légèrement la tête, son visage bourru se fait solennel.

– Oui, répond-il finalement. Mais pour d'autres raisons à présent.

Il ne s'explique pas et je ne lui demande pas de le faire. De toute façon, je ne sais même pas vraiment pourquoi je lui ai posé cette question. Ça n'a plus d'importance. Je ne le reverrai plus après ça. Et même si nous devions être en guerre, je serais de l'autre côté.

Cette pensée me fait mal au ventre. C'est déjà difficile d'être loyale envers un camp, mais que se passe-t-il lorsqu'on est loyale envers les deux ? Je ne veux pas que quiconque meure. Ni les hommes du Cinquième Royaume, ni ceux de Midas, ni ceux de l'armée du Quatrième.

– Il est temps de se mettre en route.

Osrik fait claquer sa langue et lance son étalon noir vers le bas de la pente. Mon cheval suit, tandis que les trois gardes restent à distance pour protéger nos arrières.

Quand nous atteignons les plaines enneigées et que nous commençons à les traverser, je remarque qu'Osrik nous tient à l'écart du chemin putréfié creusé plus tôt par son roi. Malgré cela, mon regard ne peut s'empêcher de dériver, de suivre les traces de dégradation, de contempler la neige malade et jaunâtre.

J'ignore où se trouve le roi, mais je suis contente qu'il ne soit pas dans les parages. Je ne pense pas que je pourrais supporter de contempler à nouveau le pouvoir répugnant de cet homme.

Une fois a suffi.

Alors que nous nous rapprochons, je remarque que l'armée, toujours en formation, n'est plus au garde-à-vous. Les soldats attendent de savoir comment les rois vont décider de leur sort.

En traversant les lignes, je sens le poids de centaines d'yeux qui me regardent passer. Nous formons une procession silencieuse, et moi, je me prépare à n'être qu'une monnaie d'échange entre deux monarques.

La pouliche en or retourne chez son roi.

Bien que je sente leurs regards sur moi, je ne perçois plus le poids de la haine ou de l'inimitié. Je me demande ce qu'ils penseraient à Orea, si les gens savaient la vérité à propos de l'armée du Quatrième Royaume. S'ils savaient que ce ne sont pas des monstres ni des sauvages assoiffés de sang, prêts à tuer.

Redoutables ? Ils le sont certainement. Mortels ? Sans aucun doute.

Mais ils sont honorables. Pas une seule fois je n'ai craint pour ma vie, pas une seule fois je n'ai été abusée, harcelée. Au contraire, j'ai toujours été traitée avec respect, et je pense que je le dois à une personne en particulier.

Une armée ne se comporte correctement que si son commandant est correct.

Comme si mes pensées l'avaient invoquée, une forme hérissée sur le dos d'un étalon noir se détache soudain d'une file de soldats et se dirige vers nous. Mes rubans s'enroulent autour de ma taille, j'en ai le souffle coupé.

En cet instant, tout chez Rip transpire l'impressionnant commandant de l'armée du Quatrième Royaume. Harnaché dans son armure à laquelle il ne manque plus que le casque, il vient pour exiger réparation. Il a une expression féroce, soulignée par la ligne sombre de ses sourcils broussailleux et les angles aigus de ses pommettes.

Son cheval avance vers nous au galop, ses cheveux noirs sont balayés en arrière, la peau pâle de son visage contraste avec ses yeux ténébreux. Les piquants qui luisent dans son dos percent son armure parfaitement soudée et indiquent très clairement que son épée n'est pas son arme véritable. L'arme, c'est lui.

À l'approche de Rip, ma jument ralentit puis s'arrête. Il salue Osrik d'un signe de tête avant d'arrêter son cheval à côté du mien et, ce faisant, il m'écrase instantanément de toute sa hauteur. Il est tendu comme une bête féroce qui fait claquer ses mâchoires aux crocs acérés, prête à déchiqueter sa proie.

En sa présence, je me mets à trembler, à tressauter comme un poisson jeté hors de l'eau. Il ne me parle pas, ne me salue pas. Il se contente de renvoyer les trois gardes qui nous suivaient et de nous conduire, Osrik et moi, vers Ranhold – vers un émissaire royal qui porte un drapeau doré arborant fièrement les armes de Highbell.

Avec Osrik à ma gauche et Rip à ma droite, je suis dirigée vers une ligne d'hommes que je ne connais pas. Je ne croise pas un seul visage familier.

– Et les autres pouliches ? Et les gardes ? je demande.

– Leur libération fait partie de la négociation. Ils seront escortés jusqu'à Ranhold ce soir, répond Osrik.

Je jette un coup d'œil à Rip, mais son regard reste fixé droit devant lui et son expression est impassible. Je discerne le muscle de sa mâchoire qui se contracte comme s'il serrait les dents.

Il n'y a vraiment aucun pendule qui se balance en lui. Il n'est pas hésitant ni contemplatif. Il est juste énervé. Je sais que c'est à cause de moi. Même quand j'ai envoyé le faucon messager, il n'était pas autant en colère. Je ne pense pas qu'il me pardonnera un jour d'avoir choisi Midas, bien que je l'aie prévenu maintes et maintes fois que c'est ce que je ferais.

Osrik doit aussi sentir cette animosité car il n'arrête pas de lui jeter des coups d'œil, comme s'il craignait que Rip explose.

Une vague de tristesse me tombe dessus. Elle recouvre ma peau comme autant de petits grains de sable qui, je le sais, continueront à me coller pendant longtemps.

Je déteste la façon dont vont les choses. Même si je ne suis avec lui que depuis peu et même si j'étais techniquement sa prisonnière, ici, je n'ai jamais ressenti ce mécontentement, cette vacuité désolée que je ressentais à Highbell. J'aimerais pouvoir le lui dire.

Mais Midas… Ils ne comprennent pas. Je ne peux pas rester. Midas ne me laissera pas partir, jamais.

Peu importe la férocité de Rip ou la puissance du Roi Putride, Midas ne reculera devant *rien* pour me récupérer, et je ne peux laisser personne s'interposer. Ce ne serait pas juste, ni pour Rip ni pour Midas.

Je ne pouvais pas faire ça à Midas, non plus. Lui et moi sommes liés. Pas seulement à travers l'or, mais à travers le temps. À travers l'amour. Je ne peux pas abandonner ça, je ne peux pas l'abandonner, lui. Pas après tout ce que nous avons traversé ensemble.

J'ouvre la bouche pour tenter de m'expliquer, de dire quelque chose, *n'importe quoi*, pour que Rip me déteste moins, quand soudain nous sommes arrivés devant l'émissaire et qu'il est trop tard.

Mon pendule a manqué de temps.

– La pouliche dorée de votre roi, comme demandé, tonne Rip d'une voix dure comme l'acier.

Les gardes de Midas approchent sur leurs chevaux blancs et j'ai du mal à ne pas froncer les sourcils devant leur armure en or. Je n'avais jamais réalisé auparavant à quel point c'était criard.

J'ai toujours pensé que c'était élégant, mais à côté d'Osrik et de Rip, leur armure paraît tout bonnement ridicule. Contrairement à celles du Quatrième Royaume qui portent des traces de combat, leur or étincelle sans la moindre imperfection, comme si c'était juste un costume pour un spectacle.

– Dame Auren.

Un homme aux cheveux très blonds descend de son cheval et s'avance. Les autres envoyés s'arrêtent en rang derrière lui.

– Nous sommes ici pour vous amener au roi Midas.

Il lève les yeux vers moi sans oser s'approcher davantage.

– Vous n'allez pas l'aider à descendre ? gronde Rip.

Le ton de sa voix fait pâlir l'homme, les autres sont cloués sur place.

Le soldat doré s'éclaircit la gorge.

– Personne n'est autorisé à toucher la favorite du roi.

Rip tourne lentement la tête vers moi. Je sens qu'il me jauge, mes joues me brûlent sous le couvert de ma capuche. Je n'ai pas le courage de croiser son regard.

– Bien sûr. Comment oublier les règles de votre roi en or ? répond-il avec un mépris évident.

Je me sens de plus en plus mal à l'aise. J'ôte mon pied droit de l'étrier pour me préparer à sauter de mon cheval, mais au moment où je fais pivoter ma jambe, Rip est là, ses mains serrées autour de ma taille.

Un souffle de surprise s'échappe de mes lèvres et je tourne la tête vers lui. Il paraît si sévère, si intense. Dans ses yeux noirs dansent des milliers de mots, mais sans la lumière nécessaire pour que je puisse les lire.

Les soldats de Midas émettent un sifflement choqué, mais je ne détourne pas le regard. Je suis trop occupée à détailler le visage de Rip, comme si je tentais de le mémoriser.

– Commandant, j'insiste pour que vous ne touchiez pas la favorite du roi Midas.

– Et moi, j'insiste pour que tu fermes ta gueule, éructe Osrik.

Les yeux de Rip ne me quittent pas, il ne leur prête aucune attention. Il me soulève simplement du cheval comme si je ne pesais rien et m'aide à descendre. Mon cœur bat si fort que je suis sûre qu'il peut l'entendre. Moi, je peux sentir la fermeté de sa poigne et la chaleur de ses paumes. Même à travers toutes les couches de ses gants et de mes vêtements, j'ai chaud partout.

Mais quand il m'amène à sa hauteur, et que nos visages ne sont plus qu'à un centimètre l'un de l'autre, je recule instinctivement.

Rip change d'expression.

Son visage redevient dur, l'intensité de ses yeux se fait plus sombre. Une ombre recouvre ses traits comme un crépuscule qui tombe trop vite et assombrit les écailles de ses joues. Il ne me regarde plus qu'avec une froide apathie.

À la seconde où mes pieds touchent le sol, il me relâche comme si je l'avais brûlé. Toute la chaleur que j'avais ressentie à son contact se meurt et me laisse orpheline. Il se retourne sans un mot et s'éloigne pendant que la culpabilité me noue les tripes.

Je le regarde partir, un pied sur le point de le suivre, l'autre fermement posé sur le sol. Ma bouche est sèche, mais mes yeux sont humides. Je voudrais tout dire, mais je ne dis pas un mot.

Et le pendule se balance à nouveau, au tic-tac de mes choix. D'une certaine manière, cela ressemble aux sabots du cheval de Rip qui s'éloigne.

CHAPITRE 35

REINE MALINA

Je n'ai jamais aimé emprunter ce chemin pour descendre de la montagne. C'est sinueux et raide, dangereux même par temps clair. La route est verglacée en permanence et jonchée de mottes de terre et de rochers. Mais quand une tempête hivernale se déchaîne – et c'est souvent le cas –, la route devient encore plus dangereuse.

Je garde le rideau bien fermé contre la fenêtre du carrosse et je serre les dents à chaque cahot.

Je suppose que j'ai de la chance, en ce moment il n'y a que peu de vent et de neige. Si la tempête se déclare, je refuse de rentrer au château ce soir, donc il ne me reste plus qu'à espérer que le temps se maintienne.

Jeo me serre la cuisse.

– C'est bon, ma reine. On y est presque.

Je lui adresse un signe de tête laconique, sans rien dire, en me tenant le ventre d'une main.

– Pourquoi faire ce voyage en ville si vous êtes aussi effrayée par le trajet en calèche ? me demande-t-il.

Mon regard glisse vers celui qui est assis à mes côtés.

– Je ne suis pas effrayée. C'est le trajet qui est effrayant. Il y a une différence, je rétorque sèchement.

Jeo affiche un sourire éclatant.

– Bien sûr.

Je plisse les paupières, ça ne m'amuse pas du tout, mais lui sourit encore plus. Il est parfaitement détendu dans mon carrosse doré, ses jambes sont aussi écartées que l'espace le permet, sa tête est appuyée contre la cloison, il sifflote tranquillement.

Le fait qu'il soit si peu inquiet m'inquiète.

On pourrait craindre une faiblesse, pour être honnête. Les gens intelligents sont toujours en train de considérer les « et si » ou les « ça pourrait arriver ». Nos cerveaux envisagent constamment les différentes possibilités et les résultats éventuels.

Si vous ne vous inquiétez pas, soit vous êtes idiot, soit vous avez été mené en bateau.

Je lui jette des regards en coin. Au moins, c'est un idiot ravissant, qui sait merveilleusement bien se servir de sa queue. Je lève une main pour lisser ses cheveux rouge sang en laissant échapper un soupir.

– Il faut que je fasse une apparition. Bien contrôlés, ces rustres peuvent être une force puissante. J'ai l'intention de les utiliser à mon avantage. Il y a de la contestation chez les pauvres, et je veux m'assurer que cette contestation soit dirigée contre Tyndall et pas contre moi.

Jeo grimace légèrement.

– Un conseil ? Vous ne devriez peut-être pas les qualifier de rustres. Et ne pas dire que vous voulez les utiliser.

Je lui fais signe de reculer et je m'agrippe au rebord du siège en velours lorsque nous rencontrons une nouvelle bosse.

Jeo soulève le coin du rideau doré à sa fenêtre pour regarder dehors.

– Nous sommes arrivés en bas de la montagne, m'annonce-t-il sur un ton rassurant. Nous serons bientôt sur le pont.

Je peux enfin me rasseoir sur mon siège et respirer à pleins poumons. En écartant mon rideau, je remarque qu'en effet, nous ne circulons plus sur cette route étroite de montagne.

Bientôt, les roues du carrosse se mettent à claquer sur les pavés et des bruits d'animation parviennent à mes oreilles. Habituellement, lorsque je descends en ville, je me rends dans les beaux quartiers pour y dîner ou faire les boutiques.

Aujourd'hui, je vais plonger en plein cœur des quartiers laissés-pour-compte.

Mes gardes chevauchent en formation autour de nous, les sabots de leurs montures martèlent le sol. Lorsque le carrosse s'arrête et que mon valet de pied ouvre la portière pour me faire descendre, j'ai déjà repris mon masque impassible de reine. Ma posture est parfaite, ma tenue immaculée.

Quand je pénètre sur la place du marché, ma couronne d'opale reflète la lumière fragile du jour, le bas de ma robe balaie le sol recouvert de neige.

Les gardes ont bloqué une partie de la place, là où une longue table a été dressée à l'avance. Une foule s'est déjà rassemblée. Les nouvelles semblent voyager plus vite que les carrosses royaux.

Derrière les spectateurs curieux, la place grouille de vendeurs, d'acheteurs et de mendiants. Au loin, les pins géants dominent la ville, ces arbres énormes projettent des ombres sur les toits.

Au fur et à mesure que j'avance, les murmures surpris de la foule commencent à se faire entendre. Mes trois conseillers –Wilcox, Barthal et Uwen– sont déjà là, ils m'attendent près de la table. Ils portent des pardessus blancs assortis à ma tenue, pas à celle de Midas, tout comme mes gardes qui arborent de nouvelles armures en acier.

Plus aucune trace d'or, nulle part. Exactement comme je le veux.

Pendant l'heure qui suit, je reste assise au centre de la longue table, entourée de Jeo et de mes conseillers. Nous distribuons de l'argent, de la nourriture, des métrages de tissu et même de petites poupées faites main pour les enfants des paysans.

L'un après l'autre, je gagne leur faveur.

Ils m'appellent leur reine du froid. Ils font la révérence, pleurent et me remercient. Des visages gercés, des dos usés par le travail, des vêtements en lambeaux, des têtes recouvertes d'un peu de neige, des visages creusés par la pauvreté. Ils n'ont peut-être pas l'air de grand-chose, mais ce sont ceux que Tyndall a ignorés – ce sont ceux qui le détestent le plus.

J'ai donc l'intention d'attiser leur haine, de la laisser mijoter, d'en faire quelque chose que je puisse utiliser. Tout cela en me démarquant de lui, pour qu'ils m'aiment avec la même férocité qu'ils le détestent.

La foule grossit, elle double, triple, quadruple quand la rumeur d'une distribution royale se répand, et mes gardes ont du mal à contenir tout le monde.

Bientôt, nous sommes presque à court d'objets à distribuer. Je suis soulagée, car je n'ai aucune envie de rester assise ici plus longtemps à me faire recouvrir de neige. Malgré mes fourrures, j'ai froid et j'ai envie de rentrer dans mon château, pour profiter d'un bon feu de cheminée avant la nuit.

Une autre femme est poussée en avant, je plaque un sourire serein sur mon visage. Elle est toute recroquevillée dans un manteau aux coudes rapiécés, mais je ne suis pas vraiment sûre qu'elle porte grand-chose en dessous. Elle larmoie, ses dents sont pourries, elle porte un bébé sur une hanche et un autre est accroché à sa jambe.

Je ne peux retenir un violent sentiment de jalousie en la voyant. J'aurais dû mettre au monde un fils fort. Une fille dévouée. Mon château devrait être rempli de mes héritiers, mais au lieu de ça, ce n'est qu'un tombeau vide et doré.

La femme s'approche en trébuchant, et je comprends que les gardes l'ont choisie dans cette foule simplement parce qu'elle a l'air exténuée.

– Avance, je l'encourage.

Ses yeux parcourent la table chargée de piles de cadeaux de plus en plus petites.

– Un écu et des étoffes pour la femme, des jouets pour ses enfants, je déclare d'une voix claire et assurée.

Mes conseillers se saisissent des cadeaux et les tendent à un garde, qui s'approche d'elle avec la pile. La femme observe mes cadeaux, dévisage le garde, puis moi, mais elle ne les prend pas.

Je penche la tête. Elle est peut-être idiote.

– Ta reine t'a accordé de beaux présents, ma fille, dit Barthal qui fronce les sourcils en signe d'impatience. Remercie Sa Majesté et prends ses cadeaux.

Une flamme semble s'allumer dans son regard lorsqu'elle se tourne à nouveau vers moi.

– À quoi ça sert ? demande-t-elle d'une voix rauque.

Mes sourcils blancs se froncent.

– Pardon ?

Sur sa hanche le bébé s'agite, se frotte à son épaule, sa bouche baveuse suce une tache humide sur son manteau sale.

– Tout ça, dit-elle en désignant la table. À quoi ça sert ?

– C'est mon cadeau au peuple. Pour aider à soulager sa souffrance.

La femme rit. C'est un son laid, grossier, comme si elle passait toutes ses journées dans la fumée, ou peut-être est-ce le froid qui lui a gelé les cordes vocales.

– Vous croyez que nous faire l'aumône de quelques pièces et de poupées va suffire à nous soulager ? Notre grande reine Colier qui nous bénit avec un seul écu. Comme c'est *généreux* ! Ce doit être un tel sacrifice pour vous qui vivez là-haut, dans votre palais en or.

– Tais-toi, femme ! gronde le garde menaçant en faisant un pas en avant.

Je lève une main pour l'arrêter. Je jette un coup d'œil à la foule, les gens la regardent avec intérêt, certains hochent la tête.

La frustration me fait grincer des dents.

Ce n'est pas comme ça que ça doit se passer. Je veux qu'ils s'agenouillent devant moi, remplis de reconnaissance. Le plan, c'était que les gens se rendent compte que c'est moi qui prends soin d'eux, pendant que Midas continue à les ignorer.

Cette femme stupide est en train de tout gâcher.

– Où étiez-vous, toutes ces années, quand tout le monde se fichait des bidonvilles ? demande-t-elle.

J'ai besoin de reprendre le contrôle de la situation, de la retourner en ma faveur.

– Le roi Midas vous a ignorés, mais je…

– Vous nous avez ignorés, vous aussi, dit-elle en faisant sursauter mes conseillers pour avoir osé me couper la parole.

La foule semble faire un pas en avant, l'électricité dans l'air a quelque chose d'inquiétant.

– Pendant que vous êtes au chaud dans votre palais, savez-vous comment nous vivons ? Que nous mourons de faim et de froid ? Non, vous n'êtes qu'une salope glaciale qui fait semblant de s'intéresser à nous. Je ne veux pas de vos trucs minables. Nous voulons une aide véritable ! s'écrie la femme.

Elle termine sa diatribe en crachant par terre, et même si cela n'atterrit pas près de moi, j'ai l'impression qu'elle m'a craché au visage.

En un instant, mes gardes l'entourent et commencent à l'entraîner, mais elle devient de plus en plus bruyante et agressive. Ses enfants mêlent leurs gémissements et leurs pleurs à ses cris.

– Ne me touchez pas ! hurle-t-elle avant de se retourner vers la foule. N'acceptez pas les pots-de-vin de la Reine Froide pour qu'elle puisse se sentir mieux quand elle dort dans son lit doré !

La suite est noyée par la foule, tandis qu'on la traîne hors de la place.

Je serre les poings de rage en jetant un regard à mes conseillers qui, eux, sentent ma colère. Je leur ordonne :

– Faites avancer la prochaine personne. Je veux en finir.

Wilcox me lance un regard inquiet, mais je ne sais si c'est pour moi ou à cause des mouvements de la foule. Certains rient et insultent la femme pendant qu'on l'emmène, mais la plupart observent la scène, réfléchissent à ce qu'elle a dit et me lancent des regards dubitatifs, comme si j'étais un fruit gâté.

Ils se demandent de quel côté pencher.

– Suivant ! aboie un garde.

Mais personne ne s'avance.

Les nécessiteux restent sur leurs gardes, ils sont agités. Ils ne me regardent plus avec révérence ou avec crainte, mais avec hostilité. Aucun de ces misérables en haillons ne veut s'approcher pour recevoir mes présents.

Ma bouche se pince.

– Il est temps de partir, Votre Majesté, murmure Uwen.

– Je refuse de laisser cette foule me dicter ce que je dois faire.

Jeo se rapproche pour me chuchoter à l'oreille.

– Regardez-les, ma reine. Vous avez perdu la foule. Ils vous fixent comme s'ils voulaient vous mettre en pièces. Il faut partir.

En regardant autour de moi, je comprends qu'il dit vrai. Les gens se rapprochent de nous en ignorant les cris des gardes qui leur ordonnent de reculer. En un clin d'œil, comme s'ils n'attendaient qu'un prétexte pour ça, l'énergie est devenue négative. L'air est chargé de menaces, les mains crasseuses se crispent, les lèvres froides et gercées se muent en rictus.

– Bien, j'aboie en concédant à la retraite, même si ça me rend folle de rage.

Bande d'imbéciles ingrats ! Comment osent-ils snober leur véritable reine ?

Je me lève en refusant de montrer mon embarras. Avec Jeo à mes côtés, je commence à me diriger vers mon attelage, mais aussitôt, la foule se met à crier, à chahuter, à siffler comme si ma retraite sonnait la fin de leur hésitation.

Nous continuons à avancer en direction du carrosse, entourés par huit gardes. Mon étalon me tire par le bras pour me pousser à marcher plus vite. Les battements de mon cœur s'accélèrent lorsque des gens se mettent à lancer des objets sur mon escorte. Ce sont mes propres cadeaux qui s'entrechoquent sur la nouvelle armure de mes soldats.

Mes hommes se rapprochent et Jeo lève un bras protecteur sur ma tête pour s'assurer que rien ne puisse m'atteindre.

Je me baisse et j'accélère le pas, protégée par un mur d'acier et de force. Quand nous atteignons enfin mon carrosse, nous sommes rapidement introduits à l'intérieur, et le cocher donne le départ dès que la portière se referme sur nous.

Maintenant les cris sont plus forts, des centaines de bouches en colère émettent un rugissement sourd. Je sursaute quand d'autres objets sont lancés sur le carrosse. L'un d'eux heurte la vitre en manquant la briser.

Jeo est tendu, il tire sur les rideaux d'un geste sec tout en continuant à me protéger la tête avec son bras. Je le repousse, humiliée de voir à quelle vitesse les rôles ont été inversés. Je suis transpercée par la colère.

– Vous allez bien ? me demande-t-il.

– Bien sûr que non ! Tous mes efforts ont été réduits à néant. J'ai passé cette dernière heure à distribuer tous ces cadeaux et voilà que ces rats ingrats croient pouvoir se rebeller contre moi !

Je me creuse la cervelle pour savoir comment il convient de réagir, pendant que le carrosse roule à tombeau ouvert pour s'éloigner rapidement de la foule déchaînée.

Je voulais obtenir une révolte ouverte contre lui. Pas contre moi.

J'ai mal joué mon rôle et c'est ce qui me vexe plus que tout.

Mon père avait l'habitude de dire que les gens ne sont qu'une mèche prête à être allumée. J'étais censée leur tendre une bougie pour qu'ils prennent feu *pour* moi, pas me brûler moi-même.

– Quel gâchis. Je veux que cette femme soit punie ! je fulmine.

Jeo ne dit rien, ce qui vaut probablement mieux, car je suis d'une humeur de chien, prête à mordre.

Le carrosse prend un virage serré, qui m'envoie dinguer contre la paroi, puis s'arrête brusquement. Jeo fronce les sourcils et regarde par la fenêtre.

– Apparemment, nous avons emprunté une rue secondaire pour nous éloigner de la foule. Il y a une sorte de chariot au milieu du chemin.

– J'en ai par-dessus la tête de tout ça ! j'aboie, avant d'ouvrir la portière.

– Ma reine ! s'écrie-t-il, mais je lui claque la portière au nez.

J'en ai plus qu'assez de cette journée. Je veux rentrer dans mon château et reprendre le contrôle.

Mes gardes ont sauté de leurs chevaux, mais je les repousse.

– Ma reine, s'époumone l'un d'eux en se précipitant, nous nous en occupons. Vous pouvez retourner à l'intérieur, au chaud.

Je l'ignore et m'avance, prête à affronter celui qui ose bloquer un carrosse royal.

Devant moi, un carrosse sans âge est attelé à deux chevaux. Leur robe chocolat indique qu'ils ne viennent pas de Highbell. Mon cocher et deux gardes discutent avec un homme qu'ils invitent à s'écarter pour que nous puissions passer.

– Qu'est-ce que cela signifie ?

Quatre têtes se tournent vers moi, mais je n'ai d'yeux que pour l'homme debout au centre. Ce n'est pas un paysan, je m'en aperçois immédiatement.

Il porte des vêtements bleus bien taillés, il se tient droit au lieu d'être voûté et son visage est rasé de près. Ses cheveux blonds sont coupés très court et ses sourcils sont légèrement plus foncés. Ils s'arquent de façon spectaculaire, en lui donnant un air intrigué.

Il est beau, mais il a quelque chose en plus, quelque chose qui me donne envie de continuer à le regarder. Il est *magnétique.*

– Ma reine… commence un des gardes.

Je me tourne vers l'homme.

– Pourquoi bloquez-vous la route ?

Ce faisant, je remarque que ses yeux sont d'une couleur étrange. Pas bleus, mais gris et presque… réfléchissants.

– Reine Malina.

Il s'incline avec une certaine aisance.

– Quel est votre nom ?

– Loth Pruinn, Votre Majesté, répond-il doucement.

Je me creuse la tête pour me souvenir de ce nom de famille, sans y parvenir. C'est étrange, vu que je connais tous les nobles de Highbell.

– Sir Pruinn, vous êtes sur notre chemin.

Il sourit, et c'est un spectacle éblouissant destiné à m'apaiser.

– Mes excuses, ma reine. Ma roue s'est cassée et je m'employais à la réparer. J'ai fini à présent, je vais donc rapidement dégager le chemin.

– Bien. Veillez à le faire.

Je me dirige déjà vers mon carrosse, quand il me lance :

– Puis-je vous offrir un gage ? Pour vous remercier de votre patience.

En lui faisant à nouveau face, j'hésite un instant. Le ciel pleure de fins flocons de neige.

– Je vous en prie, Votre Majesté, dit-il en posant une main sur sa poitrine en signe de supplication. Ce serait un grand honneur pour moi.

J'accepte, son respect apaise un peu ma colère.

– Très bien.

Les gardes et mon cocher reculent, Pruinn rayonne et se dirige vers son chariot. Il ressemble à une boîte couverte avec un hayon arrière. Il ouvre un crochet, soulève le hayon et le fait glisser dans une encoche sur le toit.

L'intérieur est tapissé d'étagères, du sol au plafond. L'espace très exigu est bourré d'une foule d'objets.

Je parcours les étagères des yeux. Elles semblent contenir un véritable bric-à-brac. Des flacons en verre remplis de parfums exotiques, des babioles, des pierres précieuses brillantes, des livres, des épices, des tasses à thé, du miel et des chandeliers.

– Vous possédez une sacrée collection. Vous êtes un marchand ambulant ?

Ceci expliquerait pourquoi je ne connais pas son nom, pourquoi il est vêtu ainsi et se comporte comme il le fait.

– Quelque chose comme ça, Votre Majesté, répond-il avec un sourire ambigu. Je collectionne les objets rares et de grande valeur.

– Vraiment ?

Je prends une brosse à cheveux en argent, je la soupèse en admirant son éclat. Elle est authentique. Je ne peux m'empêcher d'être intriguée.

– Quelle est donc la chose la plus rare et la plus inestimable en votre possession, Sir Pruinn ?

Je le mets au défi. Ses yeux gris aimantés scrutent les miens.

– Mon pouvoir, Votre Majesté.

Je hausse les sourcils de surprise.

– Vous possédez un pouvoir magique ?

– En effet.

Pour la deuxième fois aujourd'hui, la jalousie m'assaille. Si seulement j'étais née avec un pouvoir magique, je ne serais pas ici en train de me battre pour reprendre le contrôle de mon propre royaume.

– Quel genre de pouvoir magique ? je demande en le regardant sous un nouveau jour.

Un sourire en coin se dessine sur ses lèvres. Il se penche un peu plus, et cette attirance que j'ai éprouvée envers lui me reprend.

– Je peux montrer à quelqu'un comment réaliser son plus cher désir.

Tout mon intérêt s'évanouit et je recule en soupirant.

– Je n'aime pas les charlatans, je réplique d'un ton sec.

Il secoue la tête de façon catégorique.

– Il n'y a aucune entourloupe, Votre Majesté, je vous le jure.

Je hausse un sourcil condescendant et je lance, sardonique :

– J'en suis sûre.

– Je vous en prie, laissez-moi vous le prouver.

Sans doute sait-il que je suis sur le point d'appeler mes gardes et de le faire arrêter pour escroquerie.

– Et comment comptez-vous vous y prendre, Sir Pruinn ? Vous allez me demander de fermer les yeux pendant que vous lisez dans une boule de cristal ?

– Pas du tout. J'ai seulement besoin de tenir votre main.

– Vous ne toucherez pas la reine, intervient alors l'un de mes gardes.

Sir Pruinn l'ignore, son attention reste fixée sur moi.

– Pas d'entourloupe, Votre Majesté.

Il me tend sa main, paume en l'air. Je ne la saisis pas.

– Si vous pensez que je vais me laisser avoir par une stupide lecture des lignes de la main, vous êtes un bien piètre charlatan, Monsieur.

– Encore une fois, je ne suis pas un charlatan. Et je ne vais pas vous lire les lignes de la main. Comme je l'ai dit, je vais la tenir, c'est tout.

À présent je suis impatiente, mais je ne peux pas nier que je suis également très intriguée. Mes gardes, inquiets, me couvent des yeux, la main sur le pommeau de leur épée, bien qu'ils sachent qu'en fin de compte, ils n'ont pas leur mot à dire.

J'étudie l'homme, j'essaie de le cerner.

– Très bien, Sir Pruinn. Prouvez-le-moi.

Je place ma main dans la sienne. Sa paume est étonnamment douce pour un voyageur qui doit lui-même préparer sa nourriture et réparer son chariot. Mes gardes se rapprochent.

Sir Pruinn empoigne doucement mes doigts et les recouvre avec sa main.

À cet instant précis, je ressens une vibration, comme de l'électricité statique qui éclate à la surface de ma paume et sur le dos de ma main. L'énergie passe entre nous.

Je cherche à croiser son regard, mais ses yeux gris sont fermés, ses sourcils froncés, il est très concentré.

– Ma reine… lance nerveusement mon garde.

– Silence.

Je fixe ma main, remplie d'admiration, car je *la sens*. Je sens la magie qui s'écoule de lui. Elle crépite et se brise, ce sont de petits éclats de bulles magiques qui me picotent.

Ma paume commence à chauffer. Je sens que quelque chose y prend forme, c'est petit au début, puis ça grandit jusqu'à ce que mes doigts s'écartent pour s'adapter à la taille de l'objet qui vient de surgir de nulle part.

J'écarquille les yeux.

L'étonnement, la surprise, le doute, l'excitation, la confusion : toutes ces émotions contradictoires me traversent, tour à tour.

Bouche bée, je fixe le morceau de parchemin roulé que je tiens à présent dans la main. Il semble inoffensif, mais mon cœur bat la chamade.

La main de Sir Pruinn se détache, emportant avec elle le crépitement magnétique.

– Voilà, Votre Majesté. Ouvrez-le.

– Je vais l'ouvrir, ma reine, me propose mon garde sur un ton plein de suspicion.

Mais Pruinn secoue la tête.

– Il faut que ce soit vous, sinon ça ne marchera pas, Votre Majesté.

J'hésite un moment encore, puis je glisse les doigts sous le bord du papier et je le déroule. Il n'est pas très grand, peut-être trois fois la paume de ma main, mais je suis saisie d'une immense curiosité.

– Qu'est-ce que c'est ?

Pruinn plisse les yeux pendant que je le défroisse, d'un air intéressé.

– Il semblerait que votre plus grand désir soit très explicite. C'est une carte.

Je regarde avec attention les lignes qui y sont tracées. En temps normal, je lui aurais jeté la carte au visage en me demandant par quel tour de passe-passe il a réussi à la glisser dans ma main. Mais la magie était réelle, et quelque chose dans ce papier me *ressemble*, même si je ne sais pas comment l'expliquer.

Après l'avoir étudiée un moment encore, je fronce les sourcils. Mon excitation diminue brusquement.

– Cette carte est fausse.

Orea se termine à la limite du Sixième Royaume, mais cette carte indique les frontières du Septième Royaume. C'est faux. Tout cela n'est plus. Plus rien du tout, depuis que les faes sont venus et ont tout fait disparaître dans l'abîme gris.

Mon étincelle d'intérêt et d'excitation ridicule a disparu. J'aurais dû me douter qu'il ne fallait pas croire cet escroc. Il a bien failli me tromper avec son toucher crépitant, mais il est clair que je passe une mauvaise journée.

– De toute évidence, ce n'est pas là que je peux trouver mon plus grand désir, je déclare sur un ton irrité et vaguement ennuyé. C'est une carte mal dessinée que vous essayez de faire passer pour unique.

Il devrait avoir l'air effrayé. Ou du moins mal à l'aise, puisque son tour de magie a échoué. Je pourrais le faire fouetter sur-le-champ pour fraude.

Je laisse le papier s'enrouler tout seul, puis je le froisse dans mon poing avant de regarder Pruinn d'un air froid, pas le moins du monde impressionné.

– Le Septième Royaume n'existe plus, et ce depuis des centaines d'années.

Pruinn n'a pas l'air inquiet ni remué. Au contraire, un sourire malicieux éclaire lentement son visage, ses yeux gris brillent. Il se penche vers moi tel un conspirateur et murmure quelque chose qui me donne des frissons dans tout le corps.

– En êtes-vous sûre, Votre Majesté ?

CHAPITRE 36

AUREN

Le château de Ranhold est froid.

C'est la première chose que je remarque après qu'on m'a fait monter dans un carrosse fermé, puis qu'on m'a introduite dans le palais par une suite de portes dérobées. Six gardes m'escortent. Six, le nombre fétiche de Midas.

Les murs de ce couloir ont l'air d'être en glace, mais c'est un trompe-l'œil, une prouesse architecturale. Quand je pose mon doigt ganté dessus, je m'aperçois qu'ils sont en fait constitués de pierres lisses, recouvertes d'une couche de verre soufflé bleuté.

Nous contournons ce qui semble être l'entrée principale. Des drapeaux pourpres pendent des poutres disposées en croisillon autour d'une ouverture dans le plafond, en forme d'étoile à dix branches.

Si je fais abstraction de mes gardes, l'endroit est totalement désert et silencieux. Je suis de plus en plus nerveuse. Je ne sais même pas comment je parviens à avancer aussi calmement, à ne pas m'enfuir en courant, à ne pas m'arrêter net lorsqu'on me fait entrer dans un hall étroit.

Il n'y a pas de doute, ce château est magnifique. Les moulures en verre ciselé, les fenêtres sculptées, les appliques galbées. Chaque détail célèbre la glace, chaque tapisserie violette rend hommage au monarque de Ranhold.

Mais plus j'avance, plus j'ai froid. Peut-être est-ce dans ma tête, peut-être que l'aspect givré des murs me pousse à croire que les températures sont plus basses ici. Quoi qu'il en soit, j'ai la chair de poule et mes rubans s'enroulent un peu plus fort autour de moi.

Je vais enfin retrouver Midas.

Il est là, quelque part, qui m'attend, et mon cœur tressaille à cette idée. Je ne l'ai pas vu depuis des semaines, nous n'avons jamais été séparés aussi longtemps depuis plus de dix ans.

Je me languis de sa présence. De pouvoir lui parler de Sail, de Digby, et qu'il me comprenne parce qu'il les connaissait, lui aussi. Ma vie a changé radicalement depuis mon départ et j'ai hâte de tout lui raconter.

Les gardes me font traverser un autre corridor étroit, mais personne n'est là pour nous accueillir. Tout l'étage est vide et je me demande pourquoi on ne me conduit pas dans les parties principales du château. Puis, soudain, je comprends.

Ma présence est un secret.

Jusque-là, j'avais complètement oublié que Midas avait utilisé un leurre pour son voyage, se faisant accompagner par une pouliche peinte en or, censée me représenter. Une décision prise pour me protéger, mais qui n'a pas si bien fonctionné.

Le silence des gardes, l'absence de comité d'accueil et les chemins détournés que nous empruntons à travers des corridors déserts, tout me confirme cette hypothèse. Ma capture et mon échange ont probablement été tenus secrets. Midas tient à sauvegarder les apparences.

Je ne sais pas quoi en penser.

On me conduit en haut d'un escalier de pierre, puis le long d'un étroit chemin de ronde, vaguement éclairé par des meurtrières.

Ensuite, il me semble que nous quittons les quartiers des domestiques en empruntant un couloir plus richement décoré. Un tapis de couleur pourpre recouvre le sol d'un bout à l'autre et des appliques en argent étincelant sont accrochées aux murs. Les fenêtres sont hautes et larges, les rideaux ouverts laissent passer la lumière du soleil ainsi qu'un courant d'air hivernal.

Une autre série d'escaliers, puis une autre encore, et nous atteignons enfin une aile du château qui n'est pas entièrement déserte.

Je reconnais immédiatement les gardes du roi Midas, ils sont six, debout de chaque côté du couloir. Ils nous observent sans rien dire.

Quand l'un d'eux frappe à une double porte, je ne sens pas ma poitrine se soulever, puis s'abaisser. Je ne sens pas mes yeux cligner quand cette porte s'ouvre. Je ne me rends pas compte que j'avance lorsque les gardes s'écartent et que je franchis le seuil.

Mais quand je pénètre dans cette pièce et que je pose le regard sur mon Roi d'Or pour la première fois depuis deux mois, je sens mon cœur bondir dans ma poitrine.

La porte se referme derrière moi. Je m'arrête et, soudain, il n'y a plus que nous deux. Lui et moi.

Il se tient debout, au milieu d'un grand bureau. Toute la salle baigne dans des tons violets et bleu profond, sauf lui, qui irradie presque avec les étoffes en or de ses vêtements, sa peau bronzée, ses cheveux couleur miel. Et ses yeux, ses yeux mordorés, qui brillent plus que tout.

Il laisse échapper un petit soupir légèrement heurté. Comme s'il le retenait depuis qu'il avait appris ma capture, et qu'il était enfin capable de le laisser sortir.

– Précieuse.

Ce mot n'est rien d'autre qu'un murmure, mais l'inquiétude refoulée qui l'accompagne ne fait aucun doute. Son beau visage exprime un tel soulagement, si violent, si palpable, que je pourrais presque le toucher.

En le voyant me regarder ainsi, en l'entendant, je me décompose. Puis je me précipite pour réduire la distance qui nous sépare, ne pouvant supporter une seconde de plus d'être loin de lui.

Mais juste avant que je passe mes bras autour de son cou, il les attrape pour m'empêcher de l'étreindre. Je remarque alors qu'il porte des gants immaculés, tandis que les miens sont sales et usés.

– Précieuse, répète-t-il, mais cette fois, je perçois la nuance de réprimande dans sa voix.

Je secoue la tête pour chasser mes larmes.

– Je suis désolée. Je n'ai pas réfléchi.

– Tu vas bien ? me demande-t-il doucement.

C'est comme si cette simple question rouvrait la porte que j'avais fermée sur tout ce qui s'est passé. La peur et le chagrin que m'ont causés ces moments terribles ressurgissent. Les visages de Digby et de Sail défilent dans ma tête et font couler une larme dorée sur ma joue.

Ses yeux s'écarquillent.

– Qu'est-ce qui ne va pas ? me demande-t-il, en me secouant un peu. Quelqu'un t'a touchée ? Donne-moi les noms de ceux qui ont osé poser la main sur toi, je les réduirai en cendres que j'écraserai sous mes bottes !

La véhémence de ses propos me laisse sans voix.

– Qui, Précieuse ? insiste-t-il, en me secouant encore.

Immédiatement, je pense au capitaine Fane, mais je n'ai pas envie d'en parler. Je ne suis pas prête à lui raconter ce que j'ai fait. Je ne sais même pas encore comment je vais faire pour Rissa.

– Non, ce n'est pas ça. Ce sont mes gardes. Digby et... je renifle en essayant de me calmer, de réussir à prononcer ces mots. Après l'attaque, ce que les pirates ont fait subir à Sail... c'était horrible. Je n'arrête pas de repasser ces images dans ma tête, de le revoir se faire assassiner sous mes yeux.

J'ai l'impression que quelqu'un écrase mon cœur dans une poigne de fer, que des doigts s'y enfoncent pour le faire saigner.

– Je n'ai rien pu faire pour empêcher ça. Je l'ai laissé mourir, là, dans la neige.

J'ai l'impression que ma culpabilité est une bête pitoyable qui se tord et me déchire de l'intérieur.

– Ils l'ont traîné à bord et ils…

La vision des pirates en train de ligoter Sail à ce poteau me noue la gorge. Je me mets à pleurer si violemment que je ne suis pas sûre qu'il puisse comprendre ce que je dis.

– Chhh, murmure Midas en me massant les bras pour me réconforter. Tout va bien. Tu n'as plus besoin de penser à tout ça. Tu es ici à présent. Personne ne pourra plus jamais t'arracher à moi.

J'acquiesce en essayant de me ressaisir, d'arrêter ce flot de larmes dorées.

– Tu m'as manqué.

Il me serre un peu plus fort, en me couvant des yeux comme si j'étais son trésor le plus précieux.

– Tu sais que je n'aurais reculé devant rien pour te récupérer.

J'esquisse un petit sourire timide.

– Je sais.

Nous nous dévisageons pendant un moment et je sens que sa présence me réconforte, comme avant. Cette ancienne chaleur familière, ce sentiment de sécurité apaise la bête qui me fouaillait, ses griffes se rétractent, sa gueule se referme.

Toute l'incertitude et l'anxiété que j'avais ressenties ces dernières semaines s'apaisent lentement. C'est un soulagement de ne plus avoir à être aussi vigilante, aussi prudente. Je laisse échapper un soupir silencieux et je relâche légèrement les épaules après des mois de tension.

Les yeux bruns de Midas se font plus doux.

– Tu es avec moi, murmure-t-il. Tout va bien à présent.

J'ai désespérément envie de passer la main sur sa poitrine, de sentir les battements de son cœur, mais je me retiens.

Au bout d'un moment, le regard de Midas se fait plus évaluateur, il se met à m'examiner de la tête aux pieds.

–Tu es dans un sale état. Ils ne t'ont même pas donné de bain ? Une brosse ?

Je grimace, me sentant soudain gênée, embarrassée. Il est là devant moi, aussi beau que d'habitude, et moi je ressemble à une moins-que-rien.

Je tente un sourire ironique, mais il est forcé, mes joues tremblent légèrement.

–On ne peut pas dire qu'il y ait beaucoup de bains publics dans les Barrens, je plaisante bêtement.

Midas fronce les sourcils.

En reculant, je baisse les yeux sur ma robe froissée, tachée et sans forme. Le haut de mon corsage pendouille là où le capitaine Fane l'avait arraché et mon manteau est déchiré lui aussi. Mes bottes sont éraflées, mes bas usés et troués, et je ne veux même pas songer à l'état de ma peau et de mes cheveux.

–Je sais, je suis affreuse.

Je tire sur l'extrémité de ma tresse, bien contente d'avoir gardé ma capuche. Ces semaines de lavages à l'aide d'un bout de chiffon n'ont pas été très efficaces.

–Nous allons te remettre d'aplomb en un rien de temps, Précieuse, me répond-il avec un sourire chaleureux. Maintenant que tu es de retour, nous avons tant de choses à voir ensemble. Tant de choses à faire.

Je suis contente de l'entendre. Le son de sa voix m'a manqué, autant que cette façon qu'il a de s'illuminer quand il a des projets et des rêves à partager avec moi.

–Je ne ferai plus jamais l'erreur de me séparer de toi, me jure-t-il alors solennellement. Je vais me rattraper. Je te le jure.

–Tu ne pouvais pas savoir que ça arriverait.

–Non, mais je vais faire en sorte que ça ne se reproduise plus.

Sur cette promesse ardente, il fait le tour du bureau sur lequel est posée une pile de rouleaux de parchemins. Je m'approche et lui demande :

–Tu as bien reçu mon faucon ?

–Quel faucon ?

–Tu… Je t'ai envoyé une lettre. J'avais découvert les faucons messagers de l'armée et réussi à te faire passer un message. Pour te prévenir de l'arrivée de l'armée du Quatrième Royaume. Tu ne l'as pas reçue ?

Il secoue la tête en attrapant un manteau royal en fourrure dorée sur le dossier de la chaise. Il l'enfile, puis ramasse sur le bureau sa couronne que je n'avais pas remarquée.

–J'ai reçu un message du roi Ravinger. Ce salaud se réjouissait de t'avoir capturée, de t'avoir *sauvée* des Red Raids, persifle Midas. Comme si tu étais en meilleure compagnie avec ses soldats.

–En fait, ils m'ont bien traitée. Bien mieux que les pirates.

Je ne peux réprimer un frisson en songeant à eux. Je n'ai aucun remords d'avoir tué un homme. Le monde est meilleur sans le capitaine Fane.

Midas pose la couronne sur sa tête et me lance un regard noir.

–Je vais m'occuper des Red Raids, me promet-il d'un air sombre. Je vais embrocher ces misérables sur des piques en or massif, en laissant leurs cris résonner sur les remparts. S'ils ont touché ne serait-ce qu'un cheveu de ta tête, je leur arracherai le bout des doigts. Je leur crèverai les yeux pour avoir osé les poser sur ce qui *m'appartient*.

La menace me fait froid dans le dos.

–Il y a tellement de choses que je veux te raconter, je déclare dans l'espoir de détourner ses pensées.

Je ne veux pas que nos retrouvailles soient entachées par sa fureur. Au contraire, je désire me blottir contre lui pour profiter de sa présence. Je meurs d'envie de lui parler. De vraiment *parler*, comme nous le faisions lorsque nous errions entre le Deuxième et le Sixième Royaume, en voyageant le jour et bavardant la nuit, enlacés dans les bras l'un de l'autre sous les étoiles.

–Bientôt, me promet-il. Pour l'instant, je dois rencontrer ce bâtard de roi Ravinger. Mais avant toute chose, j'ai un cadeau pour toi.

–Un cadeau ?

Il hoche la tête.

– Viens.

Intriguée, je le suis. Il me fait traverser deux salles – une sorte de salon, puis une chambre. En regardant rapidement autour de moi, je note le manteau jeté sur une chaise, la cheminée, le grand lit. Ces deux pièces sont bâties avec des poutrelles d'acier et des briques grises, chaque recoin y est magnifiquement décoré dans des tons ivoire et violet.

– C'est tellement agréable ici, je murmure.

Je m'avance vers le balcon pour admirer la vue pendant qu'il attrape un chandelier sur sa table de nuit. Mais avant que je puisse atteindre les portes-fenêtres, il allume la bougie et me fait signe.

– C'est par ici.

Je jette un regard nostalgique au balcon avant de me retourner pour le suivre dans la pièce suivante. En m'arrêtant dans l'embrasure de la porte, je comprends la nécessité de la bougie. Il n'y a aucune fenêtre ici. Il fait presque nuit noire, si l'on fait exception d'une lanterne vacillante dont la lumière est légèrement obscurcie par quelque chose.

Midas s'avance d'un pas assuré, je reste à la porte en tentant d'adapter ma vue à la pénombre.

– Qu'est-ce que c'est ?

Il s'arrête près d'un point sur le mur de gauche et tripote quelque chose avec sa bougie. Je comprends alors qu'il allume une applique murale. Une douce lueur orangée nous éclaire.

– C'était censé être mon dressing, mais j'ai fait faire quelques aménagements.

Un malaise étrange m'envahit lorsque Midas se dirige à l'autre bout de la pièce pour allumer une seconde applique.

Et soudain, mon sang se glace.

Car là, au milieu de la pièce, se dresse une magnifique cage en fer forgé.

CHAPITRE 37

AUREN

C'est étrange comme le corps réagit à certaines choses. Lorsque je vois la cage, j'entends comme un rugissement. Il hurle dans mes oreilles, me souffle sur la peau et me fouette le sang.

Je ne m'attendais pas à me retrouver face à une nouvelle cage aussi rapidement.

Midas me regarde en souriant.

– Je l'ai fait construire pour toi. Je sais qu'elle est exiguë. Mais c'est temporaire, et bien entendu elle n'est pas encore en or, ajoute-t-il avec un clin d'œil.

Ce vent mugissant se met à souffler de plus en plus fort, assez violemment pour me bloquer la respiration.

Je sursaute car quelque chose bouge à l'intérieur de la cage.

– Qu'est-ce que…

Je m'interromps quand une fille se dresse sur le petit lit. Dans cette pénombre, je parviens tout de même à distinguer ses traits. C'est mon sosie.

Elle a les cheveux en bataille et sa peau est couverte de peinture. Un rapide coup d'œil aux couvertures suffit pour me rendre compte qu'il y a des taches là où ça a déteint. Cette teinte métallique sur les draps est la preuve accablante de la venue d'un amant secret.

La femme se lève et nous dévisage l'un après l'autre.

– Mon roi ?

Ses cheveux pendent sur ses épaules, plus courts que les miens de quelques centimètres. Elle a des yeux ronds, marron clair, et la forme de son visage est similaire à la mienne. Ses lèvres sont pulpeuses, son corps en forme de sablier est drapé dans une robe dorée.

Ma robe dorée.

Même si la peinture qui recouvre son corps et ses cheveux n'a pas exactement la même teinte que ma couleur de peau, même si je vois qu'elle se craquelle autour de ses yeux et s'efface sur les paumes de ses mains, le spectacle de cette fille me met à cran.

Midas s'approche de la cage et pose la bougie sur une table juste à l'extérieur de la porte.

– J'ai une bonne nouvelle pour toi, ma favorite est arrivée, lance-t-il à ma doublure.

Elle sourit, des fossettes creusent ses joues. Son soulagement est visible, elle doit être impatiente de sortir. Je me demande si elle aussi se sent comme un oiseau aux ailes coupées. Je me demande si elle a hâte de laver cet or sur sa peau.

Pour elle, c'était temporaire, mais ça ne l'est pas pour moi.

Quand elle se rend compte que je l'observe, son sourire s'évanouit. Je sais que ce n'est pas sa faute si elle est là, peinte et habillée de façon à me ressembler, mais je suis traversée par des émotions erratiques, aussi violentes qu'un cyclone. Je suis tout à la fois choquée, embarrassée et blessée.

Voir que je peux être aussi facilement copiée et me voir *moi*, à l'extérieur, regarder…

Osrik avait raison, cette femme que je regarde en ce moment ? Pour Midas, elle n'est rien d'autre qu'un symbole.

Pas un être humain, pas une personne responsable de sa propre vie, mais une image vivante qui met en valeur la puissance du Roi d'Or.

La voir me rend malade.

– Je suis sûr que tu dois être soulagée d'être de retour, là où tu es en sécurité, me lance alors Midas. Ici, personne ne peut t'atteindre.

Je quitte la cage du regard pour le fixer. J'agrippe mes jupes pour empêcher mes mains de trembler.

– Prête ? demande-t-il.

Trop vite, tout va beaucoup trop vite.

– Midas…

Je m'étrangle. Il traverse la pièce pour revenir vers moi et prendre mes mains gantées dans les siennes.

– Je sais que je t'ai laissée tomber, Auren. J'avais promis de toujours te protéger et j'ai échoué. Mais je ne te décevrai plus, m'assure-t-il, visiblement très déterminé.

Je déglutis en tentant de calmer le tourbillon d'émotions qui m'assaille pour parvenir à m'exprimer de façon suffisamment claire.

– C'est une des choses dont je voulais te parler. Je n'ai plus peur. Pas comme avant, je commence en tentant de ravaler les remontées acides dans ma gorge.

Midas fronce les sourcils, ce qui me coupe dans mon élan. Ce n'est pas ainsi que j'avais imaginé nos retrouvailles. Pas du tout.

Il était censé me prendre dans ses bras et ne plus vouloir me lâcher. Notre séparation aurait dû lui donner envie de m'écouter. Je m'imaginais blottie contre lui des heures durant, à lui raconter tout ce qui m'est arrivé en son absence.

Ma déception est comme un caillou pointu plongé dans mon ventre. Un caillou qui roule, racle, me faisant comprendre brutalement que rien de tout cela ne va arriver.

Nous reprenons exactement là où nous nous étions arrêtés. Je pensais que parce que moi j'avais changé, il allait changer lui aussi. Quelle idée naïve et stupide !

Nos chemins ont bifurqué. Il faut que je le lui explique dès maintenant car j'ai besoin qu'il me rejoigne.

– Il s'est passé tellement de choses, Midas, je lui dis en essayant de repousser ce poids mort, de le pousser comme si je pouvais le pousser *lui* à me rejoindre sur ce chemin qu'il n'a pas emprunté. Je sais que je dois te le prouver pour que tu me croies, mais… je n'ai pas besoin de la cage. Plus maintenant. *Nous* n'en avons plus besoin.

L'espace d'un instant, il se contente de me regarder fixement en fronçant ses sourcils blonds, puis il s'étonne :

– Mais de quoi est-ce que tu parles ?

– De ça, je réponds en lui montrant la cage de la tête, bien que je ne supporte pas de la regarder, de croiser le regard de la femme qui y est enfermée. Nous n'en avons pas besoin.

Son froncement de sourcils se transforme en grimace, il rétorque sur un ton incrédule :

– Bien sûr que nous en avons besoin. Pour toi, ça devrait être clair comme de l'eau de roche après tout ce que tu viens d'endurer.

– Mais c'est justement ce que j'essaie de te dire. C'est à cause de ce que j'ai enduré que nous n'en avons plus besoin, je lui explique en ôtant mes mains des siennes. J'ai passé un long moment au sein d'une armée, et tout s'est bien passé. Je sais comment me comporter à présent. Je me le suis prouvé à moi-même et je sais qu'une fois que je t'aurai tout raconté, tu en conviendras, toi aussi.

Je me suis trop longtemps reposée sur la cage. Et puis, j'en ai voulu à cette cage, je *lui* en ai voulu, je m'en suis voulu. Je ne veux pas revivre cette situation. J'ai dépassé tout ça et je suis enfin assez forte pour le lui avouer.

Midas pousse un long soupir douloureux et frotte ses sourcils blonds entre son pouce et son index. Du coin de l'œil, j'aperçois mon sosie qui nous observe avec une attention soutenue.

– Auren, je sais que tu viens de vivre des choses terribles, mais pour l'instant, il faut que j'aille rencontrer le roi Ravinger.

Ensuite, dès qu'il fera nuit, je t'emmènerai prendre un bain et un repas et nous parlerons, d'accord ?

Je secoue la tête en levant les mains devant moi.

– Non, pas d'accord. Écoute-moi, juste une minute…

Il m'interrompt.

– Je n'ai pas le temps. Entre dans la cage.

Il fait comme à son habitude, il parle sans m'écouter, me faisant sentir que j'ai tort et que lui a toujours raison. Si je pouvais l'amener à m'entendre, à *m'écouter* vraiment, alors il comprendrait.

Pour le moment, il est sous tension avec le Quatrième Royaume qui lui vole dans les plumes et je ne veux pas lui ajouter de pression supplémentaire. Je sais que le fin mot de l'histoire, c'est qu'il a soif de contrôle parce qu'il s'est inquiété pour moi. Je comprends ses raisons d'agir comme il le fait. Mais… moi, j'ai besoin qu'il comprenne les miennes.

Pour une fois, j'ai besoin qu'il partage mon point de vue.

Je ne veux pas me laisser intimider par lui. Je veux donner un ton différent à notre relation. Je veux repartir du bon pied, prendre un nouveau départ. Lui montrer comment ça peut évoluer, que j'y suis prête. Que j'en ai besoin.

Je prends une profonde inspiration pour me calmer.

– Ça n'a plus à être ainsi, désormais.

Ma voix se fait douce comme pour l'adoucir, lui aussi.

Le silence s'étire entre nous, mais je peux lire les réactions qui se succèdent sur son visage : de la désapprobation, du désaccord. Je refuse de les voir.

– Nous n'en avons pas besoin. Crois-moi. Les choses sont différentes à présent. *Je suis* différente, je reprends en désignant ma poitrine du doigt. Les choses n'ont plus à être comme à Highbell. Et je ne veux pas qu'elles le soient.

Il reste de marbre. Il me dévisage comme s'il ne m'avait jamais vue et peut-être que, moi aussi, je le regarde ainsi.

Midas m'observe encore un moment, passe une main sur son visage puis se met à faire les cent pas dans la petite pièce à la moquette violette.

– J'essaie d'être patient avec toi, compte tenu de ce que tu as traversé, mais tu me rends les choses vraiment difficiles, m'assène-t-il avant de se tourner vers moi. Tu ne t'es jamais comportée ainsi auparavant.

Je me hérisse, mais il a raison. Je ne l'ai jamais fait, du moins pas avec lui.

Il y a deux mois, j'aurais reculé. Je ne l'aurais jamais affronté. Mais j'ai changé et les inquiétudes, les dangers, nous pouvons à présent les surmonter ensemble.

Quant à l'idée d'être à nouveau enfermée dans une cage, surtout si petite…

Les paroles d'Osrik résonnent à mes oreilles.

Je ne comprendrai jamais comment tu peux supporter ça.

C'est à cet instant précis que j'en prends conscience.

Je ne peux pas.

CHAPITRE 38

AUREN

Mon regard glisse malgré moi en direction de la cage. Je détaille son métal lourd, menaçant, et ses six barreaux recourbés en leur sommet pour apporter une touche décorative, avant de me tourner vers Midas.

– Je sais que tu es pressé, je ne veux pas te mettre en retard. Je vais rester dans tes appartements pendant que tu te rends à cette réunion et nous discuterons à ton retour.

Il me fixe d'un air féroce.

– Je ne sais pas ce qui se passe avec toi, mais ce n'est pas toi qui commandes, Auren. Je suis ton roi, tu te souviens ? Tu vas m'obéir.

Mon cœur bat à tout rompre. Je comprends que j'ai perdu tout espoir de ranimer l'ancien Midas. Le roi Midas l'a définitivement supplanté. Il pointe la cage du doigt.

– Je n'irai nulle part tant que tu ne seras pas entrée dans cette cage, en sécurité, là où personne ne peut t'atteindre. Tu veux qu'on t'enlève à nouveau ? Tu veux redevenir vulnérable ?

– Bien sûr que non.

Il s'agite, ses joues s'empourprent, ses yeux étincellent à cause de son tempérament volcanique que j'ai essayé de tempérer.

J'ai lamentablement échoué à le calmer et à lui faire entendre ce que j'avais à lui dire.

– Tu m'as trahi ? me demande-t-il soudain.

Sa question me sidère.

– Quoi ?

– Tu m'as très bien entendu, poursuit-il sans ambages. Est-ce. Que. Tu. M'as. Trahi ?

Il détache chaque mot, chacun d'eux me blesse.

J'ouvre la bouche, mes pensées tourbillonnent.

– Que… Comment peux-tu… Bien sûr que je ne t'ai pas trahi !

– As-tu laissé un seul de ces pirates répugnants te toucher ? As-tu laissé l'armée du Quatrième Royaume poser la main sur toi ?

– *Laissé ?*

Ma question s'étire, comme une corde prête à rompre. Je sais qu'il peut entendre la douleur dans le son de ma voix car je l'entends moi aussi. Cette douleur que me cause chaque mot qu'il vient de me jeter à la figure.

– Très bien, répond Midas.

Mais son timbre est toujours froid, cruel ; c'est la voix d'un monarque qui s'attend à être obéi.

– Si tu ne m'as pas trahi, prouve-le. Entre dans cette cage.

Je sens les larmes me piquer les yeux et mes épaules se raidir. Il ne m'écoutera pas. J'ai beau essayer de lui expliquer, il ne veut pas m'écouter.

Je baisse la tête, accablée par le désespoir.

– Ne fais pas ça, Midas. Pas maintenant. Pas après tout ça. *S'il te plaît.*

Son regard dur comme la pierre n'est absolument pas troublé par ma supplique.

– Ce doit être ainsi, et tu sais pourquoi. Tu étais d'accord.

Je lève les yeux.

–J'ai changé d'avis.

Midas me lance un regard assassin.

–Je ne t'ai pas autorisée à changer d'avis.

Je recule comme s'il m'avait donné un coup. Vu la douleur qui émane de mon corps, c'est exactement comme s'il l'avait fait.

Lèvres serrées, épaules tendues, avec sa couronne toujours fièrement posée sur sa tête, il éructe sur un ton mauvais :

–C'est ta dernière chance. Entre dans la cage ou c'est moi qui t'y mettrai.

J'ai l'impression d'être frappée en plein cœur.

Je ne l'ai pas vu depuis deux mois. J'ai cru mourir à plusieurs reprises. Tout ce que je voulais, c'était qu'il me dise qu'il était fier de moi, qu'il m'aimait.

Je voulais qu'il me prenne dans ses bras. Qu'il me serre *vraiment* dans ses bras, que je puisse poser ma tête contre sa poitrine pour entendre à nouveau son cœur battre juste pour moi. Mais il ne l'a pas fait. Il ne m'a pas prise dans ses bras, non, il m'a tenue à bout de bras.

–J'essaie de te parler, Midas. *Vraiment parler*, j'insiste d'une voix meurtrie par la blessure qu'il a ouverte dans ma poitrine. Je t'ai toujours fait confiance. Je t'ai toujours écouté. Juste pour cette fois, tu ne peux pas m'écouter ?

Le regard qu'il me lance est si acerbe que je suis étonnée qu'il ne me transperce pas de part en part.

–T'écouter ? Parce que tu réussis parfaitement à vivre dans le monde extérieur, c'est ça ? ironise-t-il. Quand je t'ai trouvée, tout allait bien ?

Je me pince les lèvres.

–Tu sais que ce n'était pas le cas.

–Exactement.

–Mais c'était à l'époque, j'argumente. J'étais juste une petite fille, Midas, je…

–Oh, et tu te crois différente maintenant ? persifle-t-il en me coupant la parole.

Je croise les bras et le défie du regard.

– Oui.

Il se gausse et part d'un rire narquois pour ébranler ma confiance, comme il l'a déjà fait tant de fois.

– Et le village de Carnith ? dit-il, et je me mets à blêmir. Tu pensais aussi que tout allait bien, pas vrai, Auren ? Et regarde ce qui est arrivé.

Dans mon cœur, les blessures semblent s'étendre et se mélanger à mon chagrin.

– C'était un accident, je murmure en sentant mes yeux se remplir de larmes et ma vision se brouiller.

Comment peut-il mentionner ça ? Comment peut-il me dire ça, alors qu'il sait à quel point ça m'a détruite ?

Il ricane.

– Dis-moi, as-tu eu d'autres *accidents* pendant ton absence ?

– Arrête, je rétorque en serrant mes paupières de toutes mes forces, car je ne veux plus le voir ni l'entendre. J'ai fait tout ce que tu m'as demandé. Je t'ai été dévouée pendant plus de dix ans de ma vie, j'ai ignoré tous tes défauts, j'ai accepté toutes les souffrances. Tout ça, je l'ai fait parce que je te faisais confiance. Parce que je t'aimais.

Je sanglote sans retenue à présent, et mes larmes me blessent, comme si elles étaient arrachées à la douleur qui m'étreint le cœur pour venir me griffer les joues.

Il soupire, secoue la tête, puis fixe le sol pendant un moment.

– Très bien. Tu es fatiguée et hystérique. Tu as besoin d'aller t'allonger, c'est tout. Ce n'est pas toi, ça, Auren.

– Si, c'est moi ! je hurle.

Midas est tellement choqué que j'aie osé élever la voix contre lui qu'il écarquille les yeux.

– Je commence enfin, après tout ce temps, à être moi, je poursuis en pressant une main contre ma poitrine. Je commence enfin à dire ce que je pense, et je ne vais pas m'écraser une nouvelle fois pour que ce soit plus facile pour toi de me garder sous ta coupe.

Midas m'a peut-être mise sur un piédestal, mais j'ai fait la même chose avec lui. La hauteur nous empêchait de nous regarder dans les yeux.

Mais nous sommes face à face à présent. C'est *moi* qui le regarde, pas la jeune fille romantique que j'étais à quinze ans. Et je n'aime pas ce que je vois.

– Je t'ai tout donné, et tu en veux toujours plus. Tu m'as demandé de mentir, tu as dit que c'était le meilleur moyen de me protéger, mais ce n'était pas la vraie raison, n'est-ce pas ? Tu ne l'as pas fait pour moi. Tu l'as fait pour toi.

Cette accusation est lancée par les parties les plus profondes de mon être, celles que j'ai longtemps ignorées.

– Je ne veux plus vivre comme ça, Midas.

– Tu es à moi, rugit-il en faisant un pas en avant, menaçant.

Je cligne des yeux sans broncher.

– Non, Midas. Je m'appartiens.

Il secoue la tête, ce qui fait flamboyer l'éclat de sa couronne.

– Tu t'es donnée à moi il y a longtemps, Précieuse. Il est temps de te rappeler où est ta place.

Ma place. Dans une cage. Sous sa coupe.

Je reste inflexible.

– Non.

Un silence pénétrant s'installe entre nous, comme une pique prête à empaler. Et puis, en un éclair, Midas se rue en avant, si vite que je ne peux réagir.

Il me fait tourner en m'attrapant par la taille. Je pousse un cri de surprise.

Il ne me serre pas pour me réconforter, mais pour me contrôler. Devant cette constatation, chaque chagrin, chaque douleur, chaque doute ignoré, chaque sentiment rejeté ressurgit.

Je l'ai laissé m'emprisonner.

Il m'a sauvée quand j'étais au fond du trou et, à cause de ça, j'ai cru qu'en restant à ses côtés, plus rien ne pourrait m'atteindre. Mais en fait, il m'a piégée et m'a forcée à tout accepter.

Il m'a traînée dans un royaume étranger et gelé.

Il a épousé une reine frigide qui me détestait.

Il a baisé des pouliches devant moi.

Il a fait de moi une attraction.

Il m'a gardée dans cette cage, jour après jour.

Il s'est servi de moi.

Il y a tant de choses auxquelles il m'a forcée à m'adapter, parce que c'était ainsi que ça devait être, que c'était prévu comme ça.

J'ai continué à accepter, à accepter, en me convainquant que c'était la meilleure chose à faire. En me mentant à moi-même parce que je l'aimais, parce qu'il me *manipulait*.

Je me suis pliée en quatre pendant si longtemps que j'ai oublié que j'avais une colonne vertébrale.

Quelle idiote j'ai été ! Quelle imbécile, quelle folle ! J'ai appris à ne pas faire confiance aux autres, mais je pensais que je pouvais lui faire confiance. J'avais tort.

La fureur et la stupeur me font réagir, je lui lance des coups de pied, des coups de poing, mais il ne cède pas, il ne me lâche pas.

– Auren, arrête ! aboie-t-il.

– Lâche-moi !

Midas m'ignore, il ignore tous les coups que je lui assène pour tenter de me libérer. Il brise mon élan en me serrant si fort qu'il me coupe la respiration. Peu à peu, il nous fait reculer vers la cage, tout en s'efforçant de prendre la clé dans sa poche.

Je le griffe aux bras, au visage. Sa joue m'écrase la nuque pour m'empêcher de donner des coups de tête à gauche à droite et ma capuche de retomber.

– Il-faut-que-tu-te-calmes ! grommelle-t-il contre mon oreille.

Mais je ne le fais pas. Je ne le fais pas, parce que je ne peux pas. Je ne peux pas retourner dans une cage. Je ne peux pas, je ne peux pas, je…

J'entends la clé qui tombe par terre.

– Déverrouille la porte. Maintenant ! grogne-t-il à la femme.

Je l'avais oubliée.

– Non !

Ma voix est complètement étouffée, mais ma supplique reste sans effet.

J'entends qu'elle se dépêche de ramasser la clé, de l'insérer dans la serrure et la faire tourner. Et elle tourne en moi en même temps. C'est comme si cette clé ouvrait une porte que j'avais refermée sur chaque émotion refoulée.

Midas me repousse.

Il relâche sa poigne d'acier, et mon corps vient s'écraser sur le sol métallique et froid de la cage.

Il l'a fait. Il m'a jetée dedans sans mon consentement. Sans la moindre considération pour ce que je veux, moi.

Alors je me mets à crier.

Un hurlement qui dure, dure et dure encore. Il grimpe le long des murs, s'accroche à ma peau, passe par mes conduits auditifs pour aller se joindre aux battements de tambour de mon cœur, pour alimenter ma flamme.

Je suis complètement enragée, totalement frénétique. J'éprouve un sentiment de panique comme jamais je n'en ai éprouvé auparavant.

– Dehors ! aboie-t-il à la femme.

Je me relève d'un bond, aussi vite que j'en suis capable. Je me jette en avant, mains tendues, pour atteindre la porte de la cage.

La femme se précipite pour sortir la première. Je sais que dès qu'elle sera dehors, Midas claquera la porte devant moi.

Je ne peux pas le laisser faire ça.

Mes rubans se dénouent furieusement. Les bandes de satin en colère se déploient de chaque côté de mon corps, suspendues en l'air.

En un instant, ils fondent sur la porte pour la maintenir ouverte. Leurs longueurs s'enroulent autour des barreaux comme un étau.

Mais la femme est deux pas devant moi, elle court vite, alors je m'avance et je la repousse d'une main.

Ma paume me brûle.

Son corps est projeté en arrière, je l'entends heurter les barreaux avec un bruit sourd, mais je me concentre sur mes rubans qui repoussent la porte en tirant sur mon dos.

Midas ouvre la bouche pour crier quelque chose pendant qu'il se débat pour pouvoir verrouiller la serrure, mais mes rubans sont les plus forts. Sous leur emprise, la porte grince, elle gémit et mes rubans l'arrachent complètement de ses gonds en déchirant le fer comme si c'était de la paille. D'une simple pichenette, ils projettent la porte devenue inutile sur Midas. Elle l'atteint à la poitrine et le fait tomber sur le dos.

Mes rubans se détendent aussitôt, mais ma colonne vertébrale hurle de douleur à cause de l'effort que je viens de déployer. Mon élan me projette en avant, mais je parviens à lever une main et à me rattraper aux barreaux de la cage avant de tomber par terre.

C'est à ce moment-là que je comprends.

La brûlure.

Je relève brusquement la tête, mon regard se pose sur le barreau, sur ma paume qui l'a saisi. Ma paume *nue.*

Pendant la lutte, mon gant est tombé.

J'ôte ma main le plus vite possible tout en commençant à reculer, mais il est trop tard, bien sûr. De l'or a coulé de ma paume, comme du sang qui suinterait d'une blessure. J'étais trop frénétique pour penser à me contrôler, trop paniquée.

À présent, l'or coule le long du barreau et se déverse à mes pieds. Il coule, se répand sur le sol de la cage comme s'il possédait sa propre volonté, il rampe le long de chaque barreau, atteint le sommet de la ferronnerie et recouvre chaque centimètre de la cage en fer.

Je me retourne avec un avertissement au bout de la langue, mais au lieu de ça, je pousse un cri étranglé.

Non.

Non, non, non.

Je me rue vers elle en trébuchant sur mes rubans. Ma paume m'a brûlée quand je l'ai poussée, mais j'étais trop distraite pour y prêter attention.

Je jette un regard horrifié sur le corps en or massif de la femme, sur sa bouche encore ouverte dans un cri désormais silencieux. Sa nuque forme un angle bizarre contre les barreaux où elle s'est transformée. Et ses yeux… ses paupières sont closes, comme si elle avait senti chaque centimètre de son agonie pendant que l'or la consumait.

–Non…

Mes jambes se dérobent sous moi, je tombe à genoux dans un cri désespéré.

–Regarde ce que tu as fait, Auren !

Je sursaute devant l'accusation. Derrière moi, Midas est en train de repousser la lourde porte et de se relever. Il m'observe, puis fixe la femme d'un air amer, déçu. Son regard est empreint de condescendance.

–Tu vois ? me demande-t-il, en la désignant d'un signe de tête. Tu comprends pourquoi tu dois rester dans ta cage ?

Des sanglots me secouent la poitrine et remontent le long de ma gorge. J'ai tué une innocente. Cette pauvre femme n'avait rien fait, si ce n'est d'être obligée de jouer le rôle de doublure, et je l'ai tuée.

Une horrible culpabilité me fait trembler de tout mon corps, je murmure d'amers regrets.

–Je ne voulais pas…

Cette réponse pathétique me pousse à me détester encore plus.

Pourquoi l'ai-je poussée ? Pourquoi n'ai-je pas remarqué que mon gant était tombé ?

J'entends Midas qui s'avance pour me dominer de toute sa hauteur. La lumière de la lanterne projette sur lui une ombre toute en longueur.

Il claque la langue en signe de réprobation et secoue la tête en contemplant la statue de la femme.

–Tu vois, Auren ? C'est pour cette raison que tu as besoin de la cage, répète-t-il, et sa voix grince à mes oreilles comme le métal contre la pierre. Pas seulement pour te protéger mais pour protéger le monde *de* toi.

Mes larmes coulent.

Ma colonne vertébrale me fait mal.

J'ai traité Rip de monstre, mais en réalité, c'est moi qui en suis un.

Je reste agenouillée à fixer le visage torturé de la femme, Midas soulève ma capuche, la replace sur ma tête, puis laisse échapper un long et profond soupir.

– C'est bon, Précieuse, poursuit-il sur un ton plus doux. Je vais arranger ça. Tu n'as pas besoin de t'inquiéter de quoi que ce soit.

Il joue les gentils à présent, sa voix n'est plus dure ni accusatrice. Il baisse la main pour me caresser et ses doigts frôlent ma tête. Je suis un animal de compagnie sur deux pattes qu'il convient de flatter. Et je me demande comment j'ai pu croire que ça, c'était de l'amour.

Comment ai-je pu le regarder dans les yeux tous les jours sans voir que, lorsqu'il me rendait mon regard, c'était l'éclat de ma peau qui l'intéressait et non l'amour que j'éprouvais pour lui ? Comment ai-je pu ignorer la vérité aveuglante que j'avais sous les yeux depuis le début ? Comment ai-je pu confondre un *propriétaire* avec un *amant* ?

– Tu as probablement épuisé ton pouvoir avec cette petite crise de colère. C'est dommage, parce qu'il y a toute une liste de choses dont j'ai besoin, qu'il faut que tu transformes en or pour moi, mais peu importe. Je peux attendre un peu, et pendant ce temps, tu pourras recouvrer tes forces.

Midas parle, dresse des plans et poursuit son chemin pendant que je gis sur le mien, sans forces, vidée de mon sang. La bile inonde ma bouche, je m'étouffe dans l'acidité de mon chagrin.

– Je suis désolé d'avoir perdu mon sang-froid avec toi, mais tu comprends maintenant pourquoi j'ai raison. Pourquoi c'est tellement important. Tu t'y habitueras à nouveau, Précieuse, et tout sera comme avant. Ne t'inquiète pas, je ne suis pas en colère contre toi.

Quelque chose de sauvage en moi veut grogner et mordre la main qui me caresse.

–Maintenant, sois une bonne fille et enroule tes rubans. Reste là pendant que je vais à cette réunion. Demain, je ferai réparer la porte de cette cage.

La seule chose que j'entends par-delà ma colère, c'est le verre qui craque et se brise entre nous.

Midas commence à s'éloigner, enjambe la porte, mais je me retourne et ma voix l'arrête avant qu'il n'atteigne l'entrée de la pièce.

–Si tu t'en vas maintenant, c'est terminé. Je ne te pardonnerai jamais. Pour tout ça.

Ma voix est dure, enragée, poussée à bout.

Il hésite un moment avant de répondre.

–Je t'aime, mais je n'ai pas besoin de ton pardon, Précieuse. J'ai juste besoin de ton pouvoir magique.

CHAPITRE 39
ROI MIDAS

Une fois dans le couloir, je rajuste mon manteau. Il est épais, mais le courant d'air dans ce palais de glace l'est aussi. Peu importe qu'ici il n'y ait pas de blizzard. Le froid s'insinue à l'intérieur de façon différente.

Je jette un dernier coup d'œil à la porte close. Le bois est épais, les murs le sont également, je ne sais donc pas si Auren crie encore, mais j'ai envoyé toute une escouade de gardes pour la surveiller.

Mes épaules sont contractées, ma mâchoire douloureuse à force de serrer les dents. Je n'aime pas la manipuler par la force. Pas du tout.

Elle a toujours été docile et confiante. C'est l'une des choses que j'admirais chez elle. Elle était capable de rester douce et malléable en dépit des circonstances.

Auren ne m'avait encore jamais regardé comme elle vient de le faire, et je n'aime pas ça.

Je n'aurais pas dû m'emporter contre elle, mais elle m'a pris au dépourvu. Je m'attendais à la retrouver brisée et effrayée, prête à ramper derrière ses barreaux où elle serait en sécurité.

Au lieu de ça, elle a… changé.

Mais je garde ce problème pour plus tard. Je vais arranger les choses avec elle, la réinstaller. Elle a juste besoin de temps. Je dois lui prouver qu'elle est toujours en sécurité avec moi. Alors elle sera à nouveau elle-même, et nous pourrons nous mettre au travail dans ce château terne et glacé.

Ce ne sera pas trop tôt, car les nobles de Ranhold s'impatientent.

Je les ai fait plier en leur promettant de l'or, mais les promesses sont des dettes, et les requêtes non satisfaites peuvent rapidement se transformer en clameurs de mécontentement.

Ils veulent que je remplisse leurs poches et leurs coffres. Et moi, je veux m'asseoir sur le trône sans être contesté et unir le Cinquième et le Sixième Royaume.

Tout est à portée de main et quand elle le comprendra, elle se soumettra. Je ne serai plus le souverain d'un royaume mais de deux.

Mais d'abord…

J'emprunte le couloir et traverse le château pour me rendre à l'endroit où je dois rencontrer ce bâtard de Slade Ravinger.

J'ai demandé aux serviteurs de préparer la salle du trône plutôt que la salle de réunion ou la salle de guerre. Un choix mûrement réfléchi, bien sûr. Il sera obligé de s'adresser à moi qui serai assis sur le trône, ce symbole du pouvoir.

Je lui délivrerai donc le message suivant : je ne me tétanise pas face à l'ombre projetée par son armée, je ne tremble pas devant cet étalage de puissance. Je règne sur ces lieux en tant que monarque et ses tactiques d'intimidation ne fonctionneront pas avec moi.

Après des années passées à comploter, tout se déroule comme prévu.

Mais avant tout, je dois éliminer la pourriture.

Les gardes me suivent, nous formons une procession dorée dans un palais de verre, d'acier et de pierre. Ce sera tellement mieux quand il sera doré. Auren devra utiliser son pouvoir chaque jour durant des semaines, voire des mois, mais ça en vaut la peine.

L'or en vaut *toujours* la peine. Peu importe le prix à payer.

J'entre dans la salle du trône, pensant que Ravinger et ses hommes m'y attendent. Mais les seules personnes présentes à l'intérieur sont des gardes de Fulke et les miens, debout contre les murs.

La mine renfrognée, je me fraye un chemin à travers l'immense salle.

Les cristaux bleus des lustres projettent des coulées de lumière sur le sol, là où je marche. Il y a des fenêtres givrées tout le long du mur derrière le trône. Ça a probablement été calculé au moment de sa construction, afin que la lumière se répande à l'intérieur de la pièce et éclaire le monarque béni des dieux. Ou pour forcer les gens à baisser le regard devant la splendeur du roi assis sur son trône.

Arrivé sur l'estrade de marbre blanc, je me tourne et m'y installe. Il a été forgé dans un alliage d'étain et d'acier avec une améthyste sertie en son centre – une seule, mais j'ai déjà demandé à un forgeron d'en ajouter cinq autres.

Six est le nombre supérieur de tous les royaumes.

Au fond de la pièce, mon principal conseiller, Odo, entre en trombe, suivi par d'autres. Environ la moitié des conseillers sont les miens, l'autre moitié a servi sous les ordres de Fulke.

Quelques-uns parmi eux sont des loyalistes, ils n'ont donc pas encore totalement adhéré à ma cause. Surtout depuis qu'ils ont une solution, offerte par le fils de Fulke, Niven. Ils préparent le garçon à prendre la relève quand il en aura l'âge.

Malheureusement pour lui, ça n'arrivera pas. Ni prendre la relève ni atteindre la majorité. Je peux dès à présent assurer que le garçon ne régnera pas.

Assis sur le trône, le regard fixe, je tapote six fois du doigt l'accoudoir en étain. Puis je fais une pause. Puis six autres tapotements.

À chaque minute qui passe, mon impatience se transforme en offense et l'offense est la pierre angulaire de ma colère.

Mes conseillers s'installent sur les banquettes à gauche, derrière la balustrade érigée pour séparer les nobles de la roture. La suite de Ravinger, elle, restera debout dans l'allée commune.

Encore un geste calculé.

Les minutes s'écoulent. Pendant tout ce temps, j'attends en tapotant. Mon irritation ne cesse de croître, je commence à bouillir.

Mes gardes sont trop bien entraînés pour esquisser le moindre geste, mais mes conseillers s'impatientent, marmonnent entre eux, reniflent, toussent, remuent sur leurs sièges. Ces bruits me font grincer des dents.

Pourtant, je reste assis et j'attends, assez longtemps pour que la lumière qui se reflète sur les lustres bleus se déplace de quelques centimètres sur le marbre comme une rivière qu'on aurait détournée.

– Où est-il ? je finis par aboyer d'un ton sec.

Odo se lève d'un bond. Des larges poches de son manteau dépassent des parchemins et des plumes pour pouvoir prendre des notes, si jamais ce bâtard de roi se montre enfin.

– Je vais me renseigner, mon roi.

– Dépêchez-vous.

Il acquiesce rapidement. Son crâne chauve cerclé d'une auréole de cheveux gris frisés ressemble à un chapeau sans fond. Odo sort par la porte de derrière, je tape du pied, mon genou tressaute.

Il joue au plus malin, bien sûr. À chacun de mes mouvements, il en fait autant. Et dire que je pourrais être dans mes appartements en ce moment, en train de réconforter Auren, de l'aider à s'installer.

Je repense à l'étincelle qui brillait dans ses yeux d'or quand elle crachait sa colère sur moi, semblable aux flammes d'un dragon. Jamais. Je ne l'avais jamais vue dans cet état.

Et je n'aime pas ça non plus.

J'ignore ce qui lui est arrivé là-bas, alors qu'elle était sans protection. Mais je vais le découvrir. J'obtiendrai tous les détails possibles par les gardes, les pouliches, tout le monde. Et ensuite je me vengerai.

Je commencerai par les Red Raids. Ils ne l'ont détenue que quelques heures, mais je leur ferai payer chacune d'entre elles, chaque seconde.

Et le roi Ravinger. Son armée l'a retenue pendant des jours et des jours. Pas étonnant qu'elle soit si mal en point.

Je tape du doigt, six fois.

Sa bonne foi. Il me l'a rendue pour prouver sa *bonne foi*. Je ne croyais pas vraiment qu'il le ferait. C'était un test et le résultat m'a appris la chose la plus importante : il ignore ce qu'elle est. Ce qu'elle peut faire.

Une fois que j'ai su ça, j'ai pu respirer pour la première fois depuis des semaines.

Tant que ce secret est bien gardé, le reste est gérable.

Je sens mes lèvres se retrousser dans un sourire satisfait. Quel idiot ! Il m'a donné le trésor le plus précieux de tout le royaume, *gratuitement*.

Je lui rirais au nez si je le pouvais, juste pour l'enfoncer.

Mais garder le secret importe bien plus que mon envie de jubiler. Voilà pourquoi j'ai appris à le faire en privé. Chaque fois qu'Auren transforme quelque chose en or sous ma direction, je jubile. Chaque fois que quelqu'un s'émerveille devant *mon* pouvoir ou m'appelle le Roi d'Or, je jubile.

J'ai trompé tout le monde à Orea.

Et à présent, j'ai revendiqué deux royaumes. Je dois juste m'assurer de les garder tous les deux, c'est pourquoi cette réunion est si importante.

Si la rencontre a bien lieu. Je me remets à tapoter.

Encore six minutes. Je vais donner six minutes de plus à ce bâtard, ensuite j'irai jusqu'à son campement et le traînerai moi-même dehors. Personne ne me fait attendre.

Du bout du doigt, je compte les secondes. Une minute. Deux. Trois. Quatre. Cinq. Quand j'arrive à six, ma colère est aussi épaisse qu'un mucus visqueux que ma poitrine est incapable d'évacuer.

Je me lève, les épaules tendues par la vexation, les yeux plissés à cause du stress.

– Je vais aller chercher ce salaud moi-même !

Au moment où je m'apprête à faire le premier pas, la porte de la salle du trône s'ouvre violemment comme si un vent mauvais avait arraché le bois avant de l'écraser contre le mur.

Trois séries de pas résonnent – non, quatre. L'un d'entre eux a un pas presque trop léger pour qu'on l'entende. Ils portent tous une armure noire et un casque, mais même sans distinguer leurs visages, je ressens leur arrogance.

Celui qui marche sans faire de bruit est petit, à la fois en taille et en stature. Mais le suivant est massif, c'est une brute qui a sans doute été choisie comme garde du corps pour sa taille imposante.

Le troisième semble de taille moyenne, il porte une armure et des vêtements de cuir noir comme ses acolytes, ainsi qu'un pommeau d'épée en forme de branchages.

L'emblème du Quatrième Royaume s'affiche sur leur plastron : un arbre nu, tordu, avec quatre branches noueuses et des racines pleines d'épines acérées.

Mais quand mon regard se pose sur le dernier membre de ce quatuor, je fronce les sourcils. Celui-ci, j'en ai entendu parler.

C'est le commandant de l'armée.

Il semble que les épines représentées sur leurs armoiries aient pris vie en lui, car des piquants noirs jaillissent de son armure le long de ses bras et de son dos, comme des ronces sinistres arrachées au sol des enfers.

C'est une menace ambulante, créée par Ravinger lui-même, si l'on en croit certaines rumeurs. Le roi a corrompu son commandant pour en faire une créature qu'il faut craindre et honnir.

C'est lui l'épine vicieuse qui enracine l'arbre maléfique.

Le quatuor s'arrête devant l'estrade, dans la même posture : jambes écartées, bras relâchés, casques tournés vers l'avant. Aucun ne dit mot. Ils sont si silencieux qu'on pourrait entendre une mouche voler.

À la place, j'entends quelqu'un qui avance calmement.

Je lève les yeux vers la porte au moment où le roi Ravinger la franchit. Malgré moi, je me raidis. Il semble marcher au rythme de mes tapotements.

Calme et posé, il s'avance comme si c'était *lui* qui devait annexer ce royaume, et pas moi.

En suivant du regard chacun de ses mouvements, je découvre l'infâme Roi Putride.

Il ne porte pas de manteau royal, mais les mêmes vêtements de cuir noir et brun que ses soldats. Seuls lui manquent l'armure et le casque. Mais d'étranges tatouages partent de son cou pour s'étendre sur son menton et ses joues.

Non. Pas des tatouages.

À mesure qu'il se rapproche, je m'aperçois qu'ils sont situés *sous* son épiderme. On dirait des veines, aussi sombres que des plumes de corbeau. Un rapide coup d'œil vers le bas me confirme qu'elles s'étendent également le long de ses mains, comme des tiges enroulées dans sa peau.

Mon regard passe de lui à son commandant.

Des racines aux épines.

Ce n'est que lorsque le roi a rejoint ses gardes que je prends conscience que je suis toujours debout. Je me laisse tomber sur le trône, mais c'est peine perdue car le bâtard monte sur l'estrade et ne s'arrête qu'une fois parvenu face à moi.

Mes soldats se raidissent, mais les siens restent détendus, pas gênés le moins du monde. Quant à moi, je bouillonne intérieurement.

Ce n'est plus moi qui le regarde de haut à présent, c'est le contraire.

Des yeux verts et une pâleur grise et maladive s'abattent sur moi ; pourtant, il transpire la force.

– Roi Midas, je dirais que c'est un plaisir si je voulais mentir, mais il semble que je n'aie pas à me formaliser aujourd'hui.

Je me redresse pour ne pas avoir à lever la tête, mais ce simple geste déclenche un sourire chez ce connard.

Sa couronne est légèrement inclinée sur sa tête, comme s'il l'avait posée sans vraiment s'en soucier. C'est un anneau de branches enchevêtrées, avec des épines pointues comme des flèches au sommet. Il n'y a rien de royal ni de beau là-dedans. C'est brut, rude et aussi tordu que son pouvoir corrompu.

Je le regarde avec froideur et lui lance encore plus froidement :

– Vous êtes en retard.

Il balaie tranquillement la pièce du regard.

– Vraiment ? Navré de vous avoir fait attendre.

Il est évident qu'il n'en pense pas un mot.

– On commence ? demande-t-il comme s'il avait le droit de prendre le contrôle et de diriger cette réunion.

Puis, sans attendre ma réponse, il se tourne et quitte l'estrade d'un pas assuré, pour se diriger vers la porte située à l'arrière. Ses quatre gardes lui emboîtent le pas. Je reste bouche bée, stupéfait.

Odo se précipite alors devant moi en haletant comme s'il avait couru jusqu'ici.

– Il semble que le roi Ravinger soit arrivé et se dirige vers la salle de réunion, Sire.

– Évidemment, j'aboie.

Je franchis le seuil de la porte. Mes conseillers et mes gardes se hâtent de me suivre. Il me suffit de jeter un seul coup d'œil pour que mon sang se mette à bouillir.

Ravinger, imperturbable, s'est installé à la tête de la longue table. Ses gardes silencieux forment un mur menaçant derrière lui.

Je dois faire preuve de tout mon self-control pour ne rien laisser paraître devant l'audace de cet homme. Mon seul signe visible d'irritation, c'est ce tic nerveux dans ma mâchoire.

Et pourtant, je ne sais comment, le bâtard s'en rend compte. Il s'étire sur son fauteuil, un sourire en coin se dessine sur ses lèvres. Le regard qu'il me lance signifie : « *Installe-toi.* »

Mes conseillers échangent un coup d'œil, mais je me dirige à l'autre bout de la table. Au diable les convenances, je me fiche royalement qu'il y ait ainsi plus de sept mètres de distance entre nous. Je refuse de m'asseoir à ses côtés, comme si j'étais un moins-que-rien.

Une fois que j'ai pris place en face de lui, mes soldats s'alignent contre le mur derrière moi, adossés à la tapisserie couleur prune.

Ici la lumière est plus faible, il n'y a qu'une fenêtre à ma gauche dont les vitres sont recouvertes de givre.

Je me dépêche de prendre la parole pour l'empêcher de le faire en premier.

– Il semble que nous ayons un problème, Roi Ravinger.

Il penche la tête.

– Sur ce point, nous sommes d'accord.

Il a raison… nous ne sommes pas d'accord sur grand-chose d'autre.

– Vous avez envoyé des cadavres pourris à mes frontières.

Ce sourire en coin réapparaît.

– Et de quelles frontières s'agit-il ? Vous semblez en avoir accumulé un certain nombre depuis un certain temps.

Je tape du doigt sur l'accoudoir de mon fauteuil pour garder mon calme.

– Mes frontières du Sixième Royaume, comme vous le savez parfaitement. Je suis simplement régent ici, jusqu'à ce que l'héritier de Fulke puisse atteindre sa majorité.

Ses yeux verts étincellent.

– En effet.

Son attitude nonchalante m'exaspère.

Ravinger se penche en avant, les marques sur son cou et son visage sont troublantes. L'espace d'un instant, je crois les voir bouger, tout comme dehors, les crevasses putréfiées se sont étalées sur le sol lorsqu'il a fait étalage de sa magie.

– Si vous attendez des excuses formelles, vous n'en aurez pas, me prévient-il. Il ne s'agissait même pas de vos soldats, mais de ceux du Cinquième Roi. Pourtant, j'ai pensé qu'il était préférable de vous les livrer, étant donné l'écho que j'avais eu de votre alliance avec ce royaume. Je ne voudrais pas que vous vous fassiez de fausses idées, Roi Midas.

– Et quelle idée par exemple ?

– Que je suis quelqu'un que vous pourriez contrarier.

Sa déclaration tombe sans aucun ménagement, c'est un coup de force qu'il fait sans même bouger.

– Je vous rappelle que je ne vous ai pas contrarié. Le Sixième Royaume n'a aucun conflit avec le Quatrième.

Ravinger lève la main et embrasse la pièce du regard.

– Et pourtant, nous voici ici, dans le Cinquième Royaume, au beau milieu d'un *conflit*.

Si seulement je pouvais traverser la table et serrer sa misérable gorge, pour que ses veines putrides aillent au diable !

– Le cas de Fulke a été réglé, je rétorque, sans le laisser me froisser. À moins que vous ne vouliez assassiner un garçon innocent pour les péchés de son père, le Cinquième Royaume n'est plus votre ennemi. C'était une attaque inopinée d'un roi excentrique qui est mort. Je n'ai rien à voir avec ça.

– J'ai des rapports qui affirment le contraire.

Le ton badin qu'il employait jusque-là disparaît en un éclair. À la place, une atmosphère sombre s'installe. Létale. Ça me rappelle à quel point il est puissant et c'est précisément l'effet qu'il veut produire.

Malgré moi, je sens un frisson qui fait se dresser les poils de ma nuque.

– Vos rapports sont inexacts, je lui réponds fermement.

Je n'ose pas détourner le regard, bien que j'en aie très envie. On ne doit jamais détourner le regard face à un prédateur.

– Vraiment ?

Ce n'est pas une question. C'est un ordre. Pour que je le lui prouve.

Je tends les bras dans un geste apaisant, celui d'un roi bienveillant.

– Nous pouvons sûrement arriver à un accord. Je ne veux pas me battre contre vous, Roi Ravinger.

– C'est dommage, mon armée est déjà prête et, comme vous l'avez dit, ici c'est *vous* le monarque en exercice.

Sur son visage, ces lignes contre-nature me font penser à des peintures de guerre, des marques d'agressivité créées par sa magie vénéneuse.

– Le fait est que l'armée du Cinquième Royaume a attaqué ma frontière, poursuit-il. Et je ne laisse pas de telles offenses impunies.

Une vive inquiétude monte en moi. J'y suis presque arrivé. Arrivé à conforter mon emprise sur ce royaume. Je ne peux pas prendre le risque de le combattre, à coup sûr nous perdrions cette bataille.

– Certains avancent que des rapports indiquaient que vous aviez empiété sur des territoires qui n'étaient pas les vôtres. C'était peut-être pour cette raison que Fulke a attaqué. Il protégeait ses frontières, je réponds prudemment.

Ravinger sourit, mais ce n'est pas un vrai sourire, loin de là. Il montre les dents, il ne manque plus qu'il se mette à grogner. Il se penche en avant.

– Prouvez-le.

Je me rends parfaitement compte que ses quatre soldats me dévisagent, bien qu'il me soit impossible de distinguer leurs yeux à travers les fentes de leurs casques. Je m'arrête sur celui qui porte des épines, je louche sur les pointes acérées de son armure. Il se dresse, aussi sombre et menaçant que les autres. Sa présence est destinée à me rappeler l'armée qui bivouaque à l'extérieur du château.

Mon regard se tourne à nouveau vers le roi.

– Comme je l'ai dit, je ne veux pas me battre contre vous.

– Alors il semble que nous soyons dans une impasse, répond Ravinger en haussant les épaules, comme si la décision de livrer bataille n'était qu'une bagatelle.

En réalité… je sais que c'est sans importance pour lui. J'ai observé les soldats du Cinquième Royaume. L'armée de Ravinger va les anéantir. Il n'aura même pas besoin d'utiliser son pouvoir magique.

– Nous pouvons sûrement trouver une autre solution afin d'épargner des vies innocentes, je lui propose avec un sourire apaisant. Je pourrais vous offrir réparation pour l'attaque à votre frontière, par exemple.

Ravinger croise les doigts et me regarde de haut.

–Je vous écoute.

Enfin.

Je fais semblant de réfléchir un instant, avant de lancer :

–Ramenez votre armée dans votre royaume sans nous attaquer et je vous dédommagerai en or.

Rien.

Je n'obtiens rien en retour. Aucune réaction, aucune lueur d'excitation dans ses yeux. Il n'a même pas l'air d'avoir entendu.

Le désespoir me gagne.

–Donnez-moi votre prix, Ravinger, pour en finir avec cette histoire de guerre et vous pourrez alors retourner chez vous.

Il m'observe. Ne dit rien. Il me laisse transpirer. Il joue avec moi. Il s'exhibe. C'est ce qu'il a fait depuis qu'il est arrivé.

Il a fait étalage de son armée en projetant sa puissance jusqu'aux portes du Cinquième Royaume. Ses soldats n'ont même pas l'air mécontents ni affaiblis, alors qu'ils ont traversé ces maudits Barrens.

Et ils ont pris le chemin le plus long. Ils sont arrivés jusqu'au palais en contournant le col de la montagne où j'avais envoyé mon armée pour les arrêter. Sans parler du fait que les soldats qui avaient pour mission d'infiltrer leur camp pour récupérer Auren ne sont jamais revenus. J'ai l'impression qu'ils ne reviendront plus.

Mais Ravinger ne s'est pas arrêté là. Il a fait étalage de sa magie devant la ville, en laissant la pourriture se répandre dans le sol comme un avertissement, une menace, dans le seul but de m'intimider.

Et il a continué dès l'instant où il est entré dans la salle du trône et qu'il est monté sur l'estrade, puis a choisi de s'asseoir au bout de cette table.

Il s'exhibe. Parce qu'il le peut. Parce que c'est un bâtard arrogant.

Mon impatience m'empêche de me taire :

–Alors ? Combien, Ravinger ?

–Rien.

Je recule sur ma chaise, choqué.

– Comment ça, *rien* ?

Je l'ai sûrement mal compris. L'or, voilà ce que tout le monde recherche. C'est *l'unique* chose que le monde entier désire.

– Je pense ce que j'ai dit, répond-il d'un ton égal. Je ne veux pas de votre or.

Je suis perdu et je le soupçonne soudain d'avoir orienté notre conversation depuis le début.

– Que voulez-vous alors ?

C'est à mon tour d'exiger une réponse, je ne peux plus faire semblant. Ses tergiversations m'ont fait perdre patience.

– Je veux Deadwell.

Mon front se plisse alors que je tente de visualiser une carte dans ma tête.

– Deadwell ? La bande de terre qui borde le Cinquième Royaume ?

Il hoche la tête.

– Celle-là même.

Je le dévisage avec méfiance.

– Pourquoi ?

– Comme vous l'avez dit, il y a eu des rumeurs selon lesquelles j'aurais… empiété sur des territoires qui ne m'appartenaient pas, affirme-t-il fièrement sur un ton inébranlable, les épaules rejetées en arrière. Pour apaiser ces rumeurs et pour me dédommager de l'attaque irraisonnée du Cinquième Royaume sur ma frontière, je vais maintenant *prendre* cette frontière, qu'en tant que souverain régnant vous allez me donner en signe de *votre* bonne foi.

Une pause.

Ravinger se penche en avant, et un sentiment d'angoisse accompagne son mouvement, comme un arbre fragile emporté par le vent.

– Sinon, mon armée attaquera à la tombée de la nuit.

Je le regarde. Il me regarde.

Des pensées et des questions surgissent les unes après les autres.

Il veut Deadwell.

Mais *pourquoi* veut-il Deadwell ? Je me creuse la tête pour essayer de me souvenir de ce qui s'y trouve, mais je ne connais pas aussi bien le Cinquième Royaume que le Sixième. Pourtant... je suis presque certain qu'il s'agit d'une bande de terre entre son royaume et celui-ci avec rien d'autre que de la glace.

Il préfère obtenir *ça* plutôt que son poids en or ? Je n'arrive pas à le concevoir. Je sais qu'il y a un piège. Il doit y en avoir un. Je suis sur le point de lui demander la raison d'un tel choix, mais ce n'est pas ainsi que l'on joue à ces jeux. On affiche ce que l'on veut, sans dire ce que l'on veut *réellement*.

– Deadwell, je répète, avec un semblant de question dans la voix.

Ravinger incline à nouveau la tête.

– Cédez-moi Deadwell, Roi Midas, et mon armée lève le camp.

Je plisse les yeux.

– Juste comme ça ?

Il me lance un regard inoffensif.

– Mon armée est en campagne depuis des semaines. Vous allez sûrement nous inviter, moi et mes soldats, dans votre ville nouvellement acquise afin que nous puissions nous reposer et fêter l'armistice.

Mes lèvres se pincent. Je ne veux surtout pas les voir à Ranhold.

– Je ne pense pas...

Il me coupe la parole.

– Bien entendu, vous allez déjà accueillir un autre roi dans quelques semaines, n'est-ce pas ? Je suis certain que vous comprenez l'avantage qu'il y a à avoir non pas un mais deux royaumes qui participent à vos célébrations.

Je reste immobile.

Derrière moi, je sens mes conseillers se crisper, je n'entends plus aucun grattement de plume contre le papier.

Comment diable a-t-il appris l'existence de la fête avec le Troisième Royaume ?

Je grimace en serrant les dents.

– Bien sûr. Vous et votre armée êtes plus que bienvenus pour vous reposer et reprendre des forces.

Ravinger sourit de ses crocs aiguisés d'animal sauvage habitué à dévorer ceux qu'il vainc.

Le frisson qui me parcourt l'échine est l'unique confirmation dont j'avais besoin. J'ai peut-être empêché son armée d'attaquer Ranhold, mais en me pliant à ses caprices pour qu'ils restent *à l'extérieur*, je pense que j'ai peut-être invité la vraie menace *à l'intérieur*.

Chapitre 40

Auren

L’*Or.*

Ce mot est lourd, si lourd.

Certaines personnes, lorsqu’elles l’entendent, pensent à la richesse. D’autres à une couleur. D’autres encore à la perfection.

Mais pour moi, l’or est mon identité. Ça l’a toujours été, et ce depuis mon premier souffle.

Je me souviens que mes parents disaient que la chaleur de la lumière me faisait briller. Je me souviens qu’ils m’appelaient leur petit soleil.

Je me demande ce qu’ils penseraient de moi à présent, enfermée dans une pièce sans fenêtre et entourée de glace, coincée dans un monde qui semble bien décidé à m’empêcher de m’élever.

Pendant que je fais les cent pas, je ne peux m’empêcher de regarder la statue du coin de l’œil, celle de la femme qui est maintenant figée dans un rictus d’agonie. Sa bouche n’a pas besoin d’émettre de son pour que je l’entende crier.

Est-ce que mon tour viendra un jour ? L'or me consumera-t-il, m'étouffera-t-il comme dans mon cauchemar ?

Mes yeux me piquent. Je me demande à quel point les choses auraient été différentes, si…

Si mon corps n'avait jamais scintillé avec l'éclat d'un petit soleil.

Si mon pouvoir magique n'était jamais apparu.

Si des rubans n'avaient jamais poussé dans mon dos.

Si je n'avais jamais rencontré Midas.

Mais toutes ces choses sont arrivées, et me voilà. Dans l'obscurité d'un ancien dressing, transformé en cage. Mes rubans traînent sur le sol derrière moi, et derrière la porte des soldats montent la garde.

Le bon côté des choses ? Je n'en sais foutrement rien.

Mon regard tombe sur ma paume nue, sur l'or qui y est collé comme du sang séché. Ça goutte encore, tel un robinet qu'on aurait mal fermé. Je tiens le poids de la richesse entre mes mains, et c'est tellement lourd à porter.

Ce pouvoir, cette magie que les déesses m'ont accordée, m'a tout pris. Et apparemment, il ne suffisait pas que je naisse dorée pour devenir un objet de convoitise parce qu'ensuite, quand j'ai eu quinze ans, l'or s'est mis à couler de mes doigts et à faire de moi une meurtrière, et des rubans se sont mis à pousser dans mon dos comme dans celui d'un monstre.

J'aimerais qu'il y ait une fenêtre pour pouvoir hurler. Hurler contre les étoiles qui se cachent derrière la lumière du soleil.

À la place, j'enrage contre la lourde porte fermée à double tour. Je me précipite dessus, je cogne mes poings contre le bois en y laissant des gouttes d'or qui aussitôt commencent à s'y répandre.

– Laissez-moi sortir ! je crie, prête à mordre.

Il ne va pas me piéger ici comme un animal. Je ne le laisserai pas me faire ça. Je ne passerai pas le restant de mes jours à attendre qu'on me jette des restes en passant.

Mon toucher d'or magique, mes rubans, mes pensées intimes, j'ai tenté de les cacher. J'en avais honte. J'avais honte de moi et il a alimenté ce sentiment, mais j'étais trop aveugle pour pouvoir m'en rendre compte.

Je me suis assise et j'ai souri en fanant lentement sous la dorure. J'ai joué de la jolie musique, enfermée dans ma cage à oiseaux en acceptant mon sort, alors que j'aurais dû me battre.

Et Midas…

Il m'a gratifiée de petits baisers et m'a dit des mots doux, mais ça ne suffit pas. Ce que je me suis autorisée à devenir n'est pas suffisant.

Rip avait raison.

Un voile a été déchiré, un voile que j'avais moi-même posé devant mes yeux. Maintenant qu'il a disparu, je peux tout voir plus clairement.

J'ai fait bien des choix dans ma vie et, ces dix dernières années, ils ont tous été en faveur de Midas. Mais comme l'a dit Lu, il est temps pour moi d'y mettre un terme.

Il est temps de commencer à *me* choisir.

J'ai eu une chance, une personne qui aurait pu m'aider, mais je l'ai perdue en rejetant Rip. Il me faut donc un plan. J'ai besoin de savoir ce que je vais faire. Il est devenu inutile de me soustraire au monde après avoir passé tant d'années sur le piédestal de Midas.

Je saisis la poignée de la porte à main nue. Ma magie l'avale jusqu'à ce qu'elle se mette à étinceler. Je tire fort, comme si je pouvais faire sauter la serrure, mais bien entendu, je n'y parviens pas.

Je crie à nouveau « Laissez-moi sortir ! », mais les gardes de Midas m'ignorent.

Mes rubans s'enroulent comme des serpents, ils se dressent pour attaquer. Ma fureur prend alors le dessus et je les envoie frapper la porte, tout en continuant à cogner avec mes poings.

Certains rubans s'enroulent autour de la poignée, d'autres commencent à entailler les charnières et le reste s'attaque à la porte comme le ferait une hache avec des bûches. Je refuse d'abandonner, de céder.

Mes rubans sont pourtant fatigués, surmenés. Ils ne sont pas habitués à être aussi sollicités. Mais je les pousse en ignorant mes muscles qui hurlent et l'effort mental qu'il me faut fournir pour parvenir à les contrôler.

Ils ont cassé la porte de ma cage, ils peuvent aussi casser la porte de cette pièce. Il *faut* qu'ils y arrivent.

La panique me fait sangloter, je hurle devant cette porte qui ne bouge pas, je hurle ma rage de ne pas être plus forte.

J'entends les voix des gardes. Je force de plus en plus, mais stupide que je suis, j'ai oublié mon toucher d'or. Dans ma colère destructrice, j'ai doré toute cette foutue porte et les exclamations de surprise que j'entends m'indiquent qu'elle étincelle aussi du côté des gardes.

Hors de moi, je la frappe avec ma paume.

Mes rubans peuvent couper du bois, mais pas de l'or massif.

– Merde !

Je suis furieuse contre moi-même et contre Midas qui m'a enfermée ici.

– Restez à l'intérieur et éloignez-vous de la porte, Mademoiselle, m'ordonne un des gardes.

Je relève la tête et lui crie en retour :

– Va te faire foutre !

Dans un éclair de lucidité, j'envoie un ruban se glisser sous la fente en bas de la porte. Je m'accroupis pour lui donner plus de longueur et j'entends soudain un cri de surprise.

Je ferme les yeux, je me concentre, mon ruban atteint la poignée de l'autre côté, il cherche une clenche. Mais mes espoirs sont anéantis quand je ne trouve qu'un trou de serrure, trop petit pour qu'il puisse s'y glisser.

Quelqu'un tente alors de s'en emparer, je tire dessus pour le ramener de mon côté, craignant qu'on essaie de le coincer.

Le cœur lourd, je fixe la porte comme si c'était ma Némésis.

Mes rubans tremblent autant que des muscles trop sollicités et je lance un autre juron de frustration. Je tourne sur moi-même à la recherche de quelque chose, de n'importe quoi qui puisse m'aider à sortir d'ici, bon sang !

Je me rue dans la cage, bien déterminée à la fouiller pour découvrir si ma doublure possédait quelque chose qui puisse m'aider. Je n'ai aucune idée précise, mais je ne peux pas rester sans rien faire. Je dois tenter le tout pour le tout.

Parce que je pensais ce que j'ai dit.

Je ne vivrai plus comme ça.

Je commence à fouiller la cage désespérément pendant que l'or continue de s'écouler de ma paume nue comme d'une veine qui saignerait.

Quand je soulève le matelas pour voir si la femme n'a rien caché dessous, je le sens. Un changement dans le ciel. Je n'ai pas besoin de regarder par une fenêtre pour savoir que la nuit vient de tomber. Ma peau qui me picote me le prouve.

Le soleil s'enfuit et mon toucher d'or magique avec lui.

– Merde ! je jure en balançant des coups de pied dans un plateau de nourriture.

Mon pouvoir a disparu. La dernière goutte d'or durcit sur ma paume, son goutte-à-goutte incessant s'est subitement tari. Je ferme le poing, je ne veux pas voir l'éclat métallique qui imprègne ma peau.

Au moins avec mon toucher d'or, je suis une arme vivante. Mais à présent, je ne suis plus qu'une femme en colère avec des rubans brisés, sans espoir.

Je déteste vraiment, vraiment, les déesses.

Sous le poids de la rage, mes jambes menacent de me lâcher, ou peut-être est-ce à cause de ma force qui s'épuise à mesure que mon pouvoir m'est ôté pour la nuit.

Mes rubans parviennent à me retenir, pourtant eux aussi sont épuisés. Je trébuche, m'agrippant de justesse aux barreaux de la cage. Mes cheveux sont emmêlés et mes rubans tremblent, c'est la fureur que j'éprouve face à la trahison de Midas qui me maintient debout.

Je suis sur le point de me forcer à frapper à nouveau sur la porte quand je perçois un autre changement dans l'air. Quelque chose de plus lourd, de plus sombre, de plus sinistre que la nuit.

C'est d'abord subtil, comme une inspiration, un bourdonnement. Un battement de cils contre une joue froide, le craquement d'une allumette juste avant qu'elle s'enflamme.

Puis j'entends un cri derrière la porte. Suivi par d'autres exclamations de surprise, des jurons, des hurlements. Les gardes semblent d'abord lancer des phrases confuses et autoritaires, mais ça se transforme en quelque chose qui ressemble à une supplique désespérée. Soudain, c'est le bruit caractéristique d'épées sorties de leur fourreau, suivi de pas de course, puis tout s'achève par une série de coups sourds inquiétants.

Et puis… plus rien.

Plus aucun bruit.

Mon cœur s'emballe, mon ventre se noue, une peur terrible me saisit.

Puis la poignée se met à bouger. Juste une fois. Comme si quelqu'un la testait pour voir si elle était verrouillée. L'instant d'après, elle tombe, entièrement désintégrée en une multitude de grains d'or. Je suis estomaquée.

La porte s'ouvre, une silhouette apparaît sur le seuil, on dirait un démon tout droit sorti des enfers.

La faible lumière de la pièce n'est pas suffisante pour que je puisse le reconnaître, mais je sais à qui j'ai affaire. Je pense que même dans le noir complet, je le saurais.

Parce que je le ressens.

Comme quand j'étais sur cette colline, son pouvoir semble traverser le sol pour atteindre mes pieds. Une nouvelle vague de nausée m'envahit, mes doigts se crispent autour des barreaux, tandis que le roi Ravinger pénètre dans la pièce.

Tout l'air dans mes poumons se dissout comme l'a fait cette poignée de porte, et mon corps se fige de peur. Il entre, presque ennuyé, sans même plisser les yeux dans la pénombre, comme si ses pupilles n'avaient pas besoin de s'adapter à l'obscurité.

Peut-être est-ce parce que les ténèbres se cachent déjà en lui.

Il s'avance en scrutant la pièce méthodiquement. Il est vêtu de cuir noir et d'une chemise à col montant, une couronne faite de branches couvertes d'épines trône fièrement sur sa tête. Elles semblent flétries, pétrifiées, comme si elles étaient mortes depuis longtemps et avaient été solidifiées.

Il s'arrête dans l'ombre à quelques mètres de ma cage, mais il n'a pas besoin de s'approcher pour que je sente qu'il me harponne du regard.

Ses yeux sont d'un vert profond, celui de la mousse juste avant qu'elle ne brunisse. Comme la vie, juste avant la mort. La fécondité, juste avant la pourriture.

Mais ce sont les marques sur son visage que je ne peux m'empêcher de fixer. Elles sortent de son col, remontent le long de son cou, s'enroulent autour de sa mâchoire comme des racines qui cherchent la terre. Comme des veines qui se détachent d'un cœur empoisonné.

Elles bougent pendant que je les observe, s'enroulent et se tordent, comme si ces traces infâmes contenaient quelque chose de plus sinistre encore.

Il reste immobile, je jette un coup d'œil méfiant en direction de la porte, mais aucun garde n'apparaît. Tout est silencieux et pesant comme la mort.

– Vous les avez tués ? je demande en respirant avec difficulté.

Il hausse les épaules d'un geste fier, sans la moindre gêne.

– Ils étaient sur mon chemin.

Je me fige. Il les a tous tués en quelques secondes.

– Sais-tu qui je suis ?

Sa voix ressemble à un grondement sourd. Je déglutis.

– Le roi Ravinger.

Il acquiesce, et mon esprit s'emballe. Je comprends très bien la raison de sa présence. Je pensais lui avoir échappé, mais j'aurais dû savoir que c'était trop facile.

Le fait que le roi Midas puisse le trouver ici n'a pas l'air de l'inquiéter. En fait, je le soupçonne de chercher une excuse pour pouvoir se confronter à lui.

La lanterne éclaire sa couronne d'un orange vibrant, semblable à une lueur automnale sur des feuilles. Ses cheveux noirs sont quelque peu décoiffés, une ombre s'accroche à la mâchoire de son visage légèrement grisé. Il est plus jeune que je ne le pensais, mais pas moins terrifiant.

– Donc, c'est ici que le roi Midas enferme sa célèbre favorite en or.

Même avec la distance sombre qui nous sépare, je me rends compte qu'il m'examine minutieusement.

– Tu ressembles vraiment à un chardonneret en cage, poursuit-il. Dommage. Tu n'es pas du tout à ta place là-dedans.

J'écarquille les yeux, mon cœur se met à battre plus vite en vibrant douloureusement dans ma poitrine. Rip lui a dit. Rip a dit à son roi quel surnom il m'avait donné. Et la façon dont Ravinger vient de le répéter le fait paraître grossier, on dirait presque qu'il se moque de moi.

C'est donc ça que Rip a fait ? Il s'est moqué de moi avec son roi ?

Un trop-plein d'émotions me submerge, j'ai à nouveau envie de hurler.

Je me redresse d'un seul coup et j'arrache mon manteau de plumes. Je sors de la cage et je le lui lance à la figure à travers la porte brisée. Et tandis que sa main se lève pour l'attraper, je le somme :

– Voilà. Vous pouvez donner ça à Rip. Et dites-lui que je ne suis pas son petit chardonneret dont il peut se moquer dans mon dos.

Ses yeux se baissent sur les plumes et, à cet instant précis, je comprends mon erreur.

Merde !

Je reste interdite, priant pour qu'il n'ait rien remarqué.

Ravinger soulève mon manteau entre deux doigts. La lumière de la lanterne le fait scintiller et anéantit mon espoir.

– Tiens, tiens, voilà *quelque chose* d'intéressant, n'est-ce pas ?

Je me sens blêmir quand il retourne le vêtement, révélant ainsi la vérité qui s'y cache.

De l'or brille sur toute la doublure.

Il m'observe avec un sourire diabolique, puis il se met à rire et c'est bien pire encore. Un son obsédant, graveleux, s'échappe de ses lèvres, il semble m'entourer pour me capturer.

– J'avoue que je suis rarement surpris, murmure-t-il en frottant le tissu doré. Mais ça, ça me surprend.

Le bout de ses doigts effleure les plumes qui bordent les poignets et la capuche, là où je les ai accidentellement dorées avec ma peau. Il était incroyablement difficile d'arrêter la propagation et j'y suis parvenue à grand-peine. Mais à quoi bon, maintenant que je viens de lui jeter mon secret au visage ?

L'attention de Ravinger se reporte sur la pièce, comme s'il la voyait sous un nouveau jour. Il s'attarde sur la statue de la femme derrière moi.

– Midas est bien plus sournois que je ne le pensais. Et toi aussi.

On dirait que ça l'excite.

– Que voulez-vous ? je lui demande en me dirigeant vers la porte.

Peu m'importe que son pouvoir puisse me tuer en quelques secondes, je vais tenter de m'enfuir.

Il me sourit depuis l'ombre pendant que je recule ; il peut se moquer de moi autant qu'il veut, je sais qu'il vaut mieux ne pas lui tourner le dos.

– C'est là toute la question, n'est-ce pas ? répond-il, et sa voix…

Son regard s'attarde sur mes rubans rebelles, effleure leurs longueurs froissées et fatiguées, ce qui suffit à les faire frissonner. Je sens leur léger tremblement sur la peau de mon dos.

– Tout devient clair à présent. La raison pour laquelle il te garde. Pourquoi ta peau est vraiment en or. Pourquoi tu es piégée avec lui.

Ravinger jette un coup d'œil à la porte de la cage qui gît sur le sol.

– Mais peut-être… pas aussi piégée qu'on pourrait le croire.

Soudain, son pouvoir redevient écrasant, comme s'il formait des vrilles invisibles et essayait de s'accrocher au mien pour sentir ce qui se cache en moi. La sueur perle sur mon front, mon estomac se retourne, je fais deux pas de plus vers la porte d'entrée.

Si seulement je pouvais l'atteindre ! Si je pouvais juste passer…

Un autre haut-le-cœur me fait presque trébucher.

– Arrêtez ! je halète.

J'ai l'impression que je suis sur le point de vomir.

Immédiatement, son pouvoir se retire et ces lignes sombres sur son visage grossissent comme des rivières en crue pour quasiment atteindre ses pommettes saillantes.

– Il va falloir que tu t'y habitues, me dit-il d'une voix grave en s'amusant visiblement de me voir transpirer et trembler. Je ne veux pas que tu sois malade chaque fois que j'entre dans la pièce.

– Pourquoi ? je demande nerveusement, tout en plissant les yeux pour mieux distinguer son corps à demi caché dans l'obscurité.

Je ne sais pas ce qui serait le plus effrayant, qu'il reste dissimulé ainsi ou qu'il sorte de la pénombre pour que je puisse le voir… plus clairement.

– On va rester ensemble pendant un bon moment.

Des frissons me parcourent les bras, j'arrête de reculer. Est-il en train de me capturer ? Va-t-il se servir de moi, plus encore que ne le faisait Midas ?

– De quoi parlez-vous ? je proteste d'une voix étranglée par la peur.

Je parviens tout de même à faire les derniers pas qui me séparent du seuil. J'éprouve un sentiment de victoire quand mes doigts se posent sur l'encadrement. Je tourne le dos à la chambre de Midas, mes yeux sont toujours rivés sur ce prédateur qui peut bondir à tout moment.

– Oh, Midas ne t'a pas encore dit ? dit-il doucement, sans changer de place. Nous avons négocié la paix et il organise une célébration. Il a convié la Quatrième Armée à rester pour y assister.

Une foule de pensées se bousculent dans ma tête.

L'espoir renaît et je ne peux m'empêcher de lui poser la question qui me brûle les lèvres.

– Votre commandant ? Est-ce qu'il reste, lui aussi ? je lui demande, tout en m'en voulant immédiatement d'avoir laissé paraître mon intérêt.

S'il n'y a pas de guerre, si Rip reste ici…

J'ai besoin d'un allié si je veux avoir une chance de pouvoir m'échapper.

Ravinger se met à rire. Ce son m'écorche les oreilles comme les échardes d'une bûche pourrie.

– Oh Chardonneret, je t'ai déjà demandé si tu savais qui je suis.

Mon pied s'arrête, j'hésite à reculer, soudain confuse. Je fronce les sourcils, malgré mon cœur qui bat la chamade et m'intime l'ordre de fuir.

– Quoi ?

Sans le moindre avertissement, son pouvoir se met à pulser de nouveau. Mais cette fois, c'est différent, il me repousse au lieu de chercher à m'atteindre.

Je tente d'inspirer à fond, une fois, deux fois. Une sueur froide m'envahit pendant que je respire par le nez en m'efforçant de ne pas vomir, de ne pas tomber.

Mes mains tremblantes s'agrippent au cadre de la porte, j'essaie de rester debout. Mes rubans fatigués tressaillent, s'enroulent derrière moi et plongent sous ma robe comme s'ils voulaient échapper à sa magie.

La nausée m'envahit, accompagnée par une bouffée de chaleur. Je m'appuie contre le mur, mais au moment précis où je vais vomir, son pouvoir se dissout comme le sel dans la mer.

Haletante, je lève la tête. Sous mes yeux, les racines qui atteignaient le visage de Ravinger commencent à régresser.

Il avance vers moi, il sort de l'ombre.

Ses veines disparaissent, ses yeux verts se ferment, comme si leurs iris absorbaient toute cette puissance obscure et putride.

Son corps tout entier se met à trembler. J'écarquille les yeux, stupéfaite. Son visage se met à changer, il s'affine.

Je suis paralysée, incapable de respirer, incapable même de battre des cils. Les os de son visage s'effilent comme le tranchant d'une lame. Le sommet de ses oreilles se pince en forme de pointe, des écailles apparaissent sur ses pommettes.

– Grand Divin…

Ma voix est comme étouffée par le choc que je ressens lorsque je comprends ce que signifie cette métamorphose.

Des piquants lui sortent des bras et de la colonne vertébrale. Le fae est en train de se métamorphoser sous mon regard ébahi jusqu'à ce que, de son horrible pouvoir, il ne reste plus que la pression d'une sombre aura qui m'est très familière.

– Tu es… tu es…

Ma langue pèse une tonne, mes yeux lancent des étincelles tandis que je prends conscience au plus profond de mon être de cette terrible trahison.

Rip roule des épaules, comme si cette transformation de Roi Putride en fae monstrueux était douloureuse. Pourtant, je suis certaine que ce n'est pas aussi douloureux pour lui que pour moi.

La noirceur de ses iris, qui semblent avoir avalé son pouvoir, est le seul indice de la magie noire qui s'y cache.

Cette *voix.* Plus profonde, plus cruelle que d'habitude, mais au timbre familier. J'aurais dû m'en douter. J'aurais dû m'en rendre compte.

Il fait un pas de plus. À présent, il est si près de moi que je peux sentir la chaleur ardente de son âme enténébrée et humer le parfum épicé qui s'échappe de ses lèvres.

Il est Rip et il est Putride. C'est un fae et un roi.

Je le jure, je sens qu'à nouveau on me poignarde dans le dos. Mais cette fois, il s'agit d'une trahison différente, d'un homme différent.

Je me sens *vraiment* trahie. Il m'a trompée. Il m'a troublée avec un baiser et a menti sur sa vraie nature. C'est peut-être injuste, car moi aussi j'ai menti, mais je ne peux m'empêcher de penser qu'il s'est joué de moi.

–Tu es le roi Ravinger.

Je lui souffle au visage cette accusation parce que c'est l'unique pensée qui résonne en moi.

La bouche de Rip se tord lentement pour former un sourire et il prononce alors, sur un ton sombre et sensuel qui correspond parfaitement à la lueur qui brille dans ses yeux :

–Oui, Chardonneret, c'est bien moi. Mais tu peux m'appeler Slade.

La vigne d'or
Deuxième partie

Cet avare y tenait,
à cette vigne d'or.
Son sourire s'illuminait
face à tant d'éclat.

Il lui avait tout donné,
pour qu'elle réponde à son appel.
Il se réjouissait de chaque centimètre
qu'elle prenait en longueur.

Mais bientôt, elle dépassa
les limites de son jardin,
jusqu'au jour où elle entra
dans sa maison sur la colline.

Elle s'est tordue et enroulée
dans le moindre recoin.
Plus de place pour bouger,
il était poussé et écrasé.

Il a sorti ses meubles
pour les abandonner sous la pluie,
retiré la porte d'entrée,
cassé les vitres des fenêtres.

À chaque offrande qu'il faisait,
elle grandissait encore plus.
Son éclat métallique recouvrait
les lames des parquets et les seuils.

Cet avare a amassé
chaque pétale et chaque épine.
Sa peau était pleine d'égratignures,
là où des piquants acérés l'avaient déchirée.

Quand il a perdu tous ses cheveux,
mais qu'il en voulait plus encore,
il a renoncé à ses ongles,
en se les arrachant.
Il les a tous présentés,
sur les tiges il les a laissés.
Pas une seule fois il ne s'est demandé,
à quoi tout cela rimait.

Les fleurs, si jolies,
poussèrent, alourdies par l'or.
Mais ses doigts étaient trop endoloris
pour pouvoir les saisir.
Alors il les ramassa
en les coupant avec ses dents.
Il les arracha de la vigne
et les cacha dans des fourreaux.

Des centaines de fleurs, tellement lourdes,
étaient ainsi rassemblées.
Elles étaient toutes en or,
mais il n'avait plus de place.

Le vieil avare n'a jamais osé
en emporter quelques-unes en ville.
Si on apprenait qu'il possédait un trésor,
on viendrait sûrement y voir de plus près.

Alors il ne les a jamais dépensées,
et de chez lui n'a plus bougé.
Il se coupa de ses proches
(il se croyait intelligent).

Il a cajolé et caressé
chaque rosette dorée.
Il a laissé sa vigne s'enrouler,
en murmurant « Elle m'appartient ».

Mais sans réparation,
elle allait vite s'affaiblir,
alors il tailla frénétiquement
ses membres avec sa lame.

Quand il n'eut plus ni ongles,
ni doigts, ni orteils,
il dut renoncer à ses oreilles et à son nez.

Le sang qu'il a versé,
il l'a étanché avec des pétales de culpabilité.
Mais les gouttes carmin
ont bien nourri la vigne.

Cet avare a saigné abondamment
pour que sa richesse puisse croître encore.
Il a laissé ses veines se vider,
ses battements de cœur ralentir.

Sa vigne buvait son sang
comme du nectar pour oiseaux,
et lui restait couché dans sa chambre,
le corps submergé.

Pendant qu'elle croissait
hors de la maison, à travers la colline,
comme une maladie contagieuse
à la recherche de chaque espace à remplir.

Mais il en voulait encore,
il lui en fallait plus,
alors il s'est arraché les yeux,
de ses orbites vides et douloureuses.

Il n'avait plus de chambre pour dormir,
plus d'yeux pour pleurer,
mais de cette vigne d'or,
il en voudrait toujours plus.

À SUIVRE...

Remerciements

C'est le métier dont j'avais rêvé. Au bout de deux ans, je n'arrive toujours pas à croire que je peux faire ça et que des gens lisent vraiment mes livres. Mais même les rêves peuvent devenir pesants, et je ne pourrais pas les poursuivre sans le soutien des personnes qui m'aident à porter cette charge.

Alors, merci à ma famille, merci pour toujours. Votre amour et votre soutien sont au cœur de ma motivation, et je vous en suis reconnaissante. Vous êtes aussi les meilleures personnes de la planète, et j'ai de la chance de vous avoir dans ma vie. Que nous soyons serrés sur le canapé ou séparés par les frontières des États, sachez que je vous aime.

À ma famille littéraire, ce métier peut parfois être si solitaire, et j'ai de la chance d'avoir trouvé mon équipe. Je vous suis à jamais redevable pour votre aide et je suis très reconnaissante de côtoyer des personnes aussi drôles, gentilles et gracieuses. Ivy Asher, Ann Denton, S.A. Parker, C.R. Jane, Helayna Trask, et ma sœur préférée, merci de m'avoir aidée avec ce livre et pour toutes vos idées. Vous me rendez meilleure.

À mes lectrices et lecteurs. Mon cœur est rempli de gratitude. Cette saga signifie beaucoup pour moi et c'est probablement ce que j'ai écrit de mieux à ce jour. Donc le fait que vous ayez tenté votre chance avec elle me touche. Et, en tant qu'auteure indépendante sans le soutien d'une maison d'édition, tout mon succès repose sur vous. Chaque fois que vous rédigez une critique, que vous me recommandez, que vous publiez un article sur mes livres, chaque page que vous lisez… ça compte. Merci beaucoup.

R. K.

À PROPOS DE L'AUTEURE

Raven Kennedy est née et a grandi en Californie. Sa passion pour les livres, la romance et la fantasy, l'a poussée à créer ses propres univers. Elle aime écrire toutes sortes d'histoires parce que chacune apporte une expérience différente. Quand elle ne lit pas ou n'écrit pas, elle est avec sa famille.

Vous pouvez échanger avec Raven sur ses réseaux sociaux et visiter son site www.ravenkennedybooks.com

Imprimé en France par
CPI Bussière
en mars 2023
N° d'impression : 2068392